Ellen Berg

Ich schenk dir die Hölle auf Erden

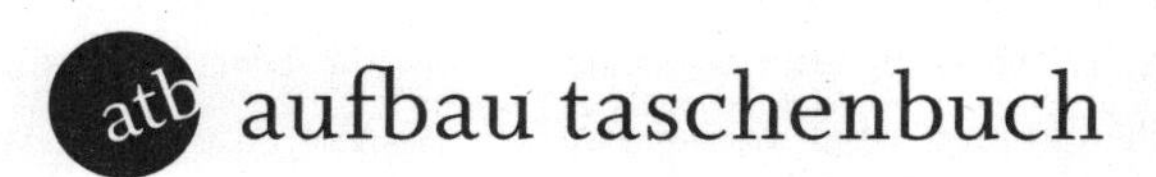

Ellen Berg, geboren 1969, studierte Germanistik und arbeitete als Reiseleiterin und in der Gastronomie. Heute schreibt und lebt sie mit ihrer Tochter auf einem kleinen Bauernhof im Allgäu. Nach einer hakeligen Scheidung vom Vater ihrer Tochter und ebenso unerfreulichen Trennungsgeschichten in ihrem Freundinnenkreis lag ihr das Thema sehr am Herzen.

Mehr Informationen zur Autorin unter www.ellen-berg.de

Außerdem von Ellen Berg bei atb lieferbar:
»Du mich auch. Ein Rache-Roman«
»Das bisschen Kuchen. (K)ein Diät-Roman«
»Den lass ich gleich an. (K)ein Single-Roman«
»Gib's mir, Schatz! (K)ein Fessel-Roman«
»Zur Hölle mit Seniorentellern. (K)ein Rentner-Roman«
»Ich koch dich tot. (K)ein Liebes-Roman«
»Ich will es doch auch. (K)ein Beziehungs-Roman«
»Alles Tofu, oder was? (K)ein Koch-Roman«
»Mach mir den Garten, Liebling! (K)ein Landlust-Roman«
»Blonder wird's nicht. (K)ein Friseur-Roman«
»Manche mögen's steil. (K)ein Liebes-Roman«

Von wegen für immer! Als Carina entdeckt, dass Ehemann Jonas auf Abwege geraten ist, bricht ihre heile kleine Welt zusammen. Natürlich haben zehn Jahre Familienalltag mit zwei Kindern ihre Spuren hinterlassen, und ihre Ehe war schon lange kein romantisches Feuerwerk mehr. Aber dass Jonas mit seiner Geliebten in ein luxuriöses Liebeswochenende abrauscht und all das mit ihr unternimmt, was sich Carina immer vergebens von ihm gewünscht hat, ist zu viel. Ein Rosenkrieg voll teuflischer Wendungen nimmt seinen Lauf. Soll seine Neue ruhig merken, wie grau der Beziehungsalltag aussieht, wenn sie seine Hemden zu bügeln hat oder seine Kinder sonntagmorgens zum Hockeyturnier gebracht werden müssen ... Getreu dem Motto: Raus aus der Ehe, rein ins Vergnügen, blüht Carina schon bald auf. Doch ausgerechnet, als sie den jüngeren Tom kennenlernt, steht Jonas plötzlich wieder vor der Tür. Was tun?

Ellen Berg

Ich schenk dir die Hölle auf Erden

(K)ein
Trennungs-Roman

atb aufbau taschenbuch

ISBN 978-3-7466-3290-2

Aufbau Taschenbuch ist eine Marke
der Aufbau Verlag GmbH & Co. KG

2. Auflage 2017

Umschlaggestaltung © Mediabureau Di Stefano, Berlin,
unter Verwendung einer Illustration von © Gerhard Glück
Gesetzt aus der Garamond Pro
durch die LVD GmbH, Berlin
Druck und Binden CPI books GmbH, Leck, Germany
Printed in Germany

www.aufbau-verlag.de

Kapitel 1

Früher rauchten die Kinder heimlich, heute tun es die Mütter, dachte Carina, als sie ihre Kippe löschte, mit einem Papiertuch umwickelte und in der Toilette runterspülte. Dann öffnete sie das Badezimmerfenster. Aaah, frische Luft!

Ihr war schwindelig. In ihren Ohren rauschte es, ihr Magen rumorte, als habe sie Heftzwecken verschluckt. Seit Jahren hatte sie nicht geraucht. Die Notfallpackung Zigaretten im Arzneischrank gehörte ihrem Mann, der sie dort aufbewahrte, gleich neben Nasentropfen und Aspirin. Ironischerweise. Schließlich konnte man Rauchen nicht gerade als medizinische Maßnahme bezeichnen, das wusste jedes Kind. Doch es gab nun mal Momente, in denen das Leben keine lustige Spazierfahrt war, sondern ein Frontalaufprall ohne Airbag. Da kam es auf das bisschen Nikotin auch nicht mehr an.

»Es ist nicht das, wonach es aussieht. So was kann *mir* doch nicht passieren. So was kann *Jonas und mir* doch nicht passieren. Niemals.«

Wie die Ansage einer Warteschleife murmelte Carina die immer gleichen Sätze, während sie sich ins Schlafzimmer schleppte. In ihrer schweißnassen linken Hand zerknüllte sie einen Zettel. Ein vollkommen harmlos aussehendes Stück Papier, und doch besaß es die Sprengkraft einer Bombe. Ihre Finger bebten, als sie den zerknitterten Zettel zum hundertsten Mal glattstrich. Es war eine Rechnung, ausgestellt auf Dr. Jonas Wedemeyer: Romantikhotel Rosenhain, Übernachtung für zwei Personen inklusive Candlelight-Dinner, Hammam, Wellness-Duo-Massage, Deluxe-Frühstück. Und drei Flaschen Champagner in der Honeymoon-Suite.

Drei.

In der Honeymoon-Suite.

Das stellte zehn Jahre Ehe in Frage. Die Liebe ist ein Traum, hatte Jonas irgendwann einmal lachend gesagt, und die Ehe ist der Wecker. Ein Spruch, nur ein Spruch. Oder war es ihm ernst gewesen? Noch am Morgen hatte er ihr eine Nachricht geschrieben.

Alles ok. LG Jonas

So viel zur warmen Umarmung der Technologie.

»Mami, Mami, es hat geklingelt!« Außer Atem kam die neunjährige Melina ins Schlafzimmer gestürmt, in kunstvoll zerrissenen Jeans und einem pinkfarbenen Glitzer-T-Shirt. Papas Prinzessin. »Mum? Hast du denn nichts gehört?«

»Melli, ich … nein …«

Als kehre sie aus einem völlig verrückten Alptraum zurück, starrte Carina ihre Tochter an, die mit den Zeigefingern auf ihre Ohrmuscheln zeigte.

»Mum, wie kann man so verpeilt sein! Hör doch!«

Richtig, es schellte an der Haustür. Laut und vernehmlich. Nein, schrill und unangenehm. Himmel, der Mädelsabend!

Einmal im Monat trafen sich Carinas Freundinnen reihum zum Gedankenaustausch. So jedenfalls der offizielle Sprachgebrauch. Inoffiziell endeten die Abende in feuchtfröhlichem Geläster, denn jede Menge guter Laune verstand sich von selbst, so wie das eine oder andere Glas Prosecco. Sie alle waren Ende dreißig und teilten die Themen dieser Lebensphase: Wie läuft es mit den Männern, wenn die Attraktivität nachlässt, aber die Ansprüche steigen? Sollte man sich die ersten grauen Haare überfärben lassen? Wie erweitert man seinen Horizont, ohne den Boden unter den Füßen zu verlieren? Gibt es noch ein Leben vor dem Tod?

Heute fungierte Carina als Gastgeberin. Ihr ehemals weißes T-Shirt erzählte von den Köstlichkeiten, die sie am Nachmittag vorbereitet hatte: hauchdünne Minipizzen mit roten Zwiebeln, Mozzarella und Tomatensauce, Gemüsesticks mit grünem Pesto, winzige

Gazpachoportionen in ebenso winzigen Gläsern, Schafskäsesalat mit schwarzen Oliven, roten Paprikawürfeln und frischen Kräutern sowie andere kalte Kleinigkeiten, die ihre stets auf Diät befindlichen Freundinnen als Snack akzeptierten. Überdies hatte Carina den Kamin im Wohnzimmer angezündet und, obwohl es erst Mitte November war, den Raum adventlich geschmückt – mit Tannenzweigen, Lichterketten und selbstgebastelten Gestecken, obwohl es an jeder Ecke fertige Weihnachtsdekorationen zu kaufen gab. Noch sechs Wochen bis Heiligabend …

Oha, falsches Thema. Carina unterdrückte ein Schluchzen. Wie, verdammt noch eins, sollte sie mit einem Mann Weihnachten feiern, der sich ohne sie, aber ganz gewiss nicht allein in einem fabelhaften Hotel vergnügte?

Schwer atmend stützte sie sich auf den rechten Bettpfosten. Ja doch, sie musste duschen und sich umziehen. Aus ihren zu Berge stehenden rötlichen Haaren so etwas wie eine Frisur fabrizieren. Ihrer leichenblassen Haut mit einem Hauch Rouge den Anschein von Leben verleihen, die Wimpern tuschen, ein wenig Lipgloss auftragen. Genauer gesagt, hätte sie das alles vor mindestens einer Stunde tun müssen und sicherlich auch getan, wenn nicht Jonas' Sekretärin seinen Koffer vorbeigebracht hätte. Als gute Ehefrau hatte Carina ihn sogleich ausgepackt. Nun ja, ausgepackt hatte sie ihn letztlich gar nicht, sondern nach einer ersten Inspektion des Inhalts die Flucht ins Badezimmer ergriffen.

Wäre sie doch nur nicht so verflixt pflichtbewusst gewesen! Hätte sie doch nur den Koffer einfach in irgendeine Ecke gestellt und ungeöffnet verschimmeln lassen. Ihr wäre einiges erspart geblieben.

Zunächst hatte sie sich gewundert, warum Jonas auf eine Geschäftsreise zwei Badehosen und gleich drei funkelnagelneue Boxershorts mit Designerlogo mitnahm. Dann hatte sie über das unbekannte Rasierwasser gestaunt. Doch erst als sie die aufgerissene Schachtel Kondome entdeckt hatte, extradünn und gefühlsecht, sowie einen mikroskopisch kleinen Spitzentanga in sündigem

Schwarz, war es wie ein Blitz in sie gefahren. Schockstarre. Die Rechnung hatte ihr dann den Rest gegeben.

Romantikhotel Rosenhain. Von Ferne hörte sie ein unheilvolles Donnern. Er hat dich betrogen.

»Es ist nicht das, wonach es aussieht«, begann sie wieder ihr Alles-wird-gut-Mantra zu murmeln. »So was kann *mir* doch nicht passieren. So was kann *uns* doch nicht passieren. Niemals.«

Mit der Miene einer ungeduldigen Lehrerin schüttelte Melli ihre honigfarbenen Locken, bevor sie ganz dicht an Carina herantrat.

»Hey, Mum, hast du etwa schon einen Prosecco gezischt? Und, iiih, wie fies ist das denn, du riechst ja nach Rauch!«

»… äh, wie bitte?«

Fröhliches Stimmengewirr und Gelächter im Erdgeschoss holten Carina in die Realität zurück. Aber was war schon die Realität? Dieses gepflegte Einfamilienhaus in einer ruhigen begrünten Seitenstraße, das sie für eine uneinnehmbare Bastion in schnelllebigen Zeiten gehalten hatte? Ihre Familie wie aus dem Bilderbuch – Mama, Papa und zwei entzückende Kinder? Ihre kleine Welt, in der alles um Jonas, Melina und den sechsjährigen Benjamin kreiste? Gerade kam Benny ins Schlafzimmer gerannt, mit hochroten Wangen unter seinem blonden Wuschelhaar, das blau-weiße Ringel-T-Shirt verrutscht vom Laufen. Begleitet wurde er von Familienhund Bingo, einem Golden Retriever, der aufgeregt japsend an Carina hochsprang.

»Hab die Tür aufgemacht«, erklärte Benny stolz. »Und Gläser mit Apfelsaft ins Wohnzimmer gebracht, das kann ich nämlich schon!«

Melli stemmte die Hände in die Hüften. Überheblich sah sie auf ihren kleinen Bruder herab.

»Jetzt gib mal nicht so krass an, Kurzer, das kann doch jedes Baby. Oder, Mum?«

Noch immer stand Carina völlig unbeweglich da. Wie aus weiter Ferne hörte sie, dass man von unten ihren Namen rief. Zähne zusammenbeißen, befahl sie sich, und keinen Mucks. Vielleicht ist das alles nur ein Missverständnis. Noch ist nichts verloren. Noch lohnt es sich, die Fassade aufrechtzuerhalten. Verschwörerisch legte sie einen Finger an die Lippen und schaute ihre Kinder an. Die Kinder eines ausgemachten Schufts?

»Ihr beide seid heute meine persönlichen Assistenten«, flüsterte sie. »Bietet unseren Gästen bitte schon mal die Gemüsesticks mit der grünen Pestosauce an. Komme gleich nach.«

»Aber du hast gesagt, wir dürfen einen Film gucken«, maulte Melli. »Das hast du uns versprochen.«

»Nur fünf Minuten«, bat Carina mit letzter Beherrschung.

»Krieg ich dann den Kicker zu Weihnachten?«, fragte Benny, der seit Wochen von nichts anderem sprach.

»Das muss der Weihnachtsmann entscheiden.« Carina strich ihm eine Haarsträhne aus der Stirn. »Und jetzt bitte nach unten, okay?«

Schmollend zogen die beiden ab, gefolgt von Bingo, der ein erfreutes Bellkonzert zum Besten gab, als alle drei die Treppe zum Erdgeschoss hinunterjagten.

Jonas. Wie in Trance ließ Carina den Blick durchs Schlafzimmer wandern. Die blassblauen Kleiderschränke im Vintage-Stil hatten sie kurz nach der Hochzeit gekauft, so wie den weichen, hochflorigen Teppich in mittlerweile nachgedunkeltem Cremeweiß und das Bett mit den geschnitzten Pfosten. Gemeinsam hatten sie diesen Raum gestaltet. Ihr Nest, in dem sie für immer die intimsten Momente hatten teilen wollen. Ha! Wie liebevoll hatten sie damals alles ausgesucht, die Möbel, die Wolkenstores in Blau-Gelb, die Bilder – anmutig tanzende Elfen, neckische kleine Engelchen, Blumen über Blumen.

Im Spiegel der Schranktür erblickte Carina ein Gespenst. Ein bleiches, hohlwangiges Wesen, das aussah, als würde es sich gleich in Luft auflösen. Oder als große Pfütze auf dem cremefarbenen Teppich enden. Denn jetzt floss es unkontrollierbar aus ihr heraus, ein Strom von Tränen, die auf ihr fleckiges T-Shirt tropften. Ganz leise weinte sie, unhörbar für ihre Kinder, unhörbar für ihre Freundinnen, obwohl ihre innere Stimme tröstende Worte sprach: Er liebt dich, und du liebst ihn. Ihr habt den Bund fürs Leben geschlossen. Nichts kann euch auseinanderbringen.

Auf der blau-gelb karierten Tagesdecke des Betts lag der geöffnete Koffer, wie ein Monster, das sie mit weit aufgerissenem Rachen angrinste. Wieder stach ihr die angebrochene Packung Kondome ins Auge. Nie hatten Jonas und sie verhütet. Warum auch? Ein drittes Kind wäre ihnen willkommen gewesen, Platz genug gab es schließlich in diesem geräumigen Haus, und da Carina bereits kurz vor Melinas Geburt ihren Job als Anwaltsgehilfin aufgegeben hatte, wäre auch genügend Zeit für ein Baby gewesen.

»Hallihallo, wieso versteckst du dich denn hier oben?«, ertönte auf einmal eine leicht angeraute Frauenstimme.

Carina wirbelte herum. Vor ihr stand Madeleine, seit Teenagerzeiten Leni genannt und ihre beste Freundin. Im Gegensatz zu Carina war sie perfekt gestylt. Das enganliegende beigefarbene Strickkleid harmonierte wundervoll mit ihrem frisch geföhnten schulterlangen Blondhaar, sie war raffiniert, aber dezent geschminkt, ihre Wildlederpumps in modischem Nude sahen aus, als gäbe es nicht das kleinste Stäubchen Schmutz im Universum. Schuldbewusst senkte Carina den Kopf.

»Sorry, bin noch nicht fertig, weil …«

Leni legte einen Arm um ihre Schulter.

»Schatz, du hast geweint? Was ist denn los, um Gottes willen?«

Zögernd machte sich Carina aus der Umarmung los. Nicht, dass sie Leni nicht vorbehaltlos vertraut hätte. Sie kannten sich seit der Schule, hatten vom ersten Liebeskummer bis zum letzten Vollrausch alles geteilt und keine Geheimnisse voreinander. Auch dass Leni kinderlos war und als Immobilienmaklerin arbeitete, während Carina voll und ganz für ihren Job als Hausfrau und Mutter brannte, hatte sie einander nicht entfremdet.

Sollte sie sich also ihrer Freundin offenbaren? Oder wie geplant den Ball flachhalten und zunächst mit Jonas sprechen, bevor sie am Ende falschen Alarm schlug? Zu spät. Denn just in diesem Augenblick entdeckte Leni den offenen Koffer auf dem Bett. Argwöhnisch wie ein Kammerjäger auf der Jagd nach Kakerlaken spähte sie hinein.

»Seit wann benutzt ihr Kondome? Hey, und diese Dinger sind ja schnittig.« Mit spitzen Fingern fischte sie eine zusammengefaltete Boxershorts aus dem Koffer, kniff die Lider zusammen und las halblaut den Schriftzug darauf vor. »Cal-vin-Klein-Men? Wer braucht denn so was? Wenn ich was lesen will, kauf ich mir 'ne Zeitung.«

Sie ließ die Boxershorts zurück in den Koffer fallen, um jetzt den Spitzentanga hochzuhalten. Fachmännisch begutachtete sie das schwarze Nichts, schätzungsweise drei Gramm Stoff, und doch wog es Tonnen, so schwergewichtig war seine verheerende Botschaft.

»Größe 34.« Leni bedachte Carinas runde Hüften mit einem kurzen Seitenblick. »Du bist eine solide 44, würde ich sagen, und soweit ich weiß, hat Jonas bisher keinerlei Veranlagung zum Transvestiten gezeigt.« Langsam, sehr langsam zog sie die Augenbrauen hoch.

»Es ist nicht das, wonach es aussieht«, erwiderte Carina auf die unausgesprochene Frage, die wie eine Gewitterwolke über ihnen schwebte. »So was kann *mir* doch nicht passieren. So was kann *Jonas und mir* doch nicht passieren. Niem...«

Die letzte Silbe wurde von einem Schluchzer verschluckt. Mit zuckenden Schultern fing Carina wieder an zu weinen, ihre Knie knickten ein, wie ein Stein sank sie auf die Bettkante. Sofort war Leni bei ihr. Tröstend strich sie Carina über das wirre Haar.

»Mach dir nichts vor, Süße, das sieht eindeutig nach einem außerehelichen Betriebsausflug aus. Jetzt nur keine Panik, wir stehen das zusammen durch. Ich bin deine Freundin, gemeinsam gehen wir durch dick und dünn. Hm. Was gedenkst du als Erstes zu tun?«

Tränenblind legte Carina ihren Kopf an Lenis Schulter. Sie versuchte, wenigstens ein, zwei einigermaßen klare Gedanken zu fassen, was ihr fast übermenschliche Anstrengungen abverlangte.

»Erst mal mit Jonas reden. Und dann – eine Ehetherapie vielleicht?«

Leni rollte mit den Augen. »Ich fürchte, eine Ehetherapie wegen einer Affäre ist wie Bausparen für Rentner: schlicht und einfach zu spät.«

Schockiert ließ Carina diesen Satz auf sich wirken. Stimmte das? War es zu spät? Gut, nach zehn Jahren Ehe tendierte der Knisterfaktor gegen null. In den Gesprächen mit Jonas ging es um den üblichen Alltagskrempel, um Handwerkertermine, Elternabende und die Schicksalsfrage, wer das Leergut zum Getränkemarkt brachte – aber ganz bestimmt nicht um verführerische Wäsche oder Champagner in der Honeymoon-Suite.

Genau das kränkte Carina am meisten. Wie oft hatte sie Jonas angebettelt, ein Wochenende zu zweit zu verbringen, nur sie beide, in irgendeinem romantischen Hotel. Nie war es dazu gekommen, weil Jonas sogar die Samstage und Sonntage arbeitend an seinem Laptop verbrachte und Hotels überdies für Geldverschwendung hielt. Jetzt hatte er ihren sehnlichsten Wunsch verwirklicht – mit einer Größe 34.

Schwanzwedelnd kam Bingo angehechelt und legte seinen Kopf in Carinas Schoß, als ahnte er, dass sein Frauchen Kummer hatte. Gedankenverloren kraulte sie sein weiches Fell. Ob sie Jonas anrufen sollte? Sofort verwarf sie den Gedanken wieder. Am Telefon ließen sich solche Dinge nicht klären. Sie wollte sein Gesicht sehen, wenn sie mit ihm sprach, seine Augen. Selbst wenn Jonas ein Pokerface aufsetzte, seine Augen konnten nicht lügen.

»Ich will ja nicht indiskret sein, aber hast du schon über Trennung nachgedacht?«, fragte Leni in das klemmige Schweigen hinein.

Trennung? Plötzlich sah Carina alles halbiert: ein durchgesägtes Bett, einen halben Schrank, einen zerschnittenen Teppich – und Bingo? Einen halben Bingo? Es war womöglich absurd, aber die Vorstellung, dieses treue, gutartige Wesen zu verlieren, erschien ihr mindestens so schmerzhaft wie der Gedanke, fortan allein aufzuwachen. Von der Frage, wie sie diesen Riesenschlamassel den Kindern erklären sollte, ganz zu schweigen. Sie schloss die Augen. Lieber Gott, lass das alles nicht echt sein.

»Hey, bist du noch am Leben?«, fragte Leni leise nach.

Carina räusperte sich. »Ich atme. Ob man das Leben nennen kann, weiß ich nicht.«

Polternde Schritte auf der Treppe zum ersten Stock kündigten die nächste Besucherin an. Bingo jaulte auf, und schon segelte Wanda um die Ecke, ein vollschlankes Vollweib im Hippielook. Heute trug sie ein wallendes Gewand in der gewagten Farbstellung Pink und Giftgrün, dazu unzählige Holzperlenketten. Wie eine Frau eben aussah, die anlässlich einer Indienreise zu Buddha gefunden hatte und nun davon lebte, Räucherstäbchen und selbstgemachte Cremes in einem Bioladen zu verkaufen. Carina hatte sie im Yogakurs kennengelernt und mochte ihre etwas rumpelige, aber erfrischend aufrichtige Art. Wanda scherte sich wenig um Konventionen, seien es nun Umgangsformen oder Stilfragen. In ihrer leuchtend hennarot gefärbten Mähne hing eine Schmetterlingsspange, die sie resolut hochschob.

»Was ist hier denn los? So 'ne Art Krisenkonferenz? Ist die Milch übergekocht? Oder hat sich jemand einen Fingernagel abgebrochen?«

Leni wedelte hektisch mit der rechten Hand, während sich ihre linke schützend auf Carinas Schulter legte.

»Jonas hat eine andere Frau am Start.«

»Waaas?« Mit energischen Schritten stapfte Wanda zum Bett und ließ sich neben Carina nieder. »Ich fass es nicht! Voll das miese Karma!«

Auch sie beäugte nun den Inhalt des Koffers. Ohne jede Scheu griff sie zu dem Rasierwasserflakon, schraubte den Deckel ab und schnupperte daran.

»Aua, wenn man das Zeug nimmt, braucht man keine Kondome mehr. Ich würde jeden Mann sofort aus dem Bett schmeißen, der so was benutzt. Riecht wie abgefackelte Windel auf Testosteron und ist bestimmt voller Chemie.« Angewidert stellte sie den Flakon auf den Nachttisch. »Ich sag ja immer: Gute Ehemänner sind wie Osterhasen: sexy, charmant und intelligent. Aber wer glaubt schon an Osterhasen?«

Es war so peinlich. So furchtbar peinlich. Carina hätte sich am liebsten auf den Mars gebeamt. Andererseits – konnte sie nicht heilfroh sein, diesen Schrecken nicht allein durchstehen zu müssen? Kaum auszudenken, was sie getan hätte, wenn sie weiterhin allein an dem Abgrund gestanden hätte, der sich vor ihr auftat. Aber war es überhaupt ein Abgrund? Gab es nicht vielleicht doch eine völlig vernünftige oder aber eine lachhaft aberwitzige Erklärung für die Dinge, die sich im Koffer befanden?

»Vielleicht ist das nur ein Missverständnis«, flötete sie. »Oder ein dummer Scherz.«

»O nein, das hier für einen Scherz zu halten, das wäre dumm«, grollte Wanda, die sich den schwarzen Spitzentanga vorgenommen hatte und ihn voller Ingrimm in die Breite zog, als wolle sie damit gegen die Existenz viel zu winziger Wäsche protestieren. »Wenn du mich fragst, ist Jonas Geschichte. Briefmarke auf'n Arsch und tschüss.«

»Wanda!«, rief Leni. »Könntest du dich wenigstens einmal zivilisiert ausdrücken?«

»Wandas Wortwahl ist das kleinste meiner Probleme«, murmelte Carina mit Grabesstimme.

Eine Weile war es still.

»Ach, vergiss ihn«, sagte Wanda schließlich. Sie schleuderte den Tanga in die Luft, so dass er an der Deckenlampe hängenblieb, einem mehrarmigen Leuchter aus cremefarbenem Porzellan. »Dein geliebter Jonas ist nicht der erste Ehemann in den besten Jahren, der eine andere toastet. Ist leider typisch für Kerle in seinem Alter. Ab vierzig drehen die frei. Kaufen sich einen Porsche, da wird Vati wieder flott, oder müssen halt wie Jonas in fremden Betten rumhirschen, damit sie sich unwiderstehlich fühlen.«

Leni, die soeben eine äußerst unerfreuliche Scheidung überstanden hatte, machte eine wegwerfende Handbewegung.

»Redest du etwa von der berüchtigten Midlife-Crisis? Haben Männer nicht. Die bleiben ewig in der Pubertät, so ungefähr bis siebzig.«

Wanda kicherte. »Ich finde sowieso, Ehemänner sollten mit vierzig sterben, damit die Frau noch was vom Leben hat.«

Eine neuerliche Pause entstand. Alle drei starrten wieder in den Koffer, gebannt von dessen verräterischem Inhalt. Es ist so grässlich offensichtlich, dachte Carina. Eigentlich zu offensichtlich. Wenn jemand organisiert und strukturiert vorgeht, dann Jonas. Und wenn ein Mann genug Grips in der Birne hat, um eine Affäre zu verheimlichen, dann Dr. Jonas Wedemeyer, Fachanwalt für Wirtschaftsrecht.

»Wer hat den Koffer eigentlich hergebracht?«, fragte Leni.

»Wie? Ach so, Frau Röwer, Jonas' Sekretärin«, antwortete Carina zerstreut.

»Aha!« Wanda tauschte bedeutungsvolle Blicke mit Leni. »Daher weht der Wind. Wie sieht sie denn so aus?«

Carina lachte ein bisschen zu blechern.

»Für Mitte fünfzig spitzenmäßig, falls man auf asymmetrische Bürstenschnitte, hängende Mundwinkel und ein moppeliges Erscheinungsbild steht.«

»Na, hör mal!«, rief Wanda. »Du willst doch wohl nicht üppige Frauen diskriminieren, oder?«

Geschenkt. Carina, die seit Menschengedenken mit gut fünfzehn Kilo Übergewicht kämpfte, ging gar nicht erst darauf ein. Nachdenklich betrachtete sie die Deckenleuchte, an der das Nichts aus schwarzer Spitze baumelte. Sie selbst trug seit einiger Zeit hautfarbene figurformende Bodys, wofür sie sich plötzlich schämte. Was sah Jonas in ihr? Nahm er sie überhaupt noch als Frau wahr? Oder war sie für ihn die asexuelle Mami, lieb, nett, praktisch? Die Frequenz ihrer erotischen Aktivitäten dümpelte mittlerweile nur noch bei einmal pro Monat herum. Wohlwollend geschätzt. Und dabei handelte es sich beileibe um keinen Gourmetsex, sondern solide Hausmannskost.

Leni stand auf. Mit verschränkten Armen stöckelte sie zwischen Bett und Kleiderschrank hin und her, bis sie abrupt stehen blieb.

»Irgendwas muss diese Frau Röwer doch erzählt haben.«

»Um ehrlich zu sein, habe ich sie gar nicht selbst gesehen.« Nervös fuhr sich Carina durchs zerzauste Haar. »Ich war in der Küche, um die Gazpacho zu pürieren, was einen Höllenlärm macht, weil mein Turbomixer lauter ist als ein startender Düsenjet. Auf einmal kam Melli mit Jonas' Koffer in die Küche.«

»Was hat sie gesagt?«

»So was wie: ›Mami, Mami, eine Frau hat Papas Koffer gebracht.‹ Als ich fragte, wer die Dame gewesen sei, meinte Melli: ›Papas Sekretärin.‹ Das Ganze hat mich sowieso gewundert, weil Jonas eigentlich erst morgen von seiner Reise zurückkommen wollte. Sonst hätte ich heute wohl kaum unseren Mädelsabend veranstaltet – ihr wisst ja, für Jonas ist das der pure Horror.«

»Für alle Männer sind starke, selbstbewusste Frauen der pure Horror«, verkündete Wanda. »Es sei denn, sie reinigen ihre Aura. Durch Meditation kann man sich von Geschlechterklischees befreien.«

Kopfschüttelnd hatte Leni zugehört.

»Wanda, bei allem Respekt: Kannst du dir Jonas im Lotussitz vorstellen, mit Glöckchen in den Händen?«

Währenddessen formte sich in Carinas überreiztem Hirn ein Gedankengang, der längst überfällig war: Diese Kofferübergabe musste eine Panne gewesen sein. Sie kannte Frau Röwer. Jonas' Sekretärin war eine äußerst gewissenhafte Mitarbeiterin und ihrem Chef treu ergeben, hundertpro loyal. Bestimmt hatte sie die Sache vergeigt, weil sie stolz darauf war, immer eine Spur schneller zu denken als er. Deshalb hatte sie Jonas' blöden Rollkoffer daheim abgeliefert, ohne lange zu fragen. Tja, auch konstruktives Mitdenken seitens der Sekretärin konnte einem Chef zum Verhängnis werden.

»Was mache ich denn jetzt nur?«, flüsterte sie.

Leni strich ihr eine Haarsträhne aus dem Gesicht.

»Erst mal durchatmen, Liebes. Wir sind für dich da. Und rede dir bloß keine Schuldgefühle ein, es liegt nicht an dir. Du bist eine wunderbare Frau. Stell ihn zur Rede, verpass ihm einen Einlauf. Sag ihm klipp und klar, dass du dir zu schade für miese Spiele bist.«

»Eddy sagt immer: Das Leben ist ein Scheißspiel, nur die Grafik ist geil«, ließ Wanda sich vernehmen.

Trotz ihres desolaten Zustands musste Carina lächeln. Sie mochte Eddy, den Besitzer des Bioladens, in dem Wanda arbeitete. Ein charmanter Computernerd, der eigentlich Eduardo hieß und einen Hauch italienischer Lebensart in die graue Welt von Dinkel und Hirse brachte. Seine Frau Luisa war soeben Mutter geworden – der willkommene Anlass für einen Themenwechsel. Die Diskussion mit ihren Freundinnen überforderte Carina. Obwohl ihr Verstand die größte Krise ihres Lebens registrierte, hing ihr Herz hartnäckig an dem Mann, der sie Sternschnuppe nannte und den sie immer noch liebte, wie sie sich bang eingestand.

Sie zwang sich zu einem Lächeln. »Apropos: Eddys Frau Luisa kommt heute Abend mit ihrem Baby vorbei. Bestimmt ist es furchtbar niedlich.«

»Du lenkst ab«, sagte Leni ungerührt.

»Lass sie mal, alles Weitere sollten wir bei einem Glas Prosecco besprechen.« Erfreut beäugte Wanda Carinas fleckiges T-Shirt. »Reichlich zu essen gibt's ja offensichtlich auch.«

»Wie kannst du jetzt bloß an Essen denken?«, regte Leni sich auf. »Mir ist jedenfalls der Appetit vergangen. Sollen wir den Abend nicht besser abblasen, Carina, Liebes? Ich könnte hierbleiben und dir beistehen. Wenn du willst, die ganze Nacht.«

Carina erhob sich stöhnend. Vor ihren Augen tanzten Sterne, und ihr Nacken war steif, als hätte sie ein Schleudertrauma. Doch getreu ihrem Motto: Aufgeben darfst du nur bei der Post, nicht im wahren Leben, beschloss sie, diesen Abend durchzuziehen, komme, was wolle.

»Nee, nee, schon gut, ihr beiden. Ich verschwinde kurz im Badezimmer, dann bin ich bei euch.«

»Meine tapfere Carina«, erwiderte Leni. »Sollen sich die untreuen Männer dieser Welt doch gehackt legen, wir Mädels halten zusammen.«

»Und wenn der Gatte kommt, kann er was erleben«, schob Wanda hinterher.

Genau das war es, was Carina am meisten fürchtete.

Kapitel 2

Als Carina eine Viertelstunde später das Wohnzimmer betrat, in einem alten abgeliebten Jeanskleid, eine Steingutplatte mit Minipizzen in den Händen, hatte sie sich einigermaßen gefangen. Der gemütliche Raum strahlte etwas Beruhigendes aus. Es duftete nach dem würzigen Aroma von brennendem Kaminholz, nach Tannenzweigen und Parfums. Allerdings täuschte die heimelige Atmosphäre, denn natürlich hatten die Neuigkeiten für helle Empörung gesorgt. Auf die mit cognacfarbenem Leder bezogenen Couchen und Sessel verteilt, palaverten ihre Freundinnen lautstark über Beziehungen im Allgemeinen und Jonas im Besonderen. »Dumpfgummi«, »Heckenseppel« und »Vorstadtmacho« zählten noch zu den netteren Bezeichnungen, die ihm zugedacht wurden.

»Da ist sie ja endlich, unsere arme Carina!«, rief Wanda. »Denk bloß nicht, wir lassen dich jetzt im Stich!«

Von den Kindern war glücklicherweise nichts zu sehen. Nur Bingo hatte es sich vor dem Kamin gemütlich gemacht. Sein Fell schimmerte golden im Widerschein des flackernden Feuers, seine Augen hatte er halb geschlossen. Doch er blieb wachsam, das signalisierte seine Rute, die rhythmisch auf den Boden klopfte. Witternd hob er den Kopf, als sein Frauchen in Sicht kam. Carina strich ihm sacht über den Rücken. Wenn sie sich auf einen Kerl verlassen konnte, dann auf Bingo. Ansonsten sah sie dem Abend mit gemischten Gefühlen entgegen. Was, wenn Jonas in diese aufgeheizte Runde platzte?

»Danke, dass ihr gekommen seid«, sagte sie mit belegter Stimme.

»Entspann dich, sei ganz du selbst, du musst uns nicht die perfekte Gastgeberin vorspielen«, erwiderte Leni weich. »Wie gesagt: Wir sind für dich da. In guten und in schlechten Zeiten.«

Kaum war Carina in einen freien Sessel geplumpst, als auch schon alle auf sie einredeten. Wanda führte die Diskussion an, unterstützt von Leni, die Carina ein Glas Prosecco reichte und als frisch geschiedener Single erst einmal den Gang zu ihrem Scheidungsanwalt empfahl. Der habe es drauf, aber richtig. Mit deutlich weniger Verve beteiligten sich Betty und Sibylle an der Debatte. Beide waren glücklich verheiratet, so jedenfalls ihre Beteuerung.

Betty, im eleganten perlgrauen Kostüm nebst adrettem braunem Pagenkopf, hielt einen Vortrag über die Geheimnisse des Konfliktmanagements. Da sie in der Personalabteilung eines Pharmaunternehmens arbeitete, kannte sie sich damit bestens aus.

»Lass dich keinesfalls auf Psychospiele ein«, beschwor sie Carina. »Sonst wirst du von falschen Argumenten manipuliert. Jonas ist der Täter, wird sich aber sehr wahrscheinlich als Opfer darstellen, als überarbeiteter, emotional vernachlässigter Familienvater, der Versäumtes nachholen will. Ohne dich, versteht sich.«

Sibylle, in Jeans und grauem Rollkragenpulli, beschränkte sich passend zu ihrem Lehrerinnenjob auf wissenschaftliche Erkenntnisse über das Verfallsdatum von Ehen.

»Man muss aber auch bedenken: Spätestens nach sieben Jahren Beziehung stellt sich das Panda-Syndrom ein. Kennt ihr nicht? Doch, kennt ihr. Fürsorglichkeit statt Erotik, Kampfkuscheln auf der Couch statt heißem Sex. Alles ganz normal. Leider auch ein Nährboden für Affären.«

»Die Frage ist ja wohl eher, wie es jetzt weitergeht«, warf Leni ein. »Meiner Erfahrung nach sollte man nicht lange fackeln. Auch mein Andreas ist durch fremde Betten gestiegen. Wir haben darüber geredet. Und geredet. Und wieder geredet. Hätte ich mir alles schenken können, am Ende sind wir dann doch vor dem Familiengericht gelandet. Besser, Carina zieht den Schlussstrich sofort. Alles andere wäre verletzungsaffin. Der reine Wahnsinn.«

»Lass dich bloß nicht von diesem schlecht bestrahlten Typen austanzen!«, rief Wanda kauend. Sie hatte sich bereits bei den Minipizzen bedient und angelte sich gerade eine zweite. »Wer loslässt, hat beide Hände frei!«

Carina spürte einen dicken Kloß im Hals. Die Solidaritätsbezeugungen ihrer Freundinnen waren zweifellos gutgemeint, brachten jedoch den Nebeneffekt mit sich, dass ihre mühsam wiedererlangte Contenance kläglich in sich zusammensank. Sie fühlte sich wie ein Wollpullover, aus dem seit langem unbemerkt ein Faden heraushing – jetzt wurde kräftig daran gezogen, Masche für Masche löste sich der Pullover auf. Bald würde nichts mehr von ihr übrig sein außer einem unansehnlichen aufgeribbelten Durcheinander.

Es ging alles zu schnell, viel zu schnell. Für ihre Freundinnen war der Drops gelutscht. Für sie hingegen stand das endgültige Ehe-Aus keineswegs fest. Immerhin hatte sie noch nicht einmal mit Jonas gesprochen. Sie holte tief Luft.

»Ich finde, ich sollte Jonas erst die Chance geben, sein Verhalten zu erklären. Heißt es denn nicht: im Zweifel für den Angeklagten?«

»Klar, Männer sind Unschuldslämmer, und Joghurt ist gesund, weil er keine Gräten hat«, knurrte Wanda.

Sibylle rückte ihre Brille aus dunklem Horn gerade.

»Vierundsiebzig Prozent der Deutschen würden sich sofort trennen, wenn ihr Partner fremdgeht – soweit die Zahlen. Dennoch, Carinas Einwand ist nachvollziehbar. Sie sollte erst einmal herausfinden, was Jonas zu einer Affäre bewogen hat. Auch Männer haben Gefühle.«

»Ja, Hunger und Durst«, fauchte Wanda.

Carina wurde es immer unbehaglicher zumute. Ihr Blick war auf den Boden gerichtet, als erfordere das Muster der rotbraunen Terracottafliesen eine eingehende Analyse.

»Du hast ihm die besten Jahre geschenkt, wie es so unschön heißt«, merkte Leni an. »Jetzt musst du dir einiges zurückholen. Wenn du mit ihm durch bist, solltest du ein reicher Engel sein und er ein armer Teufel. Es gibt nämlich nur eins, was teurer ist als eine Geliebte – die Exfrau.«

Völlig falsche Richtung. Abgesehen davon, dass Carina jegliche Berechnung fernlag, hatte sie immer umgekehrt Jonas und die Kinder als Geschenk betrachtet. Wie im Schnelldurchlauf spulte ihre Erinnerung zehn Jahre zurück. Ein Strom von Bildern flackerte vor ihrem inneren Auge auf.

Jonas, der ihr tropfnass und übermütig lachend einen Heiratsantrag machte, unter der Dusche, nach einer durchtanzten Nacht. Jonas, der sie im selbstgenähten Hochzeitskleid über die Schwelle seines kleinen Appartements trug, das sie zwei Tage nicht verließen. Jonas, der tränenüberströmt die neugeborene Melli im Arm hielt, der überglücklich mit Benny in einem Haufen Legosteine herumkroch. Jonas, ihr Jonas, der sie beim Spaziergang im Regen umarmte und herrlich alberne Zärtlichkeiten in ihr Ohr flüsterte. Gut, das alles war lange her. Doch sie hatte es nicht vergessen.

»Und wenn ich ihm verzeihe?«, hauchte sie.

Totenstille. Es war, als hätte ihre Frage jeglichen Sauerstoff aus dem Raum gesaugt. Alle hielten den Atem an. Nahezu körperlich spürte Carina nun, was man von ihr erwartete: kurzen Prozess mit Jonas zu machen.

»Wer versucht, sich alle Türen offenzuhalten, wird seine Zukunft auf dem Flur verbringen«, befand Betty nach einer Weile.

Klirrend stellte Leni ihr Glas auf den gläsernen Couchtisch.

»Du willst ihn zurück, Carina? Ernsthaft?«

»Die langweilige Grütze kannst du dir sonst wohin kleben«, knurrte Wanda. »Da kommt was Besseres, du wirst schon sehen, ein richtig toller Typ wartet irgendwo auf dich. Wer will denn ein gebrauchtes Auto mit Delle zurück, wenn er einen Neuwagen haben kann?«

»Der Vergleich ist zwar geschmacklos, aber zutreffend«, pflichtete Leni ihr bei. »Für mich ist ein abgelegter Ehemann in etwa so faszinierend wie eine Wiedervorlagemappe.«

Betty schnippte ein paar Pizzakrümel von ihrem Rock. Mit allen zehn Fingern prüfte sie den Sitz ihrer Pagenkopffrisur, bevor sie das Wort an Carina richtete.

»Krisen sind Transferräume. Sie eröffnen neue Optionen. Was ich damit sagen will: Nach einer Trennung kannst du dich ungeachtet der Bedürfnisse deines Mannes fragen, was du noch vom Leben erwartest.«

»Statistisch gesehen, hält eine Scheidung vor vierzig mehr Chancen als Risiken bereit«, dozierte Sibylle. »Die mentale Flexibilität eines Erwachsenen erlahmt erst ab fünfzig. Also bleibt genügend Zeit, dir etwas Neues aufzubauen – sei es Beruf, Beziehung oder Hobby. Außerdem hast du mit Bingo einen entscheidenden Vorteil: Siebzig Prozent der deutschen Hundebesitzer lernen ihren Partner über ihr Tier kennen. Da geht noch was.«

»Gutes Argument.« Betty knöpfte ihre Kostümjacke auf. »Momentan fragst du dich noch, ob es ein Leben ohne Jonas geben kann. Verlass dich drauf: Sobald du die Antwort hast, ändert das Leben die Frage. Betrachte den Seitensprung deines Gatten als einmalige Gelegenheit, mehr aus dir zu machen.«

Ich will aber nicht »mehr«, dachte Carina in einer Aufwallung von Trotz. Sie gehörte nicht zu jenen Frauen, die ständig jammerten, etwas verpasst zu haben, weil sie keine Karriere vorweisen konnten. Ihr gefiel das Dasein als Hausfrau und Mutter. Sie hatte weder hochfliegende berufliche Ambitionen noch Lust auf Selbstverwirklichungstrips. So unspektakulär ihr Leben auch war, sie liebte es. Und sie liebte Jonas.

»Übrigens, Carina …«, gedankenverloren betrachtete Leni die Girlande aus Tannengrün und roten Schleifen, die über dem Kaminsims hing, »wir haben deine Tochter befragt. Du weißt schon, wegen der Sekretärin. Melli meint, die sei ein ziemlicher Aufreger gewesen. Nix graue Haare und so – Minirock und tolle Stiefel. Jawohl. Overknees in Lila, so was merkt sich ein Mädchen wie Melli natürlich.«

»Wie bitte?« Es überstieg Carinas Phantasie, sich die matronenhafte Frau Röwer in Minirock und lilafarbenen Overknees vorzustellen. »Dann, dann …«

»… hat Jonas eine neue Sekretärin«, sprach Leni das Offensichtliche aus.

Auch das noch. Carina beschlich allmählich das Gefühl, mit einem großen Unbekannten verheiratet zu sein. Ohnehin erzählte Jonas kaum noch etwas aus seinem Arbeitsalltag. Früher hatte er sie oft um ihre Meinung gebeten, wenn er einen komplizierten Fall am Wickel hatte, neuerdings verzog er sich nach dem Abendessen kommentarlos in sein Arbeitszimmer. Wenn er überhaupt rechtzeitig zum Abendessen erschien. Warum war sie nie misstrauisch geworden, dass er so viele Überstunden einlegte?

Sie zuckte zusammen, als es schellte. Bellend sprang Bingo hoch und fegte zur Haustür. O Gott. Ogottogottogott. Ob das Jonas war?

Mit klopfendem Herzen lief Carina hinterher und riss die Tür so ungestüm auf, dass es fast Bingo erwischt hätte, der aufjaulend das Weite suchte. Nein, es war nicht Jonas. Vor ihr stand Luisa, mit Mitte dreißig das Küken der Runde. Sie hielt eine rosa Flauschdecke im Arm, aus der ein winziges Gesichtchen herauslugte.

»Ciao, Cara«, lächelte Luisa. »Darf ich vorstellen? Das ist Alice Alessandra Victoria, unsere Principessa.«

Wie aufs Stichwort regte sich das winzige Wesen in Luisas Arm, blinzelte ins Licht der Flurlampe und gähnte ausgiebig. Eine Welle der Zärtlichkeit überlief Carina, vermischt mit Wehmut. Auch sie hätte noch ein Baby haben können.

»Hallo, Alice«, raunte sie und streichelte mit einem Finger die seidenweiche Kinderwange. »Soll ich die Kleine für dich halten, Luisa, damit du deinen Mantel ausziehen kannst?«

»Gute Idee.«

Vorsichtig übergab Luisa ihr das rosa Bündel. Dann streifte sie den buntgemusterten Poncho ab, den sie über einer hellen Hose und einer passenden écrufarbenen Bluse trug. Die Mutterschaft stand ihr ausgezeichnet. Als Geschäftsführerin einer kleinen Firma, die Geschenkartikel herstellte, hatte Luisa immer etwas gestresst und abgezehrt gewirkt. Jetzt leuchteten ihre deutlich runderen

Wangen, ihre Augen hatten einen eigentümlichen Glanz. Mit beiden Händen zog sie den Pferdeschwanz straff, zu dem sie ihr dunkelblondes Haar gebunden hatte.

»Hmmm, wie gut das hier duftet! Herrlich! Hast du Eddys Rezept für Minipizzen ausprobiert?«

Als ob es keine anderen Probleme auf der Welt gäbe als Minipizzen. Doch Carina brachte es nicht übers Herz, Luisa mit der Hiobsbotschaft ihrer zerbrechenden Ehe zu überrumpeln.

»Ja, das Rezept ist großartig«, versicherte sie. »Absolut köstlich. Komm rein, Schatz, die anderen sind schon da.«

Mit großem Hallo wurden sie im Wohnzimmer empfangen. Erleichtert stellte Carina fest, dass das Thema Jonas vorerst Pause hatte. Alle wollten die kleine Alice im Arm halten und hörten geduldig zu, als Luisa mit der typischen Begeisterung einer jungen Mutter vom Alltag ihrer kleinen Familie berichtete wie von einem Abenteuertrip an den Amazonas. Dass sie aus Rücksicht auf ihr Baby keinen Knoblauch aß, weil sie stillte. Dass Alice lächelte, wenn sie ein Bäuerchen machte. Dass sie nachtaktiv war und unfassbar intelligent werden würde, weil sie beim Einschlafen mit klassischer Musik beschallt wurde.

»Eddy ist ein phantastischer Vater«, schwärmte Luisa. »Mit Alice ist unsere Beziehung noch viel inniger geworden.«

Betty wischte sich einen silbrigen Spuckefaden vom Revers ihrer Kostümjacke, nachdem sie das vergnügt glucksende Baby an Sibylle weitergereicht hatte.

»Tja, die Ehe ist wie ein Job. Es hilft, wenn man den Chef mag.«

Wissende Blicke flogen hin und her. Mittlerweile betete Carina, dass Jonas erst nach Hause kam, wenn ihre Freundinnen gegangen waren. Ängstlich horchte sie, ob ein aufheulender Motor seine Rückkehr ankündigte, doch gottlob war nichts zu hören. Ich könnte ihm eine WhatsApp-Nachricht schicken, überlegte sie. Aber was sollte sie ihm schreiben? Dass ein weibliches Tribunal auf ihn wartete, begierig, sich an seiner Zerknirschung zu weiden? Sehr witzig.

Sie passte einen Moment ab, in dem Luisa voller Überschwang die wohlriechenden Ausscheidungen gestillter Babys schilderte, um unbemerkt in die Küche zu huschen. In ihre mittlerweile aus der Mode gekommene beigefarbene Landhausküche, in der sie so oft mit Jonas gefrühstückt hatte. Ein paar Minuten Zweisamkeit, wenn die Kinder bereits in der Schule waren, in denen sie bei Espresso und Croissants die selbstverständliche Vertrautheit einer langjährigen Ehe genossen hatten – sie im Bademantel, er im verschwitzten Jogginganzug nach seiner morgendlichen Runde um den Block. Oder war es eine falsche Idylle gewesen? Hatte sie sich etwas vorgemacht?

Eilig checkte sie ihr Handy, das in der Obstschale lag. Keine neue Nachricht von Jonas. Wo war er überhaupt? Was hatte er vor? Sie sah zu Melli und Benny, die einträchtig nebeneinander auf der rotgepolsterten Küchenbank herumlümmelten und auf Jonas' iPad schauten. Das Gedudel einer Filmmusik erfüllte den Raum. Den satten Streicherklängen nach zu urteilen, handelte es sich um »Fluch der Karibik«. Der Gedanke versetzte Carina einen Stich. Eine Reise an südliche Strände stand ganz oben auf ihrer Liste unerfüllter Wünsche, die so lang war wie der Einkaufszettel für den wöchentlichen Bedarf einer vierköpfigen Familie.

Jonas versprach viel, gehalten hatte er bisher wenig. Eigentlich nichts. Weder der Strandurlaub auf Mallorca noch der Familienausflug in einen Freizeitpark hatten stattgefunden. So wenig wie die Reise zu zweit nach Paris, der gemeinsame Tangokurs und der mehrfach groß angekündigte Fallschirmsprung zu zweit, den sie in zehn Jahren Ehe nie gewagt hatten.

»Mama, wann kommt Papa?«, fragte Benny, der mit geröteten Wangen vom iPad aufsah.

»Wird langsam Zeit, dass du die Uhr lesen lernst, Kurzer«, wurde er von Melli belehrt. Sie deutete auf die Küchenuhr neben dem Kühlschrank. »Viertel vor neun. Papa kommt nicht vor zehn nach Hause. Manchmal erst um elf.«

Carina war sprachlos. So genau hatte sie Jonas' Gewohnheiten nie studiert. Sich nur damit abgefunden, dass das Familienleben weitgehend eine Angelegenheit zu dritt war. Benny knabberte auf seiner Unterlippe herum. Fragend sah er seine Mutter an.

»Wohnt Papa woanders?«

Es zerriss Carina fast das Herz. Sie schluckte schwer, um ihre Tränen niederzukämpfen.

»Natürlich nicht, Liebling, wie kommst du denn darauf? Er arbeitet halt sehr viel, damit wir in diesem schönen großen Haus leben können.«

Melli blies die Backen auf. »Also ich würde lieber in einem kleinen Haus wohnen, wenn Papa dann öfter bei uns ist.«

Volltreffer. Kindermund tut Wahrheit kund, dachte Carina halb erschrocken, halb überrascht. Einmal mehr ging ihr auf, dass man Melina keinesfalls unterschätzen durfte. Das Mädchen war ungewöhnlich aufgeweckt für ihre neun Jahre und hatte ganz beiläufig den Finger in die Wunde gelegt: Was nützte ein großes Haus, wenn der Vater durch Abwesenheit glänzte und selbst an den Wochenenden keine Zeit für seine Familie hatte?

»Ihr dürft euch noch eine Fanta nehmen und den Film zu Ende gucken, weil heute Freitag ist«, erwiderte sie, ohne auf Melinas Kommentar einzugehen. »Dann ist Zapfenstreich.«

»›Fluch der Karibik‹ hat aber fünf Teile«, widersprach Melli. »Ich will mindestens drei anschauen.«

»Also schön, schließen wir einen Kompromiss: Ihr putzt die Zähne, zieht eure Schlafanzüge an und seht Teil zwei bei mir im großen Bett. Dann könnt ihr gleich einschlafen, wenn ihr müde werdet.«

»Bin noch gar nicht müde«, quengelte Benny.

Carina gab ihm einen liebevollen Stups auf den Rücken. »Ab durch die Mitte. Ich muss jetzt die Suppe servieren. Später schaue ich oben vorbei und gebe euch einen Gutenachtkuss.«

Die beiden zogen einen Flunsch, trollten sich jedoch ohne weiteren Protest. Das iPad nebst der lauten Musik nahmen sie mit. Carina atmete tief durch. Endlich Ruhe. Währenddessen wuchs in ihr eine unerträgliche Anspannung. Zum ersten Mal hoffte sie, dass sich Jonas erst weit nach Mitternacht zeigen würde, dann, wenn ihre Freundinnen längst verschwunden waren. So wie Leni und Wanda drauf waren, sprach alles für ein gnadenloses Gemetzel, und am Ende fielen unwiderrufliche Entscheidungen, die sie später vielleicht bereuen würde.

Lieber Gott, lass Jonas im Stau steckenbleiben. Es ist Freitag, da dürfte das doch kein Problem sein, so ein schöner dicker Stau, oder?

Mit zitternden Händen holte Carina die Gazpacho-Gläschen aus dem Kühlschrank, verteilte sie auf ein großes Tablett und dekorierte sie mit Minzblättchen. Dann machte sie sich auf den Weg zu ihren Freundinnen. Schon auf dem Flur fiel ihr eine verdächtige Stille auf. Das Geplauder und Gelächter waren verstummt, als hätte jemand den Ton abgedreht. Als sie das Wohnzimmer erreichte, erblickte sie den Grund für die Stille: Vor dem Kamin stand Jonas, knapp zwei Meter personifiziertes Schuldbewusstsein im dunkelblauen Anzug.

Alle starrten ihn an. Und Jonas? Starrte zurück, mit dem verzweifelten Blick eines Zwergpudels, dem soeben klarwurde, dass er durch einen brennenden Reifen springen musste.

Kapitel 3

Der Augenblick dehnte sich wie Kaugummi ins schier Unendliche. Eisige Ablehnung schlug Jonas entgegen, mit der geballten Energie einer mittleren Kleinstadt. Einer sehr schlecht gelaunten Kleinstadt, wohlgemerkt, und es gab keine Stopptaste, um diesen Katastrophenfilm anzuhalten.

Carina stöhnte leise auf. Verfluchte Karibik! Die Musik in der Küche war so laut gewesen, dass sie weder den Wagen gehört hatte noch Jonas' Schlüssel im Haustürschloss. Jetzt war die Chance vertan, ihren Gatten rechtzeitig abzufangen. Zu allem Überfluss begann auch noch die kleine Alice zu weinen. Luisa drückte sie an sich, mit schreckgeweiteten Augen. Sibylle, die neben ihr saß, weihte sie flüsternd in die Hintergründe dieser seltsamen Szene ein.

Noch immer stand Jonas stumm vor dem Kamin. Hochgewachsen, gutaussehend, wenn auch deutlich in die Jahre gekommen, und jeder Zoll ein Gentleman, dummerweise nur optisch. Einzig das etwas zu lange dunkelblonde Haar ließ ahnen, dass sich hinter der Fassade des seriösen Anwalts noch andere, stürmischere Charakterzüge verbergen könnten. Ängstlich musterte Carina sein Gesicht. Gab es Spuren einer wilden Nacht? Kratzer, Bisse, Lippenstiftabdrücke? Zu sehen war nichts, zu spüren mehr, als ihr lieb war. Und, was es auch nicht besser machte: Offenbar hatte Jonas getrunken, wie sie aus seinem leicht glasigen Blick schloss.

Die erstickende Hitze des Wohnzimmers nahm ihr den Atem, eine würgende Übelkeit stieg in ihr hoch. Krampfhaft umklammerte sie die Griffe des Tabletts, als könne sie sich ernsthaft daran festhalten. Keine gute Idee. Einige Gläschen kippten um, die rote Flüssigkeit ergoss sich zunächst auf das Tablett und von dort auf die Bodenfliesen. Schwanzwedelnd leckte Bingo ein paar Tropfen auf, entschied, dass die höllisch scharf gewürzte Gazpacho ihm nicht mundete, und verzog sich fiepend hinter die Couch. Carina bemerkte es gar nicht. Unverwandt sah sie zu Jonas, der die Hände in den Hosentaschen vergraben hatte. Seine Kiefer mahlten.

»Showtime, Sportsfreund!«, raunzte Wanda ihn an. »Wir haben dir gerade eine Frage gestellt. Also? Wo warst du letzte Nacht?«

Jonas' Lippen wurden schmal. Er warf Carina einen vernichtenden Blick zu.

»Hat die Indientante sie noch alle? Das ist mein Haus! Ich habe diese Frauen nicht eingeladen. Was soll das hier eigentlich werden, Sternschnuppe?«

»Erst war sie dein Stern, jetzt ist sie dir schnuppe, oder was?« Wie ein Flummi schnellte Leni von ihrem Sessel hoch und trat neben Carina, als befürchte sie Tätlichkeiten. »Das ist *euer* Haus, wenn ich es richtig sehe. Aber demnächst könnte es einzig und allein Carinas sein, vorausgesetzt, sie konsultiert einen guten Anwalt.«

Jonas' Teint, der dank täglicher Joggingrunden auch im Winter frisch wirkte, nahm eine rotviolette Farbe an.

»Ja? Ich meine, nein! – Wie bitte? Ich glaub, ich brauche Untertitel. Verstehe kein Wort von dem Zeug, das du von dir gibst.«

Ohne mit der Wimper zu zucken, hielt Leni seinem wütenden Blick stand. Angriffslustig reckte sie das Kinn vor.

»Im Grunde sind wir uns alle einig, dass du ein mieser Schuft bist, der seine Frau betrügt.«

Damit brachte sie Jonas vollends aus der Fassung. Er schnappte nach Luft. Dann nahm er die Hände aus den Hosentaschen und fuchtelte mit geballten Fäusten vor Lenis Gesicht herum.

»Alle? Gab's hier 'ne Umfrage?« Mit verzerrtem Gesicht richtete er das Wort an Carina. »Sternschnuppe, könntest du mir endlich sagen, was hier läuft?«

»Deine neue Sekretärin …«, setzte Carina an, wurde jedoch sogleich von ihm ausgebremst.

»Was soll der Bullshit? Ich habe gar keine neue Sekretärin!« Ärgerlich schaute er in die Runde. »Ich merke schon, die Gerüchteküche kocht über. Bisher habe ich euch für handelsübliche Hexen gehalten, aber jetzt weiß ich, dass ihr vor nichts zurückschreckt. Nicht einmal vor unserem Ehefrieden. Egal. Ich wollte sowieso gerade gehen. Hab noch was zu erledigen.«

Schwankenden Schritts marschierte er Richtung Tür, doch Wanda, die bei seinen letzten Worten aufgesprungen war, stellte sich ihm in den Weg, die Arme hoch erhoben wie eine Verkehrspolizistin.

»Halt! Falls du deinen Koffer holen willst, der ist schon eingetroffen. Inklusive Kondomen, Spitzentanga und eines Rasierwassers, das für die menschliche Nase ungeeignet ist.«

»Was?«

Jonas' Gesichtsfarbe wechselte von Rotviolett auf Bleich. Mitten in der Bewegung hielt er inne, kraftlos sanken seine geballten Fäuste herab. Was Carina jedoch den Boden unter den Füßen wegzog, waren seine Augen. Nein, seine Augen konnten nicht lügen. Das ganze Elend eines ertappten Betrügers spiegelte sich darin – Entsetzen, Wut, Bedauern. Also waren die Utensilien in seinem Koffer tatsächlich weder ein Scherz noch ein Missverständnis, sondern Indizien der abscheulichen Wahrheit: Jonas hatte eine Affäre.

Das Tablett entglitt ihren Händen. Scheppernd landete es auf dem Steinboden, begleitet vom Geklapper und Geklirr der berstenden Gläschen. Doch selbst jetzt reagierte sie nicht, unfähig, auch nur einen kleinen Finger zu rühren.

»Jonas«, presste sie hervor. »Jonas, bitte, sag was.«

»D-das … ist d-doch …«, stammelte er mit ersterbender Stimme.

»… ein Scheidungsgrund«, vervollständigte Leni den Satz.

Das Weinen der kleinen Alice wurde lauter, woraufhin Luisa ihre Bluse öffnete und dem Baby die Brust gab. Ein Bild des Friedens inmitten eines Schlachtfelds.

»Knapp sechzig Prozent aller verheirateten Männer gehen fremd«, erklärte Sibylle, die als Lehrerin Nerven wie Drahtseile besaß und völlig unbeeindruckt von der dramatischen Situation wirkte.

»Neuerdings weiß man, dass genetische Faktoren mitverantwortlich sind, nämlich eine genombedingt verminderte Ausschüttung der Bindungshormone Oxytocin und Vasopressin. Der Vergleich von monogamen Präriewühlmäusen mit einer in den Bergen beheimateten promisken Wühlmausart …«

»Entschuldige, Sibylle«, fiel Betty ihr ins Wort. »Jonas und Carina brauchen jetzt keine theoretischen Ausführungen über irgendeinen Mäusezirkus, sondern ein zielführendes Gespräch.«

»Mit welchem Ziel denn?«, höhnte Wanda. »Piep, piep, piep, wir ha'm uns alle lieb?«

Jonas blieb stumm. Seine Augen suchten Carinas Blick, doch sie konnte ihn nicht anschauen. Zehn Jahre Ehe, zehn Jahre Glück waren soeben zu einem Häuflein Sondermüll zerbröselt. Und das nicht etwa im stillen Kämmerlein, sondern auf einer Bühne, auf der das Publikum mitspielte.

»Ab jetzt bist du hier Persona non grata«, rief Leni, die gern Fremdwörter benutzte, wenn sie sich aufregte, um nicht ausfallend zu werden. »Mit anderen Worten: Du bist raus, und das meine ich weder metaphorisch noch hypothetisch.«

Jonas fiel die Kinnlade runter.

»Hä?«

»Zack, zack, raus mit dir!«, kreischte Wanda. »Kapierst du es immer noch nicht? O Mann, wenn Begriffsstutzigkeit Rad fahren könnte, würdest du bergauf bremsen.«

Bingo mochte keine schrillen Töne. Knurrend kam er hinter dem Sofa hervor und setzte sich zu Wandas Füßen, bereit, Herrchen und Frauchen mit seinen Reißzähnen zu verteidigen.

»Vorher sollten die beiden Kontrahenten ein Vieraugengespräch führen«, beharrte Betty auf ihrem Vorschlag. »Selbstverständlich moderiert von einer neutralen Person, die zwischen ihren Interessen vermittelt. Stelle mich gern zur Verfügung. »

»Was soll das denn bringen?«, protestierte Leni. »Ein Gespräch, das diesen Namen verdient, setzt ein Mindestmaß komplexer Hirnaktivität voraus. Was man von Männern, die nur Sex im Kopf haben, nicht gerade behaupten kann. Momentan sind Jonas' Denkstrukturen so einfach wie die Bauanleitung für ein Regal aus drei Brettern. Also vergiss es.«

»Doch, ich …«, Carina hatte einen Frosch im Hals, ihre Stimme klang heiser, »… ich würde sehr gern unter vier Augen mit ihm sprechen. Draußen, auf der Terrasse. Okay, Jonas?«

»Wie du willst, Sternschnuppe«, erwiderte er kleinlaut. »Aber ohne diese, diese – Betty.«

»Schon gut.«

Leni packte Carinas Arm.

»Bleib stark«, flüsterte sie ihr ins Ohr. »Knick bloß nicht ein, ja? Spiel ihm die souveräne Ehefrau vor. Sonst findest du nie heraus, was er wirklich treibt und was er sich eigentlich dabei denkt.«

Carina nickte stumm. Unter den teils argwöhnischen, teils verwunderten Blicken ihrer Freundinnen verließ sie das Wohnzimmer, lenkte ihre Schritte zur Küche und öffnete die Tür, die zur Terrasse führte. Polarkalte Nachtluft legte sich auf ihre Haut. Der liebevoll angelegte Garten mit Obstbäumen und Jasminbüschen lag im Dunkel, nur die Umrisse der abgedeckten Outdoor-Möbel hoben sich von der Schwärze des Rasens ab. Hier hatten sie so viele unbeschwerte Sommertage verbracht. Es schien Milliarden Jahre her zu sein.

Als Carina ein Geräusch hörte, drehte sie sich um. Wie ein Schatten lehnte Jonas an der Hauswand. Was sollte sie bloß sagen? Enttäuschung, Panik und hilflose Eifersucht auf eine Unbekannte verkrallten sich in ihr, ließen sie nicht mehr los, schnürten ihr die Kehle zu.

»Sternschn … äh, Carina, ich …«, stotterte er, um sogleich wieder in brütendes Schweigen zu verfallen.

Wie seine Frau hatte er augenscheinlich nicht den leisesten Schimmer, auf welche Weise man das Ungeheuerliche ansprechen sollte. Aufstöhnend vollführte Carina eine Kreisbewegung mit dem rechten Zeigefinger, als wollte sie sagen: Ja, los doch, weiter, hör nicht auf zu reden.

»Es …«, er biss sich auf die Unterlippe, »es tut mir leid. Aufrichtig leid.«

Carina versuchte vergeblich, ihre aufsteigenden Tränen hinunterzuschlucken. Mein Gott, das war alles? Es tat ihm leid? So was sagte man, wenn man den Hochzeitstag verschwitzte oder wenn man sich bei einem Wildfremden entschuldigte, den man aus Versehen angerempelt hatte. Aber doch nicht, wenn zehn Jahre Ehe in der Müllpresse landeten, weil der Mann unbedingt und ungehemmt seine Triebe mit einer anderen Frau ausleben musste.

»Warum?«, flüsterte sie mit tränenerstickter Stimme.

Sein Gesicht lag im Halbdunkel des Vordachs, die Augen waren schwer zu erkennen, von Ferne hörte Carina das Stimmengewirr ihrer Freundinnen. Verlegen sah Jonas zu Boden. Wieder schwankte er, wie schon im Wohnzimmer.

»Weiß nicht. Wahrscheinlich … Stress, Frust, Langeweile? So was in der Richtung.«

Stress, Frust, Langeweile. Jedes Wort traf Carina wie ein Fausthieb in die Magengrube. Jonas legte ihre gesamte Welt in Schutt und Asche, alles, was sie sich aufgebaut hatten, alles, was ihr lieb und teuer war, wofür sie lebte und atmete. Aber es kam noch schlimmer.

»Ehrlich gesagt wollte ich nie, na ja, dieses ganze … hm, Familienleben«, gestand er stockend.

Plötzlich regte sich Zorn in ihr, heißer, brennender Zorn. Wie eine auftauende Eisschicht fiel die Erstarrung von ihr ab. Sie musste sich zügeln, um ihm nicht mit bloßen Händen an die Gurgel zu gehen. Stattdessen zwang sie sich zu einem sarkastischen Tonfall.

»Äh – warum hast du noch mal geheiratet und Kinder in die Welt gesetzt? Weil du kein Familienleben wolltest? Klar, macht Sinn.«

Er drehte den Kopf zur Seite. Aus der Küche fiel ein Lichtschein nach draußen, der seinem Profil etwas Kantiges verlieh.

»Woher sollte ich denn vorher wissen, was da auf uns zukommt? Dieser ganze Alltagstrubel, jahrein, jahraus Familien-Halligalli, keine ruhige Minute mehr für mich, keine ruhige Minute mehr zu zweit, immer nur Melli hier, Benny da, überall tritt man auf Spielzeug, und dann eine Frau, die lieber kocht und in den Yogakurs rennt und mit den Kindern bastelt als ...«

»... als was?« Am ganzen Körper zitternd in ihrem dünnen Jeanskleid stand Carina vor ihm, entschlossen, aufs Ganze zu gehen. »Sprichst du etwa von – Sex?«

»Herrgott, ja, Erotik, Sinnlichkeit, Sex, 'ne geile Nummer, nenn es, wie du willst«, stieß er grob hervor.

Etwas in Carina zerbrach. Sie wusste nicht genau, was, aber sie verspürte den dringenden Wunsch, ihre anerzogene Zurückhaltung in die Tonne zu treten und Tacheles zu reden.

»Aha. Sie ist phantastisch im Bett, ja? Und bestimmt sieht sie Granate aus – Größe 34, wow, ein hauchzartes Sahneschnittchen, Gratulation. Was hat sie denn so drauf? Akrobatische Stellungen? Sexspielzeug? Erotische Massagen? Rollenspiele?«

Mit einem scharfen Laut sog er die Luft durch die Nase ein.

»Lass gut sein. Davon verstehst du nichts.«

»Oh, ich will keine Details, ich will nur das Maß an Irrsinn abschätzen, mit dem du unterwegs bist.«

»Irrsinn?« Seine Stimme wurde lauter. »Ich bin ein echter Kerl, verdammt, kein kastrierter Hauskater! Du siehst doch nur noch den Papi in mir, nicht den Mann, den Lover, den Gesprächspartner. Da ist es kein Wunder, dass ich auf dumme Gedanken komme. Ach, was sag ich: auf den einzig logischen Gedanken!«

Carina traute ihren Ohren nicht. Eine Schrecksekunde lang hielt sie es für möglich, dass Jonas bewusstseinsverändernde Drogen nahm, verwarf diese Erklärung aber sofort wieder. Was sie allerdings erschnupperte, war seine Fahne. Richtig betrunken wirkte Jonas nicht, doch offenbar reichte sein Alkoholpegel, dass er die Maske fallen ließ. Was dahinter zum Vorschein kam, gefiel ihr leider ganz und gar nicht. Es passte auch überhaupt nicht zu dem Mann, den sie liebte. Geliebt hatte. Herrje, es wurde immer komplizierter.

»Alles in Ordnung bei euch?«, erklang wie aus dem Nichts eine volltönende weibliche Stimme. »Fetzt ihr euch noch, oder haut ihr euch schon?«

Es war Wanda, natürlich, wer sonst, die auf einmal in der Küche stand und die Terrassentür aufschob. Bestimmt hatten die anderen sie vorgeschickt, um die Lage zu sondieren.

»Hau ab!«, brüllte Jonas.

Ein rascher, äußerst unfreundlicher Wortwechsel folgte, der Carina einen kostbaren Zeitgewinn bescherte. Leni hat recht. Ich muss herausfinden, was in Jonas vorgeht, was aus meinem Mann geworden ist, heute, jetzt, überlegte sie. Erst dann werde ich wissen, was ich will und ob ich ihn überhaupt wiederhaben will.

»So eine Nervensäge«, schimpfte Jonas, nachdem er Wanda vertrieben hatte. »Wo waren wir noch mal stehengeblieben?«

Carina schlang die Arme um den Oberkörper. Es war bitterkalt, und in Ermangelung herzwärmender Gedanken fror sie auch von innen. Bibbernd trat sie von einem Fuß auf den anderen.

»Formulieren wir's mal so: Ich weiß, wo ich stehe, und ich weiß, wo du stehen geblieben bist – irgendwo zwischen Steinzeit und Bronzezeit, schätze ich. Du hängst zwar dauernd am Laptop wie festgetackert, aber mental bist du immer noch mit Lendenschurz und Keule unterwegs.«

»Meinst *du.*« Jonas tippte sich verächtlich an die Stirn. »Weil dir keiner offen sagt, was los ist. Meine sämtlichen Freunde denken nämlich genauso wie ich. Welcher Mann will denn schon dauernd Apfelschnitze reichen und Playmobil spielen? Allein wenn ich daran denke, dass du mich neulich zu diesem Laternenumzug mitgeschleppt hast, wird mir schlecht. Und welcher Erwachsene, der bei Trost ist, hat wirklich Spaß daran, sich im Kino einen dösigen Familienfilm reinzuziehen und so zu tun, als ob er sprechende Elefanten und tanzende Pinguine saukomisch findet? Bist du bereit für die Wahrheit?«

Carina hatte an diesem Tag schon so viele unerfreuliche Wahrheiten erfahren müssen, dass es auf eine weitere auch nicht mehr ankam.

»Nur zu.«

»Action, knallharte Action, so was interessiert uns Männer. Aber das dürfen wir uns nur heimlich am Laptop gönnen.«

Womit dann auch gleich geklärt war, was Jonas trieb, wenn er sich in seinem Arbeitszimmer verschanzte. Ohne Zweifel befand er sich auf dem besten Wege, sich um Kopf und Kragen zu reden. Aber genau an diesem Punkt wollte Carina ihn haben. Sie musste ihn aus der Reserve locken, damit er ihr seine dunkelsten Seiten offenbarte. Sie musste wissen, wer Dr. Jonas Wedemeyer wirklich war und wie er sich die Zukunft vorstellte.

Humor, wenn es dich wirklich gibt, dann steh mir jetzt bei, dachte sie und setzte die harmloseste Miene auf, zu der sie fähig war.

»Okay, okay, ich sollte mich nicht aufregen, ist ja durchaus einleuchtend, was du über Männer erzählst, wenn ich es richtig bedenke«, ruderte sie zurück. »Das liegt an den Hormonen. Einmal Testosteron, immer Testosteron. Ich nehme an, du hast auch schon einen Masterplan für die nächsten Jahre?«

Binnen Sekunden sank seine markige Attitüde in sich zusammen. Stattdessen runzelte er die Stirn.

»Einen – was?«

»Na ja, wenn dich deine Kinder stören und deine Frau dich langweilt, weil sie als Hausfrau und Mutter ihren Mann steht, wirst du ja wohl überlegt haben, wie du künftig deine männlichen Bedürfnisse und deine Rolle als Familienvater koordinierst. Oder hast du vor, uns zu verlassen?«

»N-nein! Das steht überhaupt nicht zur Debatte! Denk doch nur an die Kinder! Sie brauchen ihren Vater!«, rief Jonas ehrlich bestürzt.

»Schön.« Carina versuchte sich in einem heiteren Singsang, obwohl ihr die Galle bis zum Zäpfchen stand. »Das bedeutet: Du wohnst weiterhin im Hotel Mama, bekommst Frühstück, warme Mahlzeiten und gebügelte Hemden, überlässt mir den gesamten Haushaltsservice samt Kinderbelustigung und vergnügst dich aushäusig mit Größe 34, sobald der Hormonpegel steigt.«

Ganz bewusst hatte Carina das Gespräch auf die Spitze getrieben. Mit ihrem absurden Vorschlag wollte sie Jonas eine letzte Chance geben, zur Besinnung zu kommen.

Sein Kopf ruckte in die Höhe. Fassungslos stierte er sie an.

»Wiederhol das bitte noch mal. Was hast du gesagt?«

»Ich denke, du hast mich schon verstanden. Klingt doch vernünftig, diese Lösung. Alles entspannt, alles easy, jeder macht seins, und fertig ist der Lack. Wozu weiterstreiten?«

»Das heißt – es macht dir nichts aus, dass ich dich be…, also, dass es eine andere gibt?«, vergewisserte er sich entgeistert.

»Noch nie was von offener Beziehung gehört?«, erwiderte Carina so lässig, als habe sie die letzten zehn Jahre in einem Swingerclub verbracht.

Es war höchst unterhaltsam, zu beobachten, wie sich Jonas' düstere Miene zu ungläubigem Staunen verformte und dann immer mehr aufhellte. Krass, er kauft dir diese Story tatsächlich ab, ohne zu merken, dass es ein Test ist, dachte Carina perplex. Sie musste daran denken, was Leni gesagt hatte – die Denkstrukturen eines Mannes auf Freiersfüßen seien so simpel wie ein Dreibrettregal. Für Jonas traf das offensichtlich nicht zu. Im Moment beschränkte sich seine Hirnaktivität auf ein einfaches Brett vor dem Kopf, wie sein verständnisloses Gesicht verriet. Auch der Alkohol hatte sicherlich dazu beigetragen. Restlos überzeugt schien Jonas jedoch noch nicht zu sein.

»Jetzt mal ohne Quatsch: Keine Pflichten, kein Kinderprogramm für mich, aber freie Fahrt für freien Sex – damit könntest du wirklich leben, Sternschnuppe?«

In diesem Moment begriff Carina das ganze Ausmaß ihrer Ehekrise. Jonas hatte sich viel weiter von ihr und den Kindern entfernt, als sie jemals für möglich gehalten hätte. Doch noch immer nistete ein letztes Fünkchen Hoffnung in ihrem Herzen. Also los, sagte sie sich, provoziere ihn weiter, tische ihm noch mehr faustdicke Lügen auf. Schwindele ihm das Blaue vom Himmel herunter, dann wacht er vielleicht auf.

»Warum denn nicht? Wir sind schließlich erwachsen. Meine Existenz als Hausfrau und Mutter ist sowieso alternativlos. Andere Männer interessieren sich eh nicht für mich, und der Sex«, sie betrachtete ihre Hausschuhe aus grauem Filz mit rosa Herzchen, weil ihr die folgende Lüge besonders schwerfiel, »hat mir nie sonderlich viel bedeutet. Also tu, worauf du Lust hast.«

Mit offenem Mund starrte Jonas sie an.

»Das ist, das ist – Hammer! O mein Gott, bist du abgefahren drauf. Ich meine – cool. Ich liebe dich.«

So wie seine letzten drei Worte rüberkamen, hätte er genauso gut sagen können: Ich liebe Erdbeereis. Oder: Ich liebe Frauen, deren Selbstwertgefühl sich im nicht messbaren Bereich bewegt. Damit hatte er sich endgültig disqualifiziert. Carina lächelte schwach. Auf keinen Fall würde sie diesen Mann noch einmal in ihr Bett lassen.

»Danke, das höre ich gern. Um dir mein Entgegenkommen zu beweisen, schlage ich vor, dass du heute bei deiner Größe 34 nächtigst, damit du unbehelligt von meinen Freundinnen bleibst. Könnte nämlich später werden. Es wird ein bisschen dauern, den Mädels unser neues System zu erläutern. Und wer weiß – vielleicht machen sie es mit ihren eigenen Männern demnächst genauso. Es lebe der Pragmatismus!«

Jonas wirkte nur noch baff. Oder war ihm die neue, lässige Carina nicht ganz geheuer? Hatte er sich am Ende eine große Eifersuchtsszene erhofft?

Mit einem klammheimlichen Triumphgefühl wurde Carina klar, dass sie ihm zwei Dinge weggenommen hatte: einmal die Illusion, seine Sternschnuppe hänge mit Zähnen und Klauen an ihm, zum anderen den Prickelfaktor einer heimlichen Liaison. Nun war es gewissermaßen offiziell. Das veränderte einiges. Auch er schien darüber nachzudenken. Mechanisch rieb er sich das stoppelige Kinn, was ein kratzendes Geräusch erzeugte.

»Ach, richtig, Liebling, du brauchst ja deinen Rasierer«, säuselte sie. »Ich hole dir den Koffer. Er steht im Schlafzimmer, aber die Kinder sehen einen Film in unserem Bett, und ich nehme nicht an, dass du …«

»Stopp.« Er hörte auf, sein Kinn zu reiben. »Wie, sagst du, kam der Koffer hierher?«

»Fakt ist, dass noch alles drin ist, was du brauchst – Kondome, Boxershorts, sogar ein schwarzer Spitzentanga. Warte, wie war das noch mal? Ah ja, der Koffer wurde gegen Abend hierhergebracht. Weiß der Teufel von wem. Minirock, lila Overknees, mehr kann ich dir nicht sagen.«

Völlig verdutzt taumelte Jonas einen Schritt rückwärts und hob die Hände. Er sah aus, als habe ihm soeben jemand einen linken Haken verpasst.

»Dieses Miststück«, zischte er zwischen den Zähnen.

Hätte Carina nicht ihre geheime Verhörstrategie verfolgt, spätestens jetzt wäre sie in bitteres Lachen ausgebrochen. Puzzlestein für Puzzlestein setzte sich zusammen, was bislang ein großes Rätsel gewesen war. Dr. Jonas Wedemeyer, der lieber Actionfilme sah, als in Laternenumzügen mitzustiefeln, und sich im Laufe dieses Gesprächs als Ehemann komplett ins Aus geschossen hatte, war von seinem Betthäschen in die Enge getrieben worden. Wer hatte noch gesagt, Schadenfreude sei die schönste Freude?

Kapitel 4

Fröstelnd wartete Carina an der offenen Haustür, bis Jonas' Wagen um die nächste Ecke gebogen war. Sie hatte ihm sogar nachgewinkt, ganz die entspannte Ehefrau, der es partout nichts ausmachte, dass er zu seiner Geliebten fuhr. Nun pfiff sie Bingo zurück, der hingebungsvoll im Vorgarten herumgescharrt hatte, und schloss die Tür.

Letztlich wusste sie nicht, ob sie weinen oder lachen sollte. Jonas' schonungslose Offenheit hatte sie tief verletzt, so wie die Kälte, mit der er über ihr gemeinsames Leben gesprochen hatte. Aber es gab auch eine komische Seite der Medaille. Nie würde sie Jonas' verdutztes Gesicht vergessen, als er die Sache mit dem Koffer begriffen hatte. Seine Geliebte hatte ihn vorgeführt. Geschah ihm recht, diesem Primaten.

»Und wenn sie nicht erfroren sind, dann leben sie noch heute«, grummelte Wanda, die die Abschiedsszene ungeniert beobachtet hatte. »Kannst du mir bitte mal erklären, was los ist?«

»Eine ganze Menge. Aber erst brauche ich einen Prosecco.«

»Okay, trinken wir uns die Scheiße schön.«

Es war immer wieder erstaunlich, wie geschmeidig Wanda ihre spirituellen Vorlieben mit einer deftigen Wortwahl vereinbarte. Carina hakte sie unter, und gemeinsam schlenderten sie ins warme Wohnzimmer. Bingo nahm wieder seinen Platz vor dem Kamin ein, Wanda sank ächzend in ihren Sessel, Carina legte ein paar neue Scheite in das fast niedergebrannte Feuer, bevor sie sich setzte. Auf der Stelle wurde sie mit Fragen bestürmt.

»Wie geht es dir?« – »Was hat er gesagt?« – »Was hast du gesagt?« – »Wer ist die andere?« – »Warum ist er weggefahren?« – »Kommt er wieder?«

Nach einem Schluck Prosecco berichtete sie ausführlich von dem

Gespräch auf der Terrasse. Inzwischen war ihr bewusst, dass sich die Anwesenheit ihrer Freundinnen als Glücksfall entpuppt hatte. Mutterseelenallein und ganz auf sich gestellt, hätte sie niemals die Kraft gefunden, Jonas derart hinters Licht zu führen. O nein, sie wäre in Tränen ausgebrochen, hätte ihn angefleht, bei ihr zu bleiben, hätte ihm wimmernd verziehen, jeden faulen Kompromiss akzeptiert und dergleichen Fehler mehr begangen.

Obwohl sich in einem weit entfernten Terrain ihres Herzens tiefe Trauer ausbreitete, Trauer um ihre zerbrechende Familie, ihre demnächst vaterlosen Kinder, ihr zerronnenes Glück, empfand sie jetzt vor allem eins: die vertrackte Komik der Konstellation, in die sich Jonas verheddert hatte – eine perfekte Definition der Ironie des Schicksals.

»Ihr hättet ihn sehen sollen, als ich die lila Stiefel erwähnte«, erzählte sie aufgedreht. »Eine Sternstunde männlicher Niederlagen!«

»Wieso?«, fragte Sibylle. »Genaugenommen hast du ihn doch verloren, oder?«

»Nein, *er* hat verloren, und zwar auf der ganzen Linie.«

»Versteh ich nicht«, murrte Betty.

»Gleich wirst du es verstehen. Gib mir eine Sekunde.«

Carina rückte ihren Sessel näher zum Kamin und wickelte sich zusätzlich in eine Wolldecke, um schneller warm zu werden. Dann lehnte sie sich zurück.

»Jonas, der Schuft der Saison, wollte zweigleisig fahren: Frau und Kinder im trauten Heim, nebenher die heimliche Geliebte. Nie im Leben hat er damit gerechnet, dass ihm sein Sexabenteuer mit Karacho auf die Füße fällt. Bevor er loszog, habe ich noch einige Details erfahren. Die Geschichte hat sich folgendermaßen abgespielt.«

Sie legte eine Kunstpause ein und blickte in die Runde. Sibylle und Betty hatten die Schuhe ausgezogen, mit untergeschlagenen Beinen fläzten sie auf der Couch. Zwischen ihnen lagerte Luisa, Mutter und Baby schlummerten selig und schnarchten synchron. Allerliebst. Wanda thronte auf einem Sessel vor dem Kaminbesteck, bewacht von Bingo, der ab und an die Zähne fletschte, um zu zeigen, wer der Herr im Haus war. Leni hockte im Schneidersitz auf einem großen Kissen direkt zu Carinas Füßen. Ihre Miene drückte schwesterliches Mitgefühl, Besorgnis, aber auch amüsierte Neugier aus.

»Los, red schon.«

»Vorhang auf: Jonas verguckt sich in Lady X, es schnackelt gewaltig. Alles cool. Doch Lady X will mehr. Sie überredet Jonas zu einer Lustpartie in ein Romantikhotel. Immer noch alles cool.«

»Also, so was – das nennst du cool?«, entrüstete sich Wanda, wurde aber sofort von einem vielstimmigen »Sch« zum Schweigen verdonnert.

»Jetzt wird es brisant, denn Lady X möchte keine heimliche Geliebte mehr sein, sondern den smarten Anwalt ganz für sich allein. Ein Streit entbrennt. Jonas will bloß Sex, Lady X das volle Gefühlskino.«

»Männer«, grollte Betty.

»Genau. Die beiden geraten sich derartig in die Haare, dass sie vorzeitig abreisen. Jonas rauscht nach seiner Rückkehr direkt ins Büro. Lady X nimmt seinen Koffer mit und sagt, er könne ihn später bei ihr abholen – heißer Versöhnungssex inbegriffen. Tja, den Rest kennt ihr weitgehend.«

»Ach nee!« Leni schlug sich mit der flachen Hand vor die Stirn. »Diese Lady Dingsda war es also, die dir den Koffer gebracht hat? Damit alles rauskommt?«

»Exakt!«, rief Betty enthusiastisch. »Das raffinierte Biest!«

»Pssst, nicht so laut, das Baby schläft«, wies Sibylle sie zurecht.

»Gibt's eigentlich noch was zu essen, Carina-Schatz?«, fragte Wanda. »Immer wenn es spannend wird, bekomme ich nämlich Hunger.«

»Wann hat die mal keinen Hunger?«, stichelte Betty.

»Mein Hirn sagt Diät, mein Bauch sagt Essen«, verteidigte sich Wanda. »Ich verlasse mich auf mein Bauchgefühl.«

Carina zog die Wolldecke fester um die Schultern.

»Nur zu. Der Kühlschrank ist bis oben hin voll, liebe Wanda.

Ciabatta findest du in der Brotbox neben der Obstschale. Verzeih mir bitte, aber ich fühle mich momentan nicht in der Lage, noch einmal in die Küche zu gehen.«

»Kein Thema, wir holen alles, wofür hast du schließlich Freundinnen«, erwiderte Wanda lächelnd. Ihre Holzperlenketten klapperten, als sie aufstand. »Jemand einen Espresso?«

»Käffchen geht immer!«, schallte es ihr im Chor entgegen.

Das war so etwas wie der Wohlfühlcode dieser Mädelsabende. So unterschiedlich sie auch sein mochten, zweierlei verband sie: eine unerschütterliche, unzerstörbare Freundschaft, die sich über Jahre aufgebaut hatte, und die Leidenschaft für starken Kaffee.

Wanda stob davon, die anderen folgten ihr. Im Handumdrehen füllte sich der Couchtisch mit Schüsseln und Platten. Zum Espresso steuerte Wanda ökologisch korrekte Honigkekse bei, die sie aus dem Bioladen mitgebracht hatte und vollmundig als Geschmacksknospenexplosion anpries. Auch für den Prosecco-Nachschub sorgten Carinas Freundinnen. Nachdem die Gläser frisch eingeschenkt waren, schauten alle erwartungsvoll zu ihrer Gastgeberin.

»Willkommen in der Arena«, hob Carina feierlich an. »Hier geht es um den erbitterten Kampf einer Schattenfrau gegen die rechtmäßige Ehefrau. Lady X wollte nicht länger die zweite Geige spielen. Deshalb hat sie es kaltblütig darauf angelegt, dass ich den Koffer öffne und ausflippe. Sie wollte Jonas in Zugzwang bringen. So, jetzt seid ihr dran.«

Sibylle rückte ihre Brille zurecht. Man konnte förmlich das Klicken der Synapsen hören, während ihr guttrainiertes Hirn die zweckdienlichen Fakten und Statistiken aufbereitete. Es ging bemerkenswert schnell.

»Die Wahrscheinlichkeit, dass Lady X gewinnt, ist gering«, stellte sie sachlich fest. »Die Dame hat hoch gepokert, doch statistisch gesehen trennt sich nur jeder zehnte Mann von Ehefrau und Kindern, um mit der Geliebten eine echte Beziehung zu führen. Wozu auch? Den grauen Alltag kann der Mann schließlich zu Hause haben, dafür braucht er keinen Neustart. Was er sucht, ist der Kick des Außergewöhnlichen, ohne Komplikationen, ohne Veränderung der Lebensumstände.«

»Männer bevorzugen den Weg des geringsten Widerstands«, gab Betty ihr recht. »Sie sind konfliktscheu und lieben es bequem, das erlebe ich täglich in der Personalabteilung. Versuch mal, mit einem Mann ein konstruktives Gespräch über Neuerungen zu führen. Da kannst du genauso gut versuchen, einem Nashorn Pirouetten beizubringen.«

Stirnrunzelnd hatte Leni den Ausführungen gelauscht. Nun griff sie zu ihrer Gabel und spießte derart verdrossen einen Schafskäsewürfel aus ihrem Salat auf, als wäre es der Kopf eines abtrünnigen Ehemanns.

»Mädels, waren wir uns nicht einig, dass Jonas in die Wüste geschickt gehört?«

»Aber auf keinen Fall darf er ungeschoren davonkommen«, sagte Wanda, die einen hoffnungslos überladenen Teller auf ihren Knien balancierte. »Wisst ihr was? Man sollte ihm das Leben zur Hölle machen! Und dieser blöden Tussi gleich mit!«

»Armer Jonas«, klagte Sibylle mit gespieltem Mitleid.

»Wieso? Der hat ein Herz aus Stahlbeton«, kicherte Betty.

»Bombenidee, Miss Einstein«, wandte sich Carina an Wanda. »Und wer, bitte schön, soll die beiden in die Hölle schicken?«

Ihre Freundin grinste vergnügt. »Wenn eine Frau deinen Ehemann klaut, gibt es keine bessere Rache, als wenn sie ihn behalten muss. Keine Sorge, dein Karma bleibt rein, die beiden erledigen das alles selbst. Ist doch klar wie Korn, wie es läuft: Schmeiß Jonas raus, lass ihn bei seiner Geliebten einziehen, dann machen sie sich gegenseitig das Leben zur Hölle.«

»Und du kannst in aller Ruhe die Scheidung vorbereiten«, ergänzte Leni.

»Ach das.« Carina tauchte ein Stück Gurke in das selbstgemachte Pesto. »Lass mal, die Scheidung kann warten.«

»Das glaubst auch nur du«, entgegnete Leni. »Es gibt einiges zu regeln. Hast du mal darüber nachgedacht, wovon du deine Brötchen kaufst, falls Jonas das Konto sperrt? Aber vielleicht hast du ja berufliche Pläne, von denen ich noch gar nichts ahne?«

»Ja, irgendwas mit Gitarre und Fußgängerzone«, scherzte Carina, doch Leni ging nicht auf ihren leichten Ton ein.

»Ich sag dir was – Geld ist das Erste, was bei einer Trennung zum Problem wird. Beim Geld hört nicht nur die Freundschaft auf, beim Geld fängt auch der Scheidungskrieg an. Du bist gewohnt, dass Monat für Monat die Kohle aufs Konto rieselt. Meinst du, das geht ewig so weiter, wenn Jonas auszieht?«

Carina zuckte die Schultern, doch Lenis Worte jagten ihr einen gehörigen Schreck ein. Um Geld hatte sie sich nie größere Sorgen machen müssen, da Jonas einen exzellenten Ruf als Wirtschaftsjurist genoss und finanzstarke Klienten anzog. Große Sprünge konnten sie sich zwar nicht leisten, weil das Haus noch nicht abbezahlt war. Doch es reichte für die Instandhaltung der Bausubstanz, für das Auto, für Mellis Reitstunden und die Jahresgebühr von Bennys Hockeyclub. War das alles jetzt gefährdet?

»Es kann schnell brenzlig werden«, fügte Betty hinzu. »Wenn ich es richtig verstanden habe, ist Jonas mit seiner Geliebten in einem Luxushotel abgestiegen. Wovon hat er das bezahlt? Und wie viel bleibt für dich übrig, wenn er ständig erotische Eskapaden mitsamt Champagner finanzieren muss? Ehefrauen sind genügsam, Geliebte anspruchsvoll.«

»Sicher hat er eine schwarze Kasse«, ereiferte sich Wanda. »Todsicher. Und du, meine liebe Carina, du sparst, wo du kannst, gehst auf Schnäppchenjagd und verkaufst die abgelegten Sachen deiner Kinder auf Flohmärkten, um ein paar Cent mehr zu haben. Wie ungerecht ist das denn?«

Mit geübten Bewegungen entkorkte Leni eine neue Flasche Prosecco. Das knallende Plopp klang wie ein Pistolenschuss.

»Jonas verdient wahrlich ein Ticket in die Hölle. Siehst du denn nicht, was er allein seinen Kindern vorenthält? Melli braucht dringend ein größeres Fahrrad, weil sie so schnell gewachsen war, Benny einen anständigen Schreibtisch. Seit er zur Schule geht, machte er seine Hausaufgaben in der Küche. Und wenn Jonas dir das Konto sperrt, ist sowieso alles zu spät.«

Melli. Benny. Geistesabwesend kaute Carina auf ihrer Gurke herum. Der Gedanke an die Kinder ließ ihre Stimmung schlagartig kippen. Es ging ja nicht nur um Geld. Wie würden Melli und Benny eine Trennung verkraften? Lohnte es sich nicht doch, um Jonas zu kämpfen, damit die Kleinen unter einem Dach mit ihrem Vater aufwuchsen?

»Hey, Süße.« Leni, die ein feines Gespür für Carinas seelische Frequenzen hatte, stand auf und hockte sich auf die Armlehne ihres Sessels. »Nicht traurig sein. Das alles tut weh, sehr weh, doch gemeinsam kriegen wir das hin.«

Verstohlen wischte sich Carina eine Träne aus dem Augenwinkel.

»Und die Kinder? Was soll ich ihnen sagen? Etwa: Papa hat eine Neue, Schwamm drüber, alles entspannt?«

»In Deutschland wird jede dritte Ehe geschieden, jedes siebte Kind ist ein Scheidungskind«, erklärte Sibylle mit der ihr eigenen Nüchternheit. »Als Lehrerin erlebe ich dieses Phänomen zur Genüge. Auch Melli und Benny leben nicht auf dem Mond, sie kennen alleinerziehende Mütter und Patchworkfamilien, sie wissen, dass Eltern manchmal auseinandergehen.«

Betty strich ihren Kostümrock glatt und warf einen kurzen Blick auf die selig schlummernde Alice in Luisas Arm, bevor sie zu Carina schaute.

»Jetzt ist emotionales Change Management angesagt. Am wichtigsten dürfte sein, dass du die Kleinen nicht gegen Jonas aufhetzt, sonst leiden sie wirklich. Kinder lieben nun mal ihren Papa, egal, welchen Unsinn er anstellt. Daran darfst du nicht rütteln.«

Alle nickten betreten. Leni nahm Carinas Hand und drückte sie fest.

»Wir helfen dir, versprochen. Was hältst du zum Beispiel davon, wenn Melli und Benny das Wochenende bei mir verbringen? Sie haben ja schon öfter bei mir übernachtet und finden es super, wenn ich ihnen ein Bettenlager im Wohnzimmer mache. Falls du einverstanden bist, würde ich sie gleich heute Abend mitnehmen. Morgen könnte ich mit ihnen ins Kino gehen, Sonntag auf den Winterjahrmarkt. Du hättest dann den Kopf frei, um über alles nachzudenken. Na? Wie findest du das?«

»Das nenne ich wahre Freundschaft!« Mit Daumen und Zeigefingern formte Betty ein Herz. »Ja, die Kinder müssen raus aus der Kampfzone, und Carina braucht jetzt wirklich Zeit für sich.«

Wanda schob sich ein Stück Ciabatta in den Mund, was sie nicht daran hinderte, Lenis Idee weiterzuspinnen.

»Ohne die Kinder findest du auch leichter zu deinem eigenen Ich zurück. Wir könnten zusammen meditieren. Deine Chakren öffnen, deine Energiefelder vitalisieren. Das bringt dich und deine verwundete Seele wieder in Einklang – alles in Buddha, sozusagen.«

»Hallo? Sie braucht Zeit für si-hich. Nicht für deinen Esoterikkrempel«, schnaubte Betty.

Beleidigt verzog Wanda den Mund und widmete sich wieder ihrem Teller, während Leni Carina aufmunternd auf den Rücken klopfte.

»Eine Schriftstellerin hat mal gesagt: Jeder Mensch, besonders jede Frau, sollte einmal im Jahr, einmal in der Woche, einmal am Tag alleine sein. Ich kenne dich. Als leidenschaftliche Mutter gestehst du dir das nicht zu. Immer im Dienst, immer auf dem Sprung, unsere Supermami. Du machst ja nicht mal die Badezimmertür zu, wenn du zur Toilette gehst. Gönn dir eine Auszeit. Melli und Benny sind bei mir bestens aufgehoben.«

»Ich weiß, aber …«

Carina zauderte, denn Gefühl und Verstand kollidierten gerade miteinander. Einerseits sehnte sie sich nach der bedingungslosen Liebe und der vertrauten Nähe ihrer Kinder. Andererseits wusste sie, dass ihr eine kleine Auszeit guttun würde, nach allem, was passiert war. Sie gab sich einen Ruck.

»Danke, Leni, vielen Dank. Ich glaube, ich nehme dein Angebot an. Aber erst morgen, in Ordnung? Um diese Uhrzeit möchte ich die Kinder nicht mehr aus dem Bett reißen. Wir schlafen morgen aus, frühstücken gemütlich, danach bringe ich dir die beiden.«

»Abgemacht.« Leni hauchte einen Kuss auf Carinas Scheitel. Dann streckte sie ihre Glieder, die vom unbequemen Sitzen auf der Sessellehne steif geworden waren, und erhob sich. »Jetzt wird aufgeräumt – ohne dich. Du gehst nämlich direkt ins Bett. Wenn deine Ehe schon im Chaos versinkt, sollst du morgen früh wenigstens eine blitzblanke Küche vorfinden.«

Auch Carina stand auf, mit Tränen in den Augen.

»Du meine Güte, warum seid ihr alle so lieb zu mir?«

»Weil du eine großartige Frau und eine tolle Freundin bist«, antwortete Leni im Brustton der Überzeugung.

Sie umarmten einander, und Carina konnte gar nicht mehr aufhören zu schluchzen. Es war so tröstlich: Obwohl dies ganz gewiss kein Heiliger Abend gewesen war, umschwirrten sie hilfreiche Weihnachtsengel.

»Weine nur«, sagte Sibylle ungewöhnlich sanft für ihre Verhältnisse, »das entstresst. Wusstest du, dass mit den Tränen schädliche Eiweißstoffe rausgespült werden, die der Körper bei Wut, Enttäuschung und Eifersucht produziert? Außerdem enthält die Tränenflüssigkeit das stimmungsaufhellende Hormon Prolaktin und sogar antibakterielle Enzyme mit dem hübschen Namen …«

Über die schlafende Luisa hinweg stupste Betty ihre Schulter an.

»Sibylle!«

»Ja?«

»Zu viel Information.«

Wanda lachte keckernd, was Bingo auf den Plan rief. Knurrend und mit gestreckter Rute fixierte er die Frau im farbenfrohen Gewand.

»Es gibt vermutlich Momente, die gesteigertes Einfühlungsvermögen erfordern, keine Fachreferate«, versuchte Leni äußerst diplomatisch, die Situation zu retten.

»Hab's nur gut gemeint«, brummte Sibylle. »Ein paar harte Fakten können nun wirklich nicht schaden bei diesem ganzen Gefühlsdurcheinander.«

Carina bedachte sie mit einem nachsichtigen Lächeln.

»Wir wissen, dass du ein Dachstübchen mit exzellentem Innenausbau hast, Sibylle. Tu mir den Gefallen – bleib, wie du bist. Ich finde es jedenfalls immer interessant, was du da oben gespeichert hast.«

»Aber den Speicherplatz für Emotionen könnte man noch erweitern«, spöttelte Wanda, die gern das letzte Wort behielt.

Mit stoischer Miene holte Sibylle ihre Sneakers unter der Couch hervor. Betty war bereits in ihre Pumps geschlüpft und suchte ihre Handtasche, Wanda, die ihre veganen Gesundheitsschuhe vermutlich nicht einmal im Bett auszog, begann, die Teller übereinanderzustapeln, auch Sibylles Teller.

»Ist es nicht der Brenner, dass wir alle unterschiedlich sind und uns trotzdem mögen?«, lenkte sie ein. »Ich möchte keine von euch missen. Nichts für ungut, Sibylle, ja?«

»Es gibt Wichtigeres«, antwortete Sibylle großmütig. Sie brachte sogar ein Lächeln zustande. »Aber du weißt ja, Emotionsgedöns ist nun mal nicht so mein Ding.«

Damit war die kleinere Reiberei beigelegt, wie Carina aufatmend feststellte. Unfrieden hätte sie jetzt auch nicht ertragen. Es war ein ebenso langer wie ereignisreicher Tag gewesen, sie spürte jeden Muskel ihres ermatteten Körpers, ihr Kopf fühlte sich bleischwer an.

»Bitte antreten zur Putzkolonne!«, rief Leni. »Das ist der mindeste Dank, den wir Carina für ihre beispiellose Gastfreundschaft schulden. Höre ich da Applaus?«

Alle klatschten übermütig. Die Stimmung bekam auf einmal etwas merkwürdig Euphorisches. Auch Sibylle schien es zu bemerken.

»Falls ihr euch so fühlt, als hättet ihr soeben einen Flugzeugabsturz überlebt – in gewisser Weise stimmt das sogar. Für die Betroffenen und ihr engstes Umfeld ist das Scheitern einer Ehe eine Tragödie, die einem katastrophalen Unglücksfall recht nahekommt. Doch gemeinsam haben wir die Situation gemeistert.«

Vorerst jedenfalls, dachte Carina beklommen.

»Hab ich was verpasst?«, meldete sich plötzlich eine zarte Frauenstimme.

Alle sahen zur Couch, wo Luisa mehr lag als saß. Irritiert rieb sie sich die Augen, bemerkte, dass ihre Bluse halb offen stand, und knöpfte sie zu. Die kleine Alice schlief einfach weiter, auch als Luisa sie hochnahm und in die rosa Flauschdecke hüllte.

»Hat sie was verpasst?«, fragte Leni in die Runde.

»Nicht, dass ich wüsste«, grinste Wanda.

Fünf Minuten später schlich Carina auf Zehenspitzen ins Schlafzimmer, das nur von einem Nachtlicht erhellt wurde. Alles wirkte ruhig. Das iPad war auf den Teppich gefallen, dicht aneinandergekuschelt lagen Melli und Benny im Bett. Ihre regelmäßigen Atemzüge verrieten, dass sie fest schliefen. Carina konnte es kaum erwarten, sich an ihre warmen Körper zu schmiegen. Eilig zog sie ihr Jeanskleid aus und kroch unter die riesige Daunendecke, die sie sich zur Hochzeit von ihren Eltern gewünscht hatte. Jonas zuliebe. Wenn er schon das Leben und das Bett mit ihr teile, dann wolle er auch die Decke mit ihr teilen, war seine charmante Erklärung gewesen.

Ach, Jonas. Carina wurde einfach nicht schlau aus ihm. Er konnte so liebenswert sein, so fürsorglich. Und doch hatte sie heute einen ganz anderen Mann erlebt, einen verantwortungslosen, gefühllosen Egoisten. Aufseufzend legte sie einen Arm um die beiden Kinder, die ihr in der Löffelchenstellung den Rücken zudrehten, und presste das Gesicht ans Kopfkissen. Sie war hundemüde. Erschöpft. Kurz vorm Koma.

Aus dem Erdgeschoss drangen gedämpfte Stimmen und leises Geschirrgeklapper an ihr Ohr. Ich kann mich glücklich schätzen, so tolle Freundinnen zu haben, schoss es ihr durch den Kopf. Unendlich glücklich.

»Mami?«

Etwas bewegte sich unter der Bettdecke. Schlaftrunken drehte sich Melli um und pustete eine Locke aus ihrem Gesicht.

»Alles gut, ich bin da«, murmelte Carina, der schon die Augen zufielen.

»Mami, was ist ein kastrierter Kater?«

Kapitel 5

Normalerweise wachten die Kinder früher auf als Carina. Heute war es anders. Draußen herrschte noch tiefe Dunkelheit, als sie die Augen aufschlug und nach dem Digitalwecker auf dem Nachttisch tastete. Halb fünf. Sie gähnte erleichtert. Also durfte sie sich noch einmal umdrehen und eine weitere Runde Schlaf einlegen. Doch dann registrierte sie zarte Schnarchgeräusche, die sich nicht nach Jonas anhörten.

Mit einem Schlag war sie hellwach. Ruckartig setzte sie sich auf und erspähte die Silhouetten ihrer Kinder unter der Bettdecke. Am Fußende schlief Bingo, der sich quer aufs Bett gelegt hatte. Seine Läufe zuckten, als träume er von wilden Verfolgungsjagden. Von Jonas keine Spur. Plötzlich war alles wieder da. Im Schnelldurchlauf rekapitulierte Carina die Ereignisse des vorherigen Abends. Der Koffer. Ihre Freundinnen. Das schauderhafte Gespräch mit Jonas. Und Melinas Frage, die ihr durch und durch gegangen war: Was ist ein kastrierter Kater?

O nein, man durfte ihre Tochter wahrlich nicht unterschätzen. Carina hatte keine Ahnung, wie Melli es fertiggebracht hatte, fest stand jedoch, dass sie zumindest die lauteren Passagen der Auseinandersetzung mit Jonas belauscht hatte. Ein Super-GAU. Schuldgefühle und Beschämung überliefen Carina wie heißes Öl, an Schlaf war jetzt gar nicht mehr zu denken. Vorsichtig, um die Kinder nicht aufzuwecken, robbte sie zur Bettkante und wand sich unter der Daunendecke hervor.

Ihr wurde schwindelig, als sie ihre nackten Füße auf den Teppich stellte und sich aufrichtete. Lag es am Prosecco? Hatte sie gestern überhaupt etwas gegessen außer einem Stück Gurke mit Pesto?

Mit watteweichen Knien tapste sie zum Badezimmer. Ihre rechte

Hand suchte den Lichtschalter. Klick. Das grelle Licht traf sie wie ein Messerstich, ein flammender Kopfschmerz spaltete ihre Stirn, strahlte in die Schädeldecke aus. Reflexartig kniff sie die Lider zusammen und zählte bis zehn. Dann wagte sie einen Blick in den Spiegel.

Hast auch schon besser ausgesehen, Supermami, dachte sie mit einem Anflug von Galgenhumor. Zerlaufene Wimperntusche umrahmte ihre verquollenen Augen, die Haut wirkte fahl, ihre Lippen waren aufgesprungen und mit kleinen Schüppchen übersät. Wie wohl Lady X dem Bett entstieg? Strahlend frisch, mit rosigen Wangen und einem verführerischen Lächeln?

Carina musste sich am Waschbecken abstützen, um den Kopfschmerz auszuhalten und die schreckliche Leere, die sich in ihr ausbreitete. Es war so dumm, so furchtbar dumm, aber entgegen jeder Vernunft begann sie bereits, Jonas zu vermissen. So was Blödes aber auch! Sie vermisste vollkommen lächerliche Sachen. Das gemeinsame morgendliche Zähneputzen zum Beispiel, bei dem sie immer Grimassen im Spiegel schnitten. Den Moment vor dem Einschlafen, wenn sie ihre Nasen aneinanderrieben wie zwei Eskimos. Seinen bedröppelten Blick, wenn sie ihm das Festnetztelefon mit den Worten »es ist deine Mutter« reichte. Ja, es widersprach dem gesunden Menschenverstand, doch in diesem Augenblick hätte sie alles darum gegeben, diese Momente noch einmal zu durchleben; Momente, in denen die Welt stillgestanden und nur eines gezählt hatte: die Nestwärme einer langjährigen Partnerschaft.

Was nun? Sie rieb sich die schmerzende Stirn. Als Erstes musste sie den figurformenden Body loswerden, mit dem sie sich eine Kleidergröße schlanker mogelte. Stöhnend pellte sie sich aus dem hautfarbenen Stoff, der in etwa so atmungsaktiv war wie die Folie, in die man Käse einschweißte. Besser. Jetzt bekam sie wenigstens wieder Luft.

Erneut schweiften ihre Gedanken zu jener unbekannten Größe 34, die sich ganz gewiss nicht mit einschnürenden Bodys abquälen musste. Wer war sie? Wo hatte Jonas sie kennengelernt? Wie lange lief das überhaupt schon mit den beiden? Es war schier zum Verzweifeln, dass es so wenige Informationen gab. Oder war es vielleicht besser so?

Ihr Spiegelbild schien der Meinung zu sein, dass sie den Vergleich mit einer vermutlich jüngeren, bestimmt hübscheren und ganz offensichtlich ultradünnen Frau auf jeden Fall meiden sollte. Akute Sinnkrisengefahr. Ohnehin hatte ihr Selbstbewusstsein einen gehörigen Dämpfer bekommen, seit sie wusste, dass Jonas sie betrog. Da brauchte sie nicht auch noch die niederschmetternde Erfahrung, dass sie neben ihrer Konkurrentin wie ein sturzspießiges Hausmütterchen wirkte. Und schon kamen sie wieder, die Tränen, bittere Tränen der Trauer und der Hilflosigkeit. Das Ding war gelaufen. Sie konnte nichts anderes tun, als die Dusche aufzudrehen, in der Hoffnung, das heiße Wasser würde zumindest ein paar ihrer schlechten Gefühle wegschwemmen.

Nach der Dusche ging es ihr tatsächlich ein wenig besser. Sie trocknete sich ab, knotete einen Handtuchturban um das nasse Haar und zog ihren rosa Bademantel an. Jetzt ein Espresso, das wär's.

»Mum? Was machst du denn so früh? Heute ist doch gar keine Schule!«

Carina fuhr herum. Putzmunter stand Melli an der offenen Badezimmertür, in ihrem Lieblingsschlafanzug, pink natürlich, mit kleinen weißen Ponys bedruckt.

»Ich – ich hab was Wichtiges vor«, schwindelte Carina.

»Was denn?«

Umständlich kramte Carina im Arzneischränkchen herum, während sie nach der Schachtel Kopfschmerztabletten und einer plausiblen Erklärung suchte. Mit irgendeinem Larifari konnte sie Melli nicht abspeisen, dafür war ihre Tochter zu klug. Es musste glaubwürdig klingen. Deshalb ließ sie sich Zeit, als sie die Schachtel öffnete und aus dem silbrigen Blisterstreifen eine Tablette in ihre Handfläche drückte.

»Ich …«, sie überlegte fieberhaft, »ich wollte was für euch basteln, eine Weihnachtsüberraschung.«

»Echt jetzt?« Mellis Augen wurden groß wie Marshmallows. »Sag's mir, sag's mir, sag's mir! Ich bin doch schon groß, ich glaub sowieso nicht mehr an den Weihnachtsmann!«

Ein Tsunami war nichts gegen die frühmorgendliche Energie einer Neunjährigen. Wie schafften es Kinder eigentlich, ohne Übergang vom Schlafmodus in die Wachphase zu wechseln? Hatten die so was wie einen geheimen Spezialschalter, der binnen Sekunden von Ruhe auf Hyperaktivität switchte? Wie auch immer, mit ihrer kleinen Notlüge hatte Carina sich selbst ein Bein gestellt. Jetzt war Improvisationstalent gefordert. Hm. Sie dachte nach.

Von jeher hatte sie gern gebastelt und es auch ihren Kindern beigebracht. Die nannten es in Anlehnung an das entsprechende englische Verb »tinkern«. Vor allem Melli tinkerte mit Leidenschaft und hatte längst auch ihre Freundinnen angesteckt. Nach der Schule trafen sie sich oft in Carinas Küche, flochten Armbänder aus Lederstreifen oder formten Kettenanhänger aus Softknete. Sehr beliebt war das T-Shirt-Tinkern, bei dem der Stoff mit Perlen und Pailletten aufgepeppt wurde. Bemalte Gläser, die sich durch Kerzen in Windlichter verwandelten, waren die neueste Erfindung, aber definitiv kein Aufreger für Kinder. Carina stutzte. T-Shirts. Genial.

»Ich wollte Weihnachts-Shirts für euch machen«, behauptete sie, nachdem sie die Tablette mit einem Schluck Wasser runtergespült hatte.

»Cool!«, jubelte Melli. »Bin dabei! Können wir gleich anfangen?«

»Jetzt?«

Carina schaute auf ihre Armbanduhr. Zehn vor fünf. Super. Genau die richtige Uhrzeit für eine Bastelsession, zumal, wenn man übermüdet war, Kopfschmerzen hatte und noch dazu verdauen musste, dass die miese Schurkenseele von Ehemann mit einer anderen schlief.

»Melli, entschuldige bitte, aber …«

»Danke, Mami! Ich koch dir Kaffee und hol die Kiste mit den Tinkerlitzchen!«

Ohne eine Reaktion ihrer Mutter abzuwarten, flitzte Melli los. Carina sah ihr resigniert lächelnd hinterher. Konnte man es dem Mädchen verübeln, dass es eine solche Begeisterung an den Tag legte? Nein, im Grunde freute es Carina, dass ihre Tochter Feuer und Flamme für das gemeinsame Hobby war, und wie stets siegte ihre alles verstehende Mutterliebe. Mit schwankenden Schritten durchquerte sie das Schlafzimmer, wo Bingo als pflichtbewusster Wachhund Benny im Auge behielt. Sie schaffte es sogar, einen Stuhl heranzuziehen und den vermaledeiten schwarzen Tanga von der Lampe zu holen, den sie einfach in eine Tasche ihres Bademantels stopfte. Danach schleppte sie sich Stufe für Stufe die Treppe ins Erdgeschoss hinunter. Uff. Wo war noch mal der Prospekt für Seniorenlifte?

Zunächst warf sie einen Blick ins Wohnzimmer. Leni hatte nicht zu viel versprochen. Gläser und Teller waren verschwunden, nicht der kleinste Krümel zeigte sich auf dem Couchtisch, alle Kissen lagen an ihrem Platz. Weiter ging's in die Küche, auch hier war penibel aufgeräumt worden. Melli hantierte schon an der Espressomaschine herum. Mit glänzenden Augen reichte sie Carina eine Tasse, aus der es unwiderstehlich duftete.

»Hier, Mami. Käffchen geht immer!«

Ja, die Kleine verfügte über eine bemerkenswerte Auffassungsgabe. Sogar den Spruch der Mädelsabende hatte sie aufgeschnappt. Was wusste sie noch? Carina fürchtete sich davor, Melli könnte auf den Streit der vorherigen Nacht zurückkommen. Aufmerksam musterte sie ihre Tochter, die sich ein Glas Milch eingoss, bevor sie mit wackelnden Hüften auf die Küchenbank rutschte. Mitten auf den Tisch hatte sie einen unförmigen Karton gestellt, aus dem bunte Papierrollen herausragten. *Tinkerlitzchen* stand in krakeligen Buchstaben auf dem Karton, Mellis sprachschöpferische Bezeichnung für Bastelutensilien.

»Kann losgehen. Wo sind die Shirts?«, fragte das Mädchen geschäftig.

»Sekunde.« Mit geschlossenen Augen schlürfte Carina ihren Espresso, während sie sich zu erinnern versuchte, ob sie noch irgendwo billige T-Shirts aus dem Ausverkauf hortete. Und plötzlich, wie aus heiterem Himmel, hatte sie eine Idee. Eine teuflisch gute Idee. »Ich glaube, sie liegen in Papas Arbeitszimmer.«

»Darf ich sie holen?«

»Warte, Liebling, du würdest nichts finden, ich habe sie gut versteckt. Bin gleich wieder da.«

Jonas' Arbeitszimmer lag im Erdgeschoss. Einst als Esszimmer geplant, hatte er den Raum kurz nach Melinas Geburt okkupiert, um ungestört an seinen Fällen arbeiten zu können. Gegessen wurde seither in der Küche. Mit dem mulmigen Gefühl, etwas Verbotenes zu tun, drückte Carina die Klinke herunter. Außer zum Saubermachen drang sie so gut wie nie in Jonas' Reich ein. Sie gehörte nun mal nicht zu den Frauen, die ihren Männern hinterherschnüffelten.

Nachdem sie die Deckenleuchte angeknipst hatte, sah sie sich um. Bei Jonas herrschte pedantische Ordnung. Alles stand an seinem Platz. Der Laptop war millimetergenau auf die Schreibtischunterlage aus dunkelgrünem Leder ausgerichtet, die Kugelschreiber lagen exakt parallel zum Notizblock. Kein Fetzchen Papier störte die perfekte Geometrie. Sämtliche Unterlagen bewahrte Jonas in den deckenhohen schwarzen Schränken auf, die die Längsseiten des Raums einnahmen und auch seine Kleidung enthielten. Als habe er sich längst schon abgegrenzt. Als sei er ein fremder Gast in dieser Familie, die ihm ja mächtig auf die Nerven fiel, wie er Carina gestanden hatte. So ein Honk.

Sie wusste, welche Schranktür sie öffnen musste. Auf DIN-A4 gefaltete T-Shirts stapelten sich im linken Fach, rechts hingen Jonas' heilige Oberhemden, die er beim besten Herrenausstatter der Stadt kaufte und wie seinen Augapfel hütete. Als Anwalt müsse er eben hochwertig angezogen sein, war seine stehende Rede, bei einer Hausfrau und Mutter komme es nicht so drauf an, da reichten Klamotten vom Discounter. Für die Kinder sowieso.

Jonas, der Frauenvernascher. Jonas, der Familienhasser. Jonas, der geizige Mistkerl, der nur sich selbst etwas gönnte und Frau und Kinder kurzhielt.

Melli staunte nicht schlecht, als ihre Mutter mit einem ganzen Arm voller Hemden und T-Shirts in die Küche zurückkehrte.

»Mum? Willst du die etwa alle tinkern?«

»O ja, mein Schätzchen. Es ist noch reichlich Zeit bis Weihnachten, wir müssen heute nicht alle schaffen. Gibst du mir bitte die Bastelschere? Papa hat erlaubt, dass wir seine alten Sachen – verschönern.«

»Wirklich? Wow!«

Wild entschlossen griff Carina zur Schere, die Melli ihr hinhielt. Ärmel mussten dran glauben, Kragen wurden abgetrennt, es war ein Fest. Sie wusste, was sie tat und warum sie es tat. Mit Textilfarbe schrieb Carina Sprüche im Graffitistil auf die Hemden. Es machte einen Mordsspaß. Pure Anarchie.

Nach einer Stunde begutachtete sie die Ergebnisse. *Sieh's nicht so eng* prangte knallrot auf einem Hemd mit millimeterfeinen blau-weißen Streifen. *Was nicht guttut, kann weg* auf einem dunkelblauen. Am besten gefielen ihr die giftgrünen Lettern auf Jonas' dunkelgrauem Lieblings-T-Shirt mit den hellblauen Paspeln: *Nur Witwer haben Engel als Ehefrauen.*

Äußerst kreativ ging auch Melina zur Sache. Während ihre Zungenspitze im Takt mitwippte, schnitt sie Herzen aus einem roten Stück Filz und pappte sie mit Textilkleber neben die Knopfleiste eines weißen Oberhemds. Anschließend verzierte sie die Herzen mit winzigen weißen Perlen.

»Gut gemacht!«, lobte Carina ihre Tochter. »Nein, großartig!«

Freudestrahlend hob Melli einen Daumen. Ihre Wangen hatten sich gerötet, sie war sichtlich in ihrem Element.

»Mit dir ist es immer am tollsten, Mami. Darf ich noch ein weißes Hemd nehmen?«

Carina deutete auf Jonas' Smokinghemd. Das allerheiligste seiner heiligen Hemden, funkelnagelneu und zweihundert Euro teuer, wie das Preisschild verriet, das noch daran hing. Jonas wollte es demnächst bei einer glamourösen Charitygala tragen, zu der Carina nicht eingeladen war. Angeblich.

»Klar kannst du es nehmen, mein Liebling.«

»Team Tinker for ever!«, rief Melina begeistert. »Wir basteln uns die Welt, wie sie uns gefällt, und rocken die Sch … äh, ich meine, Mami, kann ich was zu essen haben?«

Nach wenigen Minuten hatte Carina Croissants aufgebacken, die sie einfach in ein Glas Kirschmarmelade tunkten. Der Duft nach frisch Gebackenem zog durchs ganze Haus und lockte Benny an, Bingo folgte ihm auf dem Fuße. Zur Feier des Tages bekam Bingo einen Rinderknochen, den er hechelnd zerknackte, Benny rückte zu Melli auf die Bank. Seine Idee konnte man nur brillant nennen: Piraten-T-Shirts. Dafür musste er leider Löcher in Jonas' teure schwarze T-Shirts mit den auffälligen Designerschriftzügen schneiden. Die Ränder bemalte Benny mit blutroter Farbe, damit es so richtig verwegen nach Fluch der Karibik aussah.

Carinas Kopfschmerzen waren wie weggeblasen. Beim Gedanken an Jonas' demütigende Tiraden spürte sie nur noch Genugtuung, sogar ein warmes Glücksgefühl. Das hier, das konnte ihr keiner nehmen. Wie sie das kreative Chaos genoss. Die Croissants schmeckten köstlich, im Radio liefen alte Schlager, die Welt war so was von in Ordnung. Und das Beste daran: Kein Jonas stolperte grantelnd in die Küche und mäkelte herum, weil er Unordnung hasste, weil der Tisch nicht gedeckt war und kein frisch gebrühter Tee auf ihn wartete. Ja, es mochte Leute geben, die in Kindern einen Störfaktor sahen und am Wochenende ihre Ruhe wollten. Wussten die eigentlich, was ihnen entging?

So vertieft war Carina in ihre Aktion, dass sie das Klingeln des

Handys überhörte. Erst als Melli augenrollend auf die Obstschale zeigte – »Mum, du peilst mal wieder gar nichts« –, nahm sie es wahr und legte den Pinsel beiseite. Ob das Jonas war? Auf einmal hatte Carina einen bitteren Geschmack im Mund. Jonas, verdammt. Zu Hause spielte er sich als missgelaunte Spaßbremse auf, bei seiner Geliebten gab er sicherlich nächtelang Gas und war selbst morgens ein glänzender Unterhalter. Stöhnend stand sie auf, nahm das Handy aus der Obstschale und hielt es ans Ohr.

»Der Gatte, den ich hatte, ist nicht da. Nachrichten bitte aufs Band.«

»Hallo? Carina, bist du das? Gut geschlafen? Hier ist Leni. Du hast doch nicht vergessen, dass du mir die Kinder bringen wolltest, oder?«

»Ach so, ja. Das heißt – nein.« Natürlich hatte sie es vergessen. Mit dem Handrücken wischte sich Carina einen Spritzer Farbe von der Wange. »Komme ungefähr in einer Stunde.«

»Tu mir einen Gefallen und bring sämtliche Aktenordner mit, die nichts mit Jonas' Kanzlei zu tun haben. Der Tag wird kommen, wo du Unterlagen brauchst, Schriftstücke, Urkunden, das ganze Zeug.«

»Das wird nicht nötig sein«, widersprach Carina.

»Süße, jetzt hör mir zu: Du bringst sie mit. Basta. Eines Tages wirst du mir dankbar sein.«

»Vielleicht. Okay. Bis dann.«

»War das Papa?«, fragte Melli arglos.

Carina wurde flau. Wenn sie jetzt verneinte, würden weitere Fragen kommen, die sie nicht beantworten wollte. Zum Beispiel, wo der Vater ihrer Kinder weilte. Oder sollte sie die Flucht nach vorn antreten? Man musste ja nicht sklavisch an der Wahrheit kleben. Herr im Himmel, verzeih mir all diese Notlügen, betete sie stumm.

»Ja, mein Hase, es war Papa. Er ist übrigens bei Oma.«

Benny hob den Kopf. In seinem Gesicht malte sich grenzenloses Erstaunen.

»Ist Oma tot?«

»Bestimmt«, sagte Melli. »Wenn sie lebendig wäre, würde er doch nicht hingehen.«

Carina verbiss sich das Lachen. Heirate nie einen Mann, der ein schlechtes Verhältnis zu seiner Mutter hat, war sie einst von ihrer eigenen Mutter gewarnt worden. Als junge Frau hatte sie es nicht verstanden. Mittlerweile dämmerte ihr, dass der mütterliche Rat Hand und Fuß hatte. Jonas konnte seine Mutter nicht ausstehen. Wenn sie sich bei Familienfeiern trafen, stritten sie wie die Kesselflicker. Eine Mutter-Sohn-Beziehung existierte quasi nicht. Bindungslegastheniker hatte Leni ihn einmal genannt, insofern musste sich Carina nicht wundern, dass Jonas so wenig von Ehe und Familie hielt.

»Oma ist krank. Nichts Schlimmes, aber Papa wollte trotzdem nach dem Rechten schauen«, erklärte sie. Bevor weitere Fragen weitere Notlügen erforderten, klatschte sie in die Hände. »So, Schluss für heute. Ich habe eine tolle Neuigkeit für euch: Ihr dürft das Wochenende bei Tante Leni verbringen!«

»Ich will aber lieber mit dir tinkern«, beschwerte sich Melli.

»Ich auch!«, rief Benny.

»Leni freut sich sehr auf euch. Sie will heute Abend mit euch ins Kino. Und morgen auf den Winterjahrmarkt. Davon abgesehen könnt ihr ja ein paar Hemden mitnehmen und bei ihr weitermachen.«

Damit hatte Carina die beiden am Haken. Melli holte eine Tüte aus dem Unterschrank der Spüle und stopfte ein paar Hemden hinein, Benny klaubte Schere, Textilfarbentuben und Heißkleber zusammen.

»Duschen, Zähne putzen, anziehen, aber dalli, wenn ich bitten darf«, kommandierte Carina.

»Du solltest dir auch die Zähne putzen«, erwiderte Melli mit ihrem besten Gouvernantenblick. »Machst du schnell?«

Carina seufzte. Ich weiß zwar nicht, wo's langgeht, dachte sie, aber ich beeil mich mal.

Kapitel 6

Leni wohnte originell, in jeder Hinsicht. Ihre Wohnung lag im Zentrum der Stadt, in einem Viertel, das man mit Fug und Recht lebendig nennen konnte. Anders als in dem ruhigen Vorstadtbezirk, in dem Carina zu Hause war, tobte hier das pralle Leben. Stoßstange an Stoßstange schoben sich hupende Autos durch die Straßen, Fahrer brüllten einander an, Lieferwagen versperrten Einfahrten. Kleine Cafés, türkische Gemüseläden und Krimskramsgeschäfte mit meterhohen Werbeschildern wechselten einander ab. Auf den Bürgersteigen drängten sich Menschen jeden Alters und jeder Nationalität. Aus den Cafés dudelte Musik, Hunde bellten, Kinder spielten schreiend Fangen.

Buntes Gewusel, wohin das Auge blickte. Schön bunt, aber auch ganz schön gefährlich, dachte Carina. Sie trat in die Pedale und sah sich um, ob Melli und Benny nachkamen. Zwar gab es einen markierten Streifen für Fahrräder, doch die vielen in zweiter Reihe parkenden Autos verwandelten den Weg in einen Hindernisparcours. Außerdem konnte einem jede sich öffnende Autotür zum Verhängnis werden. Bislang schien jedoch alles gutgegangen zu sein, wie sie sich vergewisserte. Melli rückte ihren Fahrradhelm gerade und winkte ihr zu, Benny folgte tapfer nach. Nur noch wenige Minuten, und sie würden am Ziel sein.

»Hey, was soll das?«

Erschrocken wich Carina einem Rollerfahrer aus, der einen wackeligen Stapel Pizzakartons transportierte und ihr mit knatterndem Motor den Weg abschnitt. Ihr Fahrrad, auf dessen Gepäckträger eine unförmige Reisetasche festgezurrt war, neigte sich bedrohlich zur Seite. Enerviert stieg sie ab. Doch, sie fuhr liebend gern Rad, aber manchmal fragte sie sich, warum Jonas völlig selbstverständlich den großen Geländewagen beanspruchte, den sie eigentlich als Familienkutsche gekauft hatten, während sie und die Kinder selbst die weitesten Wege auf dem Fahrrad absolvieren mussten.

Mit rudernden Armbewegungen gab sie ihren Kindern das Zeichen anzuhalten. Melli legte eine Vollbremsung hin, Benny brauchte eine wackelige Kurve, bevor er absteigen konnte. Den Rest der Strecke schoben sie die Räder. Schon von weitem erkannte Carina das Haus, in dem Leni seit ihrer Trennung vor einem Jahr wohnte, ein ehemals weißer, leicht ramponierter Altbau, an dessen Mauern Efeu emporkletterte. Gleich nachdem sie auf den Klingelknopf gedrückt hatte, ertönte Lenis muntere Stimme aus der Gegensprechanlage.

»Hallihallo, immer nur rein in die gute Stube!«

Der Tür sprang auf, und alle drei wuchteten sie ihre Fahrräder in den schummrigen Hausflur. Vorsichtshalber. In diesem Viertel verschwanden mehr Fahrräder von den Gehwegen als Blätter im Herbst von den Bäumen. Im Gänsemarsch stiefelten sie die Treppe hoch zum ersten Stock. Leni wartete schon auf dem Treppenabsatz, mit ausgebreiteten Armen. Sie trug einen schicken flaschengrünen Overall aus einem seidigen Stoff, den diverse Reißverschlüsse zierten.

»Da seid ihr ja endlich.« Überschwänglich umarmte sie die Kinder, die anschließend an ihr vorbei in die Wohnung stürmten, danach hauchte sie Carina rechts und links Luftküsse auf die Wangen. »Und, Süße? Konntest du ein wenig schlafen? Wie geht es dir?«

»Mittelprächtig. Ich hab ziemliches Kopfweh. Bekomme ich immer, wenn ich gestresst bin.«

»Das ist kein Kopfweh, das sind Wachstumsschmerzen«, erklärte Leni. »Du befindest dich gerade in einer Entwicklungsphase. Sicher, es ist tieftraurig, was mit dir und Jonas passiert, doch glaub mir: Am Ende wirst du froh sein, dass du endlich genug Freiraum hast, um dich zu entfalten.«

Carina hob die Achseln. »Entknittern wäre angebrachter. Ich glaub, seit gestern Abend habe ich mindestens drei neue Sorgenfalten auf der Stirn.«

»Jetzt komm erst mal rein. Wir trinken einen Kaffee, und dann bereden wir alles. Hast du die Unterlagen dabei?«

»Ja, war eine ziemliche Schlepperei.« Carina stellte die schwere Reisetasche ab, in der sämtliche Aktenordner lagen, die nicht mit Jonas' anwaltlichen Fällen zu tun hatten. »Ich finde das total unnötig, aber ...«

»... aber du hast allen Grund, misstrauisch zu sein. Jonas ist ein heller Kopf, der hat möglicherweise Vorsorge für den Ernstfall getroffen, seitdem er in seiner Parallelwelt unterwegs ist. Sicher ist sicher.«

Nacheinander betraten sie die gemütliche kleine Wohnung, in der als Erstes die farbigen Wände ins Auge fielen. Den Flur hatte Leni orangerot gestrichen, das Wohnzimmer in einem zarten Pfirsichton, ihr Schlafzimmer erstrahlte in hellem Türkis. Am mutigsten hatte sie sich in der Küche verwirklicht: Stühle, Tisch und Schränke leuchteten dottergelb, an den Wänden hingen als reine Dekoration alte Töpfe und Pfannen vom Flohmarkt, die Leni kobaltblau angesprayt hatte.

Villa Kunterbunt nannten die Kinder dieses eigenwillige Domizil. Sie liebten es, ihre Tante zu besuchen, die strenggenommen gar keine echte Tante war, aber gefühlt zur Familie gehörte. Mit dem Haus, in dem Leni während ihrer Ehe gelebt hatte, waren sie nie warm geworden. In dem sterilen Kasten mit kalkweißen Wänden und kühlen Designermöbeln war Spielen und Toben verboten gewesen, und sie hatten immer aufpassen müssen, dass sie bloß keinen Fleck auf irgendetwas Teurem hinterließen. Auf den einstigen Ehegemahl konnten sie sowieso leichten Herzens verzichten. Der hatte immer aufgestöhnt, sobald Carina mit Melli und Benny erschienen war. Zu viel Trubel für seinen Geschmack. Kein Wunder, dass er sich bestens mit Jonas verstand.

Während die Kinder in der Küche ihre Sachen auspackten, setzten sich die beiden Freundinnen im Wohnzimmer auf die Couch. Sie war weich, man sank förmlich ins Bodenlose, und passend zur Wandfarbe mit pfirsichfarbenem Samt bezogen. Carina zog ihre abgetragene beigefarbene Daunenjacke aus, was Leni zu einem missbilligenden Stirnrunzeln veranlasste.

»Herrje, wie siehst du denn aus?«

»Wieso?« Carina sah an sich herab. »Ich ziehe morgens immer Jonas' ausrangierte Jogginganzüge an, um sicherzugehen, dass ich ein bisschen Sport mache.«

»Und? Funktioniert es?«

»Eher nicht. Manchmal habe ich das Ding noch nachmittags an, aber gejoggt bin ich nur durchs Haus.«

Leni holte tief Luft. Man sah ihr an, dass sie ihre Worte mit Bedacht wählen wollte.

»Schatz, ich sage es ungern, aber du hast dich ein bisschen gehenlassen. Versteh mich bitte nicht falsch, ich werfe es dir nicht vor. Ich kann nur nicht mit ansehen, wie wenig du dich um dich selber kümmerst. Du bist eine wunderbare Frau. Warum kannst du dich nicht ein wenig mehr wertschätzen?«

Betroffen hörte Carina zu. Leni hatte recht. Zuerst kamen die Kinder, dann Jonas, für sich selbst sorgte Carina zu allerletzt. Diese Reihenfolge war ihr immer als etwas völlig Selbstverständliches erschienen. Schniefend holte sie ein Taschentuch aus ihrer Jacke.

»Hat Jonas deshalb eine andere?« Sie schnäuzte sich geräuschvoll. »Weil ich mich gehenlasse?«

Leni rückte näher zu ihr. Mit einer Hand tätschelte sie Carinas Rücken.

»Nicht deshalb, nein. Aber wenn du möchtest, können wir ein bisschen an deinem äußeren Erscheinungsbild arbeiten, damit sich auch dein inneres Erscheinungsbild erholt. Klamotten zum Beispiel. Oder Sport. Du hast es verdient, dich wohl zu fühlen. Wann warst du eigentlich zum letzten Mal beim Friseur?«

Peinlich berührt griff sich Carina an den Kopf und befühlte ihre unordentlichen rötlichen Strähnen, die sie mit einem Gummiband gebändigt hatte. Andere haben eine Frisur, ich habe Haare, lautete ihr Standardspruch. Sie gab das Geld nun mal lieber für andere Dinge aus als für teure Friseurbesuche.

»Ich kenne einen tollen Laden, er heißt ›Haare gut, alles gut‹«, erzählte Leni. »Die Friseurin ist ein Schatz, und ihre Preise halten sich in Grenzen. Sie hat's auch drauf, das Lametta zu entfernen.«

»Das Lametta?«

»Ist dir etwa entgangen, dass du schon ein paar graue Haare hast? Leider liegt der Salon nicht um die Ecke, sondern in meiner Heimatstadt. Da fahren wir demnächst mal hin. Vorerst«, Leni stand auf, »kannst du dich in meinem Kleiderschrank bedienen. Da drin sind noch ein paar Teile aus meiner Depriphase vor der Scheidung, als ich es mit der Schokolade übertrieben habe.«

Carina konnte sich noch äußerst lebhaft an diese Wochen erinnern. Wie oft hatte sie Leni damals bei sich zu Hause empfangen, sie bekocht und getröstet. Manchmal hatten sie bis spätnachts in der Küche gesessen, geredet, beratschlagt, den Neuanfang geplant. Mittlerweile wirkte Leni wie ausgewechselt. Optimistisch und tatkräftig ging sie die Dinge an. Auch jetzt. Resolut nahm sie Carina bei der Hand, zog sie von der Couch hoch und hinter sich her ins Schlafzimmer. Mit der großen Geste einer Magierin, die gleich rosa Kaninchen aus dem Hut zaubern würde, öffnete sie den Kleiderschrank.

»Bitte sehr, oberstes Fach rechts. Das ist mein Friedhof der Schrankleichen.«

Innerhalb weniger Minuten fand sich Carina in einem neuen Outfit wieder. Vollkommen perplex schaute sie in den altmodischen Schneiderspiegel, der neben dem Bett stand. Die hellblaue Hose mit dem bequemen Gummizug am Bund passte perfekt, der ebenfalls hellblaue Mohairpullover mit eingestickten hellgelben Sternen harmonierte mit ihrem hellen Teint und dem rötlichen Haar. Was sie sah, war nicht nur ein neues Outfit, sondern eine neue Frau. Irgendwie hatte sie unwillkürlich Haltung angenommen.

»Hui, lass dich bloß nicht von fremden Männern ansprechen«, giggelte Leni. »So wie du aussiehst, wirst du dich vor Verehrern kaum retten können.«

»Danke«, hauchte Carina. »Wirklich unfassbar, was ein paar Klamotten ausmachen.«

Leni lächelte verschmitzt.

»Sag ich doch. Jetzt packen wir die Aktenordner in den Kleiderschrank, da sind sie sicher. Alles Weitere besprechen wir bei einem Kaffee.«

»Käffchen geht immer«, summte Carina selig.

Nachdem sie die schwere Reisetasche im Kleiderschrank verstaut hatten, begaben sie sich in die Küche, wo es bereits hoch herging. Farbtiegel, Klebstofftuben und durchsichtige Plastikdosen mit verschiedenfarbigen Perlen übersäten die Tischplatte, Stoffreste und herabgefallene Wollfäden zeugten von emsiger Arbeit. Melli war fast fertig mit ihrem Smokinghemd. Benny hatte sich zur Abwechslung ein weißes T-Shirt vorgenommen, um seiner Kreativität freien Lauf zu lassen. Konzentriert kleckste er mit Textilfarben darauf herum.

»Das sind Monsterjäger«, erläuterte er sein Werk. »Wenn man das T-Shirt nachts anzieht, kriegen die Monster Angst und laufen weg.«

»Gut gedacht, gut gemacht«, lobte Carina ihn.

Leni hingegen erstarrte. Sie tauschte einen fassungslosen Blick mit Carina, bevor sie zwei dickwandige braune Espressotassen aus dem Hängeschrank holte und die Maschine anstellte.

»Sehr kreativ«, fispelte sie, doch es klang eher wie: Ach du liebes bisschen.

»Papa hat gesagt, wir dürfen seine Sachen verschönern«, verkündete Melli und hielt das Smokinghemd hoch. »Guck mal, das ist eine Herzihemd für Weihnachten.«

Unmerklich begannen Lenis Schultern zu zucken, ihre Augen weiteten sich, dann brach sie in lautes Lachen aus.

»Ihr seid klasse, ehrlich«, prustete sie, und so, wie sie Carina dabei anschaute, schloss sie die Mutter dieser hochtalentierten Kinder ausdrücklich in das Kompliment ein.

Leni lachte immer noch, als sie sich zusammen mit Carina ins Wohnzimmer verzog. Die vollen Espressotassen in ihren Händen klapperten auf den Untertassen, so heftige Erschütterungen erzeugte ihr Heiterkeitsausbruch.

»Ich schmeiß mich weg!«, japste sie. »O Gott, lass mich bitte dabei sein, wenn Jonas das sieht!«

Mit den gutausgebildeten Reflexen einer Mutter, die darauf trainiert war, kleine Alltagsunfälle zu vermeiden, nahm Carina ihr die Tassen ab.

»Das hat er sich verdient.«

Kichernd setzten sie sich auf die Couch. Schon komisch, dachte Carina. Gestern glaubte ich noch, die Welt geht unter, heute kann ich schon wieder aus vollem Herzen lachen. Es tat so gut, mit Leni alles teilen zu können, sogar die rabenschwarzen Phasen. Und rabenschwarzen Kaffee natürlich, heiß, mit zwei Stück Zucker.

»Was ich noch wissen wollte: Hat Jonas sich gemeldet?«, fragte ihre Freundin.

»Nein.« Carina nahm einen Schluck Espresso. »Der schläft bestimmt noch, denn ich vermute kaum, dass diese Frau Kinder hat. Die werden sich ein schönes Wochenende zu zweit machen, vor Montag kommt Jonas nicht zurück, wie ich ihn kenne.«

»Genug Unterhosen hat er ja noch im Koffer, und zur Not zieht er den schwarzen Tanga von Lady XYZ an«, feixte Leni. Auf einmal verfinsterte sich ihre Miene. »Übrigens weiß ich mit ziemlicher Sicherheit, wie sie aussieht. Nicht sehr beeindruckend, finde ich. Und alles andere als geschmackvoll.«

Carina fiel fast die Tasse aus der Hand. Zitternd beugte sie sich vor und setzte sie auf den schlichten Couchtisch aus Kiefernholz.

»Wie bitte?«

»Halloween 1972, frag nicht weiter. Oder möchtest du sie sehen?«

Ungläubig nickte Carina. »Aber woher … ich meine, wie hast du rausbekommen, wer sie ist?«

»Mit der Dummheit verhält es sich wie mit Atommüll: Tausende Jahre aktiv und leider nicht unschädlich zu machen. Aber neuerdings gibt es ein Endlager dafür: Facebook.« Leni holte ihr Handy aus der Brusttasche ihres Overalls, tippte darauf herum und hielt es Carina hin. »Schau mal.«

Auf dem Display erschien ein Foto, das Jonas bei einer Party zeigte. Offenbar war es eine Firmenfeier, denn Carina erkannte einige seiner Kollegen aus der Kanzlei. Mit klammen Fingern entwand sie Leni das Handy, um genauer hinsehen zu können. Schock. Direkt neben Jonas stand eine spargeldünne schwarzhaarige Frau in einem messerscharfen Lurexkleid und lila Overknee-Stiefeln. Wie die übrigen Gäste hielt sie ein Glas in den Händen und lachte ausgelassen in die Kamera.

»Ich … ich wusste nicht mal, dass Jonas auf, auf … auf Facebook ist«, stammelte Carina.

»Offenbar wusstest du so einiges nicht. Zum Beispiel, dass Jonas bei seinem Facebook-Status nicht etwa *verheiratet* angegeben hat, sondern *es ist kompliziert.*«

»Wie – kompliziert?«

Leni nahm ihr das Handy ab.

»Ich sag immer: Gute Mädchen kommen in den Himmel, böse Mädchen hinterlassen keine Spuren auf Facebook. Aber Männer kennen keine Hemmungen. Nur mal so als kleine Zwischeninformation: Das Foto wurde vor einem Jahr gepostet. Und ich sage das nicht, weil ich dir das Herz schwermachen will, sondern damit du vollkommen klarsiehst, wenn du Jonas das nächste Mal triffst.«

»Das heißt«, Carina fasste sich an die Kehle, »diese Affäre hat schon vor einem Jahr begonnen?«

»Möglich. Wie man aus der Deko im Hintergrund schließen kann, war es eine Weihnachtsfeier. Da wird bekanntlich hart gebechert und fremdgeflirtet bis zum Gehirnstillstand. Du weißt ja, betrunken flirten ist wie hungrig einkaufen – man shoppt Sachen, die man eigentlich gar nicht will.«

Carina schluckte. Wie Dominosteine fielen die Erinnerungen an die Weihnachtszeit des Vorjahres um und verwandelten sich in einen Haufen Lügen.

»Tja, eines Tages wird man Facebook für Ehemänner verbieten«, orakelte Leni. »Nichts gegen Jonas, aber wie eitel ist das denn, so ein Foto zu posten? Scheint ganz schön stolz darauf zu sein, dass er sich mit dieser Lurextorte präsentieren kann.«

Auf Carinas Netzhaut flackerte immer noch das Foto nach. Unversehens hatte das Ungreifbare Gestalt angenommen. Jetzt wusste sie zwar immer noch nicht, wer diese Frau war, aber wenigstens, wie sie aussah. Nicht sonderlich hübsch, dachte sie erleichtert, eher harte Gesichtszüge. Und viel zu stark geschminkt. Na, dann viel Spaß.

Lenis Finger spielten mit den Reißverschlüssen des Overalls. Ihr schien es sehr unangenehm zu sein, dass sie Carina mit noch mehr schlechten Nachrichten hatte konfrontieren müssen.

»Wie gesagt, ich fand, du solltest das wissen. Und jetzt, mein Schatz, heißt es ab in die Wellnesszone. Mein Tipp: erst Badewanne, danach eincremen und mit einem Buch ins Bett. Stell dir Musik an. Lass deine Gedanken auf die Reise gehen. Aber komm bloß nicht auf die Idee, Staub zu saugen oder die Fenster zu putzen. Das ist dein Wochenende. Zwei volle Tage. Genieß es!«

»Hm, ich wollte heute eigentlich die Wäsche machen«, gab Carina zu.

»Nichts da. Heute ist chillen angesagt. Und damit du heute Abend nicht kochen musst, habe ich bei Eddy eine Lasagne gekauft. Vegan, mit Spinat und roten Paprika. Sie steht in der Küche. Musst sie nur noch mitnehmen.«

Carina fehlten die Worte. Es war ihr ein Rätsel, wie ihr Körper es schaffte, unausgesetzt Tränenflüssigkeit zu produzieren. Leise schluchzend schnäuzte sie sich ein weiteres Mal.

»Danke. Und entschuldige, dass ich schon wieder weine. Ist nur aus Rührung.«

»Lass mal, laut Sibylle baust du gerade Stress ab«, schmunzelte Leni und legte ihr einen Arm um die Schulter.

»Ist sie nicht unbezahlbar?« Carina wischte sich die Tränen ab, denn beim Gedanken an Sibylle musste sie ebenfalls schmunzeln. »Du meine Güte, woher hat sie bloß diese ganzen Zahlen und Statistiken?«

»Auch das Hirn ist ein Muskel, den man trainieren kann«, erwiderte Leni. Sie räusperte sich. »Apropos: Etwas Bewegung wäre nicht schlecht für dich. In den nächsten Monaten wirst du viel Energie brauchen, da hilft es, wenn du fit bist. Ein bisschen Sport hat noch niemandem geschadet.«

»Spooooort«, wiederholte Carina gedehnt.

»Genau. In meinem Fitnessstudio gibt es gerade ein Schnupperangebot. Für schlappe zwanzig Euro im Monat. Was meinst du?«

Keine Zeit, kein Geld, keine schicken Sportklamotten, war bislang Carinas stereotype Antwort gewesen, wenn ihr jemand den Gang ins Fitnessstudio nahegelegt hatte. Auch Jonas hatte sie mehrfach darauf angesprochen. Er selbst stemmte dreimal die Woche Gewichte in einem Studio und joggte jeden Morgen, bei jedem Wetter, in jeder Verfassung.

»Versuch's doch mal«, schob Leni nach. »Es geht dabei gar nicht ums Abspecken oder so, nur um ein besseres Körpergefühl. Nebenbei gesagt, ist die beste Rache an Jonas, wenn es dir gutgeht.«

Carina zog eine Schnute. In Wahrheit schämte sie sich, ihren vernachlässigten Körper den Blicken lauter elend schlanker, muskulöser Menschen auszusetzen. Sie fühlte sich einfach nicht präsentabel. Allerdings musste sie zugeben, dass ihr Ich-mach-dann-halt-was-zu-Hause-Fitnessplan mit Pauken und Trompeten gescheitert war. Weder joggte sie noch absolvierte sie das Sit-up-Pensum, das sie sich seit Jahren vornahm.

Als hätte Leni ihre Gedanken erraten, zeigte sie auf die Sporttasche, die in einer Ecke des Wohnzimmers stand.

»Ich schaffe es zweimal die Woche. Wir könnten zusammen hingehen. Im Übrigen wirst du schnell merken, dass da nicht lauter Miss Wespentaillen und Mister Universums rumlaufen, sondern Menschen wie du und ich.«

»Wie du – klar. Aber nicht wie ich«, schmollte Carina.

»Es gibt sogar eine geschätzte Größe fünfzig«, trumpfte Leni auf. »Die strampelt sich auf dem Stepper ab wie blöd. Na und? Interessiert keinen, jeder hat mit seinen eigenen Pfunden zu tun. Für den Anfang könnte ich dir eine hübsche Leggins und ein XXL-T-Shirt leihen. Na?«

»Ooookay«, seufzte Carina. »Wann gehst du immer?«

»Montag und Donnerstag.«

»Aber Donnerstag ist Mellis Reitstunde.«

Leni drohte ihr scherzhaft mit dem Zeigefinger.

»Keine Ausflüchte mehr! Dann wird eben Jonas sie hinfahren. Nimm ihn ruhig in die Pflicht, der hat sich lange genug gedrückt. Zeit hat er bestimmt, schließlich hatte er auch Zeit, eine Affäre anzufangen.«

So hatte es Carina noch gar nicht betrachtet. Und doch traf Leni den Nagel auf den Kopf. Wie viele Abende hatte er wohl schon bei seinem Lurexhäschen verbracht, statt mit den Kindern zu spielen und sie ins Bett zu bringen? Carina bekam Magendrücken, so sehr schmerzte sie dieser Gedanke.

»Montagabend um sieben, schreib's dir in den Kalender«, schloss Leni ihre Überzeugungsarbeit ab. »So, und nun wird es wirklich Zeit für dein großes Rundum-Wohlfühl-Wochenende. Aufgeregt?«

»Irgendwie schon.«

Während sie ihre Daunenjacke anzog, ging Carina durch den Kopf, dass sie in zehn Jahren Ehe noch nie ein Wochenende ganz für sich allein gehabt hatte. Irgendwas war immer. Die Kinder mussten zu Spielnachmittagen – neudeutsch: Playdates – bei ihren

Freunden gebracht werden, brauchten Hilfe bei den Hausaufgaben oder überredeten sie zu Marathon-Mensch-ärgere-dich-nicht-Runden, und auch Jonas war äußerst betreuungsintensiv.

»Eigentlich bin ich sonst immer permanent gehetzt«, Carina senkte ihre Stimme, »auch am Wochenende. Jonas will bekocht werden oder herzwärmende Gefälligkeiten wie das Sortieren der Steuerbelege, die ich dann montagmorgens auch noch persönlich zu unserem Steuerberater Donatus-Maria von Magnis tragen muss.«

»Donatus-Maria – wer? Willst du mich veräppeln?«

»Ach, das ist längst noch nicht alles. Selbst wenn die Kinder mal woanders übernachten, bin ich immer Jonas' Servicekraft. Oder ich erledige, was im Alltag liegenbleibt: Schränke aufräumen und auswischen, den Garten auf Vordermann bringen, kaputtes Spielzeug reparieren.«

»Ich weiß, Supermami. Warum hast du dir nie Zeit für dich gegönnt?«

Diese Frage stellte sich Carina mittlerweile auch. Weil sie glaubte, es stehe ihr nicht zu? Oder weil sie sich vor der Stille fürchtete, die eintrat, wenn es nichts zu tun gab und sie nur ihre innere Stimme hörte? Was würde ihre innere Stimme ihr heute sagen? Ein bisschen graute ihr davor.

»Ich verschwinde mal kurz«, erwiderte sie matt.

Mit schweren Schritten schlich Carina über den Flur und schloss sich im Badezimmer ein. Dort starrte sie lange in den Spiegel. Ich liebe mein Leben, ich liebe meine Familie, hätte sie noch vor kurzem beteuert. Und nicht darüber nachgedacht, ob das noch stimmte. Was die Kinder betraf, war es sicherlich zutreffend. Aber Jonas? Ja, sie liebte den Mann, den sie einst geheiratet hatte, hatte jedoch übersehen, dass er ein anderer geworden war.

Schon lange erschöpfte sich ihre Beziehung in Routine. Was fehlte, war die gegenseitige Wertschätzung. Jonas nahm sie nicht mehr als eigenständige Person wahr, und wenn sie ehrlich zu sich selbst war, konnte sie es ihm nicht verdenken. Wie sollte er sich für eine Frau interessieren, die zwar mit Feuereifer ihre häuslichen Pflichten erfüllte und sich hingebungsvoll um die Kinder kümmerte, aber keine Partnerin auf Augenhöhe mehr sein konnte? Was hatte sie für sich, für ihre eigene Entwicklung getan? Zu wenig, so viel stand fest.

Gedankenverloren betrachtete Carina ihr Gesicht, dem man die tiefe Erschöpfung nach zehn Jahren aufopferungsvollen Daseins ansah. Jonas' Weigerung, etwas zu zweit zu unternehmen, verletzte sie, doch insgeheim musste sie sich eingestehen, dass sie nicht nur ihr Äußeres vernachlässigt hatte. Beziehungen musste man pflegen. Auch dadurch, dass man sich zugestand, sich selbst ernst zu nehmen. Welche Wünsche, welche Träume gab es noch? Welche Perspektiven? Weder hatte sie diese Fragen sich selbst gestellt noch ihrem Mann. Auch ihn hatte offenbar nicht mehr interessiert, wie sie sich fühlte. Allerdings war Jonas ausgebrochen, statt die schleichende Krise zu thematisieren. Er hatte Tatsachen geschaffen, mit denen die Risse ihrer Ehe zu tiefen Gräben geworden waren. Zu unüberwindlichen Gräben? Selbst wenn Jonas eines Tages zu ihr zurückwollte – würde dann nicht alles wieder von vorn losgehen? Der quälende Trott einer Beziehung, die keine war und nur durch Gewohnheit, Bequemlichkeit, Konvention zusammengehalten wurde?

Nein, es war vorbei. Denn ganz gleich, wie er seine Affäre begründete, sein Betrug war durch nichts zu entschuldigen. Auch eine Strafe hatte er verdient, in diesem Punkt musste Carina ihrer Freundin zustimmen. Hieß es nicht: Rache ist süß?

Sie hatte sich bereits von den Kindern verabschiedet und stand mit der Lasagne-Packung auf dem Hausflur, als Leni ihr eine zerfledderte bunte Postkarte reichte.

»Für dich. Der Spruch auf der Karte hat mich über die schlimmsten Momente meiner Trennung hinweggetragen. Ich hoffe, dass er dir Glück bringt. Und Klarheit.«

Halblaut las Carina vor, was auf der Karte stand: »Die Gedanken und Taten, für die wir uns entscheiden, sind die Werkzeuge, mit denen wir die Leinwand unseres Lebens bemalen.«

Sie sah auf. Leni warf ihr einen Handkuss zu.

»Sorg dafür, dass es ein wunderschönes, farbenfrohes Gemälde wird, ja?«

Kapitel 7

Wie auf Wolken radelte Carina los. Falls sie sich jemals gefragt hatte, warum Leni ihre beste Freundin war, spätestens jetzt wusste sie es. So viel selbstverständliche Liebe, so viel Unterstützung, so viel umwerfender Humor – wer sonst hätte ihr all das geben können?

Jonas schied von vornherein aus, seine kalte, streitsüchtige Mutter sowieso. Ihre anderen Freundinnen waren zwar alle warmherzig und hilfsbereit, aber nicht mit jener speziellen Gefühlsintensität begabt, die Leni auszeichnete. Und ihre Eltern? Die wohnten weit entfernt in einem kleinen Dorf und kamen nur selten angereist, weil eine simple Zugfahrt für sie einer Weltumseglung gleichkam. Mindestens. Umgekehrt fand Carina höchstens einmal im Jahr Gelegenheit, ihren Eltern einen Besuch abzustatten, und jedes Mal gab es vorher großes Trara, weil Jonas nicht mitfahren wollte. Jonas, die unerschöpfliche Quelle von Frust und Missachtung.

Ciao, Jonas, jetzt bin ich dran! Der kühle Fahrtwind machte Carina nichts aus. Lächelnd hielt sie ihr Gesicht in die blasse Wintersonne und genoss es, dass sie sich mal nicht beeilen musste. Entspann dich. Dies ist dein Wochenende, nutze es nach Lust und Laune!

Es war Mittagszeit. In den kleinen Cafés und Restaurants, die an ihr vorbeiflogen, schienen ausschließlich Paare zu sitzen. Jawohl, es gab Männer, die mit ihren Frauen oder Freundinnen samstagmittags essen gingen. Jonas lehnte so etwas kategorisch ab – Zeitverschwendung! Viel zu teuer! Allenfalls am Hochzeitstag oder wenn Carina Geburtstag hatte, lud er sie in ein Restaurant ein. Mit denselben Argumenten – Zeitverschwendung! Viel zu teuer! – schmetterte er auch Urlaubsreisen ab. Wofür rackere er sich denn ab, um das Haus abzubezahlen, wenn er dann woanders für eine Übernachtung blechen müsse? Purer Hohn, wenn sie daran dachte, wie nobel er mit seiner Geliebten abstieg.

Eine halbe Stunde später hatte Carina die ruhige Nebenstraße erreicht, in der sie wohnte. Schwungvoll bog sie in die Auffahrt des Hauses ein. Was würde sie als Erstes tun? Nach kurzem Überlegen beschloss, sie, Lenis Rat zu befolgen und ein Bad zu nehmen. Sie würde Kerzen auf den Badewannenrand stellen, in ihrer Lieblingsmusik schwelgen, Balladen von Whitney Houston, und tiefenentspannt im Schaum versinken. Danach würde sie die Lasagne aufwärmen und in aller Gemütsruhe schlemmen.

Sie stieg ab, nahm die Tüte mit der Lasagne und lief zur Haustür. Das Fahrrad ließ sie einfach im Vorgarten stehen, obwohl Jonas darauf bestand, dass die Räder stets in der Garage abgestellt wurden. Jonas? Wer war noch mal Jonas?

Mit einem ungekannten Hochgefühl schloss sie die Haustür auf. Freudig bellend kam ihr Bingo entgegen.

»Mein Bingo, mein Bester! Wir sind allein zu Haus, na, wie findest du das?«

Ihre Daunenjacke flog in die Ecke, die Sneakers hinterher. Ein Blick in den Flurspiegel hob Carinas Laune zusätzlich. Der hellblaue Pullover war ein Traum, weich, kuschelig, genau richtig für ein gemütliches Wochenende. Sie war so versunken in den Anblick, dass es ein bisschen dauerte, bis ein Motorengeräusch sie aufhorchen ließ.

Mit einem unguten Gefühl rannte sie zur Tür und spähte durch den Spion. Auf der Stelle wandelte sich das ungute Gefühl in nackte Panik. Das durfte doch nicht wahr sein! In der Auffahrt parkte der Geländewagen, und niemand anderes als Jonas schritt auf die Haustür zu, seinen Rollkoffer hinter sich herziehend, als wäre nichts gewesen. Nein!, durchzuckte es Carina, nein, nein, nein! Ich lasse mir keinesfalls dieses Wochenende zerlegen! Ich will Zeit für mich, ich will über alles nachdenken, ich muss einen klaren Kopf bekommen!

Im nächsten Moment drehte sich auch schon der Schlüssel im

Schloss. Das Geräusch trieb Carina einen eiskalten Schauer über den Rücken. Himmel, warum hatte sie nicht sofort die Schlösser austauschen lassen? Mit einem Fuß schob Jonas die Tür auf, rumpelnd folgte der Rollkoffer.

»Dein Fahrrad steht im Vorgarten rum«, blaffte er statt einer Begrüßung. »Habe ich dir nicht schon hundertmal gesagt, dass es in die Garage gehört?«

Ja, so war Jonas. Immer fröhlich, immer charmant. Schmeiß ihn raus, hatte Wanda gesagt, aber das war leichter gesagt als getan. Ganz ruhig bleiben, dachte Carina. Bloß nicht provozieren lassen. Du musst ihn mit stahlharter Sanftheit aus dem Haus quatschen, damit du Zeit für dich hast. Sonst nistet er sich mir nichts, dir nichts wieder ein, und alles geht von vorn los.

»Entschuldige«, sie blickte ihn treuherzig an, »aber dein Besuch kommt ein bisschen überraschend.«

»Besuch? Ich wohne hier. Was ist das überhaupt für ein Pullover? Musst du denn immer Geld zum Fenster rauswerfen?«

»Ist ein Geschenk von Leni.« Lächeln konnte richtig Arbeit sein, wie Carina soeben feststellte. Sie leistete Schwerstarbeit. »Liebling, ich ging davon aus, dass du dir mit deiner, ich meine, mit dieser Frau ein gemütliches Liebeswochenende machst. Deshalb habe ich Bennys sämtliche Schulfreunde zum Spielen eingeladen. Sie sind noch unterwegs, dürften aber gleich hier sein.«

Natürlich war das geschwindelt. Doch wenn Jonas etwas hasste, dann ein Dutzend Sechsjähriger, die schreiend durchs Haus rannten, in sämtlichen Zimmern Verstecken spielten und das Ehebett in eine Hüpfburg verwandelten. Seine Augen verengten sich zu Schlitzen. Dann explodierte er.

»Sämtliche Schulfreunde? Bist du verrückt geworden?«

Immer schön weiterschwindeln, Carina.

»Die Klassenlehrerin kommt auch mit. Absagen kann ich das nicht mehr, so leid es mir tut. Und du willst ja sicherlich nicht, dass Benny Ärger in der Schule bekommt.«

Vor lauter Zorn hatte Jonas die Sprache verloren. Er presste seine Lippen so hart aufeinander, dass sie sich weiß färbten.

»Halb so schlimm«, flötete Carina, »du kannst dich doch neuerdings in dein Liebesnest zurückziehen. Bestimmt freut sich deine Geliebte darüber – oder hat sie etwa schon genug von dir?«

»Was?«

Seine Augen traten hervor, seine Brust pumpte. Jetzt hatte sie ihn bei seiner männlichen Ehre gepackt, das sah Carina überdeutlich. Die Unterstellung, irgendeine Frau könne ihm widerstehen, ihm, dem tollen Hecht, der weder an Champagner noch an erotischen Höchstleistungen sparte, lockte ihn aus der Reserve.

»Wie kommst du denn darauf? Sie findet mich phantastisch, was sonst?« Siegesgewiss lächelte er sie an, als hätte er soeben den Preis für den Lover des Jahres bekommen. »Wenn's nach ihr ginge, könnte ich wochenlang bei ihr wohnen. Sie wollte mich gar nicht gehen lassen, wenn du's genau wissen willst.«

Ja, ja, ja!, frohlockte Carina. Der hält sich immer noch für Prince Charming und merkt gar nicht, dass ich etwas ganz anderes im Sinn habe: Ich will nicht den abgehalfterten Prinzen, ich will das Schloss! Und zwar ganz für mich allein! Demonstrativ sah sie auf ihre Armbanduhr.

»Es ist halb drei, deine Süße fände es bestimmt wunderbar, Kaffee und Kuchen mit dir zu genießen. Vielleicht hat sie dir sogar schon was Schönes gebacken?«

Ein Blick in sein betretenes Gesicht genügte, und Carina wusste, dass seine Geliebte nicht der Typ Frau war, die einen Mann mit Kuchen verwöhnte. Eine Größe 34 aß keinen Kuchen. Die servierte allenfalls ein Rucolablatt. Umso besser.

»Ich wollte eigentlich, na ja, in mein, tja, Arbeitszimmer«, druckste er herum. »Hab so einiges auf dem Zettel, was ich durcharbeiten muss.«

»Oh, ich habe überhaupt nichts dagegen, wenn du deinen Laptop mitnimmst«, erwiderte Carina. Erneut sah sie auf ihre Armbanduhr.

»Herrje, schon zwanzig vor drei. Ich muss noch Muffins backen. Und Benny hat sich Schokoladentorte gewünscht. Jetzt sollte ich mich aber sputen.«

Unschlüssig verharrte Jonas an seinem Platz. Er hatte eine Riesenschwäche für Schokoladentorte. Mit einer Schuhspitze bohrte er nichtexistente Löcher in die Fliesen.

»Sag mal, Sternschnuppe«, manisch zupfte er sich am Ohrläppchen, das schon ganz rot war, »Hand aufs Herz – hältst du mich für ein Schwein?«

Gute Frage.

»Ach was, woher denn?«, lachte sie. »Eher für eine Bergwühlmaus.«

»Carina!«

»Hm, würde zu lange dauern, es dir zu erklären. Nur so viel: Präriewühlmäuse leben monogam.«

Mit beiden Händen rieb er sich übers Gesicht. Trotz seines frischen Teints sah er aus wie ein Mann, der bei weitem nicht so gut geschlafen hatte wie die Frau, die er mit einer anderen betrog. Carina widerstand der Versuchung, ihm über die zerfurchte Stirn zu streichen, sondern beschränkte sich darauf, mit dem Finger darauf zu deuten.

»Du siehst müde aus.«

»Das sind keine Stirnfalten, das ist ein Sixpack vom Denken.«

Er grinste, unsicher, ob sie seinen dämlichen Spruch mit einem Lächeln quittierte. Früher hatte sie immer so getan, als finde sie seine Sprüche lustig. Weil sie ihn so sehr geliebt hatte. Bis zur Selbstaufgabe. Jetzt zuckte sie mit den Schultern.

»Seit wann denkst du denn nach?«

Irritiert zog er die Nase kraus. Plötzlich sah er nur noch zerknirscht aus, wie ein kleiner Junge, der heimlich gezündelt hatte und dem nun klarwurde, dass das Haus niedergebrannt war.

»Unser Gespräch gestern Abend«, er zögerte, »es war ein – ein Fehler. Ich war ziemlich angetrunken und habe Dinge gesagt, die ich nicht so meinte. Ehrlich. Die Sache mit Chantal, das ist nur passiert, weil ich immer so unter Druck stehe. Im Büro, hier zu Hause – immer wollen alle etwas von mir. Chantal hat mich einfach mal auf andere Gedanken gebracht. Bei ihr kann ich mich entspannen.«

Aha, Chantal hieß sie also. Passte irgendwie zu dem Foto, fand Carina. Niemand konnte für seinen Namen, aber Chantal, das klang nun wirklich nach lila Overknees, auch nach künstlichen Krallen und Silberlidschatten. Eingehend betrachtete sie ihre Fingernägel, die seit Jahren keine Maniküre gesehen hatten, nur Spülwasser und Wischlappen. Alles wird teurer, dachte sie, nur seine Ausreden werden billiger.

»Komisch, wenn du von Sex sprichst, klingt es, als sei das ein Hobby. Nun, ich habe nichts dagegen, dass du deine Hobbys pflegst, Bärchen.« Mit Bedacht nannte sie ihn bei seinem Kosenamen, den er sich schon vor Jahren verbeten hatte. »Ich denke, du solltest jetzt wirklich zu Chantal fahren.«

»Okay«, zischte er.

Deutlich sah man ihm den Ärger darüber an, dass er sich selbst in diese Einbahnstraße manövriert hatte. Da kam er nicht mehr raus.

»Ich bleibe dann gleich die ganze Woche«, sagte er eisig.

Falls er damit gerechnet hatte, dass Carina bestürzt reagieren würde, hatte er sich getäuscht. Mit dem verständnisvollen Lächeln einer Mutter, die ihren Kindern alle Flausen durchgehen ließ, nickte sie zustimmend.

»Fein.«

Er schluckte mehrmals und so heftig, dass sein Adamsapfel auf und nieder hüpfte.

»Dann nehme ich ein paar Hemden mit, fürs Büro.«

»Moment …«

Doch er achtete nicht weiter auf Carina, sondern lief an ihr vorbei in sein Arbeitszimmer. Stille. Nach zwei Sekunden war er wieder da, den Laptop unter dem Arm.

»Wo sind meine Klamotten?«

»Weg«, antwortete Carina fast wahrheitsgemäß. »Alle in der Wäsche.« Was wiederum geschwindelt war. »Ausnahmsweise ist erst Montag Waschtag. Aber ich schaue gern mal unten, ob ich noch was Frisches für dich habe.«

Sie ließ ihn im Hausflur stehen und machte sich auf den Weg in den Keller. Unten angekommen, hatte sie die Wahl: Rechter Hand befand sich der Bügelraum, wo sie am Morgen zuvor durchaus ihren hausfraulichen Pflichten nachgekommen war, links ging es in die Waschküche. Ein spitzbübisches Lächeln glitt über ihr Gesicht, als sie sich für die Waschküche entschied, wo drei große Plastikwannen mit schmutziger Wäsche herumstanden. Wer sagte denn, dass sie stets abliefern musste? Sicher, zu ihren falschen Versprechungen des Vorabends hatten auch gewaschene und gebügelte Hemden gehört, doch es lag nicht in ihrer Absicht, auch nur eine der großzügig angekündigten Bedingungen zu erfüllen.

Aus einer blauen Wanne mit verdreckten T-Shirts und müffelnden Kindersocken wühlte sie Jonas' getragene Hemden heraus, die ebenfalls penetrant rochen. Sollte doch diese Chantal ihre Waschmaschine anschmeißen und das Bügeleisen schwingen. Dann würde sie gleich mal am eigenen Leibe erleben, wie es war, wenn ein Mann statt mit Blumen und Champagner mit einem Haufen Schmutzwäsche angedackelt kam.

Beladen mit einem Schwung Hemden, kraxelte Carina die Kellertreppe wieder hoch. Jonas stand nach wie vor im Flur, weiter hatte er sich nicht vorgewagt. Gut so. Grübelnd betrachtete er die silbern gerahmten Familienfotos an der Wand, als sähe er sie zum ersten Mal. Mami, Papi, Melli, Benny. In allen möglichen Kombinationen, Altersstufen und Jahreszeiten lächelten sie fröhlich auf ihn herab.

»Hier, Bärchen«, säuselte sie. »Ist doch sicher kein Problem, wenn ich dir die schmutzigen Hemden mitgebe?«

Seine Augenbrauen rutschten hoch, sein Mund war nur noch ein Strich, unter seinem linken Auge pulsierte ein kleiner Nerv. Wortlos nahm er ihr die Hemden ab.

»Nächstes Mal bin ich besser auf Zack«, erklärte Carina mit übertriebenem Eifer in der Stimme. »War alles ein bisschen viel gestern, weißt du.«

Er brachte gerade mal ein zustimmendes Grunzen zustande. Was sollte er ihr auch vorwerfen, ausgerechnet er, der sie feige hintergangen hatte? Angewidert starrte er die müffelnden Hemden an, bevor er seinen Koffer öffnete und sie hineinlegte. Mit einem Knall warf er den Deckel zu. Bingo, der dies für ein neues Spiel hielt, sprang kläffend an ihm hoch, merkte jedoch schnell, dass sein Herrchen nicht zu Spielen aufgelegt war. Ohne ein Wort des Abschieds drückte Jonas die Klinke der Haustür herunter und zuckelte ab.

»Dann viel Spaß!«, rief Carina ihm hinterher, in jenem munteren Tonfall, den sie anschlug, wenn die Kinder auf eine Geburtstagsfeier gingen oder wenn ein Schulausflug anstand.

Mit Nachdruck schloss sie die Tür. Während der Motor des Geländewagens aufheulte, riss sie die Arme hoch und vollführte einen Freudentanz, der jeder Discoqueen Ehre gemacht hätte. Bingo tanzte bellend mit. Mann weg, Wochenende gerettet, jetzt beginnt die Wellnessphase, jubilierte Carina innerlich. Ihr Blick fiel auf das Hochzeitsfoto an der Wand. Feierlich nahm sie es ab.

»Ich bin nicht auf der Welt, um zu sein, wie du mich gern hättest«, murmelte sie. »Viel Glück, Bärchen, und zieh dich warm an: Ich schenk dir die Hölle auf Erden.«

Dann rief sie den Schlüsseldienst an. Der Wochenendzuschlag würde ein hübsches Sümmchen verschlingen, doch Carina war eisern entschlossen, das Haus in eine Festung zu verwandeln, zu der Jonas keinen Zutritt mehr hatte.

Kapitel 8

Zwei seltsame Tage lagen hinter Carina, als sie am frühen Sonntagabend bei Leni klingelte. Seltsam deshalb, weil sie an diesem Wochenende immer wieder unwillkürlich hochgeschreckt war – in der Badewanne, auf der Couch und bei der Lektüre des Romans, den sie schon vor einem Jahr angefangen und nie ausgelesen hatte. Tief in ihrem Unterbewusstsein lauerte ein Wesen, das dauernd flüsterte: Ist der Kühlschrank voll? Hast du auch frisches Brot gekauft? Musst du nicht etwas für Jonas erledigen? Geht's den Kindern gut? Erst nach und nach hatte sich eine gewisse Entspannung eingestellt. Was sie nicht daran hinderte, die Kinder weit vor der verabredeten Zeit abzuholen.

»Und? Wie war's?«, fragte Leni, nachdem sie sich auf die dottergelben Küchenstühle gesetzt hatten.

Carina seufzte. Ihre Kinder lagen im Wohnzimmer auf dem Teppich, bauten eine Burg aus Legosteinen und waren weder entkräftet, emotional verwaist noch verstört, weil sie das Wochenende nicht zu Hause verbracht hatten.

»Loslassen ist nicht so leicht für eine gelernte 24-Stunden-Servicekraft«, bekannte sie. »Aber stell dir mal vor, wer gestern Nachmittag vor der Tür stand.«

Mit gedämpfter Stimme berichtete sie von Jonas' Auftritt und von ihrer siegreichen Taktik, mit der sie ihn zurück zu seiner Geliebten geschickt hatte.

»Übrigens war gestern Abend der Schlüsseldienst da. Ich habe alle Schlösser austauschen lassen, Jonas kann jetzt nicht mehr ins Haus.«

»Sehr gut.« Leni zwinkerte ihr anerkennend zu. »Du machst Fortschritte. Nun musst du dafür sorgen, dass er bei seiner Schnecke bleibt. Sonst hast du ihn eins, zwei, drei wieder an der Hacke.«

»Stimmt. Doch wie soll ich das tun? Ich kann ja wohl kaum zu dieser Chantal gehen …«

»… sie heißt Chantal? Großer Gott!«

»Ja, so lautet ihr herzwärmender Name. Soll ich ihr etwa sagen: Hey, du kannst den Typen haben, ich will ihn nicht mal geschenkt?«

Leni lachte leise.

»Phantastisch! Genau das wirst du tun! Oder so ähnlich.«

»Wie bitte?«

»Lass uns auf Facebook stöbern. Vielleicht bekommen wir raus, wie du sie kontaktieren kannst.«

Es war Carina ein Rätsel, wie das vonstattengehen sollte, doch sie sah geduldig zu, als Leni ihr Handy herausnahm und darauf herumtippte.

»Eine Chantal steht in der Freundesliste von Jonas!« Leni zeigte triumphierend auf das Handydisplay. »Der Rest ist ein Kinderspiel.«

Während Carina nervös auf der Tischplatte herumtrommelte und die blauen Pfannen und Töpfe an der Wand betrachtete, tippte Leni seelenruhig weiter. Dann hob sie den Kopf und grinste zufrieden.

»Na also. Chantal Seemann. Gelernte Kosmetikerin. Hat eine Boutique mit dem schönen Namen Élégance.«

»Bei aller Liebe, Leni, das schaff ich nicht«, stöhnte Carina. »Ich mach mich nicht zum Affen.«

Lächelnd stand Leni auf und stellte die Espressomaschine an.

»Musst du auch gar nicht. Versteh doch, diese Frau will Jonas ganz für sich. So weit waren wir schon am Freitagabend. Jetzt brauchst du nur Wasser auf ihre Mühlen zu gießen. Erzähl ihr, was für einen Traummann sie gekapert hat. Und dass es nur an dir liegt, dass eure Ehe gescheitert ist. Füll sie ab mit Tipps, wie sie ihn halten kann.« Leni schnippte übermütig mit den Fingern. »Es dürfen ruhig auch ein paar falsche Tipps dabei sein.«

Carina schwirrte der Kopf. So viel Raffinesse überstieg ihr gutmütiges Wesen, aber sie gab sich alle Mühe, Lenis Gedankengang zu folgen.

»Du meinst, ich rate ihr zu Dingen, die Jonas hasst? Damit es zwischendurch so richtig kracht?«

»Mein Sonnenschein – ja! Am besten gleich heute Abend, dann ist Ruhe im Karton. Ich organisiere dir ein Date mit ihr.«

Lenis Unternehmungsgeist wurde Carina langsam unheimlich. So wie dieses komische Facebook. Versonnen sah sie zu, wie ihre Freundin zwei gefüllte Espressotassen auf den Tisch stellte. Wie konnte es sein, dass man im Handumdrehen alles über wildfremde Menschen herausfand und sich noch dazu mit ihnen verabreden konnte?

»Käffchen geht immer, Facebook auch«, verkündete Leni. Sie nahm einen Schluck Espresso. »Pass auf, ich schicke dieser Chantal eine Freundschaftsanfrage, und du wirst sehen, da kommt sofort eine Bestätigung. Die sammelt nämlich Freunde wie ein Obdachloser Plastikflaschen – wahllos.« Sie hielt das Handy hoch. »Fast zweitausend Freunde! In echt werden es vermutlich höchstens drei oder vier sein.«

Nachdem Leni ein weiteres Mal auf das Display getippt hatte, warteten sie voller Spannung. Leni trank ihren Espresso aus, Carina nippte nur. Ihr Herzschlag hatte sich bereits bedenklich beschleunigt, ihr Puls raste, sie hatte feuchte Hände. Ein feines Pling! ertönte, und Leni lachte zufrieden.

»Meine Güte, Chantal hat nicht nur die Freundschaftsanfrage angenommen, sondern auch eine Nachricht auf Messenger geschrieben. Demnächst added sie mich wahrscheinlich noch auf Instagram und Snapchat.«

»Messenger, Instagram, Snapchat – hör auf, ich fühle mich alt«, seufzte Carina. »Sag mal, stimmt was nicht mit mir? Ich habe nicht die leiseste Ahnung, wovon du sprichst.«

»Auch du wirst dich bald mit den sozialen Medien auseinandersetzen«, erwiderte Leni verschmitzt. »Dann nämlich, wenn du wieder so weit denken kannst, dass du einen neuen Mann für möglich hältst. Aber zunächst einmal datest du Miss lila Overknees.«

In rasender Geschwindigkeit schrieb sie eine Nachricht, drückte auf *Senden* und verschränkte die Arme. Carina fühlte sich leicht überrollt, spürte jedoch, dass Leni es gut meinte. Deshalb ließ sie diese Prozedur über sich ergehen, obwohl sie nicht einmal ansatzweise begriff, wie das alles ablief. Es hatte etwas ziemlich Gespenstisches.

»Was hast du ihr denn geschrieben?«, fragte sie beklommen.

»Liebe Chantal«, las Leni vor, »danke, dass du meine Freundschaftsanfrage angenommen hast. Ich muss dich unbedingt sprechen. Sofort. Es geht um Jonas. Liebe Grüße, Madeleine.« Ein weiteres Pling kündigte den Eingang einer Nachricht an. »Ha! Prompte Antwort! Hör zu: Liebe Madeleine. Treff um sechs im Chico's.«

Carinas Magen vollführte eine Drehung und ging in den Schleudermodus.

»Das ist in einer Viertelstunde!«

»Ja, und das Chico's ist ein ziemlich schicker Laden. Mit Glitzerbitzer, Chrom und Spiegeln, wohin das Auge blickt«, lachte Leni. »Komm, bring's hinter dich. Denk immer daran, wie Jonas gestern mit seinem Koffer angeschlichen kam. Das darf nicht noch einmal passieren! Ich warte hier mit den Kindern.«

»Wenn du meinst …«

»Ja, meine ich. Und jetzt husch, husch, sonst verpasst du noch die liebreizende Chantal.«

Carina gab sich geschlagen. Lenis Plan klang leider völlig überzeugend, wieder einmal. Deshalb zog sie ihre Jacke an und machte sich auf den Weg, um die Frau kennenzulernen, die ihr Jonas weggenommen – und ihr damit womöglich einen Riesengefallen getan hatte.

Mit rumpelndem Magen stieg sie aufs Fahrrad, fuhr eiernd los, übersah eine rote Ampel, schlitterte fast in einen alten Herrn, der in Zeitlupe die Straße überquerte, und landete eine Viertelstunde später auf einem kleinen Platz voller Kneipen und Cafés. Oha. Worauf hatte sie sich bloß eingelassen?

Zitternd stellte sie ihr Fahrrad vor einem Lokal ab, über dem in gelber Neonschrift der Name *Chico's* prangte.

Mit unsicheren Schritten betrat sie das Lokal. Es war so gut wie leer, nur am verspiegelten Tresen saß eine Frau, die an einem überladen dekorierten Cocktail schlürfte. Carina fasste sich ein Herz. Kämpfe um dein Haus, sprach sie sich Mut zu. Kämpfe um deine Freiheit. Mit geradezu verwegener Entschlossenheit stapfte sie auf die Frau zu.

»Chantal?«

Die Frau drehte sich um und präsentierte ein eher jung getrimmtes als junges Gesicht. Für das, was manche Frauen alles mit ihrem Äußeren anstellen, um sich jünger zu mogeln, kämen Gebrauchtwagenhändler ins Gefängnis, dachte Carina. Sie schätzte das Wesen auf Anfang dreißig, doch die vielen Beauty Treatments, die sie offenbar ausprobiert hatte, ließen sie älter wirken, so wie das pechschwarz gefärbte Haar. Ihre violette Bluse und die silbern schimmernde Jeans offenbarten eine perfekte Figur, verrieten jedoch ebenfalls den unbedingten Willen, jung zu wirken. Man lernte eben nie aus. Auch nicht über den schrägen Geschmack des eigenen Ehemanns.

»Du bist Madeleine?« Abschätzig musterte die Frau Carinas Aufzug. Hellblaue Pullover mit Sternchen beleidigten offensichtlich ihr Stilempfinden. »Mach's bitte kurz, worum geht es?«

»Ich heiße Carina Wedemeyer, und Sie haben ein Problem.«

Chantal erschrak, straffte aber im nächsten Moment ihre Schultern und warf sich in Positur, wobei ihr bemerkenswerter Busen unter der violetten Bluse zur Geltung kam.

»In letzter Zeit mal in den Spiegel geguckt? Dann wissen Sie, was Sie für ein Problem haben.«

»Nein, nein«, widersprach Carina, »es ist alles ganz anders. Lassen Sie mich erklären …«

»Sie wurden abserviert, meine Liebe«, fuhr Chantal ihr über den Mund. Ein zufriedenes Lächeln zeichnete sich durch die aufgeschminkte Bräune ab. »Shit happens.«

»Das ist die Untertreibung des Jahres«, brummte Carina.

Chantal legte einen Geldschein auf den Tresen. Sie wirkte äußerst gelangweilt.

»Dann kann ich ja gehen.«

»Warten Sie.« Carina packte sie am Arm, der dünn wie ein Gartenschlauch war. »Ich möchte Ihnen sagen, dass ich Ihnen nicht dazwischenfunken möchte. Wirklich nicht. Es ist alles meine Schuld.«

»Tatsächlich?«

So, und nun leg mal eine bühnenreife Leistung hin, Carina. Denk an das Haus. Und vergiss nicht, dass die beste Rache darin besteht, dass dein Mann mit seiner Geliebten zusammenbleiben muss. Wie sagte Wanda noch immer? Showtime!

»Ich liebe Jonas über alles«, beteuerte sie. »Er ist ein Traum von Mann, aufmerksam, zuvorkommend, großzügig und sehr, sehr leidenschaftlich.«

»Erzählen Sie mir was Neues«, winkte Chantal ab.

»Aber ich hab's versemmelt«, fuhr Carina beschwörend fort. »Ich habe Fehler gemacht, viele Fehler. Jetzt möchte ich nur noch eins: dass Jonas glücklich wird. Ehrlich. Er hat genug durchgemacht mit mir. Als er gestern Nachmittag vor der Tür stand«, sie seufzte theatralisch, »sah er so erfüllt aus, wie ein Mann, der sein Glück gefunden hat. Da wusste ich, dass ich verzichten muss. Deshalb habe ich ihn zu Ihnen zurückgeschickt.«

»Ja? Haben Sie? Er sagte, er sei aus freien Stücken gekommen«, erwiderte Chantal skeptisch.

»Ich kenne Jonas. Ach Gott, mein wunderbarer Jonas.« Carina legte eine Hand über die Augen, als versinke sie in tiefer Reue. »Er hat ein schlechtes Gewissen, er denkt, er lässt mich im Stich. Dabei würde er nichts lieber tun, als der Mann an Ihrer Seite zu sein. Er liebt Sie, das hat er mir selbst gestanden.«

Chantal riss die Augen auf, ihre Unterlippe bebte.

»Er – liebt mich? Das hat er mir noch nie gesagt.«

»Doch, doch«, insistierte Carina. »Natürlich hält er sich noch bedeckt, aus Rücksicht auf mich und weil er sich nicht traut, zu seinen Gefühlen zu stehen. Doch wenn ich Ihnen einen Rat geben darf: Nehmen Sie es nicht so ernst, wenn er unnahbar tut. In Wirklichkeit sehnt er sich nach Liebe, nach Nähe, nach der absoluten Verschmelzung. Ich konnte ihm das nicht geben. Aber Sie können das ganz bestimmt. Liebe überwindet alles!«

Erschöpft von ihrem bühnenreifen Monolog, schnappte sich Carina das Cocktailglas und trank einen großen Schluck. Zu spät bemerkte sie, dass es ein zu süßes, zu hochprozentiges Gebräu war. Hustend stellte sie das Glas ab. Dann schaute sie zu Chantal, die mit offenem Mund auf ihrem Barhocker saß.

»… überwindet alles«, wiederholte sie krächzend.

»Ähem, trinken Sie ruhig aus«, sagte Chantal mit tonloser Stimme. »Sie können's brauchen.«

»Nein, nein«, wehrte Carina ab. »Ich bin jetzt in einem Alter, in dem mir mein Körper am nächsten Tag ganz leise ins Ohr flüstert: Mach das nie, nie wieder.«

»Wieso, wie alt sind Sie denn?«, fragte Chantal überrascht.

»Uralt, fast vierzig. Und definitiv zu alt für einen Mann wie Jonas. Er brauchte eine vitale, energetische Frau, eine«, sie begann zu flüstern, »die ihm auch im Bett das Wasser reichen kann. Bei uns läuft gar nichts mehr. Nix und niente.«

»Hat er mir schon erzählt«, flüsterte Chantal zurück. »Er war ja richtig ausgehungert, weil Sie seit sieben Jahren keinen Sex mehr hatten.«

Was für eine elende Lüge. Jetzt war der Punkt erreicht, an dem Carina fast die Nerven verloren hätte. Sie war mit ihren Kräften am Ende. Sie war überhaupt ziemlich am Ende. Es fiel ihr schwer, einigermaßen unauffällig zu atmen.

»Ich sehe, wir verstehen uns«, raunte sie. »Dann einen schönen Abend noch. Und kein Wort zu Jonas, ja? Er darf nie erfahren, dass wir miteinander gesprochen haben. Sonst ist er am Ende noch so sehr von meiner Güte überwältigt, dass er zu mir zurückwill.«

»Kein Wort!«, versicherte Chantal, sichtlich alarmiert, dass ihre glücklose Konkurrentin eine derartige Möglichkeit in Betracht zog. »Sie können sich auf mich verlassen!«

Carina lächelte. So, das Ticket in die Hölle ist gelöst. Dann gute Reise.

Kapitel 9

Der Montagmorgen begann wie immer als quirliger Wettlauf gegen die Zeit. Zwei Kinder mussten dazu gebracht werden, aufzustehen, das Badezimmer zu benutzen, sich anzuziehen, ihre Schulsachen zusammenzusuchen, zu frühstücken und dann samt Schal, Handschuhen und Fahrradhelm auf die Räder zu steigen.

Für Carina war all das reine Routine, für ihre Kinder stets eine Herausforderung mit Hindernissen. Plötzlich fehlten Schulhefte, ein Turnbeutel war verschwunden, ein Federmäppchen hatte sich in Luft aufgelöst. Melli konnte sich nicht entscheiden, ob sie lieber das Sweatshirt mit dem pinkfarbenen Herz oder den Pullover mit den blau-roten Streifen anziehen sollte. Benny fand mal wieder keine zueinander passenden Socken, weil Waschmaschinen bekanntlich Socken fraßen und nie wieder ausspuckten. Kläglich hielt er eine einzelne dunkelblaue Socke hoch und zeigte sie Carina, die im Bademantel an der Küchenzeile lehnte und ihren zweiten Espresso trank.

»Mami, wo ist die andere? Die Schublade mit den Socken ist leer.«

»Hast du auch wirklich gesucht, Benny?«

»Ja. Vielleicht war heute Nacht ein Monster bei uns und hat die Socken weggenommen.«

»Ein Monster, klar.«

Socken in einem Vierpersonenhaushalt sind wie tolle Männer, sagte Leni immer: schwer zu finden, leicht zu verlieren. Schon seit langem regte sich Carina nicht mehr über solche Last-Minute-Handicaps auf. Sie gehörten halt zum normalen Alltagswahnsinn. Jonas hingegen nahm die morgendlichen Komplikationen stets zum Anlass erbitterter Streitigkeiten, weil er die Meinung vertrat, Carina müsse das alles gefälligst besser organisieren. Doch Jonas war nicht da. Gottlob.

»Gib mal her, Liebling.« Sie nahm Benny die Socke ab, deren Pendant sich aus dem Staub gemacht hatte, und befestigte sie mit Hilfe eines Magneten an der Kühlschranktür. »Wir geben eine Kontaktanzeige auf. Blau, verfusselt, ledig, sucht verlorenen Lebenspartner. Und jetzt saust du ins Kinderzimmer und suchst deine anderen Socken.«

»Mach ich, Mami!«

Kein meckernder Ehemann, keine Vorwürfe, kein Theater. Herrlich. Frohgemut trank Carina ihren Espresso aus, belegte Schulbrote, schnitt Obst fürs Frühstücksmüsli, kochte Kakao. Ein neuer Lebensabschnitt hatte begonnen, und obwohl eine Trennung noch vor kurzem völlig unvorstellbar für sie gewesen war, erwies sich die neue Situation als ungeheuer vorteilhaft für den Familienfrieden. Deshalb hatte sie auch die Muße, ans Handy zu gehen, als es um Viertel nach sieben klingelte. Unbekannte Nummer. Wer mochte das sein?

»Guten Morgen, hier ist Chantal.«

Mit allem hatte Carina gerechnet, nur nicht mit dieser Person. Verblüfft presste sie das Handy ans Ohr.

»Sagen Sie mal, woher haben Sie meine Nummer?«

»Aus Jonas' Kontaktliste.«

Herrschaftszeiten! Carina staunte nicht schlecht. Also checkte Chantal heimlich sein Handy. Jonas würde sich noch umgucken, wenn er herausfand, dass seine Neue ein distanzloser Kontrollfreak war.

»Und?«, fragte sie. »Was kann ich für Sie tun?«

»Ich möchte nicht lange stören«, hauchte Chantal, »nur wissen, was Jonas gern frühstückt. Er ist gerade joggen, und irgendwie stehe ich auf dem Schlauch, weil er sagte, er will nur schwarzen Tee, sonst nichts. Gestern habe ich es mit Croissants probiert, aber die hat er stehenlassen.«

Weil meine Croissants die besten sind, dachte Carina zufrieden. Sie kannte den Mann, mit dem sie die letzten zehn Jahre verbracht hatte, in- und auswendig. Dank bester kulinarischer Umsorgung war er anspruchsvoll geworden. Schmeckte es ihm nicht, dann inszenierte er sich als Asket, der seinen Körper zum Tempel erklärte und peinlich darauf achtete, dass bloß nicht zu viele Kalorien diesen Tempel entweihten.

Aha, überlegte Carina, jetzt kannst du mit den Tipps anfangen. Mit einem echten und ein paar falschen, ganz so, wie Leni es dir geraten hat.

»Es stimmt, Jonas ist kein Frühstücksfan. Aber er mag Knäckebrot mit einer Scheibe Putenbrust. Ohne Butter, bitte. Es wird ihn freuen, wenn Sie ihm das servieren. Und beim Tee bevorzugt er Earl Grey.«

Diese Informationen entsprachen der Wahrheit. Ein guter Anfang und eine vertrauensbildende Maßnahme, denn Jonas würde es zu schätzen wissen, wenn Chantal haargenau seinen Geschmack traf.

»Danke! Vielen lieben Dank!«, erwiderte Chantal mit einem Stoßseufzer.

»Noch etwas.« Carina legte ein wenig mehr Wärme in ihre Stimme. »Was er bei mir immer vermisst hat, ist ein kulturell gehobener Lebensstil.«

Dies wiederum war zwar eine inspirierende Geschichte, jedoch mit einem sehr geringen Wahrheitsgehalt.

»Kulturell … aha«, kam es zögernd zurück. »Was, äh, meinen Sie genau damit?«

Erbost dachte Carina an Jonas' Geständnis, Männer wie er sähen sich am liebsten Actionfilme an.

»Also, Fernsehen ist gar nicht sein Ding, besonders Actionfilme hasst er wie die Pest. Er wollte immer in die Oper mit mir, was leider an meinem Hang zu billigen Soaps gescheitert ist. Sie, meine Liebe, sind da bestimmt anders. Man sieht doch gleich, dass Sie richtig was auf dem Kasten haben. Ich lese nur Kochbücher, aber mit einem literarisch anspruchsvollen Roman werden Sie Jonas garantiert eine Freude machen. Am besten, Sie kaufen gleich zwei Exemplare und schmökern parallel, dann können Sie gemeinsam darüber diskutieren.«

In Wirklichkeit wälzte Jonas ausschließlich Fachbücher über Wirtschaftsrecht, und selbst das verlangte ihm größte Überwindung ab.

»Bücher, ah, verstehe, klar.« Auch ohne Chantals Gesicht zu sehen, spürte Carina mit diebischem Vergnügen, wie ihrer Nebenbuhlerin der Popo auf Grundeis ging. »Werde ich gleich heute besorgen.«

»Ja, und nicht wundern, wenn er sich zunächst ablehnend verhält. Er ist es einfach nicht gewohnt, mit einer kulturell interessierten Frau zusammenzuleben, wenngleich es für ihn das Paradies auf Erden bedeutet.«

»Darauf wäre ich nie gekommen, nochmals tausend Dank.«

»Keine Ursache, gern geschehen«, erwiderte Carina höflich.

»Also«, Chantal atmete geräuschvoll aus, als hätte sie die ganze Zeit über die Luft angehalten, »Sie sind echt cool. Ihr Mann auch.«

»Ja, obwohl er in zehn Jahren nicht einmal Staub gewischt hat.«

»Ich beschäftige eine Putzfrau«, kam es kühl zurück.

Taktik ändern, Carina!

»Natürlich – nur, dass Jonas liebend gern geputzt hätte. Er sagt, Saubermachen sei für ihn wie Meditation, er könne dabei so gut nachdenken. Leider bin ich eine hoffnungslose Perfektionistin, deshalb habe ich ihn nie machen lassen. Sie sind da bestimmt anders.«

»Oh. Verstehe. Toll. Danke.«

»Immer wieder gern. Und einen schönen Tag noch.«

Du kleiner Teufel, schalt sie sich, als sie das Gespräch wegklickte. Mit ihrem untrüglichen weiblichen Instinkt hatte Carina die Lage erfasst: Chantal würde alles tun, um diesen Mann mit Haut und Haar für sich zu erobern. Jonas wiederum hatte einen Ruf zu verlieren, den Ruf des Unwiderstehlichen, der bei seiner Geliebten willkommen war. Deshalb würde er jeden Zirkus mitmachen, um bei ihr wohnen zu bleiben – und bloß nicht ein weiteres Mal an Carinas Tür kratzen zu müssen.

»Wer war das, Mami?«, fragte Melli, die sich für ein getinkertes Sweatshirt mit rosa Glitzersteinen entschieden hatte und mit Bingo zur Tür hereinkam.

»Eine – eine Freundin«, antwortete Carina und reichte ihr einen Becher Kakao.

»Aber nicht Tante Leni.«

»Nein.«

Nachdenklich rührte Melina in ihrem Kakao herum.

»Papa ist nicht bei Oma, oder? Papa hat eine Freundin. Das hat er selber gesagt.«

Der Schreck fuhr Carina in alle Glieder. Bis jetzt hatte sie gehofft, Melli könnte vergessen haben, was sie belauscht hatte, kastrierte Kater inbegriffen.

»Melli, nein, ich ...«

Unwillig schüttelte Melina ihre goldenen Locken.

»Ihr habt ganz doll gestritten, Mum! Man konnte jedes Wort verstehen!«

Carina sank das Herz in die Hose. Und auf einmal ging ihr auf, wie das hatte passieren können. Sie selbst hatte die Kinder am Freitagabend ins Elternschlafzimmer komplimentiert. Es lag nach hinten raus, zur Terrasse, das Schlafzimmerfenster war meist auf Kipp gestellt. Für gute Ohren – und Melli hatte Ohren wie ein Luchs – musste ein lautstarker Streit deshalb durchaus hörbar gewesen sein.

»So was kommt vor«, erklärte sie mit betont zuversichtlicher Stimme. »Mach dir keine Sorgen, Kleines. Manchmal gibt es eben Meinungsverschiedenheiten, und dann muss man schauen, ob man sich wieder verträgt.«

»Okay, Mum.«

Sonderlich überzeugt klang das nicht. Während Carina Eier aus dem Kühlschrank holte und in einer Porzellanschüssel aufschlug, schämte sie sich für ihre Ausflüchte. Melli hatte ein Recht darauf zu wissen, wie es um ihre Eltern stand. Verstrickt und zugenäht! Jonas, der Verursacher des ganzen Ungemachs, durfte fröhlich mit seiner Neuen rummachen, während ihr die schwierige Aufgabe oblag, die Kinder auf die familiären Veränderungen vorzubereiten. Doch ausgerechnet jetzt? Am frühen Morgen, kurz vor der Schule? Für die schonungslose Wahrheit war dies nicht der richtige Moment, fand Carina. Deshalb atmete sie auf, als Benny in die Küche gelaufen kam, immer noch mit nackten Füßen, und dem heiklen Gespräch ein Ende setzte.

»Dürfen wir nach der Schule zu McDonald's? Bitte, Mami! Im Kindermenü gibt es Außer-Hirsche!«

»Das heißt Außerirdische«, verbesserte Melli ihn kichernd. »Aber du sagst ja auch immer Schinken mit Matjes, dabei heißt es Chicken McNuggets.«

»Gar nicht wahr!«, rief Benny. »Du bist gemein!«

»Und du bist kein Außerirdischer, du bist unterirdisch doof.«

Carina verquirlte die Eier mit Milch, dann klapperte sie mit dem Schneebesen auf dem Rand der Porzellanschüssel herum.

»Schluss jetzt. Benny, wo sind deine Socken?«

»Weg, alle weg«, beklagte er sich.

»Ja, weil der Kurze nichts auf die Reihe kriegt«, frotzelte Melli.

»Letzte Durchsage! Bodenstation an Raumschiff, ihr landet in einer Sekunde am Frühstückstisch und startet in zwanzig Minuten Richtung Schule«, beendete Carina das Scharmützel. »Esst euer Müsli, gleich gibt's Rührei, danach packt ihr die Schulbrote ein, und los geht's.«

»Ohne Socken?«, feixte Melli und zeigte auf Bennys Füße.

»Mit.«

Carina stellte eine Pfanne mit Butter auf den Herd, goss das Eier-Milch-Gemisch hinein und drehte die Herdplatte an. Dann lief sie in Jonas' Arbeitszimmer. Alles befand sich noch in dem Zustand, in dem Jonas den Raum verlassen hatte. Zwei der Schranktüren standen offen, wo einst Hemden und T-Shirts gewesen waren, herrschte gähnende Leere. Eilig zog Carina die Sockenschublade auf.

Ihr Mann trug bevorzugt schwarze Strümpfe aus seidiger Baumwolle, sehr edel, sehr kostspielig und ein weiterer Faktor seiner Dress-for-success-Philosophie. Ohne Frage waren die Luxusdinger auch für zarte Kinderhaut geeignet. Oder sollte sie doch besser seine feinen Merinowollsocken nehmen bei dem kühlen Wetter?

Hektisch wühlte sie in der Schublade herum, die plötzlich sperrte. Sie rüttelte ein paarmal daran. Nichts bewegte sich. Ächzend ging sie auf die Knie und rüttelte heftiger, bis sie die Ursache ertastete. Vorsichtig klaubte sie das Corpus Delicti heraus. Es war eine kleine schwarze Schachtel mit einer roten Schleife. Neugierig betrachtete Carina die glänzend schwarze Pappe, das rote Samtband. Und wenn es nun ein Geschenk für Chantal war? Sollte sie die Schachtel besser ungeöffnet lassen?

Ach, was soll's. Ich schnüffele nicht rum, ich recherchiere, dachte sie, zog die Schleife auf und hob den Deckel ab.

In hauchfeines goldenes Seidenpapier gebettet, lag ein Miniaturflugzeug in der Schachtel. Kaum das richtige Präsent für eine erwachsene Frau. Vielleicht ein Weihnachtsgeschenk für Benny? Doch dann entdeckte Carina den Gutschein einer Schule für Fallschirmsprünge. Und die Karte aus cremefarbenem Bütten samt Jonas' steiler Schrift, mit blauer Tinte aufs Papier geworfen.

Meine Sternschnuppe,
alles Liebe zum zehnten Hochzeitstag! Weißt du noch? Damals, als wir geheiratet haben, war dein großer Wunsch ein gemeinsamer Tandemsprung aus dem Flugzeug. Noch in diesem Jahr wird dein Wunsch in Erfüllung gehen.
Tausend Küsse,
Jonas

Ihr Atem stockte. Er hatte es also nicht vergessen. Und ihr sogar *tausend Küsse* zugedacht. Eine Träne tropfte auf die Karte und ließ die blaue Tinte verschwimmen. Es war noch eine knappe Woche bis zu ihrem Hochzeitstag. Wann hatte Jonas die Karte geschrieben? Wann hatte er dieses Geschenk vorbereitet? Und was bedeutete es? Dass er sie immer noch liebte? Oder war es die verlogene Geste eines untreuen Ehemanns, der seine Schuldgefühle mit einem großzügigen Präsent beruhigte?

Sie wusste es nicht. Sie wusste nur, dass dies die falsche Message im falschen Augenblick war. Gerade begann sie, sich emotional abzunabeln, nun warf diese Entdeckung sie um Tage zurück. Wie ein Phantomschmerz meldeten sich Gefühle zurück, die völlig absurd waren, denn der Mann, den sie liebte, existierte nicht mehr.

»Maaami! Das Rüüührei brennt!«, schallte Bennys Stimme aus der Küche herüber.

Carina warf die Schachtel zurück in die Schublade, schnappte sich ein Paar Wollsocken in Dunkelgrau und kickte die Schublade mit einem energischen Fußtritt zu. Es war zu spät. Was auch immer Jonas zu diesem Geschenk bewogen hatte, für Carina gab es keinen Grund mehr, Hochzeitstage zu feiern.

»Komme!«, rief sie und wischte sich mit dem Ärmel ihres Bademantels die Tränen ab. »Bin schon unterwegs!«

Zurück in der Küche, reichte sie Benny die Socken, die ihm vermutlich bis zu den Knien reichen würden, und widmete sich anschließend dem Rührei. Es war leicht angebrannt, doch durchaus genießbar, wie sie feststellte. Mit geübten Bewegungen verteilte sie die Rühreier auf zwei Teller und legte Vollkornbrotscheiben daneben.

»Guten Appetit!«

Melli hatte kaum einen Bissen genommen, als sie irritiert die Gabel weglegte.

»Mum, da sind Eierschalen drin!«

»Macht nichts, so schmeckt es knuspriger.«

»Mum?«

Ein kurzer Blickwechsel mit Melina genügte, und Carina wusste, ihre Tochter hatte alles begriffen. Dass es mit Jonas aus und vorbei war. Dass Carina keineswegs leicht darüber hinwegkam, auch wenn sie tapfer um ihre neue Unabhängigkeit kämpfte. Und dass Rühreier unter solchen Umständen schon mal danebengehen konnten. Melli lächelte, auf eine sehr verständnisvolle Art.

»Schmeckt gut, das knusprige Rührei. Echt jetzt.«

»Danke, mein Liebling.«

»Was machst du denn heute so?«

So etwas hatte sie noch nie interessiert. Carina ließ die Pfanne sinken, die sie gerade unter dem Wasserhahn abschrubbte, und wandte sich um. Lag da etwa Besorgnis im Blick ihrer Tochter?

»Ich, ich ... das Übliche eben. Aufräumen, saubermachen, Wäsche waschen, kochen.«

»Kochen musst du nicht, wir gehen doch zu McDonald's«, bemerkte Benny schlau.

»Abgemacht.« Carina räumte die Pfanne in die Spülmaschine. »Ein bisschen Junk muss sein.«

Wieder warf Melli ihr einen wissenden Blick zu. Fast Food gab es nur alle Jubeljahre, weil Carina strikt auf gesunde Ernährung achtete. Sogar Bingo bekam hochwertiges Futter. Carina legte ihm ein Stück Pansen in den Fressnapf.

»Heute Abend gehe ich mit Leni zum Sport«, erklärte sie, um nicht völlig in Mellis Achtung zu sinken.

»Spoooort«, wiederholte ihre Tochter. Ein fernes Echo. Sie sprach das Wort genauso gedehnt aus wie die Mutter. »Was denn genau? Denksport?«

»Du freche Motte. Los, aufessen und anziehen. Ich bringe euch noch raus.«

Fünf Minuten später half Carina den Kindern, ihre Fahrräder aus der Garage zu holen und die Reifen aufzupumpen, die natürlich wieder mal zu wenig Luft hatten. Es war eiskalt. Auf dem Rasen des Vorgartens glitzerte der erste Raureif. Carina hatte ihre beigefarbene Daunenjacke über den rosa Bademantel geworfen und eine alte blaue Pudelmütze von Melli aufgesetzt, ihre Füße staken in getinkerten grauen Pantoffeln mit roten Plüschherzen. Der Trümmerfrauenlook einer Mutter, die frühmorgens wenig Ehrgeiz auf ihr Äußeres verwandte. Und dann sah sie ihn. Er saß auf der niedrigen Natursteinmauer des Vorgartens, in einem edlen dunkelgrauen Jogginganzug mit hellgrünen Streifen sowie passender grauer Mütze und Schal. Der Geländewagen parkte ein paar Meter weiter.

»Papi, Papi!« Benny flog förmlich auf Jonas zu und warf sich wie ein geretteter Schiffbrüchiger in seine Arme. »Ist Oma tot?«

»Hallo, Kumpel. Oma ist quicklebendig, wieso?«

Deutlich weniger enthusiastisch als Benny schlenderte Melina auf ihren Vater zu. Sie sah fragend zu Carina, bevor sie sich von ihm übers Haar streichen ließ.

»Hi, Papa.«

»Hi, Prinzessin. Schön, dich zu sehen.«

»Krieg ich einen Kicker zu Weihnachten?«, drängelte sich Benny dazwischen.

»Könnte sein. Entschuldigung, ich habe irre viel zu tun, aber ich wollte euch wenigstens kurz hallo sagen.«

»Was hiermit geschehen ist.« Mit verschränkten Armen blieb Carina vor dem Haus stehen, in einem Sicherheitsabstand von etwa drei Metern. »Die Uhr läuft. Die Kinder müssen jetzt in die Schule.«

Jonas gab den Kindern einen Klaps auf den Rücken und sah zu, wie sie ihre Fahrradhelme aufsetzten und winkend losfuhren.

»Also ciao, ihr beiden, und immer schön brav bleiben!«, rief er ihnen hinterher. Dann richtete er seinen Blick auf Carina. »Morgen, schöne Frau. Wie geht's dir? Schon in Adventsstimmung?«

Ärgerlich verzog sie das Gesicht. Was für eine miese Taktik, den Kindern aufzulauern und bei der Gelegenheit auch noch gleich die Mutter zu belästigen.

»Bei mir ist jeden Tag Ostern – dauernd suche ich was. Heute waren es Bennys Socken.«

»Wieso überrascht mich das nicht?«, feixte er.

Zu allem Überfluss trat jetzt auch noch ihre Nachbarin Frau Lahnstein vor die Tür, eine ältere Dame, deren ereignisloses Leben eine unbezähmbare Neugier nach sich gezogen hatte. Getreu ihrem Motto: Der liebe Gott sieht so einiges, Nachbarn sehen alles, machte sie sich an dem Zaun zu schaffen, der ihr Grundstück von Carinas Vorgarten trennte. Mit einem Finger pulte sie an dem völlig intakten Maschendraht herum und spitzte die Ohren unter ihren weißen Dauerlöckchen.

Carina, der es nicht danach gelüstete, für die Unterhaltung der alten Dame zu sorgen, machte auf dem nichtvorhandenen Absatz ihrer dämlichen Plüschpantoffeln kehrt, stapfte ins Haus und warf die Tür hinter sich zu. Schwer atmend blieb sie im Flur stehen.

Warum klopfte ihr Herz bis zum Hals? Warum ließ es sie nicht kalt, dass ihr Ex vorbeikam, um den Kindern guten Morgen zu sagen? Wenn nur nicht die Schachtel mit dem Flugzeug gewesen wäre, dann hätte sie weit gelassener bleiben können. *Tausend Küsse.* So was schrieb kein Mann, dem seine Ehefrau vollkommen gleichgültig war. Aber einfach so weitermachen wie zuvor, kam überhaupt nicht in Frage.

Als es schellte, schrak sie zusammen. Noch einmal würde sie Jonas nicht ins Haus lassen. Wer konnte schon ahnen, ob er womöglich wieder seinen Koffer dabeihatte? Stattdessen schob sie das kleine Fenster neben der Tür auf, das nur angelehnt war. Bedrohlich nahe erschien Jonas' Gesicht vor dem Fenster.

»Was soll das? Wieso passt mein Schlüssel nicht mehr? Und warum machst du nicht auf?«

Im grellen Morgenlicht wirkten seine Gesichtszüge besonders kantig, auch ein wenig erschöpft. Sein Jogginganzug hingegen sah aus wie neu, nicht der kleinste Schweißtropfen entstellte den teuren Stoff. Gejoggt war Jonas keinen Meter. Was wohl Chantal sagen würde, wenn sie wüsste, dass ihr Lover nicht etwa joggte, sondern heimlich zu seiner Familie schlich?

»Was machst du hier, Jonas? Gibt's heute nichts im Fernsehen?«

»Sternschnuppe, wollen wir nicht noch mal über alles reden? Hey, sag doch was.«

»Es sind schon andere Ehen schiefgegangen, weil man sich nicht auf die Teilnehmerzahl einigen konnte.«

»Ach ja? Am Freitag klang dein Vorschlag noch ganz anders.«

»Am Freitag stand ich unter Schock.«

»Haha. Sehr witzig. Komm schon, ich habe keine Lust auf Streit.«

»Ich streite nicht, ich habe recht.«

Er setzte seinen Dackelblick auf, den Carina sattsam kannte. Ein Blick schräg von unten, mit der Andeutung eines entschuldigenden Lächelns. Diese Nummer zog er immer ab, wenn er zu spät kam, wenn er ihren Geburtstag vergaß oder wenn er den Kindern etwas versprochen, aber nicht gehalten hatte.

»Jajaja. Klar. Okay, Sternschnuppe. Du hast recht. Natürlich. Weißt du was? Wir raufen uns einfach zusammen und schauen, wie es läuft. Das haben andere Paare auch schon geschafft.«

Weder sein um Verzeihung heischender Blick noch sein Ach-komm-schon-Lächeln beeindruckte Carina.

»Darf ich fragen, welches Interesse du an der Aufrechterhaltung unserer Ehe hegst?«

Er antwortete nicht.

»Okay, lass uns Zeit sparen. Ich stelle mal eine These auf.«

»Eine These? Bist du neuerdings Nobelpreisträgerin oder so was? Siehst übrigens zum Anbeißen aus.«

Carina verwünschte ihren schrägen Aufzug. Welcher Mann nahm denn schon eine Frau ernst, die eine Pudelmütze und Pantoffeln mit roten Herzen trug? Sie setzte ein unnahbares Gesicht auf.

»Ich bin Hausfrau und Mutter, aber kein Dummchen. Du hast angekündigt, dass du ein paar Tage zu deiner Süßen ziehst. Jetzt kreuzt du hier auf und willst wieder was Neues. Mit so viel Wankelmut komme ich nicht klar. Gib mir Zeit, mich auf die neue Situation einzustellen. Und auf deine Extrawünsche. Dauernd auf der Matte zu stehen, nichts zu geben und alles zu wollen, das ist so, als fragt der Weihnachtsmann: Wo sind meine Geschenke?«

»So siehst du mich also. Als Weihnachtsmann. Herrgott, wir sind hier nicht in der Krabbelgruppe. Werd erwachsen, Carina.«

»Du hast mir ein Jahr lang deine Affäre verschwiegen. Gib mir mindestens so lange, um dir zu verzeihen.«

Seine Wangen röteten sich, wie ein Boxer schlug er die geballte Faust der rechten Hand mehrmals in die Handfläche der linken. Selten hatte Carina ihn so wütend gesehen, und selten war er derart laut geworden wie jetzt.

»Meine Zeit wächst nicht auf Bäumen!«, rief er. »Lass mich endlich ins Haus, ich muss was holen und mich dann um meine Geschäfte kümmern.«

»In meinem Geschäft ist auch gerade eine ganze Menge los«, entgegnete Carina. »Ich muss einkaufen, die Wäsche machen, das Bad putzen, Mittagessen kochen.«

»Himmel, es dauert nur eine Minute!«

Mittlerweile brüllte er. Ein gefundenes Fressen für Frau Lahnstein, die sich auffällig viel Zeit ließ, mit der Hingabe einer Verhaltensforscherin Bingo zu studieren, der Jonas schwanzwedelnd ankläffte. Carina öffnete das Fenster weiter und beugte sich hinaus.

»Keine Sorge, Frau Lahnstein, Sie wissen ja, der Hund ist harmlos! Aber nehmen Sie sich in Acht vor dem Herrchen!« Danach senkte sie ihre Stimme. »Kannst du mir nicht wie jeder andere normale Mensch eine WhatsApp schreiben, wenn du was willst?«

Man sah ihm an, wie viel Energie es ihn kostete, sich zusammenzureißen. Nervös zuppelte er am Reißverschluss seiner Sweatshirtjacke herum.

»Carina. Bitte, lass mich einfach rein. Es ist nichts Wichtiges, aber ich brauch's nun mal. Aus meinem Arbeitszimmer.«

Irgendetwas an der Art, wie er es sagte, wirkte seltsam. Als stehe er unter Druck. Als gehe es um eine Herzensangelegenheit. Auf einmal überkam Carina eine Eingebung. Eine schreckliche Eingebung. Warum nur hatte ihr der liebe Gott, die Lebenserfahrung oder vielleicht auch die Genlotterie eine derart gute Intuition beschert?

»Es ist die Schachtel mit dem Flugzeug«, krächzte sie. »Du willst die Schachtel holen.«

Wie vom Donner gerührt, starrte Jonas sie an. Erwischt. Carina spürte, dass ihr siedend heiß wurde. Zorn und Enttäuschung wüteten wie Feuer in ihren Eingeweiden.

»Und wenn's so wäre?«, knurrte er. »Wie willst du denn so einen Fallschirmsprung schaffen, unsportlich, wie du bist? Ja, ich geb's zu, das Geschenk war eigentlich für dich gedacht, aber jetzt ist es von der ehelichen To-do-Liste auf die Was-soll's-Liste gewandert. Ich schenke Chantal den Sprung zum Nikolaustag.« Verlegen zupfte Jonas an seinen Haaren herum. »Selbst schuld, wenn du in meinen Sachen rumstöberst. Nun mach kein Drama draus. Lass mich endlich rein.«

Die Hitze, die Carina überlaufen hatte, schlug jäh in Frösteln um. Ihr Körper erstarrte zu Eis. Das war *ihre* Idee. Das war *ihr* Geschenk. Das war *ihr* Fallschirmsprung, verdammt! Aber Jonas hatte sie bereits abgeschrieben. Er hielt überhaupt gar nichts von ihr. Selbst wenn sie wie Jesus übers Wasser gelaufen wäre, hätte er vermutlich nur gesagt: Was, schwimmen kannst du auch nicht?

»Danke, jetzt fühle ich mich noch schlechter«, flüsterte sie und schlug ihm das Fenster vor der Nase zu.

Kapitel 10

Frierend stand Carina am frühen Abend vor dem Eingang des Fitnessstudios und wartete auf Leni. Ein scharfer Wind blies um die Straßenecken, mit bunten Tüten beladene Leute hasteten an ihr vorbei. Alle wappneten sich mit Schals und Mützen gegen die eisige Kälte, auch Carina. Dennoch überlief sie eine Gänsehaut nach der anderen. Heute war also der große Tag, an dem sie das unsichtbare Schild *Wegen Überlastung vorübergehend so gut wie unbrauchbar* von ihrem Körper entfernen würde.

Schüchtern wagte sie einen Blick in das Studio, das auf einem riesigen beleuchteten Schild mit dem Slogan *Pimp your body, boost your soul!* warb. Drinnen herrschte Hochbetrieb. Hinter den bodentiefen Fensterscheiben sah sie auf skurrilen chromglänzenden Geräten lauter schwitzende Menschen, die mit starrem Blick die immer gleichen roboterhaften Bewegungen ausführten. Fast alle hatten Earphones in den Ohrmuscheln, um sich mit fetziger Musik anzufeuern. Carina besaß keine Earphones. Ihr total verkratztes altmodisches Handy entstammte einer Zeit, als man die Dinger noch zum Telefonieren benutzte.

Punkt neunzehn Uhr. Ungeduldig hielt Carina Ausschau nach Leni. Die Kinder hatte sie zu Sibylle gebracht, wo sie unter professioneller Aufsicht ihre Hausaufgaben erledigten. Was Melli und Benny nur unter Protest akzeptiert hatten, denn anders als Leni legte Sibylle größten Wert auf Pflichterfüllung.

Jemand tippte ihr auf die Schulter. »Hey, Süße, du machst ein Gesicht, als würdest du zu deiner eigenen Hinrichtung gehen!« Leni, die einen knallroten Kunstpelzmantel trug, gab ihr einen Kuss auf die Wange. »Alles in Ordnung? Du siehst müde aus.«

»Hab die Tagescreme mit der Nachtcreme verwechselt und bin

deshalb im Schlafmodus«, brummte Carina. Mit dem Kopf deutete sie auf das Schaufenster, hinter dem sich die Fitnessfreaks abstrampelten. »Sag mal, muss ich da wirklich rein? Wer braucht denn bei dem Wetter eine Bikinifigur?«

Voller Elan schwenkte Leni ihre Sporttasche.

»Du wirst es lieben.«

»Aber ich trau mich nicht, ich bin einfach zu dick«, flüsterte Carina betreten.

»Quatsch. Solange der Schal noch passt, ist alles okay. Los, komm schon.«

Carina fühlte sich wie eine Dreijährige, die zum ersten Mal in den Kindergarten geschleift wurde, wo unvorstellbare Gefahren lauerten. Alles in ihr wehrte sich gegen diesen Hightech-Fitness-Schuppen. Und alles flößte ihr Furcht ein, als sie die Kathedrale des Körperkults tatsächlich betraten: die verspiegelten Wände, die zielstrebig ackernden Sportskanonen, die aggressiv funkelnden Geräte. Am meisten graute ihr vor dem giftgrün beleuchteten Empfangstresen, hinter dem ein überirdisch attraktiver und beängstigend durchtrainierter Hüne in einem grauen Muscle Shirt stand. Sein ovales Gesicht zierte ein Dreitagebart, sein Kopf war rasiert, seine Haut schimmerte in einem Goldton, der an Brathähnchen erinnerte.

Aber das Schlimmste war: Seine stahlblauen Augen lächelten. Etwa, weil er sich über die unförmige Frau lustig machte, die in ihrer Daunenjacke wie eine weibliche Version des Michelinmännchens aussah?

»Hallo, Leni«, sagte er mit einer tiefen männlichen Stimme, die Carina einen Schauer über den Rücken trieb. »Wen hast du denn da mitgebracht?«

»Meine Freundin, wir haben doch einen Termin für das Probetraining. Sie ist hochmotiviert.«

»Aha.«

Sein Blick durchbohrte Carinas Daunenjacke, mit dem Ergebnis, dass sie sich plötzlich nackt fühlte. Mein Körper, meine Problemzone. Sie spürte jedes Pfund einzeln.

»Dieses Jahr wollte ich fünf Kilo abnehmen, hat super geklappt, jetzt fehlen nur noch elf«, scherzte sie matt. »Na ja, Spaß beiseite: Bisher fehlte mir die Zeit für sportliche Betätigungen.«

»Erste Regel: Ausreden verbrennen keine Kalorien.«

Man merkte seinem routinierten Tonfall an, dass er das mindestens zehnmal am Tag sagte. So ein blöder Muskelheini. Was bildete der sich ein? Was wusste der denn vom Leben einer Mutter, die sich zwischen ihren vielen Aufgaben zerriss?

»Tom.« Der unverschämt gutaussehende Typ hielt ihr die Hand hin. »Ich manage den Laden hier. Hallo, Carina.«

Sein Händedruck fühlte sich an, als sei er gewohnt, schon vor dem Frühstück rohe Kartoffeln zu zerquetschen. Carina erwiderte die Begrüßung mit einem schmerzverzerrten Gesichtsausdruck. Sie konnte heilfroh sein, wenn sie hier ohne Knochenbrüche rauskam, so viel stand fest.

»Zweite Regel: Es ist nie zu spät, was für sich zu tun. Bewegung ist der Burner überhaupt: regt den Stoffwechsel an, strafft die Haut, hebt die Laune. Nicht zuletzt gibt dir Sport das Gefühl, dass du nackt besser aussiehst.«

»Alkohol übrigens auch«, konterte Carina trotzig.

O Gott, hatte sie das wirklich gesagt? Leni lächelte schief, um Toms Mundwinkel zuckte es.

»Ich mag Prinzessinnen, die den Drachen unter den Tisch trinken und sich den Prinzen zum Nachtisch genehmigen. Vorher bringe ich dich aber noch in Form, versprochen.«

»Könnte allerdings sein, dass ich ein hoffnungsloser Fall bin«, gestand Carina kleinlaut.

Tom griff zu einer silbernen Dose mit der Aufschrift *Energy 4 U* und trank daraus. Beiläufig ließ er seinen Bizeps spielen, ein beeindruckendes Schauspiel, wie selbst Carina zugeben musste.

»Regel Nummer drei: Die Distanz zwischen deinem Wunschgewicht und der Realität nennt man Disziplin. Die bringe ich dir gern bei.« Er holte einen Papierbogen unter dem Tresen hervor. »Du musst nur diesen Aufnahmeantrag ausfüllen, dann kann's losgehen. Ich checke zuerst deinen aktuellen Status, danach konzipiere ich einen maßgeschneiderten Trainingsplan mit den Elementen Aufwärmen, Dehnen, Fettverbrennung, Muskelaufbau. »

Carina stöhnte. »Hört sich kompliziert an.«

»Regel vier: Wäre Fitnesstraining einfach, würde man es Stricken nennen.« Mit seinen Fingerknöcheln pochte er auf dem Papierbogen herum, der auf dem Tresen lag. »Bitte alle Fragen beantworten, und nicht schummeln.« Durchtrieben grinste er Carina an. »Wenn's nach den Fragebogen ginge, kämen hier nämlich lauter riesengroße, untergewichtige Beautys rein.«

»Einsfünfundsechzig, siebzig Kilo, Cellulite bis Unterkante Oberlippe«, schleuderte Carina ihm entgegen. »Sonst noch was?«

»Wie ich sehe, bist du tatsächlich voll motiviert.« Toms Grinsen wurde breiter. »Hört sich für mich nach der ultimativen Challenge an. Pimp your body, boost your soul!«

Es fehlte nicht viel, und Carina wäre rückwärts wieder rausmarschiert.

»Nette Bedienung hier«, sagte sie von oben herab und warf Leni einen entnervten Blick zu. »Der Typ redet denselben Quark wie Jonas.«

»Jonas?«, fragte Tom. »Wer ist das denn?«

Leni legte einen Arm um Carina.

»Ein guter Kerl, ein brillanter Kopf, der Vater ihrer Kinder und nebenbei gesagt ein Riesenarschloch.«

»Ach so.« Mehr brachte Tom nicht über die Lippen.

»Ja, und Carina braucht deshalb nicht nur einen Trainingsplan, sie braucht vor allem mentale Unterstützung.«

»Motivation ist mein zweiter Vorname«, erwiderte Tom großspurig. »Also, bitte ausfüllen, und dann zieht euch um, Mädels.«

So schnell sie konnte, kritzelte Carina den Fragebogen voll.

Größe und Gewicht hatte sie Tom ja bereits an den Kopf geworfen, nun verneinte sie alle Fragen: keine Erkrankungen, keine Medikamente, keine Beschwerden. Moment, keine Beschwerden? *Ich kann Männer nicht ausstehen, die Frauen mit »Mädels« ansprechen*, schrieb sie in Schönschrift. Dann schob sie Tom mit klammheimlicher Genugtuung den Zettel zu. Sofort überflog er ihn. Seine rechte Augenbraue hob sich.

»Benjamin Franklin hat mal gesagt: Schreibe entweder was Lesenswertes oder tue etwas, worüber sich zu schreiben lohnt.«

»Wow.« Carina sah betont gelangweilt an ihm vorbei. »Wusste gar nicht, dass ich in der Volkshochschule gelandet bin.«

»Süße, wir sollten jetzt wirklich Gas geben«, grätschte Leni dazwischen.

Sie grimassierte in Carinas Richtung – irgendetwas wie: Sag mal, wie führst du dich denn auf? – und ging vor. Auf dem Weg zur Umkleide schlenkerte sie übertrieben mit ihrer Sporttasche herum, während sie Carina übermütig anblitzte.

»Scheint ja Liebe auf den ersten Blick gewesen zu sein.«

»Hör bloß auf.« Carina vergrub ihre Hände in der Daunenjacke. »Der hat mich gleichzeitig verladen und angegraben, wie doof ist das denn? Egal. Ich fürchte, das wird hier nichts.«

»Nur nicht so voreilig. Gnädige Frau, darf ich bitten?«

Mit einer übertrieben unterwürfigen Verbeugung hielt Leni ihr die Tür zur Umkleide auf. Ängstlich betrachtete Carina den Raum, eine grellbeleuchtete, strahlend weiß gestrichene Folterkammer, in der sich lauter schlanke junge Frauen umzogen, die nur darauf warteten, Carinas üppige Formen mit Blicken zu verhöhnen. Von einer Größe fünfzig war nichts zu sehen.

»Tom ist gar nicht so übel«, wisperte Leni. »Er hat Sportwissenschaften studiert und weiß genau, wie er die Leute in Form bekommt. Überhaupt trainieren hier ein paar Typen, die dir gefallen könnten.«

»Jaja, die Erde ist eine Scheibe, und auf jeden Topf passt ein Deckel. Nur nicht auf mich. Weil ich nämlich ein alter verbeulter Kochtopf bin, in den locker zwanzig Kilo Spaghetti reinpassen. Was soll das werden, Leni? Carina, die mollige Versuchung, und Tom, der Hardcore-Anbaggerprofi?«

»Ich sag ja nicht, dass er anbetungswürdig ist. Aber für die Motivation ist so ein gutaussehender Mann ein echter Bringer. Es ist nämlich erwiesen, dass sich ein kleiner Flirt positiv auf das Belohnungszentrum auswirkt.«

»Wie bitte?« Carina schaute Leni verwirrt an. »Hast du etwa heute Morgen mit Sibylle gefrühstückt? Seit wann schmeißt du denn mit solchen Weisheiten um dich?«

»Seit ich hier einen sehr sympathischen Mann kennengelernt habe, mit dem ich manchmal trainiere. Ein Grund mehr, warum ich mich auf die Montage und Donnerstage freue.«

»Leni?«

»Ja, Schatz?«

»Mit dem Thema Männer bin ich durch. Ein für alle Mal.«

»Wie du meinst, Schatz.«

Schweigend suchten sie sich einen offenen Metallspind und legten ihre Taschen auf die niedrige hölzerne Bank, die davorstand. Dann schälten sie sich aus den dicken Winterklamotten. Mit jeder Hülle, die von Carina abfiel, wurde es ihr mulmiger zumute. Als nur noch ihr figurformender Body und weiß-rosa Ringelsöckchen übrig waren, wusste sie gar nicht mehr, wohin sie schauen sollte vor lauter Beschämung. Jonas hatte so was von recht. Für eine übergewichtige, unsportliche Frau wie sie kam ein Fallschirmsprung nicht in Frage. Trotzdem. Es tat verdammt weh, dass er mit seinem Betthäschen einen Punkt nach dem anderen abhakte, der auf Carinas Wunschzettel gestanden hatte. Erst das Romantikhotel, jetzt der Fallschirmsprung. Was kam als Nächstes? Das Wochenende in Paris?

»Hey, nicht weinen, Süße. So viele Pfunde sind es nun auch wieder nicht.« Besorgt strich Leni über Carinas Wange. »Außerdem habe ich die Leggins und das hübsche XXL-T-Shirt für dich dabei, wie abgemacht.«

»Da-has ist es ni-hicht.«

Carina ignorierte die jungen, schlanken Frauen in ihren hippen bunten Sportsachen, die verstohlen zu ihr herüberlinsten, aber allesamt so taten, als seien verzweifelte Tränenausbrüche in Umkleideräumen völlig normal. Schluchzend hockte sie sich auf die Bank.

»Er, er ma-hacht alles mit die-hiesem Flittchen, wa-has ich mi-hir ei-heigentlich gewü-hünscht habe«, brach es aus ihr heraus.

»Wer – er? Jonas?«

»Ja-ha. Es ist so-ho ungerecht!«

Von weiteren Schluchzern unterbrochen, erzählte Carina Punkt für Punkt von der Wunschliste. Auch von dem Familienausflug in einen Freizeitpark und von dem gemeinsamen Tangokurs. Betroffen setzte sich Leni zu ihr.

»Das alles hat er dir versprochen und nicht gehalten?«

Carina konnte nur nicken.

»Das verleiht dem Wort Schuftigkeit eine neue Dimension«, stieß Leni aufgebracht hervor. »Denkt der auch mal eine Sekunde daran, wie du dich dabei fühlst?«

»Für Jonas bin ich doch nur noch so was wie ein Möbelstück.«

»Ein Möbelstück, das kochen, putzen und die Kinder versorgen kann«, ergänzte Leni wutschnaubend.

Mit fahrigen Fingern angelte sich Carina ein Papiertuch aus ihrer Handtasche und legte es sich einfach auf das tränennasse Gesicht. Nein, sie wollte nichts mehr sehen, sie wollte auch kein Fitnessprogramm mehr, sie wollte nur noch nach Hause.

»Manchmal haut einem das Leben eine rein, damit man die Schmerzgrenze überschreitet und aufwacht«, flüsterte jemand in ihr Ohr.

Wer sagte denn so was? Carina nahm das Taschentuch vom Gesicht und fuhr zusammen. Himmelherrgott noch mal, was hatte das Brathähnchen in der Damenumkleide verloren?

»Was will der Spack denn hier?«, zischte sie.

»Nachschauen, warum das so lange dauert«, schmunzelte Tom. »Hab schon gedacht, du wärst durch die Hintertür ausgebüxt.«

Wie machte man sich noch mal unsichtbar? Unwillkürlich schob Carina die Schultern hoch, zog den Bauch ein und presste die Schenkel zusammen. Nicht, weil es dieser unausstehliche Tom war, der sie aufmerksam musterte, sondern weil sie es ablehnte, irgendeinem Mann des Universums ihren Körper zu präsentieren. Es sei denn, züchtig verhüllt. Carina hatte oft genug ihr Spiegelbild betrachtet und wusste, dass sie gut genug gepolstert war, um demnächst als Sumoringer durchzugehen.

»Schon mal was von sexueller Belästigung gehört?«, fragte sie heiser.

»So weit sind wir noch nicht, Carina. Das Problem ist nur, dass ich um halb neun den nächsten Termin habe. Wenn du eine ausführliche Beratung möchtest, solltest du dir allmählich was anziehen. Du wirst es nicht bereuen.«

Damit zog er ab und ließ eine völlig verdatterte Carina zurück.

»Er hat sich deinen Namen gemerkt, ist doch ein guter Anfang, oder?«, kicherte Leni. »Nun mach nicht ein Gesicht wie eine Klosterschülerin. Tom hat Tausende Frauenkörper in seinem Leben gesehen, dicke, dünne, schmale, breite. Den kann gar nichts erschüttern.«

»Und wieso sagt er dann: So weit sind wir noch nicht? Meint der wirklich, erst pimpt er meinen Body und dann steigert er mein seelisches Wohlbefinden, indem er mich zwischen zwei Trainerstunden vernascht?«

Leni verdrehte die Augen, während sie abwechselnd auf dem linken und rechten Bein hüpfend eine türkisglänzende Leggins überstreifte.

»Komm mal runter. Wir sind hier im Fitnessstudio, nicht beim Opernball. An den lockeren Ton wirst du dich schnell gewöhnen. Und jetzt habe ich eine Überraschung für dich. Mit ’nem schönen Gruß von deinen Kindern.«

Sie kramte in ihrer Sporttasche herum und fischte ein großes weißes T-Shirt heraus, auf dem mit pinkfarbenen Strassbuchstaben der Schriftzug *Du schaffst es* glitzerte. Jetzt brachen alle Schleusen. Carina weinte so heftig, dass sämtliche jungen Frauen fluchtartig die Umkleide verließen.

»Melli und Benny haben es am Sonntag extra für dich getinkert«, erklärte Leni. »Sie finden es nämlich toll, dass du was für dich tust, und am tollsten finden sie, dass du dich zu regelmäßigem Sport durchgerungen hast.«

Hab ich ja noch gar nicht, wollte Carina entgegnen, aber das T-Shirt ließ ihr keine Wahl. Tu's für deine Kinder. Für dich und deine Kinder. Nachdem Leni ihr auch noch eine Leggins aus weichem dunkelrotem Sweatshirtstoff überreicht hatte, die nirgends einschnitt oder klemmte, gab Carina sich endgültig geschlagen.

»Gut, ich probier's. Aber ich lasse mich nicht wie ein kleines Mädchen von Mr. Superman rumkommandieren.«

Leni, die gerade in weiße Sneakers schlüpfte, fing an zu lachen.

»Wenn du einen Mann willst, der tut, was du willst, musst du einen Kellner engagieren. Tom ist erfahren. Der wird dir ein Programm verpassen, das haargenau richtig für dich ist.« Ihre Stirn umwölkte sich. »Aber wir müssen unbedingt noch mal über deine Wunschliste reden. So geht das nicht. Ich meine – du hast all die Jahre auf jede Abwechslung verzichtet, und jetzt schöpft diese Chantal den Rahm ab?«

»Sieht ganz danach aus«, erwiderte Carina mit hängenden Schultern.

»Und das lässt du dir gefallen?« Empört raufte sich Leni ihr blondes Haar. »Du hast es mehr als verdient, dass er all die wunderbaren Sachen mit dir unternimmt. Und sei es als Abschiedsgeschenk.«

»Und wie soll ich ihn dazu bringen? Mit vorgehaltener Pistole etwa?«

Auf diese Frage hatte selbst Leni keine Antwort. Mit gerunzelter Stirn band sie die Schnürsenkel von Carinas schwarzen Sneakers zu. Doch das Thema ließ ihr keine Ruhe.

»Wir werden einen Weg finden. Zur Not trete ich einem Schützenverein bei.«

Nachdem sie ihre Sachen im Spind verstaut hatten, ging es zurück an den Ort der Schinderei. Fast alle Geräte waren belegt. Sprachlos beobachtete Carina einen jungen Mann, der mit nacktem Oberkörper an einer Höllenmaschine saß und Gewichte stemmte. Bäche von Schweiß liefen über seine muskelstarrende, vollkommen glatte Brust.

»Der hat ja gar keine Haare«, raunte sie Leni zu.

»Auf Stahl wachsen keine Haare.« Händereibend pflanzte sich Tom vor ihr auf. »So, dann wollen wir mal. Dein BMI ist nicht gerade berauschend, wie du möglicherweise weißt.«

Carina lächelte zuckersüß.

»BMI? Was war das noch? Breite mal innere Werte?«

»Wenn ich die berücksichtige, fällt der Test schon günstiger aus«, bemerkte er charmant.

Obwohl Carina wenig empfänglich für derartige Komplimente war, musste sie lächeln. Ja doch, es war Balsam für ihre zerrupfte Seele, dass ein Mann sanft darüberstrich. Verbal natürlich. Ihre Laune stieg.

»Los, Tom, Fett verbrennen! Schmeiß den Grill an!«

»Laufband«, erwiderte er knapp. »Ist ein Belastungstest. Ich messe deine Herzfrequenz und deinen Puls, während ich die Geschwindigkeit erhöhe.«

Er führte Carina zu einem Gerät, das an eine Supermarktkasse ohne Kasse erinnerte. Mit gemischten Gefühlen betrachtete sie die Haltegriffe und den schmalen Kunststoffstreifen, der sich zweifellos gleich in Bewegung setzen würde. Eine dunkle Vorahnung sagte ihr, dass sie solche Folterinstrumente meiden sollte, doch Toms verschlossene Miene trieb sie auf das Gerät. Er verkabelte sie mit kleinen runden Metallscheiben, die er mittels Klebestreifen am linken Handgelenk und in der Brustgegend befestigte. Es war ein komisches Gefühl. Bin lange nicht mehr von einem Mann berührt worden, schoss es Carina durch den Kopf. Und schon gar nicht von so einem wie Tom.

»Bereit?«, fragte er.

»Bereit, wenn du es bist.« Den Satz hatte Carina mal in einer Castingshow gehört. »Leg schon los.«

Wie von Geisterhand bewegte sich das Band unter ihr. Tapfer hielt Carina Schritt. Es machte sogar Spaß. Leni stand neben ihr und hob anerkennend einen Daumen. Leider blieb es nicht bei dem gemütlichen Tempo. Carina fing an zu laufen, ihre Hände umklammerten die Haltegriffe.

»Alles gut?«, erkundigte sich Tom.

»Alles easy«, behauptete Carina, obwohl kleine Sternchen vor ihren Augen schwebten.

Sie würde es diesem Muckimann beweisen. Mittlerweile rannte sie, das T-Shirt klebte am Rücken, die Sternchen vervielfachten sich.

»Wirklich alles gut?«, fasste er nach.

Ja doch, wieso fragte der dauernd? Um zu zeigen, dass diese Übung ein Spaziergang für sie war, hob Carina nun auch den Daumen, ganz lässig, total souverän. Ein verhängnisvoller Fehler.

Plötzlich ging alles ganz schnell. Sie verlor das Gleichgewicht, stieß einen markerschütternden Schrei aus, verlor den Kampf mit der Schwerkraft und segelte vom Band, direkt in Toms Arme. Kaum zu glauben, dass er überhaupt die Kraft besaß, siebzig Kilo vor dem Absturz zu bewahren. Wie ein Sandsack hing sie an seinem muskulösen Körper und hoffte, dass dies nur ein Alptraum war. Selbstverständlich war es keiner.

»Ist meine«, sie holte keuchend Luft, »ist meine Fitnesskarriere damit im Eimer?«

Vorsichtig half Tom ihr auf die Beine. Falls er verärgert war, ließ er es sich jedenfalls nicht anmerken.

»Wenn du aufgeben willst, denk einfach daran, warum du angefangen hast. Was auch immer dein Problem ist, du wirst die Lösung nicht im Kühlschrank finden.«

Kapitel 11

Carina fühlte sich wie ein Wrack, als sie eine Viertelstunde später das Fitnessstudio verließ. Ihre Knie schmerzten, am rechten Oberschenkel bildete sich ein faustgroßes Hämatom, wie sie in der Umkleide festgestellt hatte, und auch das Kopfweh meldete sich zurück. Alles lässig, alles easy? Mit der einen oder anderen Peinlichkeit hatte sie gerechnet, nicht jedoch mit einem solchen Desaster. Schuldbewusst schlurfte sie neben Leni her, deren missionarischer Eifer in Sachen Sport deutlich nachgelassen hatte.

»Ich hab mich unmöglich angestellt, oder, Leni?«

»Immerhin brauchten wir keine Sanitäter.«

»Und jetzt?«

»Weitermachen, immer weitermachen«, grummelte Leni. Sie blieb vor einem Blumenladen stehen, der längst geschlossen hatte. »O Mann, Carina, was war das eben?«

»Keine Ahnung. Totaler Systemausfall?«

Auch Carina blieb stehen. Unsicher senkte sie die Augen. Es war noch kälter geworden, vor ihrem Mund bildete sich eine Atemwolke, der eisige Wind wühlte im roten Kunstfell von Lenis Mantel.

»Und zack – wieder unbeliebt gemacht«, seufzte sie.

»Ach was. Du bist eben total aus der Übung.«

»Aus welcher Übung denn?«, begehrte Carina auf. »Ich bin eine blöde Couch-Potato, das sagt mir Jonas schon seit Jahren. Jetzt bin ich auch noch die Witzfigur, die vom Laufband kippt.«

Unbeweglich starrte Leni in den Blumenladen, obwohl es dort nichts zu sehen gab außer leeren Vasen.

»Ich verrate dir mal ein Geheimnis: Auch Frauen verstehen Frauen manchmal nicht. Gut, in den vergangenen Jahren hattest du keine Zeit, keine Lust, keine Energie. Aber …«

»Es war Jonas!«, rief Carina. »Wer wollte denn immer, dass ich Kuchen backe? Wer hat mir immer Schokolade mitgebracht und mich ermuntert, beim Essen die Reste der Kinder runterzuschlingen? Er wollte mich fett und hässlich!«

»Wohl kaum«, erwiderte Leni kühl. »Sonst hätte er sich nicht auf eine Größe 34 gestürzt. Weißt du was? Allmählich glaube ich, deine Problemzone heißt nicht Bauch-Beine-Po, sondern Kopf.«

So kritisch hatte Carina sie noch nie erlebt. Der Boden bebte unter ihren Füßen. Sie hatte Jonas verloren, aber wenn sie auch noch ihre beste Freundin verlor, war alles aus. Hatte sie den Bogen überspannt? Oder war dies der Moment für schonungslose Selbstkritik? Angestrengt dachte sie nach. Ja. Sie musste der Tatsache ins Auge sehen, dass sie einen nicht unwesentlichen Anteil zu ihrem verkorksten Leben beigetragen hatte. Irgendwann war sie in Lethargie verfallen, hatte aufgegeben, sich selbst aufgegeben. Keine erhebende Erkenntnis. Aber eine heilsame.

»Du meinst – ich hätte mehr Verantwortung für mich übernehmen müssen?«

Eine quälende Sekunde verstrich, dann löste sich Leni vom Anblick des Schaufensters.

»Sag das noch mal.«

»Verantwortung«, flüsterte Carina. »Für mich.«

Im Halbdunkel der Straßenlaternen sah sie, wie sich Lenis angespannte Miene entkrampfte. Plötzlich kam Leben in ihre erstarrte Gestalt, Leni hob die Hände und drehte sie hin und her, als wollte sie Fahnen schwenken.

»Ja«, sagte sie lächelnd. »Endlich hast du's geschnallt.«

Erleichtert fielen sie einander in die Arme. Nicht nur Carina, auch Leni schien unendlich froh zu sein, dass die Verstimmung zwischen ihnen bereinigt war.

»Ich konnte deine jammerige Opferhaltung nicht mehr ertragen«, bekannte sie.

»Verstehe ich. Und ich habe noch was verstanden: Eine wahre

Freundin zieht dich nicht gleich wieder hoch, wenn du gefallen bist, erst mal lässt sie dich liegen und setzt sich dazu. Du hast mir die Augen geöffnet, Leni. Alle deine guten Ratschläge sind sinnlos, wenn ich nicht wirklich dahinterstehe.«

»Sieht ganz danach aus.«

»Ich war so ein Depp«, schniefte Carina.

»Kann man wohl sagen. Oberdepp«, schimpfte Leni, doch es klang so gar nicht nach Schimpfen. Sie begann sogar zu kichern. »Mein lieber Herr Gesangsverein! Das war filmreif, wie du vom Laufband geflogen bist!«

»Ja, und wenn Tom nicht so gute Reflexe hätte, wäre an der Stelle jetzt ein riesiger Fettfleck.«

»Nee, ein Loch im Boden.«

Damit war das Eis gebrochen. Schwankend hielten sie sich aneinander fest, lachten und lachten sich scheckig über die Blamage des Jahrhunderts, bis sie Seitenstechen bekamen.

»Ich glaub, ich brauch 'nen Drink«, japste Leni. »Mit dir!«

»Spitzenidee. Warte mal.« Carina sah zur Uhr. Ihr Heiterkeitsausbruch verebbte. »Hm. Schon kurz nach acht. Ich muss die Kinder abholen.«

»Ja, und? Morgen ist doch die Adventsfeier. Melli und Benny müssen erst um zwölf in der Schule sein.«

»Woher weißt du das denn?«

Ungeduldig spielte Leni mit dem Gurt ihrer Sporttasche.

»Erstens haben die Kinder es mir erzählt, zweitens hat die Schule eine Facebookseite. Zwölf Uhr Adventsfeier mit selbstgebackenen Plätzchen, Chorgesang und den lieben Eltern. Ich rufe Sibylle an. Bestimmt hat sie nichts dagegen, wenn die Kinder noch ein Stündchen bleiben.«

»Nein, nein, ich muss nach Hause und backen, ich hatte die Feier völlig vergessen.«

Mit einem halb mitleidigen, halb amüsierten Lächeln klopfte Leni ihr auf die Schulter.

»Jetzt mal halblang. Das Thema Supermami hatten wir doch schon durch. Wen stört's, wenn du gekaufte Plätzchen mitbringst? Ich weiß auch, wo wir die bekommen, und einen anständigen Drink obendrauf.«

Atemlos starrte Carina ihre Freundin an. Es war eine Frage der Ehre für sie, die Plätzchen selbst zu backen. Das hatte sie immer getan, auch, als Melli und Benny noch im Kindergartenalter gewesen waren. Tagelang hatte sie sich den Kopf über ihre kulinarischen Beiträge zu Kitageburtstagen, Sommerfesten, Schulfeiern, Halloweenpartys und Weihnachtstees zerbrochen, hatte gekocht, gerührt und gebacken. Vielleicht wäre es besser gewesen, sich stattdessen mehr um ihre Ehe zu kümmern.

»Loslassen, einfach loslassen«, lächelte Leni. »Komm, mit etwas Glück hat Eddys Laden noch geöffnet.«

Während sie im Gehen Sibylle anrief und den späteren Abholtermin klarmachte, trottete Carina fassungslos hinterher. So einfach war das? In ihrem Kopf purzelten die Gedanken durcheinander wie in einem Kaleidoskop. Nein, sie musste keine Supermami sein, Mami reichte. Ja, sie sollte sich wirklich mal mit den sozialen Medien befassen. Nein, sie war kein Sportass. Ja, sie würde weitermachen. Supermami, Superman. Unvermittelt erschien Toms grinsendes Gesicht vor ihrem inneren Auge, was ein merkwürdiges Ziehen in ihrer Magengegend verursachte. Das Gesicht verblasste, und dahinter kam Jonas zum Vorschein.

Die Adventsfeier. Verflixt! Jonas hatte doch wohl nicht vor, bei der Adventsfeier aufzukreuzen? Nein, beruhigte sie sich, bisher hat er noch jede Schulfeier verpasst. Kein relevanter Termin für einen vielbeschäftigten Anwalt.

Ein Plakataufsteller am Rande des Gehwegs weckte ihre Aufmerksamkeit: *Selbsthilfegruppe für Mütter in Trennung. Anmeldung im ersten Stock links.* Als ihr klarwurde, dass auch sie eine potenzielle Kandidatin für diesen Club war, ging sie so panisch weiter, dass sie fast über einen weiteren Aufsteller gestolpert wäre: *Heute Risotto –*

vegan mit Elan! stand in schwungvoller Schrift darauf geschrieben. Das konnte nur einer gewesen sein.

»Wo bleibst du denn?«, rief Leni. »Wir sind da!«

In der Tat. Mit einer gewissen Verzögerung bemerkte Carina, dass sie bereits vor »Eddys Ökonische – Grün ist Leben« gelandet waren. *Obst und Gemüse aus nachhaltigem Anbau, vegane Lebensmittel, Naturkosmetik, Bioespresso, kleine Speisen* versprach ein Schild im Schaufenster. Die übrige Dekoration bestand aus einer Avocadopyramide, drei Paar ungebleichter Schafswollsocken und einer Packung veganer Kondome. Typisch Eddy.

»Da ist sie ja, unsere Heldin!« Von einer wehenden Stoffwolke in Braunrot umgeben, kam Wanda aus dem Laden gelaufen. »Carina! Siehst ganz schön durch den Wind aus.«

»Kopfschmerzen, Beinschmerzen, Knieschmerzen«, erwiderte sie lapidar.

»Normal. Eine Trennung ist eine Ganzkörpererfahrung. Komm rein. Leni ist schon drin.«

Eddys Laden befand sich in einer ehemaligen Schlachterei, eine weitere Ironie des Schicksals, wenn man bedachte, dass ausgerechnet hier der Veganismus zelebriert wurde. Nur die blumengeschmückten Jugendstilkacheln erinnerten noch daran, dass einst Schweinelenden und Rinderfilets über die Ladentheke gegangen waren. Es roch nach frischem Espresso, exotischen Teesorten und dem typischen Reformhausduft – irgendwas zwischen Kernseife und Hirsebrei. Auf roh zusammengezimmerten Holzregalen lagerten Biolebensmittel, Ökokosmetik und Hunderte Teepäckchen mit verschnörkelten Aufklebern.

»Ciao, bella!« Strahlend umrundete Eddy den altmodischen Holztresen, beugte sich vor und hob Carina mühelos hoch wie ein Kind. »Was muss ich hören? Du bist wieder zu haben? *Dio mio,* wenn ich nicht gerade Vater geworden wäre …«

»Schon gut, Casanova, lass mich runter, sonst brichst du dir noch die Haxen.«

»Haxen? In einer Kirche spricht man nicht vom Teufel! Wir sind hier strikt vegan!«

Übermütig lachend stellte er Carina auf die Füße zurück. An Kraft mangelte es ihm keineswegs, denn Eddy stählte seinen Körper mindestens so diszipliniert wie Tom. Überhaupt war Eddy ein Bild von einem Mann, wenn auch ein durchaus eigenwilliges. Trotz der winterlichen Kälte trug er ein ärmelloses schwarzes Netzhemd über einem winzigen neongelben Tanktop. In seinem dunklen lockigen Haar klemmte eine Sonnenbrille, Typ Mafia, sein dunkler Vollbart gab ihm etwas Verwegenes.

»*Allora*, was kann ich tun für die schönen Damen?«

»Einen doppelten Espresso und einen Schnaps bitte«, bat Leni, die bereits auf einem Barhocker am Tresen saß und ihren Mantel auszog. »Käffchen geht immer.«

»Was, um diese Uhrzeit?«

»Stimmt. Ich nehme nur den Schnaps.«

»Koffein ist nur dann gesundheitsschädlich, wenn dir aus dem fünften Stock ein Zentnersack Kaffeebohnen auf den Kopf fällt«, erwiderte Wanda für Eddy.

Der feixte belustigt. »Okay. Du bekommst meinen neuen veganen Kräuterlikör, Direktimport aus der Toskana. Nur für Freunde, *certo*. Fühl dich wie zu Hause.«

»Danke, ich weiß deine Freundschaft zu schätzen. Und übrigens *bin* ich hier zu Hause, eigentlich müsste ich Miete zahlen«, seufzte Leni, deren Wohnung schräg gegenüber lag, so dass sie Eddys Bioladen fast täglich frequentierte. »Ohne dich, ohne Wanda, Luisa – und natürlich Carina! – hätte ich die Trennung von meinem fiesen Ex niemals durchgestanden.«

»Freunde sind Buddhas Entschuldigung für Verwandte und Ehemänner«, erklärte Wanda ungewöhnlich salbungsvoll. »Was ist mit dir, Carina? Sehen wir uns demnächst öfter hier? Du kannst das kulinarische Therapiezentrum *Eddys Ökonische* gern in Anspruch nehmen. Gutes Essen hält Body und Soul zusammen.«

»Erinnere sie bloß nicht an Pimp your body und Boost your soul«, gluckste Leni. »Von Amor gemobbt, vom Sportgott verflucht, da kam heute einiges zusammen.«

Eddy hielt eine Flasche aus dunklem Glas hoch.

»Darauf einen Kräuterschnaps!«

»Ich brauche keinen Alkohol, um peinlich zu sein – das krieg ich auch so hin«, murmelte Carina.

Wandas Frage hatte sie an einer empfindlichen Stelle getroffen. Ja, sie kam selten vorbei, denn sie kaufte fast nur in großen Discountermärkten, weil Eddys Obst und Gemüse zwar von exzellenter Qualität, aber leider auch deutlich teurer war als anderswo. Die kostspieligen Biocremes, die Wanda zu Hause in ihrer Küche fabrizierte, konnte sich Carina ebenso wenig leisten.

Während Eddy die Flasche entkorkte, deren Etikett mit handgemalten Pflanzen verziert war, musterte er Carina eingehend. Es war offensichtlich, dass ihm nicht gefiel, was er sah.

»Meine Kleine, du siehst aus, als hätte dir jemand ein Würstchen in die vegane Suppe geschmissen.«

»Sie ist frisch getrennt, da schaut man nicht gerade taufrisch aus.« Gespielt theatralisch legte Leni die Hände auf ihre Herzgegend. »Du weißt ja, Männer sind wie Highheels: Wir lieben sie, aber sie tun uns teuflisch weh.«

»Liebe ist leider ausverkauft, doch ich habe noch ein paar leckere Sachen da«, entgegnete Eddy. »Soll ich dir etwas zu essen bringen, Cara?«

Carina, die sich dem Trend zum fleischlosen Genuss zwar hartnäckig verweigerte, aber seit Eddys Minipizzen restlos von seinen Kochkünsten überzeugt war, spürte, wie ihr das Wasser im Mund zusammenlief.

»Was hast du denn da? Doch nicht nur so Zeug wie Tofuschnitzel oder so was?«

»*Macché,* so 'nen Blödsinn verzapfe ich nicht«, protestierte er. »Wofür hältst du mich? Ich werde nie verstehen, warum manche Vegetarier Schnitzel und Würstchen aus Tofu wollen. Das ist, als ob Fleischesser Salatblätter aus Hack nachbauen.«

Wanda lachte dröhnend.

»Also, Süße, heute gibt es hausgemachtes Risotto mit Brokkoli, Mandeln und Rosinen, eine Riesenparty für den Gaumen. Alternativ kannst du selbstgemachte Guacamole haben, mit Honigtomatensalat und Tortillachips aus nicht genmanipuliertem Mais.«

Was das wohl kostete? In Gedanken zählte Carina ihr Geld im Portemonnaie. Jonas überwies ihr monatlich das Haushaltsgeld auf ein Extrakonto; kam sie damit nicht aus, musste sie ihn um mehr bitten. Hob sie aber, ohne zu fragen, etwas vom gemeinsamen Konto ab, weil sie Benny von jetzt auf gleich größere Hockeyschuhe oder Melli eine neue Reitgerte kaufen musste, gab es ein Riesendonnerwetter. Nur die Kosten des Yogakurses hatte Jonas zähneknirschend akzeptiert. Und meckerte jedes Mal, wenn Carina die Gastgeberin des Mädelsabends war. Vorsintflutliche Verhältnisse. Warum hatte sie das nie zur Sprache gebracht?

»Schatz? Du siehst ganz blass um die Nase aus.« Leni stand auf, lief zu Carina und nahm sie untergehakt mit zum Tresen. »Setz dich. Du solltest wirklich was essen.«

»Dann, äh, hätte ich gern das Risotto.«

»Wunderbar, gute Wahl. Du warst im Fitnessstudio, da braucht man was Anständiges zwischen die Kiemen.« Wanda wackelte geringschätzig mit dem Kopf. Für Sport hatte sie sich nie erwärmen können, schwor hingegen auf Yoga und Tantramassagen. »Hast du gesehen, dass sich im Nachbarhaus neuerdings eine Selbsthilfegruppe für Mütter in Trennung trifft?«

»Eine komische Sprache habt ihr«, grinste Eddy. Er stellte vier kleine Gläser auf den Tresen. »Selbsthilfegruppe. Hilft man sich da selbst oder der Gruppe? Und dann: Gefrierbrand – *dio mio*, was soll das sein? Ist das nun heiß oder kalt?«

»Trauerfeier«, übernahm Leni kichernd. »Trauern oder feiern? Ist doch nicht dasselbe, außer, es handelt sich um eine Scheidung.«

Eddy, der im Begriff war, die Gläser mit Kräuterlikör zu füllen, hielt inne.

»Warte, einen hab ich noch: Doppelhaushälfte. Zweimal eine Hälfte ergibt doch kein Doppelhaus!«

Jetzt musste auch Carina lachen. In Eddys Gegenwart fühlte sich das Leben an wie eine fluffige Zabaione.

»So, ihr Lieben, *salute*! Trinken wir auf die Freundschaft!«, brachte er einen Toast aus.

Leni verdrehte die Augen zur Decke, während sie an ihrem Glas schnupperte.

»Auf die Männer, die wir lieben, und die Penner, die wir kriegen.«

Andächtige Stille trat ein, während sie den Likör probierten. Er schmeckte nach Basilikum, Zitrone, Pfefferminz und ein wenig nach Hustensaft. Eddy hatte ihn am schnellsten hinuntergestürzt und füllte sein Glas erneut.

»Wir sollten aufhören, weniger zu trinken, Signorinas. Wer will schon immer vernünftig sein?«

»Vernünftig ist wie tot, nur vorher«, philosophierte Wanda.

»Genau. Deshalb möchte ich auf meine Luisa ein Extraglas erheben«, erklärte Eddy weich. »Sie ist die Frau meines Lebens. Soll ich euch etwas gestehen? Wenn Treue glücklich macht, dann ist es wahre Liebe.«

Die größte Liebe einer Frau bringt sie selbst auf die Welt, überlegte Carina. In ihrem Falle galt das sogar gleich doppelt. Die beiden Kinder hatten sie nie enttäuscht, nie hintergangen und würden sie auch nicht so schnell verlassen. Auf einmal hatte sie Sehnsucht nach Melli und Benny. Hastig aß sie das Risotto, das Wanda ihr brachte. Es schmeckte vorzüglich, doch Carina zog es unwiderstehlich zu ihren Kindern.

»Hast du vor, beim Sport zu bleiben?«, erkundigte sich Wanda.

»Absolut.« Carina betupfte mit einer Papierserviette ihre Lippen. »Ich bin langsamer als eine Schnecke auf Valium, aber morgen fange ich mit dem Joggen an.«

»Erst wenn man stolpert, achtet man auf den Weg«, sagte Leni und zwinkerte ihr wissend zu. »Ab jetzt schaffst du alles, was du dir vornimmst. Kleiner Tipp: Jogge am besten frühmorgens, bevor dein Gehirn merkt, was du vorhast.«

Kapitel 12

Am nächsten Morgen überwand sich Carina schon um halb sieben zu einer Joggingrunde, von der sie verschwitzt, aber ungemein stolz auf sich selbst zurückkehrte. Es war gar nicht so anstrengend gewesen, wie sie befürchtet hatte, und nach einer heißen Dusche fühlte sie sich einfach nur noch großartig. Bis sie an Jonas' Arbeitszimmer vorbeikam. Die Tür stand halb offen. Ein kalter Luftzug streifte ihre Wange. Und dann sah sie es: das Loch in der Fensterscheibe. Jemand hatte sie eingeschlagen und die Scherben notdürftig mit Klebeband zusammengefügt, der Boden unter dem Fenster war mit kleinen Splittern übersät.

Wie gelähmt stand Carina da. Wann war das passiert? Etwa während ihrer Joggingrunde? Und die Kinder? Schwebten sie in Gefahr?

So schnell sie konnte, hastete Carina in den ersten Stock und riss die Tür zum Kinderzimmer auf. Entwarnung. Melli und Benny hopsten in ihren Betten herum und lieferten sich eine Kissenschlacht. Nun durchstreifte sie das ganze Haus, schaute in jedes Zimmer, checkte auch die Kellerräume. Nichts. Nirgendwo Spuren krimineller Absichten, weder durchwühlte Schränke noch sonst etwas Auffallendes. Oder hatte der Einbrecher am Abend zuvor zugeschlagen, als sie im Fitnessstudio und anschließend bei Eddy gewesen war?

Schwer atmend blieb sie im Hausflur stehen. Bislang hatte sie sich immer sicher in ihrem Zuhause gefühlt, nicht zuletzt wegen Bingo, der zwar gutmütig bis zur Begriffsstutzigkeit war, jedoch mit seinem Gebell als verlässlicher Wachhund durchging. Sprechen konnte er leider nicht. Aber Nachbarn konnten es.

Einige Sekunden lang rang Carina mit sich, während sie manisch an der Haustürklinke herumrieb. Doch ihr mulmiges Gefühl war stärker als ihre Antipathie gegen notorisch indiskrete alte Damen. Deshalb öffnete sie die Tür und marschierte schnurstracks zum Haus nebenan. Sie hatte noch nicht einmal geklingelt, als auch schon Frau Lahnstein erschien, im geblümten Bademantel, ein zartviolettes Haarnetz über ihren weißen Löckchen.

»Einen schönen guten Morgen!« Carina versuchte, so unbedarft und munter wie möglich zu klingen. »'tschuldigung, dass ich so früh störe, aber …«

»Er war da«, sagte Frau Lahnstein, bevor Carina überhaupt eine Frage stellen konnte. »Gestern Abend.«

Ihr rutschte das Herz in die Hose.

»Wer?«

»Na, Ihr Mann.« Voller Genugtuung spitzte die alte Dame ihre Lippen und kramte einen Zettel aus ihrer Bademanteltasche hervor. »Um neunzehn Uhr siebenunddreißig parkte der Geländewagen in der Auffahrt. Um neunzehn Uhr achtundfünfzig fuhr er wieder weg.«

Jonas. Carina öffnete den Mund, stellte jedoch fest, dass sie nichts zu sagen hatte. Ihre Finger umklammerten den neuen Hausschlüssel so fest, dass er sich schmerzhaft in ihre Handfläche bohrte. Wie krass war das denn? Wenn der Schlüssel nicht passte, stieg man eben mal kurz ins eigene Haus ein? Und das nur, um ein dämliches Spielzeugflugzeug zu kidnappen?

In Frau Lahnsteins Augen flackerte ein Funken Sympathie auf, vielleicht auch Mitleid, Carina war sich nicht sicher. Überhaupt schien nichts mehr sicher. Sie trat einen taumelnden Schritt zurück.

»Er hat den Wagenheber benutzt, war ein ziemlicher Krach, als das Fenster kaputtging«, berichtete ihre Nachbarin mit der Miene einer gewieften Detektivin. »Wenn ich nicht gewusst hätte, dass er es ist, hätte ich natürlich die Polizei gerufen. Aber so …«

»Schon gut«, stöhnte Carina.

Frau Lahnstein faltete den Zettel säuberlich zusammen und steckte ihn wieder ein.

»Sie sehen aus, als hätten Sie eine Menge Probleme, Frau Wedemeyer. Wenn Sie möchten, koche ich Ihnen einen Tee. Lindenblütentee, das beruhigt die Nerven.«

Carina traute ihren Ohren nicht. Seit fast zehn Jahren war Frau Lahnstein ihre Nachbarin und hatte sich seither vor allem durch spitze Bemerkungen und lächerliche Beschwerden hervorgetan. Mal fand sie die Kinder zu laut, mal mokierte sie sich über Unkrautpollen, die angeblich über den Zaun flogen, dann wieder hielt sie Standpauken über korrekte Mülltrennung. Es muss schlimm um mich stehen, wenn sie mir jetzt einen Tee anbietet, überlegte Carina. Sehr schlimm.

»Danke, wie nett von Ihnen«, flüsterte sie, »aber ich ... ich muss dann mal zu den Kindern.«

»Nur zu verständlich.« Frau Lahnstein ruckelte an ihrem Haarnetz. »Kopf hoch, Kindchen. Ich war vierzig Jahre lang verheiratet. Da lernt man, dass die Herren der Schöpfung eine lange Leine brauchen. Glauben Sie mir, auch mein verstorbener Mann war kein kastrierter Kater.«

Na, großartig. Also hatte das erregte Gespräch auf der Terrasse nicht nur in Melli eine hingebungsvolle Lauscherin gefunden. Privatsphäre? Fehlanzeige. Auf die Sache mit der langen Leine wollte Carina gar nicht erst eingehen. Jonas drehte frei. Ohne Leine, ohne Zartgefühl, ohne Rücksicht auf Verluste.

»Nochmals vielen Dank, Frau Lahnstein.«

Wie betäubt stakste Carina zurück ins Haus. Was für ein Morgen. Ein Chamäleon in einer Packung Smarties hätte nicht verwirrter sein können. Auf Zehenspitzen schlich sie in Jonas' Arbeitszimmer und sah sich um. Auf den ersten Blick schien nichts verändert worden zu sein. Sie zog die Sockenschublade auf. Die Schachtel mit dem Flugzeug und dem Gutschein für den Fallschirmsprung fehlte. Klar. Danach öffnete Carina eine der Schranktüren und wich unwillkürlich zurück. Wo akkurat aufgereihte Aktenordner gestanden hatten, herrschte ein wüstes Durcheinander von Zettelstößen und

Schnellheftern, daneben klafften Lücken, wo die privaten Ordner ihren Platz gehabt hatten. Genau jene Ordner, die nun in Lenis Kleiderschrank lagen.

»Tja, Jonas«, lächelte Carina. »Satz mit X – war wohl nix.«

»Mum? Wo bist du?«, erklang auf einmal Melinas helle Stimme.

Carina zuckte zusammen. Keinesfalls durften die Kinder erfahren, was sich hier abgespielt hatte.

»Ich bin im Arbeitsz... das heißt, nein – Melli, geht ihr bitte schon mal in die Küche?«

»Käffchen?«, kam es launig zurück.

»Zwei!«, antwortete Carina mit belegter Stimme.

Gebannt horchte sie auf das vertraute Fußgetrappel, das zunächst die Treppenstufen erschütterte und sich danach Richtung Küche verflüchtigte. Dann lief sie im Zickzack, um nicht auf Splitter zu treten, zum Fenster und ließ das Außenrollo herunter. Ein paar Sekunden verharrte sie im Dunkeln. Welche Geheimnisse verbarg Jonas vor ihr? Was hatte er unbedingt an sich bringen wollen? Bevor sie ging, nahm sie den Schlüssel aus der Schreibtischschublade und verschloss die Tür zum Arbeitszimmer von außen.

Benny deckte den Tisch, als sie in die Küche kam, Melli ließ Espresso in eine rote Tasse laufen. Über den Einbruch verlor Carina kein Wort. Stattdessen erheiterte sie ihre Kinder mit Details aus dem Fitnessstudio, wobei sie ihre unrühmlichen dreißig Sekunden auf dem Laufband wegließ. Alles wie immer, dachte sie, während sie friedlich miteinander frühstückten. Doch irgendetwas war merkwürdig. Dauernd steckten Melli und Benny die Köpfe zusammen, flüsterten und kicherten.

»Gibt es etwas, was ich wissen sollte?«

»Nee, nix!« Mellis Augen funkelten. »Wieso?«

»Wird eine Überraschung, wir ...«, entfuhr es Benny, aber Melina hielt ihm die Hand vor den Mund.

»Gaaaar nix!«, beteuerte sie.

Es wird die Aufregung wegen der Adventsfeier sein, sagte sich

Carina. Die beiden sangen im Schulchor, und der alljährliche Auftritt mit Weihnachtsliedern gehörte zu den Höhepunkten des Chorlebens. Während sie die Küche aufräumte und das Bad putzte, verzogen sich Melli und Benny ins Kinderzimmer. Sie schlossen sogar die Tür ab, was Jonas ihnen strengstens untersagt hatte. Carina übte sich in Nachsicht. So war das nun mal in der Vorweihnachtszeit, da gab es jede Menge kleiner Geheimnisse. Das Geraschel hinter der Tür konnte nur bedeuten, dass sie tinkerten. Vielleicht ein Geschenk für ihre Mami?

Erst um Viertel vor elf ließen sich Melina und Benny wieder blicken. Mit hochroten Gesichtern schleppten sie einige große Tüten die Treppe hinunter.

»Mum! Bist du fertig?«, rief Melli.

Carina hatte sich ausnahmsweise Zeit genommen, nicht nur vorzukochen, einen leckeren Nudelauflauf, sondern auch ihr Äußeres festlich zu verschönern. Das widerspenstige Haar hatte sie mit Fön und Rundbürste zu einer passablen Frisur gestylt, sie hatte sich die Fingernägel feuerrot lackiert und zu ihren Winterstiefeln ein rotes halblanges Kleid angezogen, dessen Farbe weihnachtlich leuchtete. Zufrieden mit sich selbst, stieg sie die Treppe hinunter.

»Kann losgehen. Holt ihr die Fahrräder aus der Garage?«

»Müssen wir nicht.« Melina trippelte zappelig auf und ab. »Tante Sibylle nimmt uns mit, ich hab sie gestern gefragt, und sie war einverstanden.«

Carina staunte Bauklötze über so viel Organisationstalent. Sicher, Sibylle arbeitete an derselben Schule, die Melli und Benny besuchten, insofern war die Abholaktion äußerst praktisch. Dennoch. Solche Überlegungen stellte normalerweise sie selbst an. Waren die Kinder am Ende eigenständiger als gedacht? Die Klingel beendete ihre Grübeleien. In einem schlichten schwarzen Mantel stand Sibylle vor der Tür und musterte Carina von oben bis unten.

»Respekt. Die Trennung steht dir ja richtig gut. Tolles Kleid. Und hast dich hübsch gemacht.«

»Im Rahmen meiner Möglichkeiten jedenfalls.« Mit zwei Fingern strich Carina über ihren Scheitel. »Leni meint, ich soll die grauen Haare wegfärben. Als Zeichen der Selbstwertschätzung.«

Im selben Moment wurde ihr bewusst, dass Sibylle, die seit Ewigkeiten wachsen ließ, aber nie über knappe Kinnlänge hinauskam, bereits deutlich sichtbare Silberfäden in ihrem dunklen Haar hatte. Ob sie verstimmt war? Doch Sibylle ließ sich nicht aus der Ruhe bringen.

»Nun, die Fähigkeit der farbstoffbildenden Zellen, Melanin zu produzieren, wird mit zunehmendem Alter durch die zurückgehende Hormonproduktion, aber auch durch Übersäuerung samt dem dadurch erzeugten Mineralstoffmangel hervorgerufen. Erbliche Faktoren ...«

»Tante Sibylle, können wir losfahren?«, fragte Melli.

Sichtlich ungehalten, weil ihr Vortrag unterbrochen worden war, fixierte Sibylle das Mädchen.

»Wie? Ach so – ja, mein Kind. Einen Moment bitte. Also, die erblichen ...«

»Du kannst es mir ja im Auto erzählen«, stoppte Carina den Redestrom. »Ich glaube, wir sollten jetzt wirklich starten.«

»Wie du willst. Und diese Sachen da – die müssen alle mit?«

»Alle«, bestätigte Melina.

Bis sämtliche Tüten im winzigen Kofferraum von Sibylles gepflegtem Kleinwagen verstaut waren, verstrichen einige Minuten. Dann begann eine lehrreiche Viertelstunde, denn Sibylle nutzte die Fahrt für die Verbreitung detaillierter Informationen über den Zusammenhang von Haarfarbe und Immunsystem.

Die Kinder stellten sofort auf Durchzug, Carina hingegen war dankbar für den endlosen Monolog. Nach all den Jahren eines relativ gleichförmigen Lebens war sie ziemlich geplättet von den jüngsten Entwicklungen – zu denen auch die Entdeckung gehörte, dass ihr eigener Mann Fenster zertrümmerte, wenn sein Schlüssel ihm nicht weiterhalf. Deshalb unterbrach sie Sibylle nicht, sondern lauschte nur interessiert und erfuhr alles über Entsäuerung, basische Ernährung und wie man damit vorzeitiger Ergrauung vorbeugte. Wieder was gelernt. Auch wenn es offensichtlich nicht immer klappte.

Sibylle hatte den Wagen kaum auf dem Lehrerparkplatz hinter der Schule abgestellt, als Melli und Benny sich auch schon abschnallten, aus dem Auto sprangen und den Kofferraum öffneten. Eilig rafften sie ihre Tüten zusammen und verschwanden zur Chorprobe.

»Stell dir vor, Jonas ist bei uns eingebrochen«, platzte Carina heraus, sobald die Kinder außer Hörweite waren.

Sibylle, die gerade das Auto abschließen wollte, fiel der Schlüssel aus der Hand.

»Eingebrochen? Wie das denn?«

»Mit einem Wagenheber.«

Hastig erzählte Carina von dem zerbrochenen Fenster und den Beobachtungen der Hobbydetektivin Frau Lahnstein.

»Die Institution der Ehe stammt aus einer Zeit, als die Leute schon mit dreißig starben«, erklärte Sibylle, nachdem sie ihr Schlüsselbund aufgehoben hatte. »Die Langzeitrisiken konnte damals niemand ahnen, und schon gar nicht, was sich ein Früchtchen wie Jonas ausdenkt. Offen gestanden wüsste ich nicht, was ich an deiner Stelle täte.«

Es war höchst selten, dass Sibylle einmal keinen Ratschlag zur Hand hatte, was Carinas Stimmung nicht gerade hob.

»Dann haben wir ja was gemeinsam. Getan habe ich bisher nichts.«

»Immerhin treibst du jetzt Sport«, warf Sibylle ein, während sie Seite an Seite mit Carina auf das Schulgebäude zuging.

O nein, nicht auch noch dieses heikle Thema. Der Bluterguss hatte sich über Nacht in sattes Dunkelblau verfärbt, die frühmorgendliche Runde um den Block war womöglich des Guten zu viel gewesen. Carina bemühte sich, aufrecht zu laufen, spürte ihren rechten Oberschenkel jedoch bei jedem Schritt.

»Ich versuch's. Heute Morgen bin ich sogar gejoggt.«

»Sehr gut. Und gestern Abend? War dein Besuch im Fitnessstudio erfolgreich?«

Tom. Mist, verdammt. Woher kam nur dieses komische Ziehen in der Magengegend, wenn sie an ihn dachte? Weil er ein unverschämter Muskelprotz war, der sie wie eine Erstklässlerin behandelte? Weil er sie fast nackt gesehen hatte? Oder weil er Zeuge ihres verunglückten Erstkontakts mit dem Laufband gewesen war?

»Auch Schweigen ist eine Antwort«, bemerkte Sibylle trocken. »War's so katastrophal?«

»Gut fürs Hüftgold, schlecht fürs Selbstbewusstsein. Danach haben Leni und ich noch bei Eddy was gegessen.«

Planvoll vergaß Carina zu erwähnen, was es mit der großen Tüte Weihnachtskekse in ihrer Handtasche auf sich hatte. Die Kekse verdienten zwar die Bezeichnung selbstgebacken, waren aber keineswegs mütterlichem Engagement zu verdanken. Dinkelkekse mit Honig, Mandeln und Rosinen gehörten definitiv nicht zu ihrem Plätzchenrepertoire.

»Eddy und Luisa, das Traumpaar mit dem Traumbaby.« Sibylle warf ihr einen kurzen Seitenblick zu. »Kommst du über das mit Jonas denn einigermaßen hinweg? Du vermisst ihn doch wohl nicht? Carina?«

»Schlimm ist nicht der Verlust«, erwiderte sie missmutig, »schlimm ist die Erkenntnis, dass man sich so sehr in einem Menschen täuschen kann.«

In diesem Moment klingelte ihr Handy. Sie schaute aufs Display. Irgendwann hatte Jonas ihr Handy neu programmiert und bei dieser Gelegenheit seinen Klingelton mit einem Foto von sich gekoppelt. Schon seit langem nahm sie es gar nicht mehr wahr, doch jetzt fand sie sein fröhlich grinsendes Gesicht einfach nur daneben. Wortlos hielt sie Sibylle das Display hin, bevor sie den Anruf wegdrückte. Ihre Freundin zog die Augenbrauen hoch und lachte.

»Ganz ehrlich – wenn ich nach allem, was passiert ist, diese Visage auf meinem Handy sähe, würde ich auch nicht rangehen.«

Entnervt steckte Carina das Handy ein.

»Ich habe diese Pappnase so satt«, schnaubte sie. »Es ist ja nicht nur dieser unsägliche Einbruch. Stell dir vor: Alles, was ich mir jemals von ihm gewünscht habe, schmeißt er jetzt dieser Chantal hinterher.«

Ausführlich erzählte sie Sibylle von der Wunschliste, und deren Reaktion fiel genauso aus wie Lenis.

»Lass dir das nicht gefallen. Zumindest den Punkt Familienausflug in den Freizeitpark muss er abarbeiten – falls du überhaupt noch etwas mit ihm unternehmen willst.«

Wollte sie das? So tun, als sei nichts gewesen, kam natürlich nicht in Frage. Andererseits ließ es Carina keine Ruhe, dass er jetzt bei einer anderen die Spendierhosen anzog, während sie immer hatte darben müssen. Keine Urlaube, keine Abwechslung, nichts. Ihr Radius beschränkte sich auf die Spielplätze, Badeseen und Waldspazierwege, die sie mit den Kindern per Fahrrad oder Bus erreichen konnte.

»Verdient hätte er's, dass er mit mir verreisen muss und ich ihm kräftig auf den Senkel gehe«, erwiderte sie achselzuckend.

Inzwischen hatten sie das Schulgebäude erreicht, einen wuchtigen Gründerzeitkasten in kränklichem Gelb, der sie mit dem Geruch nach Bohnerwachs, nassen Klamotten und schlechtgelüfteten Klassenzimmern empfing. Als Carina die breite Treppe zur Aula hochstieg, wurde ihr das Herz schwer. Jonas hatte sich nie dazu herabgelassen, den Vorführungen seiner Kinder beizuwohnen.

»Der Schwachmat wird ja wohl kaum die Stirn haben, hier zu erscheinen, oder?«, fragte Sibylle, als hätte sie Carinas Gedanken gelesen.

»Na ja, die Kinder haben sich eh längst damit abgefunden, dass er nie dabei ist. Im Grunde war ich schon vor der Trennung eine alleinerziehende Mutter.«

»Habe ich dir übrigens gesagt, dass die beiden sich prächtig entwickeln?« Im Gehen zog Sibylle ihren Mantel aus, unter dem ein grauer Flanellanzug zum Vorschein kam. »Sie sprühen geradezu vor Temperament und Erfindungsgeist.«

»Danke, freut mich, dass du das sagst. Schließlich bist du ja vom Fach.«

Prompt setzte Sibylle ihre Lehrerinnenmiene auf, eine Mischung aus Tadel und Ermunterung.

»Ehrlich, Carina, das sieht jeder. Schade nur, dass Jonas es so wenig zu schätzen weiß.«

Schweigend absolvierten sie die restlichen Treppenstufen und betraten die Schulaula, einen hohen Saal, den die Schüler mit roten Kerzen und Tannenzweigen geschmückt hatten. Obwohl sie früh dran waren, erwiesen sich die vorderen Stuhlreihen als bereits besetzt. Lautes Stimmengewirr hallte durch den Raum. Mütter begrüßten einander in dem übertriebenen Parlando aufgeregter Supermamis, die immer etwas Superlativisches über ihren Supernachwuchs zu erzählen hatten, Väter unterhielten sich betont locker miteinander, die Hände in den Hosentaschen.

Auf der Bühne übte ein Mädchen in einem altrosa Samtkleid, weißer Rüschenbluse und schwarzen Lackschuhen ein Weihnachtslied auf dem Flügel. So was Schickes wie dieses Samtkleid hat Mellis Kleiderschrank nicht aufzuweisen, dachte Carina. Sie wird in Jeans und Sweatshirt auftreten, wie immer. Aber singen kann sie wie ein Engel mit ihrem glockenreinen Sopran.

»Frau Dernbach! Hallo!«

Gleich zwei Väter liefen auf Sibylle zu, um sich nach den Leistungen ihrer Kinder zu erkundigen und bei der Gelegenheit Schmeichelhaftes über Sibylles Unterrichtsstil loszuwerden. Nachdem die beiden abgezogen waren, wandte sich Sibylle schmunzelnd an Carina.

»Wusstest du, dass fünfunddreißig Prozent der Männer Lehrerinnen besonders attraktiv finden? Na ja, irrelevant. Knapp sechzig Prozent stehen auf Ärztinnen, und fast alle Männer träumen von Sex mit einer Krankenschwester.«

Carina schob missmutig ihre Unterlippe vor.

»Von Hausfrauen ist in deinen Statistiken vermutlich nicht die Rede.«

»Mach dir nichts draus, auch eine Frau, die das Lieblingsgericht eines Mannes kochen kann, hat gewisse Chancen. Komm, da vorn ist noch was frei.«

Nach allen Seiten grüßend schoben sich Carina und Sibylle in eine der mittleren Reihen. Von hier aus hatte man eine leidlich gute Sicht auf die Bühne. Gut, für die Kinder wäre es schöner gewesen, ihre Mutter näher am Bühnenrand zu wissen, aber in ihrem roten Kleid würden Melli und Benny sie schon erkennen, hoffte Carina.

»Guten Morgen. Darf man sich zu euch setzen?«

Geschahen noch Wunder? O ja, sie geschahen, doch leider viel zu spät und im absolut falschen Moment. Erbittert starrte Carina den Mann an, der so tat, als sei es die natürlichste Sache der Welt, bei der Adventsschulfeier seiner Kinder zu erscheinen. Ja, es war Jonas. So vertraut, so fremd, so irritierend real. Und der letzte Mensch des gesamten Universums, den sie jetzt sehen wollte.

Kapitel 13

Carina spürte, wie sich die Härchen auf ihren Unterarmen aufrichteten. Ihr Magen schrumpfte zu einem Klumpen aus Knete, in ihrer Brust hämmerte es, vergeblich wartete sie darauf, dass sich ihre Atmung normalisierte. Es war so unfassbar schräg. Wie konnte er nur hier aufschlagen nach seiner bodenlosen Einbruchsaktion? Demonstrativ erwiderte sie seine Begrüßung nicht, sondern tat so, als ob das klimpernde Mädchen auf der Bühne ihre volle Aufmerksamkeit erforderte. Auch Sibylle schien wenig Lust auf Konversation mit Jonas zu haben. Eisern sah sie geradeaus.

»Das werte ich dann mal als ein Ja«, sagte er und setzte sich neben Carina.

Aus dem Augenwinkel beobachtete sie, wie er mit eckigen Bewegungen die blütenweißen Manschetten aus den Ärmeln seines dunkelblauen Anzugs zupfte. Selber gewaschen und gebügelt hat er das Hemd niemals, dachte sie mit grimmiger Belustigung. Tja, liebe Chantal, der graue Alltag kommt schneller als erwartet.

»Steht dir gut, das rote Kleid«, versuchte er es mit einer Charmeattacke. »Und deine Haare – sehr hübsch.«

»Eine neue Frisur ist das sichere Zeichen dafür, dass eine Frau sich umorientiert und ein neues soziales Umfeld erobert«, schaltete sich Sibylle ein. »Über siebzig Prozent aller Frauen verändern nach einer Trennung ihr Haarstyling.«

»Aber das Kleid«, er streifte Sibylle mit einem ärgerlichen Blick, »das hatte sie schon vorher, und es steht ihr, Punkt. Nicht wahr, Sternschnuppe?«

Carina stöhnte entnervt. Was bildete der sich ein? Dass sie einfach so auf Schmusekurs umstellte, überwältigt von seiner animalischen Anziehungskraft?

»Ausverkauf, Sommer zweitausendneun, billiges Schnäppchen«, erwiderte sie mühsam beherrscht. »Aber denk bloß nicht, ich lasse mich deshalb mit billigen Komplimenten ködern.«

»Zweiundzwanzig Prozent der Männer können sich vorstellen, wieder mit der Ex zusammenzukommen«, kam es dumpf von Sibylle. »Die Erfolgsaussichten liegen allerdings im Promillebereich.«

Jonas beugte sich vor. Als müsse er ein aufdringliches Insekt verscheuchen, wedelte er mit seiner linken Hand in ihre Richtung.

»Herrgott noch mal, Sibylle, würdest du bitte einmal die Klappe halten?«

»Also, von deiner schlechten Laune könnten zehn Teenager drei Jahre lang pubertieren«, konterte sie kühl. »Ich zähle nur Fakten auf, sonst nichts.«

Eingeschnappt verschränkte er die Arme. Was auch immer er sich von dieser Begegnung erhofft hatte, sein Plan ging nicht auf. Doch worin besteht der überhaupt?, überlegte Carina. Will er etwa zurück ins Nest? Erwartet er im Ernst, ich hätte sein abfälliges Gerede über das Familienleben vergessen? Und meint er wirklich, er könnte eine ein Jahr andauernde Affäre als Ausrutscher bagatellisieren?

»Wie läuft's, wenn du nicht gerade Fenster einschlägst?«, fragte sie spitz.

»Carina.« Er schluckte krampfhaft. »Ich weiß, das war eine riesengroße Dummheit. Aber immerhin habe ich die Scheibe wieder geklebt. Dir zuliebe.«

»Und da sage noch einer, es gebe keine Kavaliere mehr«, brummte Sibylle.

Jonas ignorierte ihre Bemerkung.

»Kannst du mir noch einmal verzeihen, Sternschnuppe? Ich mach es wieder gut, okay? Ich bestelle einen Glaser, und heute Abend gehen wir schön essen, einverstanden?«

Stumm schaute sie an ihm vorbei, auch deshalb, weil sie plötzlich eine völlig unpassende Sehnsucht spürte, sich einfach in seine Arme zu werfen und so zu tun, als seien die vergangenen vier Tage nie geschehen. Ja, sie wollte, dass er nachts wieder neben ihr im Bett lag, sie wollte morgens an seiner Seite Zähne putzen und alberne Grimassen schneiden, und ja, sie wollte ihr altes Leben zurück, das ganz bestimmt nicht perfekt gewesen war, aber bei weitem nicht so anstrengend wie die ständigen Reibereien und das nervtötende Kopfzerbrechen darüber, was sie nun tun sollte.

»Kling, Glöckchen, klingelingeling«, spielte das kleine Mädchen auf der Bühne. Auf Carina wirkte das Lied wie ein Weckruf. Klingelingeling, bist du noch ganz bei Trost? Du glaubst doch nicht etwa, dass er sich wie von Zauberhand in den Ehemann aus dem Märchenbuch verwandelt, nach allem, was er sich geleistet hat. Wie willst du ihm jemals wieder vertrauen?

»Ich habe schlecht geschlafen, Sternschnuppe«, fuhr er deutlich leiser fort, »ich war nicht ich, als ich gestern Abend …«

»Man spricht nicht mit leerem Hirn«, zischte sie halblaut, weil sie es nun nicht mehr aushielt. »Du hast Hausfriedensbruch begangen und mir einen Riesenschreck eingejagt. Was stimmt nicht mit dir, Jonas?«

Mit Daumen und Zeigefingern umfasste er die Bügelfalten seiner dunkelblauen Anzughose. Strich seine Anzugjacke glatt. Nestelte an seiner Krawatte herum. Offenbar hatte sie ihn aus dem Konzept gebracht. Während sich die Stühle ringsum mit Eltern und Großeltern füllten, die schwatzend auf die Aufführung warteten, lächelte er Carina schuldbewusst an.

»Ich – ich möchte nach Hause.«

Das wurde ja immer besser.

»Langsam gewinne ich den Eindruck, als wäre die Luft aus deiner Zweitbeziehung raus. Sollte Chantal mittlerweile erkannt haben, dass sie eine Mogelpackung erwischt hat?«

»Nein, nein, wo denkst du hin?« Er drückte die Brust raus, jetzt wieder ganz der tolle Hecht mit der tollen Geliebten. »Wir verstehen uns blendend. Schließlich teilen wir einige Interessen.«

Carina nickte wissend. »Gratulation.«

»Was machst du eigentlich so abends, ganz allein?«

Den Teufel würde sie tun, ihm auf die Nase zu binden, dass sie glänzend zurechtkam, weil sie gar nicht allein war, sondern wunderbare Freunde hatte.

»Fernsehen, was sonst?«

»Sicher, was sonst.« Er hüstelte indigniert. »Du liebst ja deine Serien. Ich hingegen habe den gestrigen Abend am anderen Ende des kulturellen Spektrums verbracht. Chantal und ich schauen keine Soaps. Wir sitzen auf der Couch und lesen.«

Wie wundervoll. Carina lächelte ein ganz klein wenig schadenfroh.

»Ach tatsächlich?«

»Chantal ist eine sehr kultivierte Frau. Geistig überaus erfrischend, einmal eine Partnerin zu haben, die sich für anspruchsvolle Literatur interessiert.«

Das war ein gezielter Seitenhieb, der Carina verletzt hätte, wenn sie nicht die Wahrheit gekannt hätte. Herrlich, jetzt öden sie sich gegenseitig an, frohlockte sie innerlich.

»Na, dann viel Glück mit eurem Lesezirkel.«

»Pssst«, machte Sibylle. »Es geht los!«

Das kleine Mädchen war von der Bühne verschwunden, stattdessen nahm der Musiklehrer, ein dünner junger Mann mit flattrigem Haar, am Flügel Platz. Kräftig griff er in die Tasten und intonierte »O du fröhliche«. Einer nach dem anderen schlüpften daraufhin die Teilnehmer des Schulchors hinter dem grünen Vorhang hervor und nahmen am Bühnenrand Aufstellung. Auf das Kommando des Musiklehrers hin begannen die Kinder den Refrain des Lieds zu singen. Dann trat Melina hervor und glänzte mit einem herzerweichenden Solo.

Carina war hingerissen von Mellis klarer, glockenreiner Stimme, vor allem aber von dem Selbstbewusstsein, mit dem sie ihren Solopart vortrug. Sie schaute zu Jonas und registrierte, wie er sich anspannte. Was hatte er denn jetzt schon wieder? Konnte er nicht wenigstens stolz auf seine Tochter sein, wenn er schon die Mutter hinterging? Frustriert lenkte sie ihren Blick wieder nach vorn. Sah genauer hin. Und erstarrte.

Schockschwerenot! Etwa zwanzig Kinder standen auf der Bühne, in ausgesprochen phantasievoll geschmückten Outfits. In getinkerten Hemden und T-Shirts aus Jonas' Kleiderschrank, genauer gesagt. Melli trug das Smokinghemd mit den roten Herzen, Benny gab den wilden Piraten in einem schwarzen durchlöcherten T-Shirt, dessen Designerlogo zwar verstümmelt, aber noch sichtbar war. Jedes einzelne von Jonas Hemden erkannte Carina wieder: das blau-weiß gestreifte, das dunkelblaue, das rot-weiße und vor allem Jonas' dunkelgraues Lieblings-T-Shirt mit den hellblauen Paspeln, auf dem in Giftgrün und, neuerdings mit Glitzer umrahmt, der Schriftzug *Nur Witwer haben Engel als Ehefrauen* prangte.

Auch Jonas hatte offenbar seine Klamotten erkannt. Grob packte er Carinas Arm.

»Was – ist – das?«

»Das nennt man Kreativität«, erwiderte sie ruhig, obwohl sie noch vollauf damit beschäftigt war, den schrägen Anblick zu verkraften.

Alle Farbe wich aus seinem Gesicht, seine Züge verzerrten sich. »Bist du wahnsinnig?«

»Ich war es.« Carina ahmte sein Hüsteln nach. »Sonst hätte ich mich wohl kaum auf deine Definition einer gerechten Verteilung des Einkommens eingelassen: Luxus für dich, Billigware für mich und die Kinder. Ist doch schön, dass die Kleinen jetzt auch mal Designerlook tragen können.«

Jonas begann zu hyperventilieren. Währenddessen erhielt Mellis Solo Szenenapplaus. Überglücklich warf sie Kusshände ins Publikum, und Carina sprang auf, um ihr zuzuwinken. Mit beiden Händen winkte ihre Tochter zurück, dann reihte sie sich wieder in den Chor ein, und alle sangen gemeinsam den Refrain, das Publikum inbegriffen.

Mittlerweile keuchte Jonas wie ein Marathonläufer auf den letzten Metern, seine Fäuste waren geballt.

»Verflucht noch eins, weißt du eigentlich, was die Sachen gekostet haben?«, explodierte er, schaffte es jedoch, seine Stimme so weit zu dämpfen, dass sie nicht den aufbrandenden Applaus für die Chordarbietung übertönte. »Hast du auch nur den Hauch einer Ahnung, was ein einziges dieser Hemden wert ist?«

Fröhlich winkte Carina ihren Kindern zu, die sich verbeugten und dabei langsam rückwärtsgingen.

»Mehr, als ich in einem Vierteljahr für Kinderklamotten ausgeben darf.«

Auf seiner Stirn schwoll eine Ader, und er ballte seine Fäuste jetzt so heftig, dass die Fingerknöchel weiß hervortraten.

»Das bedeutet Krieg! Du, du – schreckliche Person! Wer glaubst du eigentlich, wer du bist?«

Polternd fiel sein Stuhl um, als er aufsprang, einhunderteinundneunzig Zentimeter kondensierte negative Energie. Vorwurfsvolle Blicke begleiteten seinen hektischen Abgang, und die gesamte Aula erzitterte, als er die große hölzerne Tür hinter sich zuknallte. Gottlob war der Chor bereits abgetreten, nur der Musiklehrer stand noch auf der Bühne und starrte verdattert auf die geschlossene Tür. Carinas Magen fühlte sich an wie ein Aufzug, der ungebremst aus dem hundertsten Stockwerk ins Erdgeschoss raste. Schockiert sah sie Sibylle an, die nur ausdruckslos mit den Schultern zuckte.

»Wie groß eine Liebe war, erkennt man an dem Geräusch, das sie macht, wenn sie vorbei ist.«

»Aber, aber …« Carina schluckte. »Soll ich ihm nicht besser hinterhergehen und alles klären?«

Sibylle nahm ihre Brille ab und putzte sie umständlich.

»Lauf nie einem Mann hinterher, außer, er hat deine Handtasche geklaut.«

Doch Carina war bereits aufgestanden. *Was nicht guttut, kann weg* hatte sie auf eines der Hemden geschrieben. Eine schlichte Wahrheit. Die reine Wahrheit. Jonas tat ihr schon lange nicht mehr gut. Mit aller Entschlossenheit quetschte sie sich durch die gefüllte Reihe und öffnete die Tür, die Jonas soeben zugeschlagen hatte. Sehen konnte sie ihn nicht, aber hören. Nach kurzem Suchen fand sie ihn telefonierend auf dem unteren Treppenabsatz. Er wandte ihr den Rücken zu, seine Stimme klang gehetzt.

»Ja, ich muss Herrn von Magnis persönlich sprechen! Nein, es ist dringend. Was heißt hier Konferenzen? Dann holen Sie ihn eben raus! Das geht nicht? Ach, er sitzt im Flieger? Erst gegen Abend erreichbar?«

»Jonas.«

Er drehte sich um.

»Was willst du?«, blaffte er feindselig.

Eine seltsame Ruhe überkam sie. Ja, sie hatte einen schwachen Moment lang Sehnsucht nach ihm und ihrem alten Leben empfunden. Es war die Sehnsucht nach einer Lüge gewesen. Vor ihr stand ein Mann, der lavierte und taktierte, der log und betrog und vor allem eins im Sinn hatte: sein eigenes Wohlergehen. Carina holte tief Luft.

»Jonas, ich verlasse dich.«

Mit offenem Mund starrte er sie an.

»Du – verlässt mich?«

»Ich werde ein neues Leben anfangen. Ohne dich.«

Sein Mund klappte einige Male auf und zu, bevor er wieder sprechen konnte.

»Ohne mich?«

»Könntest du bitte mal aufhören, mir alles nachzuplappern?«

Als bekäme er keine Luft, riss er an seinem Krawattenknoten herum und öffnete den obersten Hemdknopf. Kleine Schweißperlen erschienen auf seiner Stirn.

»Aber wir wollten uns doch …«

»Ein Wir gibt es schon lange nicht mehr, Jonas.«

»… wieder zusammenraufen!«

»Nein, du wolltest das.«

»Carina! Vertrau mir, verdammt! Sonst …«

Drohend hob er seinen rechten Zeigefinger, doch Carina ließ sich nicht einschüchtern. Sie fand sein Verhalten nur abwegig. Warum führte er sich auf wie der verärgerte Vater eines unartigen kleinen Mädchens? Konnte ihm wirklich entgangen sein, dass eine reife Frau vor ihm stand, eine Frau, die selbsttätig dachte und fühlte? Bewusst machte sie sich ganz gerade und drückte das Rückgrat durch.

»Welche Silbe des Wortes nein verstehst du nicht, Jonas? Ich bin doch kein PIN-Code, bei dem du drei Chancen hast. Vertrauen ist wie ein Radiergummi: Nach jedem weiteren Fehler, den er ausradieren muss, wird er kleiner. Mein Radiergummi ist aufgebraucht, Jonas. Deshalb verlasse ich dich.«

In seinen Augen loderte auf einmal blanker Zorn.

»Ach ja? Hast du dir überhaupt die Konsequenzen überlegt? Wie willst du es denn allein schaffen? Du hast nichts, und du bist nichts!« Nach Atem ringend hielt er sich am Treppengeländer fest. »Und noch was, Sternschnuppe: Du wirst nie wieder jemanden wie mich finden.«

»Super.« Carina lächelte fein. »Genau das ist der Plan.«

Kapitel 14

Die kleine Bankfiliale in der Fußgängerzone war Carina seit vielen Jahren vertraut. Im hinteren Bereich des übersichtlichen, Grau in Grau gehaltenen Schalterraums mit zwei Geldautomaten, zwei Kontoauszugsdruckern und drei schlappen Grünpflanzenkübeln hatte sie nach der Hochzeit gemeinsam mit Jonas ein Konto eröffnet. Hier hatten sie kurz nach Melinas Geburt auch den Hauskredit beantragt, hier hob Carina kleinere Beträge ab, um Bargeld für alle Fälle dabeizuhaben.

Jetzt brauchte sie Bargeld. Nach dem fulminanten Erfolg des Chors, der insgesamt fünfmal gesungen hatte, wollte sie ihre Kinder zu einem Essen bei Eddy einladen. Eddy mochte keine EC-Karten – das sei ein fieser Trick der Mächtigen, um die Konsumenten auszuspionieren, behauptete er.

Eddy und seine Verschwörungstheorien, dachte Carina amüsiert, während sie die Geheimzahl eingab. Reine Routine. Merkwürdigerweise spuckte der Automat jedoch nicht einen einzigen Schein aus. Nur die rätselhafte Information: *Auszahlung nicht möglich*. Carina kniff die Augen zusammen. Wie bitte? Hatte sie sich verlesen? Nein, es blieb dabei: *Auszahlung nicht möglich* verkündeten die dunkelblauen Buchstaben auf dem Display.

»Mami? Wieso dauert das so lange?«, fragte Benny, der dringend zur Toilette musste, wie er Carina seit einer Viertelstunde fortlaufend mitteilte.

»Sekunde, Schatz, ich …«

Irritiert versuchte es Carina aufs Neue, während sie in Gedanken die Ausgaben der vergangenen Tage durchging. Okay, für den Mädelsabend waren eine Kiste Prosecco und ein Großeinkauf im Discounter nötig gewesen. Doch sie hatte dafür gespart, seit Wochen schon, und der Monat Dezember hatte gerade erst begonnen. Das Haushaltskonto konnte einfach nicht leer sein. Ungeduldig tippte sie erneut ihre Geheimzahl ein und drückte auf Bestätigung. Wieder kein Geld. Nur die Anzeige, die sie hämisch auszulachen schien: *Auszahlung nicht möglich.* Entnervt raffte Carina die Tüten mit den getinkerten Hemden zusammen.

»Mami, ich muss mal, echt«, jammerte Benny.

»Halt noch ein bisschen durch, Schatzi. Ich gehe nur kurz zum Schalter.«

Er grimassierte wie ein durchgeknallter Clown, nickte aber tapfer. »Okay, Mami.«

»Große Kinder können sich das Pipi locker verkneifen«, ätzte Melina unnötigerweise. »Zieh's hoch und schluck's runter!«

»Melli, lass die doofen Sprüche!« Carina zwang sich zu einem neutralen Tonfall. »Wir fahren gleich nach Hause, ich muss nur schnell was regeln.«

Von schnell konnte jedoch keine Rede sein. Vor den Schaltern stauten sich Wartende, die offenbar gerade heute langwierige Anliegen vorbrachten, Benny quengelte, Melli klopfte weiter dumme Sprüche, worauf er ihr aufheulend Paroli bot. Die Umstehenden warfen Carina böse Blicke zu, als sei es eine Frechheit, dass sich eine Mutter mit zwei Kindern in die Öffentlichkeit traute. Als sie endlich an der Reihe war, erwischte sie glücklicherweise Herrn Bölke, den langjährigen Filialleiter, einen seriösen Herrn Anfang fünfzig. Sein beigebraungraues Tweedjackett und das farblose Haar sahen aus, als seien sie im Schein der Neonröhren verblichen.

»Schönen guten Tag, Herr Bölke, irgendwas stimmt nicht mit dem Ding.« Carina hielt ihm ihre EC-Karte hin. »Könnten Sie mal bitte schauen, was da los ist?«

Er lächelte verbindlich.

»Natürlich, Frau Wedemeyer. Kein Problem, das haben wir gleich. Und? Wie geht es Ihnen? Sie sehen blendend aus. Noch gar nicht im Weihnachtsstress?«

»Nee, nee, ist ja noch ein bisschen hin.«

»Ich kaufe meinen Weihnachtsbaum immer erst am Heiligen Abend, dann ist's billiger«, raunte Herr Bölke. »Aber heute sagt man ja Nadelbaum mit Religionshintergrund, gell?«

Carina stand nicht der Sinn nach Scherzen. Ihr Magen hing durch, Benny stand mit verdrehten Beinen und verzerrtem Gesicht neben ihr, Melli sprach gerade von »dauernd Pipi machen ist voll Kindergarten«. Dennoch versuchte sie, auf den aufgeräumten Ton von Herrn Bölke einzugehen.

»Meine Tochter wünscht sich ein Pony zu Weihnachten, aber bei uns gibt es Gans. Mit Klößen.«

»Haha, den merk ich mir. Haha. Da guckt die Gans aber ganz schön dumm in die Röhre, was?«

»Ich kriege einen Kicker!«, krähte Benny.

Nachdem er seine randlose Brille aufgesetzt hatte, tippte Herr Bölke auf der Tastatur seines Rechners herum und richtete seinen Blick erneut auf den Monitor.

»Hm.« Sein Lachen erstarb. »Leider können Sie in der Tat nichts abheben.«

Carina zwinkerte nervös. Die Neonröhren blendeten sie, blinzelnd fixierte sie das schmale blasse Gesicht des Filialleiters.

»Wie – nichts?«

»Tja, Geld allein macht nicht glücklich, es muss einem schon gehören«, witzelte er verlegen. »Ihr Konto hat den Monat für beendet erklärt.«

»Aber, aber – das ist doch nicht möglich! Es war noch genügend drauf!«

»War, liebe Frau Wedemeyer, war.« Reglos starrte der Mann auf seinen Computermonitor. »Ihr Mann hat eine beträchtliche Summe vom Haushaltskonto auf das gemeinsame Konto transferiert und nur einen symbolischen Wert von einem Euro stehenlassen.«

Ein Euro. Carinas Kopf war plötzlich leer, so leer wie das Konto. Mit geradezu eiserner Contenance fand sie die Kraft, ruhig zu bleiben, statt dem Bedürfnis nachzugeben, laut zu schreien. Jonas! Was soll das? Was ist das für ein blödes Spiel?

»Dann möchte ich eben was vom gemeinsamen Konto abheben.«

Auf einmal sah Herr Bölke äußerst bekümmert aus. Er nahm seine Brille ab, klappte sie zusammen und steckte sie in die Brusttasche seines Jacketts.

»Strenggenommen handelt es sich um kein gemeinsames Konto, liebe Frau Wedemeyer, sondern um das Konto Ihres Mannes. Sie hatten lediglich Zugriff darauf, weil Ihr Mann Ihnen dieses Recht eingeräumt hatte.«

»Hatte? Was meinen Sie denn bitte mit – ›hatte‹?«

Wie ein Pfarrer faltete Herr Bölke die Hände. Er wich Carinas Blick aus, während er in leierndem Ton die Gepflogenheiten des Bankwesens erläuterte.

»Ein persönliches Konto ist, wie der Name schon sagt, ein Konto, das einer natürlichen Person gehört. Es liegt allein im Ermessen des jeweiligen Kontoinhabers, ob und wem er den Zugriff darauf erlaubt. Wie ich soeben feststellen musste, hat Ihr Herr Gemahl heute von seinem Recht Gebrauch gemacht, Ihnen die Vollmacht über das Konto zu entziehen.«

Carina lehnte sich schwer an den Tresen des Bankschalters, ihre Hände suchten Halt an der abgerundeten Kante, vor ihren Augen drehten sich glühende Kreise.

»Ich – ich kann also kein Geld mehr abheben«, fasste sie mit tonloser Stimme das Gesagte zusammen.

»Korrekt«, schnarrte Herr Bölke.

»Was mache ich denn jetzt?«, flüsterte sie.

»Das Einzige, was man ohne Geld machen kann, sind Schulden«, antwortete er, offenbar in der Annahme, mit ein bisschen Humor könne man selbst den Absturz in die totale Mittellosigkeit überstehen. »Ich empfehle Ihnen ein Gespräch mit dem Herrn Gemahl. Gern biete ich Ihnen auch einen fairen Ratenkredit an. Haben Sie irgendwelche Sicherheiten? Vermögen? Immobilien? Feste Einkünfte?«

Das sollte ja wohl ein Witz sein. Herr Bölke kannte die finanziellen Verhältnisse, in denen Carina lebte. Plötzlich beschlich sie das dumme Gefühl, es könne womöglich doch nicht ganz so schlau gewesen sein, ihre Karriere auf Hausarbeit und Kindererziehung zu beschränken. Sie besaß kein eigenes Geld, nicht einen einzigen Cent.

»Das heißt, Banken verleihen also nur dann Geld, wenn die Kunden beweisen können, dass sie es gar nicht brauchen«, erwiderte sie gereizt.

»Mum? Benny ist weg.«

Als kehre sie von einer extraterrestrischen Reise auf den Planeten Erde zurück, starrte Carina ihre Tochter an.

»Wie bitte?«

»Weg.« Melina zuckte mit den Schultern. »Er musste ganz doll, deshalb …«

»Himmelherrgott noch mal, Melli!«

Von einer Sekunde auf die andere vergaß Carina, dass sie quasi arm wie eine Kirchenmaus war. Entsetzt suchten ihre Augen die Filiale ab – die Warteschlangen, die Ecken des Vorraums, in denen durchfrorene Leute rumlungerten, die Blumenkübel, aus denen Benny manchmal Hydrokultur-Pellets mitgehen ließ, weil Melli sie so gern golden bemalte und Halsketten daraus tinkerte. Nichts. Benny war verschwunden.

»Wie konnte das passieren? Warum hast du nicht aufgepasst?«

Ausnahmsweise sagte Melli mal gar nichts, sondern stürmte mit einem olympiareifen Sprint aus der Filiale, bevor Carina überhaupt klarwurde, dass eine Fußgängerzone ideales Terrain für Gestörte, Perverse und potenzielle Entführer war, die sich unbeobachtet unter die Menge mischen konnten. Aufgelöst schaute sie zu Herrn Bölke, der sich Notizen auf einem Zettel machte. Mit zuversichtlicher Miene, als wolle er Carina vermitteln, dass man dem totalen Ruin durchaus den einen oder anderen positiven Aspekt abgewinnen könne, hielt er ihr den mit Zahlen bekritzelten Zettel hin.

»Ich hätte da ein interessantes Rechenbeispiel für Sie, Frau Wedemeyer. Angenommen, man …«

»Vergessen Sie's«, presste sie hervor.

Ihr wurde schwarz vor Augen, als sie blitzartig in die Hocke ging, um sich die vollen Tüten zu schnappen. Dann rannte sie mit gesenktem Kopf zum Ausgang, stieß die Glastür mit der Hüfte auf und blickte nach rechts und links. Weder von Melina noch Benny eine Spur. Nur hektisches Gedränge und die schreckliche Erkenntnis, dass nun beide Kinder verschwunden waren.

»Benny!«, schrie Carina. »Melli!«

Planlos stürzte sie sich ins Gewühl, drängelte sich vorwärts, rempelte Leute an, sprach wahllos irgendwelche Passanten an, während ihr ein Hitzeschauer nach dem anderen über den zitternden Körper lief. Melli und Benny machten nie Schwierigkeiten, abgesehen von den üblichen kleinen Streitereien. Es waren zwei großartige Kinder, die behütet aufwuchsen, aber jetzt hatte sie es vermasselt, war im entscheidenden Moment unaufmerksam gewesen, hatte die Nerven verloren und ihre Kinder noch dazu. Und das alles nur wegen Jonas.

»Benny!«, brüllte sie mit letzter Kraft, bevor sie direkt neben einer Würstchenbude auf einem hässlichen Poller aus Waschbeton zusammensank.

»Mami?«

Sie hob den Kopf. Mit einem erstickten »O Gott, Schätzchen« ließ sie die Tüten fallen und schloss ihn in die Arme. Ganz fest drückte sie ihn an sich. Es dauerte eine Weile, bis sie feststellte, dass Benny vergessen hatte, wie man einen Reißverschluss zuzog.

»Ich hab ganz allein Pipi gemacht«, sagte er, als Carina sein T-Shirt in die Jeans stopfte und den Reißverschluss schloss. »So wie die großen Jungs, an einem Laternenmast.«

Jetzt kam auch Melli angelaufen, außer Atem, mit offener Jacke.

»Benny? Wo warst du denn?« Sie bedachte ihren kleinen Bruder mit einem vorwurfsvollen Blick. »Ich sag's ja, Mum, ich brauche ein Handy.«

»Wieso das? Was hättest du denn bitte schön damit angestellt?«

»Die Polizei anrufen natürlich.« Gnädigerweise überging Melina den Punkt, dass ihre Mutter nicht auf diese naheliegende Möglichkeit gekommen war, obwohl sie selbst ein Handy bei sich hatte. »Außerdem haben alle in meiner Klasse ein Smartphone. Es gibt sogar spezielle Verträge für Kinder. Krieg ich eins zu Weihnachten?«

»Ich auch, ich auch«, bettelte Benny. »Und den Kicker!«

Nichts da, dieses Jahr fällt Weihnachten aus, weil ich pleite bin, schoss es Carina durch den Kopf. In ihre Erleichterung, dass Bennys Verschwinden ein glimpfliches Ende gefunden hatte, mischte sich ohnmächtige Wut. Jonas hatte ihr das Konto gesperrt, genau so, wie Leni es prophezeit hatte. Sie suchte nach ihrem Portemonnaie. Zehn Euro und drei Cent befanden sich darin. Zu wenig für Eddys exquisiten Bioladen, wenn man zwei hungrige Kinder im Schlepptau hatte.

»Jetzt holen wir uns erst mal eine Bratwurst, dann sehen wir weiter, Kinder.«

»Aber hier ist doch alles voll, Mum. Wollten wir nicht zu Eddy? Was Gesundes essen?«

»Ein andermal«, versprach Carina.

Mit dem Gleichmut einer Frau, die ganz andere Hindernisse vor sich hatte, kämpfte sie sich zu dem von Menschentrauben belagerten Bratwurststand durch. Nachdem sie drei Rostbratwürstchen nebst Brötchen und Senfklecks auf fettfleckigen Pappen ergattert hatte, versuchte sie, ihre Gedanken zu ordnen. Zeit ist Geld, wisperte ihre innere Stimme. Also verliere keine Zeit. Mit ihrer noch vollkommen intakten Bratwurst in der Hand rief sie Leni an.

»Ja, bitte? Was kann ich für Sie tun?«

Sofort erkannte Carina den Bürotonfall ihrer Freundin. Private Gespräche am Arbeitsplatz waren in ihrer Immobilienfirma nicht gern gesehen.

»Geldhahn abgedreht«, informierte Carina sie in aller gebotenen Knappheit.

»Dann sollten Sie geeignete Maßnahmen einleiten. Ich kann Ihnen nur den Gang zum Anwalt empfehlen.«

Wachsam beobachtete Carina ihre Kinder, die mit sichtlichem Behagen ihre Würstchen vertilgten, dann schaute sie zur Uhr. Es war Viertel nach drei.

»Jetzt?«

»Vorgestern. Sie sind spät dran. Um weitere Fristversäumnisse zu vermeiden ...«

»Leni! Zu wem soll ich gehen? Und wie kriege ich schnellstens einen Termin?«

»Ich kümmere mich darum. Halten Sie alle relevanten Unterlagen bereit und finden Sie sich um achtzehn Uhr in der Anwaltskanzlei Hoppenstedt ein, die auf Familienrecht spezialisiert ist. Vielen Dank für Ihren Anruf.«

Peng. Leni hatte aufgelegt. Himmel, wo befand sich die Anwaltskanzlei Hoppenstedt? Und was in aller Welt waren relevante Unterlagen? Etwa die in Lenis Wohnung? Oder gab es noch mehr?

»Mum, wenn du was vorhast, ist das kein Ding.« Wohlerzogen, wie sie manchmal sein konnte, tupfte sich Melli mit ihrer Papierserviette einen Senfrest von den Lippen. »Ich kann zu Antonie gehen. Wir wollten uns sowieso treffen, tinkern und so.«

Antonie, die Tochter von Betty und Mellis beste Freundin, wohnte ganz in der Nähe. Aha. Melina, das aufstrebende Organisationsgenie. Mittlerweile war sie Carina fast unheimlich, nicht zuletzt wegen ihrer Fähigkeit, aus einem Minimum an Information die richtigen Schlüsse zu ziehen. Ob sie auch die Sache mit dem Geldhahn verstanden hatte? Hoffentlich nicht.

»Gut, ich bringe dich hin«, willigte Carina ein. »Aber Benny wird dich begleiten.«

»O nee«, stöhnte Melli. »Babys können wir nicht gebrauchen.«

»Ich bin kein Baby!«, rief Benny erbost.

Eine WhatsApp-Nachricht trudelte ein. Sie war kurz gehalten.

Nicht mit Jonas sprechen (superwichtig). Wir grillen ihn, bis er blecht. Kuss, Leni.

Sei der Grill, nicht die Wurst, hatte Leni mal im Hinblick auf Scheidungen gesagt. Kam jetzt der Moment, in dem Carina ihren Mann grillen sollte? Wollte sie das? Fast panisch verspürte sie ein letztes Mal den irrwitzigen Wunsch, alles könnte doch noch gut werden. Leider sprach Jonas' Verhalten dagegen. Welcher anständige Mann sperrte seiner Frau und den Kindern denn das Konto? Oder handelte es sich etwa um einen Erpressungsversuch? Glaubte er im Ernst, sie würde ihn reumütig wieder aufnehmen, wenn das Geld knapp wurde?

»Mum? Ist dir schlecht?«, fragte Melli besorgt.

»Irgendwie ja.« Carina reichte ihr das Würstchen. »Du kannst es dir mit Benny teilen.«

»Ist sowieso nicht gut für dich«, bemerkte Melina altklug. »Iss lieber Gemüse, das ist wenigstens gesund.«

Skeptisch schaute Benny seine Mutter an.

»Ist das Würstchen krank?«

Kapitel 15

Nachdem Carina die Kinder zu Antonie gebracht und daheim eine Runde mit Bingo gedreht hatte, bestieg sie einen Bus, der sie in das Viertel von Jonas' Steuerberater brachte. Ein ausgesprochen nobles Viertel, wo prächtige alte Villen und luxuriöse Neubauten einander abwechselten, umgeben von parkähnlichen Gärten.

Tief atmete Carina die kalte frische Luft ein, während sie eine herrschaftliche weiße Villa ansteuerte. Sie staunte selbst, wie befreit sie sich fühlte. Ja, sie hatte die Kraft gefunden, sich von Jonas zu trennen. Ich dachte, ich würde wahnsinnig leiden, ging es ihr durch den Kopf, aber alles, was ich spüre, ist grenzenlose Erleichterung.

Allerdings hatte sie keineswegs Jonas' erregtes Telefonat vergessen. Warum musste er nach seinem Abgang aus der Aula ausgerechnet seinen Steuerberater anrufen? Nahezu panisch hatte Jonas geklungen. Irgendetwas daran war faul. Oberfaul. Carina spürte es bis in den kleinen Zeh. Beklommen stieg sie die drei Stufen hoch, die zu der Villa führten.

Genaugenommen war Donatus-Maria von Magnis, der einen exzellenten Ruf als Finanz- und Steuerfachmann genoss und auch als Wirtschaftsprüfer tätig war, weit mehr als Jonas' Steuerberater. Fast konnte man ihn einen Freund der Familie nennen. Einmal in der Woche ging er mit Jonas ein Glas Wein im Golfclub trinken, Carina servierte er einmal im Monat einen Kaffee nebst unverbindlicher Plauderei, wenn sie ihm Jonas' Quittungen und Bewirtungsbelege brachte. Es verstand sich von selbst, dass er auch zu dem Weihnachtstee eingeladen wurde, den Carina und Jonas immer am vierten Advent zu Hause veranstalteten.

Als Carina klingelte, ertönte sofort der Summer. Was dafür sprach, dass wenigstens seine Sekretärin anwesend war, wenn sich Herr von Magnis schon auf Reisen befand. Carina brachte ihr regelmäßig selbstgebackenen Kuchen mit, wenn sie Jonas' Belege ablieferte, und dann unterhielten sie sich ein bisschen über Diäten, Kuchenrezepte und pingelige Finanzbeamte. So war über die vergangenen zehn Jahre hinweg eine gewisse Vertrautheit entstanden.

Klopfenden Herzens durchschritt sie das Entree, dessen kostbare Ausstattung davon zeugte, dass sich hier niemand Gedanken über versiegte Geldhähne machen musste. Donatus-Maria von Magnis wohnte nicht einfach, er residierte. Der Boden, über den Carina schritt, bestand aus hellem Marmor, die Wände waren mit altrosa Seidentapeten bespannt, golden verzierte Antiquitäten kontrastierten mit moderner, sicherlich sündteurer Kunst, riesige Blumensträuße aus Rosen und Feuerlilien schmückten die Vorhalle.

»Tut mir leid, dass ich hier so reinplatze«, entschuldigte sich Carina, als Frau Weber, die Sekretärin, ihr entgegenkam. »Ist leider dringend.«

»Sie haben Glück, wider Erwarten hat der Chef einen früheren Flieger erwischt und wird gleich hier sein. Mal sehen, was ich für Sie tun kann.«

Frau Weber, eine gepflegte Dame in den Sechzigern, die schon seit zwanzig Jahren bei Donatus-Maria von Magnis arbeitete, erwiderte Carinas unsicheres Lächeln mit einem aufmunternden Schulterklopfen.

»Für Sie nimmt er sich doch eigentlich immer Zeit«, sagte sie und senkte verschwörerisch die Stimme. »Ich glaube, er hat einen Narren an Ihnen gefressen.«

»Wohl eher an meinem Kuchen.«

»Mit Verlaub, Ihr Kuchen ist zwar unwiderstehlich, aber der Chef ist weit mehr an Ihnen interessiert. Er spricht immer mit so viel Wärme von Ihnen und Ihrer«, sie malte Gänsefüßchen in die Luft, »*entzückenden* Familie. Apropos: Veranstalten Sie dieses Jahr wieder Ihren traditionellen Weihnachtsempfang?«

»Mal sehen.« Carina biss sich auf die Lippen. Es würde keinen Weihnachtsempfang geben, jedenfalls nicht mit Jonas. Aber was hinderte sie eigentlich daran, diese Tradition ohne ihn aufrechtzuerhalten? »Das heißt – ja, unbedingt!«

»Wunderbar. Ich freue mich schon auf Ihren Punschkuchen.« Frau Weber zog das Jackett ihres dunkelbraunen Wollkostüms glatt und seufzte. »Früher war alles leichter – ich zum Beispiel. Aber Ihren Kuchen lasse ich mir nicht entgehen. Kommen Sie, ich bringe Sie in den Konferenzraum.«

»Danke schön, sehr – hicks – nett«, erwiderte Carina, die vor lauter Aufregung einen Schluckauf bekommen hatte.

Auf klappernden Pumps ging Frau Weber vor und öffnete eine Tür. Im Gegensatz zur Pracht des Entrees verströmte der Raum dahinter die Nüchternheit einer Mönchszelle. Weiß gestrichen, mit einem schwarzen Tisch und passenden Stühlen eingerichtet, bestand der einzige Schmuck in einem abstrakten schwarz-weißen Gemälde, dessen Sinn sich Carina nicht erschloss.

»Sobald Herr von Magnis da ist, sage ich ihm Bescheid«, erklärte Frau Weber. »Zunächst muss er nach seiner Rückkehr ein dringendes Telefonat erledigen. Lustigerweise mit Ihrem Mann. Der hat schon ungefähr hundertmal angerufen. Na, Sie kennen ihn ja selbst am besten, bei ihm muss immer alles rasend schnell und effizient vonstattengehen.«

Hundertmal? Lustigerweise? O nein, nein, nein. Das hier war alles andere als lustig. Aber was konnte man dagegen tun? Vermutlich werden in diesen Räumen des Öfteren Dinge erörtert, die nicht für neugierige Ohren bestimmt sind, überlegte Carina blitzschnell. Sie hatte nur vage Vorstellungen über die Art und Weise, wie Jonas seinen steuerlichen Pflichten nachkam, doch ganz der gewiefte Anwalt, der er war, mogelte er sich sicherlich durch das eine oder andere Schlupfloch des Steuerrechts.

»Kein Telefonat«, krächzte sie. »Mein Mann hat mich gebeten, unter vier Augen mit Ihrem – hicks – Chef zu sprechen.«

»Aha.«

»Bitte, Frau Weber«, insistierte Carina, »es gibt Themen, die man nicht am Telefon bereden kann, falls Sie – hicks – verstehen, was ich meine.«

Carinas nebulöse Andeutung schien zu genügen.

»Doch, doch, ich verstehe voll und ganz«, versicherte Frau Weber. »Na, Ihr Schluckauf ist ja lästig. Etwas zu trinken vielleicht? Dann geht er schneller vorüber.«

»Käffchen geht immer«, murmelte Carina.

»Espresso, Espresso macchiato, Latte macchiato, Cappuccino, Lungo, Milchkaffee ...«

»Einen doppelten Espresso, bitte«, kürzte Carina die Aufzählung ab und wunderte sich einmal mehr, dass die Bestellung eines einfachen Kaffees mittlerweile ein Ding der Unmöglichkeit war.

»Sehr gern. Hätten Sie auch Appetit auf ein Sandwich? Sie sehen ganz verhungert aus.«

Ich hätte gern ein Plus auf dem Konto und ein Minus auf der Waage. Obwohl sie seit dem Frühstück nichts gegessen hatte, lehnte Carina das Angebot ab.

»Besser nicht. Sie wissen ja, um diese – hicks – Jahreszeit ist jede gesparte Kalorie Gold wert.«

»Sagt die Frau, die den besten Punschkuchen der Welt backt.«

Scherzhaft drohte Frau Weber ihr mit dem Finger, bevor sie entschwand, und Carina lehnte sich auf dem unbequemen Stuhl zurück. Nervös strich sie ihr rotes Kleid glatt und horchte auf die schnellen Schritte, die sich näherten. Im nächsten Moment wurde die Tür geöffnet, und Donatus-Maria von Magnis rauschte in den Raum.

»Carina! Welche Freude, Sie zu sehen! Wie ist das werte Befinden?«

Läuft, dachte sie, zwar rückwärts und bergab, aber läuft.

»Ganz gut so weit.« Sie stand auf. »Also, ich hatte – hicks – gar nicht so schnell mit Ihnen ...«

»Bitte, behalten Sie doch Platz, meine Liebe! Reizend, Ihr Schluckauf. Wer denkt da wohl an Sie?«

Verstohlen wischte sie ihren rechten Handrücken am Kleid ab, bevor sie sich wieder setzte. Donatus-Maria von Magnis teilte am helllichten Tag Handküsse aus, und zwar keine angedeuteten, sondern feuchte, schmatzende. Jonas hatte erzählt, er sei auf einem englischen Eliteinternat gewesen und daher leicht verschroben. Auch der Kleidungsstil dieses Herrn wirkte eigenwillig: senfgelbe Hose, himmelblaues Hemd, rote Fliege, dunkelgrünes Jackett. *Very British* nannte Jonas diesen Aufzug. Der graue Schnauzbart passte irgendwie dazu.

»Und wie geht es Ihnen?«, erkundigte sie sich. »Sie sehen – hicks – blendend aus. Noch nicht im Weihnachtsstress?«

Während sie die Floskeln von Herrn Bölke an den Mann brachte, versuchte Carina, aus der Miene des seriösen Steuerberaters zu erraten, ob er bereits von dem ehelichen Zerwürfnis wusste.

»Jahresabschluss-Stress. Ich komme gerade vom Flughafen, meine Termine überschlagen sich geradezu.« Über sein feingeschnittenes Gesicht glitt ein Lächeln, mit einer Hand fuhr er sich durch den ergrauten Lockenkranz, der seine spiegelblanke Halbglatze umrahmte. »Sie sind aber flott, meine Liebe. Erst der Zweite des Monats, und schon alle Belege sortiert? Das wird Ihren Mann freuen.«

Nein, er hatte noch nicht mit Jonas gesprochen, wie Carina aufatmend feststellte. Jetzt hieß es raffiniert sein. Leider war sie nicht raffiniert. Aber sie würde sich anstrengen.

Es klopfte, und Frau Weber brachte den doppelten Espresso herein. Sie zwinkerte Carina verschmitzt zu, als wolle sie sagen: Sehen Sie, er hat doch einen Narren an Ihnen gefressen! Auf dem Silbertablett standen außerdem eine Tasse Tee, eine Zuckerdose, ein Kännchen Milch und ein Tellerchen mit Zitronenschnitzen. *Very British.* Carina stürzte ihren Espresso hinunter, in der Hoffnung, dass sich ihr Schluckauf erschreckte, dann wartete sie, bis Donatus-Maria von Magnis seinen Tee mit Zucker, Milch und Zitrone verfeinert hatte.

»Die Belege sind es nicht, weswegen ich hergekommen bin.«

Voller Hingabe schloss er die Augen, während er einen Schluck Tee genoss. Das sanft-würzige Aroma des Earl Grey verbreitete sich im Raum.

»Was den Schluss zulässt, dass Sie ganz allein meinetwegen den weiten Weg auf sich genommen haben, ein überaus schmeichelhafter Beweggrund. Oder täusche ich mich?«

Verdutzt starrte sie ihn an. Nicht im Traum wäre ihr diese Erklärung eingefallen.

»Äh – ja? Ich meine: ja.«

»Hab ich's mir doch gedacht!« Zufrieden ließ Donatus-Maria von Magnis ein weiteres Zuckerstückchen in seinen Tee fallen und rührte in der Tasse herum. »Wissen Sie, ich habe mich schon lange gefragt, warum Sie immer persönlich vorbeischauen, statt die Belege einfach mit der Post zu schicken.«

Weil Jonas ein Kontrollheini ist, der keinem Briefträger und schon gar nicht der Post im Allgemeinen traut. Doch Carina beschränkte sich darauf, statt einer verfänglichen Antwort unbestimmt zu nicken.

»Also – was haben Sie denn nun auf dem Herzen?«, hakte Donatus-Maria von Magnis nach. »Ich verbürge mich dafür, dass dieses Gespräch unter uns bleibt. Bei allem, was mir heilig ist. Und Sie sind mir besonders heilig, liebste Carina, Sie und Ihre entzückende Familie.«

»Mein Mann«, sie musste sich zusammennehmen, um bei dem Gedanken an das gesperrte Konto nicht in Tränen auszubrechen, »er ist … na ja, ich mache mir Sorgen. Ob er alles im Griff hat, finanziell und so.«

Voller Erstaunen setzte der Steuerberater seine Teetasse ab.

»Aber ja! Seien Sie unbesorgt! Jonas ist sehr smart, sehr klug, sehr kompetent. Trotzdem zweifeln Sie an ihm?« Er rückte etwas näher, so dass sie sein herbsüßes Rasierwasser riechen konnte. »Oder zweifeln Sie an ihm als Ehemann?«

Verblüfft hob Carina den Kopf. So viel emotionale Intelligenz hatte sie dem Herrn der Zahlen und Paragrafen gar nicht zugetraut.

»Manchmal ...«, antwortete sie zögernd und ließ es mehr als Frage denn als Antwort klingen.

Mit dem Zeigefinger seiner rechten Hand malte Donatus-Maria von Magnis unsichtbare Eheringe auf die Tischplatte.

»Nun, ich bin ein Anhänger konservativer Werte. Erst wenn aus Liebe Leben wird, bekommt das Glück einen Namen: Ehe. Und Ehe, Familie, dynastisches Denken, das sind großartige Errungenschaften unserer Zivilisation. Man sollte alles dafür tun, die familiäre Verbundenheit zu erhalten. Auch ich würde alles dafür tun. Deshalb versichere ich Ihnen: Sie können Jonas vertrauen, denn auch er hat volles Vertrauen in Sie.«

»Hat er das?«

»Aber ja. Niemand weiß das besser als sein Steuerberater, schließlich habe ich unter anderem den Hauskauf samt Abschreibungen und Zahlungsmodalitäten begleitet.«

Ungeduldig spielte Carina mit dem Anhänger ihrer Halskette, einem knubbeligen, herzähnlichen Gebilde aus Bastelknete, ein Geschenk von Benny.

»Darüber bin ich im Bilde und auch sehr dankbar dafür. Worauf wollen Sie hinaus?«

»Jonas hat es Ihnen nie gesagt, zartfühlend, wie er ist.« Donatus-Maria von Magnis entnahm seiner Brusttasche ein schneeweißes Einstecktuch und tupfte sich die Stirn ab. »Soweit ich weiß, sollte es eine Überraschung zum zehnten Hochzeitstag werden. Aber wenn ich Sie so anschaue – Sie wirken etwas derangiert, wenn ich mir die Bemerkung erlauben darf –, dann denke ich, dass es kein Fehler wäre, Sie bereits jetzt einzuweihen.«

»Kein Fehler, nein«, echote Carina, die nicht die leiseste Ahnung hatte, wovon er sprach.

»Ende gut, alles gut«, fuhr er fort, »Sie können sich freuen. Das Haus ist jetzt abbezahlt, was im Wesentlichen der Tatsache zu verdanken ist, dass es – zumindest auf dem Papier – ganz allein Ihnen gehört. Ein äußerst romantischer Liebesbeweis, nicht wahr?«

Überrumpelt schaute Carina erst die fleischigen Lippen ihres Gegenübers, dann das abstrakte Gemälde an.

»Wie war das?«

»Romantischer Liebesbeweis«, wiederholte er.

»Nein, das andere. Sie sagten gerade, das Haus sei abbezahlt und dass es – mir gehört?«

Sein selbstzufriedenes Lachen sprach Bände.

»Es war mein fachlicher Rat und der ausdrückliche Wunsch Ihres Mannes, wobei er natürlich auch die Steuervergünstigungen im Blick hatte. Ich habe das damals zu seiner größten Zufriedenheit gestaltet. Und Sie haben einen Ehevertrag unterschrieben, schon vergessen?«

Vergeblich durchforstete Carina ihr Hirn nach Erinnerungen an irgendwelche Dokumente. Bilder von der Hochzeit schaukelten vorbei, das selbstgenähte Kleid mit dem üppigen Volantbesatz, das feierliche Gelöbnis in der Kirche, das Festessen, der erste Tanz als verheiratete Frau in Jonas' Armen. Und ja doch, unterschrieben hatte sie alles Mögliche, aber was genau, wusste sie nicht mehr.

»Gütertrennung, meine liebe Carina, Gütertrennung ist das Stichwort. Ach, wie dumm von mir, ich vergaß, dass Frauen sich ungern um finanzielle Angelegenheiten kümmern.«

»Ja, Frauen wollen immer nur, äh, Schuhe shoppen, alles andere ist ihnen piepegal«, stammelte Carina, der allmählich dämmerte, dass sie auf eine heiße Sache gestoßen war.

Er lachte höflich.

»Als geringfügig Beschäftigte sind Sie steuerlich in einer ganz anderen Liga unterwegs. Das war die Basis meines Konzepts.«

Also hatte Jonas getrickst. Obwohl Carina ganz und gar nicht geringfügig, jedoch definitiv unentgeltlich bei Dr. Jonas Wedemeyer beschäftigt gewesen war, nickte sie eifrig.

»Ihr Konzept, klar.«

»Und dank der Überschreibung des Hauses an Sie, liebe Carina, konnte Jonas sogar all die Jahre die – selbstredend horrende – Miete für sein Arbeitszimmer von der Steuer absetzen, was er auch künftig tun wird.«

Krass. Wie hatte Jonas das denn gedeichselt? Und auf welches Konto hatte er die angebliche Miete überwiesen? War das Geld etwa in seine schwarze Kasse geflossen, aus der er sich Extratouren mit Chantal genehmigte?

»So weit das Rendezvous mit den Tatsachen. Aber ich sehe doch, dass hinter dieser hübschen Stirn Gewitterwolken aufziehen.« Donatus-Maria von Magnis beugte sich vor und schaute ihr tief in die Augen. Seine waren milchig blau, wie ein dunstig verhangener Himmel. »Carina, meine Liebe, sind Sie denn immer noch nicht überzeugt, dass Ihr Mann Sie liebt? Er hat sich quasi mit Haut und Haar in Ihre Hand begeben.«

Sie konnte nicht sprechen. Nur in das unwirklich milchige Blau starren. Sie versuchte auch gar nicht erst zu verarbeiten, was sie soeben erfahren hatte. Dass die Kredite für das Haus abbezahlt waren, weil Jonas kräftig geschummelt hatte. Dass all sein Geld in einem Anwesen steckte, das ihm offiziell gar nicht gehörte. Und dass er aufgrund der Gütertrennung im Falle eines Scheidungskrieges leer ausgehen würde.

»Carina, Liebes? Möchten Sie ein Glas Wasser? Sie sind etwas blass.«

»Ich«, sie räusperte sich, »ich würde das alles gern noch mal durchgehen, zu Hause, ganz in Ruhe. Zusammen mit Jonas. Könnten Sie mir vielleicht die, äh, Besitzurkunde für das Haus aushändigen?«

Erschöpft von ihrer eigenen Tollkühnheit, schloss Carina die Augen. Lass es gutgehen, bitte.

»Die Besitzurkunde, soso.« Ihr Gegenüber nahm einen weiteren Schluck Tee. »Werte Carina, sämtliche Unterlagen befinden sich bei Ihnen daheim. Jonas bestand darauf, die Originale zu Hause aufzubewahren, ich habe nur beglaubigte Kopien. Noch einen Kaffee vielleicht?«

Eine ganze Wagenladung Steine fiel Carina vom Herzen. Sie konnte ihr Glück kaum fassen. Also lag alles, was ihre Zukunft und die Zukunft ihrer Kinder sicherte, in Lenis Kleiderschrank. Danke, Leni.

Es klopfte, und Frau Weber schaute zur Tür herein.

»Chef? Herr Doktor Wedemeyer ist schon wieder am Telefon. Er sagt, es sei ausgesprochen dringend.«

Carina brauchte nicht viel Phantasie, um sich den Grund für Jonas' Anrufe zusammenzureimen. Zunächst war er auf der Suche nach der Besitzurkunde ins Haus eingestiegen. Nun wollte er zumindest die Kopie an sich bringen – etwa, um sie zu manipulieren oder gar zu vernichten? Oder wollte er mit Donatus-Maria von Magnis einen neuen Deal aushandeln? Wer konnte schon wissen, wozu Jonas fähig war, wenn er seine Felle davonschwimmen sah?

»Fünf Minuten.« Mit einer resoluten Geste scheuchte Donatus-Maria von Magnis seine Sekretärin aus dem Raum, bevor er sich wieder Carina zuwandte. »Gibt es noch etwas, meine Liebe, worüber Sie mit mir sprechen wollten?«

»N-nein«, stotterte Carina. »D-danke, dass Sie es mir gesagt haben. Das mit, äh, dem Haus.«

»Sehr gern. Seien Sie gewiss, dass ich mehr bin als Ihr Berater in steuerlichen Dingen. Betrachten Sie mich als einen«, er räusperte sich, »nun, als einen Freund der Familie, der Ihnen stets beisteht.«

Erneut klopfte es, diesmal deutlich lauter.

»Herr von Magnis?« Fordernd hielt Frau Weber ihrem Chef das schnurlose Festnetztelefon hin. »Ich glaube, Sie sollten jetzt wirklich rangehen. Herr Doktor Wedemeyer ist sehr ungehalten.«

Ohne weiter zu fragen, drückte sie Donatus-Maria von Magnis das Telefon in die Hand.

»Nein, geben Sie ihn mir, ich möchte ihm persönlich danken.« Carina nahm ihm das Telefon ab. »Bärchen? Bist du es?«

Stille. Dann ein röchelnder Laut, als läge Jonas auf der Intensivstation. So hörte sich ein Mann an, dem soeben klarwurde, dass er sich mit seinen supergenialen Steuertricks selbst ausgetrickst hatte.

»Ca-Carina?«, kam es schwach aus dem Telefon.

»Mein Liebling, ich bin ja so froh, dass ich jetzt weiß, wie großzügig du meine Zukunft geplant hast«, flötete sie und beendete das Gespräch. Ihre Knie zitterten, als sie dem Steuerberater das Telefon zurückgab. »Viele Grüße von Jonas. Er freut sich schon darauf, mit Ihnen ein Glas Wein trinken zu gehen, so wie jede Woche.«

»Ein Glas Wein?« Gedankenverloren rieb sich Donatus-Maria von Magnis über die Nasenflügel. »Schon seit längerem treffen wir uns nur sporadisch im Golfclub. Jonas verbringt die Abende lieber mit Ihnen und Ihren Kindern, wie er mir gestanden hat. Auch wenn ich das bedauere, die Familie geht selbstverständlich vor.«

Carina erhob sich ächzend. Herr im Himmel, was würde sie noch alles über ihren Mann herausfinden? Also hatte er all die Abende, die angeblich seinem Steuerberater gewidmet waren, mit Chantal verbracht.

»Ich bin Ihnen sehr verbunden, dass Sie Jonas so gut beraten haben.«

Auch Donatus-Maria von Magnis stand auf.

»Vielen Dank für Ihren Besuch, werte Carina. Ich freue mich schon darauf, wenn Sie mir die Belege vorbeibringen. Und spätestens sehen wir uns bei Ihrem alljährlichen Weihnachtsempfang im Haus?«

»Ja, selbstverständlich. Ich habe auch neue Rezepte für Zimtsterne. Sie wissen ja, neben Schuhen lieben Frauen vor allem Herde und Backöfen, um ihre Männer zu verwöhnen.«

Mit dem Gesichtsausdruck eines gütigen Großvaters tätschelte er ihre Wange.

»Nicht alle Frauen, meine Liebe, nicht alle. Meine Gattin, eine gebürtige Britin, sagt immer: Wenn du Frühstück ans Bett willst, musst du in der Küche schlafen.« Er lachte hüstelnd. Dann ergriff er Carinas Hand und drückte einen seiner feuchten Küsse darauf. »War mir ein Vergnügen. Und glauben Sie mir – einen Mann wie Jonas findet man nicht alle Tage.«

»Stimmt, so einen Mann muss man mit der Lupe suchen«, erwiderte Carina und wankte hinaus.

Kapitel 16

Ziemlich durcheinander stapfte Carina an den Vorgärten der prächtigen Villen entlang. Es war so himmelschreiend absurd. Da besaß sie plötzlich ein ganzes Haus, aber für die Busfahrt zurück in die Stadt reichte ihr Geld nicht mehr. Gerade mal mickrige fünfzig Cent kümmerten in ihrem Portemonnaie vor sich hin. Zu Hause verwahrte sie eine Notkasse im Küchenschrank, gut versteckt in einer halbleeren Zuckertüte, doch die half ihr jetzt auch nicht weiter.

Immerhin, die frische Luft tat gut nach dem Wechselbad der Gefühle. Die Hände in die Taschen ihrer Daunenjacke gebohrt, versuchte sie zu ermessen, was die sensationellen Neuigkeiten bedeuteten. Hatte Jonas tatsächlich felsenfest an die ewige Dauer ihrer Ehe geglaubt? Und hatte er wirklich vorgehabt, ihr am Hochzeitstag mitzuteilen, sie sei die rechtmäßige Besitzerin des Hauses? In jedem Falle sah es düster für ihn aus. Sobald sie die Scheidung einreichte, konnte er das Haus ein für alle Mal knicken.

Mit der Spitze ihres Stiefels kickte sie eine leere Coladose vor sich her. Was für ein ungewohnter Gedanke, einmal am längeren Hebel zu sitzen, ging es ihr durch den Kopf. Dennoch regte sich ihr Gewissen. So ganz gerecht fand sie es nicht, Jonas leer ausgehen zu lassen. Trotz allem, was er ihr angetan hatte – Jonas hatte das Geld selbst verdient, mit dem die Kredite getilgt worden waren. Oder gehörte diese Überlegung in eine Schublade mit der Aufschrift: Rettungslos sentimental, sofort entsorgen? Sie wusste es nicht.

Es war längst dunkel, Carina hatte sich mehrfach verlaufen und bestand praktisch nur noch aus Gefrierfleisch in ihrem dünnen roten Sommerkleidchen und der Daunenjacke, als sie nach einer guten Stunde strammen Fußmarschs vor dem modernen Neubau stand, in dem Betty mit ihrer Familie wohnte. Mit steifgefrorenen

Fingern drückte sie auf den Klingelknopf. Grelles Licht flammte auf. Nachdem ein Kameraauge sie für akzeptabel befunden hatte, ließ sie sich von einem hocheleganten gläsernen Lift in die oberste Etage transportieren.

Zwei Bonsaibäumchen in edlen grauen Schieferkübeln bewachten den Eingang der Wohnung. Betty und ihr Mann waren beide berufstätig, beide hatten sie beachtliche Karrieren hingelegt. Deshalb konnten sie sich sowohl ein Penthouse in exquisiter Innenstadtlage als auch Au-pair-Mädchen, Haushaltshilfe und ein eigenes Reitpferd für ihre Tochter Antonie leisten. Das Einzige, was ihnen fehlte, war Zeit. Sowohl Betty als auch ihr Mann hatten die Adventsfeier in der Schule verpasst.

»Herrje, du bist ja völlig durchgefroren«, wurde Carina von Betty empfangen. »Wo warst du denn die ganze Zeit?«

Sie rieb sich die kalten Finger.

»Hab mich verlaufen und ein paar Umwege gemacht.«

»Tja, ohne Orientierungssinn sieht man mehr von der Welt«, kicherte Betty. Sie hauchte Carina ein Küsschen auf die Wange. »Komm schnell rein, wir können in Ruhe reden. Die Kinder sehen gerade einen Film, das Au-pair-Mädchen hat heute Abend frei. Hoffentlich hast du dich nicht erkältet.«

»Ach was, dank Bingo bin ich abgehärtet – sagt jedenfalls unsere allwissende Sibylle. Haustierkeime trainieren das Immunsystem, und die Viren, die Melli und Benny aus der Schule mitbringen, erledigen den Rest. Aber froh bin ich schon, endlich hier zu sein.«

»Dann nichts wie reinspaziert, ich mache dir Tee.«

Betty ging voran. Sie trug eines ihrer fabelhaften schwarzen Etuikleider, kein abstehendes Härchen verunzierte ihren nussbraunen Pagenkopf. Auf hohen schwarzen Pumps stöckelte sie in den weitläufigen, mit diversen Couchen bestückten Wohnbereich, an den sich eine weinrot lackierte Küchenzeile mit Tresen und Barhockern anschloss. Die Wände waren in hellem Grau gehalten, dunkelgraue Lamellenjalousien verbargen bodentiefe Fensterflächen, hinter denen sich die riesige Dachterrasse erstreckte, im Sommer eine Attraktion, da man von dort aus einen grandiosen Ausblick über die Stadt genoss. Während Betty hinter dem Küchentresen einen Wasserkocher befüllte, streifte sie ihre Pumps von den Füßen.

»Du hast dich also tatsächlich getrennt, wow! Sibylle hat's mir verraten. Glückwunsch, das war überfällig. Übrigens habe ich seit Stunden versucht, dich auf dem Handy zu erreichen. War echt dringend. Warum bist du nicht rangegangen?«

»Akku alle.« Carina sah sich suchend um. »Hast du ein Ladekabel für mich?«

Betty lachte so herzlich, als hätte Carina einen brillanten Witz gerissen.

»Für dein Steinzeitteil? Nee, leider nicht.«

»Und warum wolltest du mich so dringend erreichen?«

Vorsichtig stellte Betty zwei hauchdünne Teetässchen auf den Küchentresen, original chinesisches handbemaltes Porzellan in Blau-Weiß aus irgendeiner längst versunkenen Herrscherdynastie. Betty hatte eine Schwäche für kostbares altes Geschirr und war ständig im Internet unterwegs, um begehrte Sammlerstücke zu ergattern.

»Du bist nach der Adventsfeier sofort verschwunden, wie Sibylle mir erzählte. Nun ja, mit guten Gründen. Ist ja auch kein Spaziergang, so ein Showdown mit dem Herrn Gemahl. Deshalb hast du gar nicht mitbekommen, wie verrückt die Leute nach euren abgefahrenen Shirts sind.«

»Verrückt?« Carina runzelte die Stirn. »Was meinst du damit?«

Vergnügt schnippte Betty mit den Fingern.

»Sie wollen sie kaufen! Nachdem ich Sibylle gesagt habe, dass Melli und Benny hier sind, stand das Telefon nicht mehr still. Ein Vater hat hundert Euro für das Smokinghemd mit den Herzen geboten! Stell dir das mal vor!«

Sprachlos rutschte Carina auf einen der Barhocker und sah zu, wie Betty den Tee aufgoss. Hundert Euro? So viel kostete der Wocheneinkauf für ihre Familie!

»Reich zu werden ist die Kunst, genau unter dem Fenster zu stehen, aus dem das Geld geworfen wird«, erklärte Betty geschäftig. »Ich sag dir, du könntest die Sachen verticken wie geschnitten Brot.«

»Weiß nicht. Eigentlich ist das nur ein Hobby.«

»Wie bitte?«

Unwirsch stemmte Betty die Hände in die Hüften. Es war unverkennbar, dass sie bereits glasklar vor Augen hatte, wie Carinas berufliche Zukunft aussehen sollte, und nun entrüstet über so wenig Enthusiasmus war.

»Es genügt dir also nicht, dass du keinen Plan hast, du findest, man sollte auch unfähig sein, ihn umzusetzen? Süße, ich kenne dich nur mit knapper Kasse. Wach endlich auf! Hier winkt ein lukratives Businessmodell! Am besten online!«

»Online.« Carina verzog den Mund. »Damit kenne ich mich nun gar nicht aus.«

Tadelnd schüttelte Betty den Kopf, wobei ihr rundgeföhnter Pony sowie zwei Diamantohrgehänge im Takt mitwippten.

»Dann lernst du es eben. Wird sowieso Zeit, dass du mal ein bisschen aus dem Quark kommst. Lass dir eine Website inklusive Bezahlsystem bauen, das muss natürlich alles ganz safe sein. Dann fotografierst du die Dinger ab, stellst die Fotos ein – und tädää, rollt der Rubel.« Sie stutzte. »Süße? Hast du mir überhaupt zugehört?«

»Ich höre dich, aber ich verstehe nur die Hälfte«, gab Carina zu.

»Na ja, kein Wunder. Heute ist ja auch dein großer Tag. Du hast dich getrennt. Wahnsinn. Bin echt stolz auf dich. Wie hat Jonas überhaupt reagiert?«

»Dreimal darfst du raten.« Carina zog ihre Daunenjacke aus, die sie bis jetzt anbehalten hatte, so kalt war ihr immer noch. »Du bist nichts und du hast nichts, war sein Kommentar.«

Dampfend füllten sich die Tässchen mit dem goldbraunen, verführerisch duftenden Tee, den Betty gekocht hatte. Auf jede Untertasse legte sie einen Keks.

»Frauen täuschen Orgasmen vor, Männer Selbstbewusstsein. Glaub mir, der knackt total daran, dass du ihn verlassen hast. Nie im Leben hat er dir das zugetraut. Oh, warte mal, mein Handy klingelt schon wieder.«

Auf bloßen Strümpfen huschte Betty über den hellgrau gebeizten Parkettboden zu einer der Couchen in modischem Greige und klaubte ihr Smartphone zwischen den Kissen hervor. Während sie das Gespräch annahm, streckte sie ihre Füße von sich und wackelte mit den Zehen. Das tat sie immer, wenn sie ihre hohen Schuhe ausgezogen hatte.

»Hallo? Ja. Ist hier. Wieso? Zum Anwalt? Davon weiß ich nichts. Ich geb sie dir.« Sie machte Carina ein Zeichen mit der freien Hand. »Für dich. Es ist Leni.«

Ach du grüne Neune, der Anwaltstermin! Den hatte Carina in der Aufregung völlig vergessen. Im Laufschritt durchquerte sie das Wohnzimmer, nahm Betty das Smartphone ab und hielt es ans Ohr.

»Leni? Tut mir unendlich leid. Nein, ich bin nicht dusselig, auch wenn ich manchmal Pech beim Denken habe. Es gibt unfassbar gute Neuigkeiten! Ja, komm vorbei! Tschüss, bis gleich.«

Betty betrachtete sie vorwurfsvoll.

»Bin ich etwa die Freundin, von der es heißt: Sprich sie bitte nicht an, die ist nur Deko? Unfassbar gute Neuigkeiten – hallo? Und mir sagst du kein Sterbenswort?«

»Doch, klar.« Carina seufzte. Wie in jeder Freundinnenclique kam es dann und wann zu kleinen Eifersüchteleien. »Ich wollte nur nicht mit der Tür ins Haus fallen. Ist auch eine längere Geschichte. Kann ich bitte vorher zur Toilette und nach den Kindern schauen?«

»Ja, spann mich ruhig auf die Folter, meine gestrenge Domina, ich liebe den Schmerz«, winselte Betty mit gespielter Unterwürfigkeit, lächelte jedoch schon wieder. »Du kennst dich ja aus. Aber beeil dich, der Tee wird sonst kalt.«

»Bin fast schon wieder da.«

Carina zog ihre dicken Winterstiefel aus und stellte sie neben die

Haustür, bevor sie auf Socken den Korridor zu den hinteren Räumen betrat, wo sich auch das Kinderzimmer befand. Das Gemach einer Prinzessin im Glitzerrausch, genauer gesagt. Antonie, die in dieselbe Klasse wie Melina ging, bewohnte ein rosa Inferno. Der flauschige Teppich, sämtliche Möbel und sogar das Bett waren in Rosa gehalten, darüber hing ein riesiges pinkfarbenes Einhorn mit Zaumzeug aus Strass. Pink ist keine Farbe, Pink ist eine Einstellung, sagte Betty immer, die es völlig in Ordnung fand, ihre Tochter auch mental mit einer rosaroten Brille aufzuziehen.

Andächtig hockten die drei Kinder vor einem großformatigen Flatscreen, auf dem die singende Meerjungfrau Arielle herumplanschte. Carina pochte an die offene Tür.

»Hey, Mum!« Wie ein geölter Blitz schoss Melina auf ihre Mutter zu. »Dürfen wir die Tinker-Shirts verkaufen? Bitte! Alle finden sie total cool!«

»Aber meine sind am coolsten!«, krähte Benny.

Sein Gesicht zeugte davon, dass die beiden Mädchen gewagte Make-up-Experimente mit ihm angestellt hatten. Seine Lippen leuchteten in Pink, was sonst, auf seinen Lidern schimmerte grünlicher Glitzerpuder.

»Ich möchte dies hier!«, rief Antonie, die eine von Mellis Kreationen trug, rosa Vichy-Karo mit draufgetackerten rosa Filzherzen, an denen hauchzarte Federn und Perlen klebten. »Es ist sooo toll!«

»Dürfen wir?«, fragte Melina noch einmal.

Obwohl Carina der Gedanke, die Sachen zu verkaufen, immer noch etwas abwegig erschien, lenkte sie ein.

»Wenn ihr unbedingt wollt … Aber wir könnten sie auch verschenken.«

Melli trat ganz dicht an sie heran.

»Nein, können wir nicht.«

Mit ihrer rechten Hand vollführte sie eine Drehbewegung, dann stellte sie sich auf die Zehenspitzen, wie sie es immer tat, wenn sie Carina etwas ins Ohr flüstern wollte.

»Mum. Geldhahn.«

Mehr flüsterte sie nicht. Nur diese zwei Worte. Mehr musste sie auch gar nicht von sich geben, um Carina davon zu überzeugen, dass ihre Tochter es mit jedem Erwachsenen aufnehmen konnte, was Geistesgegenwart und Scharfsinn betraf. Und hatte Melli nicht recht? Wovon sollten sie den nächsten Einkauf bestreiten? Carina war viel zu stolz, um Jonas um Geld anzubetteln, und sie wollte nur ungern ihre Freundinnen anpumpen, auch wenn die ihr sicher bereitwillig etwas geliehen hätten.

»Also schön, Kompromiss«, seufzte sie. »Antonie, mein Schatz, du bekommst das Hemd von uns geschenkt, als vorzeitiges Weihnachtspräsent. Alle anderen, die eins wollen, bezahlen dafür.«

»Yippiiieee!«, jubelten Melina und Antonie.

»Yippiiieee!«, echote Benny.

Antonie zückte ihr Handy, das gleiche ultraaktuelle Modell, das ihre Mutter besaß, jedoch mit einer strassverzierten quietschrosa Plastikhülle.

»Ich sag Paula und Anne Bescheid«, verkündete das Mädchen. »Die wollten nämlich die schwarzen T-Shirts mit den Löchern.«

»*Meine* T-Shirts!«, rief Benny triumphierend.

Immer noch leicht geplättet wandte sich Carina zur Tür. Wie konnte es sein, dass ein Tag, der dermaßen niederschmetternd begonnen hatte, so viele positive Überraschungen bereithielt? Der Einbruch war fast schon ferne Vergangenheit. Das Trennungsgespräch hatte sie ganz gut weggesteckt. Und selbst das Desaster auf der Bank verlor vorerst seinen Schrecken. Lange würde das Geld, das sie mit dem Verkauf von ein paar T-Shirts verdiente, zwar nicht reichen, aber für einige Tage half es ihr aus der Patsche.

»Mum? Warte mal.« Melli ergriff Carinas Hand. »Du bist echt klasse. Die beste Mami der Welt.«

Tränen stiegen in Carinas Augen. Bislang hatte sie in ihrer Tochter eher das Kind gesehen, das umsorgt werden musste. Jetzt begriff sie, dass sie in Melina darüber hinaus eine Freundin hatte. Eine neunjährige Freundin mit dem Verstand einer mindestens Neunzehnjährigen.

»Danke. Ich hab euch so lieb, wisst ihr das?«

»Mum«, Mellis Stimme war nur ein Raunen, »kommt Papa wieder?«

Die direkte Frage traf Carina völlig unvorbereitet. Ja, sie war Melina eine Antwort schuldig, seit Tagen schon, aber auch dieser Moment schien ihr denkbar ungeeignet für ein derart existenzielles Thema. Und warum sollte überhaupt sie diese schwierige Aufgabe übernehmen? War es nicht Jonas' Pflicht und Schuldigkeit?

»Papa wird mit euch reden«, versprach sie. »Ganz bald.«

Antonie, die den gleichen Pagenkopf wie ihre Mutter trug und überhaupt sehr erwachsen wirkte, wandte sich halb um.

»Melli, komm, du verpasst den halben Film!«

Innig drückte Carina ihre Tochter an sich. Wie gern hätte sie ihren Kindern eine heile Familie geboten. Jetzt kam es darauf an, die Trennung so behutsam wie möglich zu gestalten.

»Geh nur, Melli. Wollte sowieso grade mal zur Toilette.«

Sie wartete ab, bis sich Melina wieder zu Antonie und Benny auf den rosa Plüschteppich gesetzt hatte, dann steuerte sie die Gästetoilette an, einen mit winzigen grauglänzenden Mosaiksteinen ausgekleideten Raum, der so groß war wie ihr Badezimmer daheim. Beklommen betrachtete sie sich im Spiegel. Ihre Frisur hatte gelitten, ihre Augen wirkten müde, aber das Lächeln klappte noch.

»Halte durch, Carina, alles wird sich fügen«, flüsterte sie ihrem Spiegelbild zu. »Wenn ein Löwenzahn es durch den Asphalt schafft, schaffst du es auch, dir einen Weg ins Freie zu bahnen. Und Melli und Benny zu beschützen.«

Nachdem sie sich die Hände gewaschen hatte und ihre Handtasche nach Lipgloss durchwühlte, entdeckte sie wider Erwarten unter dem Durcheinander von Quittungen, Kosmetikpröbchen und Papiertaschentüchern ihr Ladekabel. Fast graute ihr davor, das Handy zu aktivieren. Bestimmt hatte Jonas einige unfreundliche

Nachrichten hinterlassen. Dennoch suchte sie anschließend in Bettys Küche nach einer Steckdose, fand sie hinter dem Tresen und schloss das Handy an. Man konnte nie wissen. Vielleicht entging ihr ja etwas wirklich Wichtiges.

»Carina! Da bist du ja!«, schallte es ihr vielstimmig entgegen.

Sie richtete sich auf und blieb wie angewurzelt stehen. Nicht nur Betty hatte auf sie gewartet, sondern auch Leni, Wanda und Sybille waren gekommen. Bis auf Luisa lagerte der gesamte Mädelsclub auf den Couchen. Leni breitete die Arme aus.

»Komm her, mein tapferer Hase, wir stehen dir bei, wie versprochen. Wanda musste sogar extra eine Vertretung organisieren, sonst hätte Eddy sie gar nicht gehen lassen. Na, ist die Überraschung gelungen?«

Eine Mischung aus Schreck, Verblüffung und Freude durchströmte Carina. Ihr Mund war so trocken, dass sie kein Wort herausbrachte. Auf Socken ging sie langsam auf ihre Freundinnen zu.

»Ich bin ja so froh, dass du dich zu der Trennung überwunden hast!«, jubelte Leni. Sie hatte noch ihren Bürolook an, Jeans, weißes T-Shirt, dunkelblauer Blazer. Impulsiv umarmte sie Carina, die neben ihr auf die Couch sank. »Es gibt Schmerz, der dich nur verletzt, und Schmerz, der dich auch verändert. Zum Glück hast du die zweite Möglichkeit beim Schopfe ergriffen.«

»Jetzt steht dir das Leben wieder offen«, sagte Betty gewichtig. »Ganz ehrlich? Ein bisschen beneide ich dich. Als Singlefrau gibt's doch kein Halten mehr.«

»Raus aus der Ehe, rein in den Spaß!«, sekundierte Wanda.

Sibylle, die ihren Flanellanzug mit schwarzen Jeans und einem grauen Wollpullover vertauscht hatte, klopfte auf ein Kissen, um sich Gehör zu verschaffen.

»Nur keine falschen Erwartungen. Deutsche Singles haben durchschnittlich lediglich vier Dates pro Jahr.«

»Da wurden bestimmt auch die Rentner mitgezählt«, gluckste

Leni. »Bei mir sind's viel mehr. War aber noch nicht der Richtige dabei.«

»Du suchst den perfekten Partner? Dann viel Spaß beim einsamen Altern.« Mit allen zehn Fingern ordnete Wanda ihre hennarote Mähne. »Bei mir muss vor allem der Flow stimmen, das Äußere ist nicht so wichtig, so wenig wie Alter und Beruf. Leider komme ich nie über das erste Date hinaus. Ich bin wie das letzte Pizzastück – jeder will mich, keiner traut sich.«

Betty hob eine Augenbraue.

»Das ist aber mal 'ne originelle Ansage. Heiß begehrt und trotzdem kaltgestellt? Sollten die Männer vielleicht Angst vor dir haben?«

»Ich bin nun mal kein stromlinienförmig geföhntes Weibchen«, verteidigte sich Wanda. »Deshalb hat mir Eddy ein Profil auf einem esoterischen Datingportal angelegt, mit meinen wichtigsten Suchkriterien: vegan, spirituell entwickelt, yogaaffin. Seitdem bekomme ich Anfragen ohne Ende. Demnächst treffe ich mich mit einem Yogameister, der auch Tantramassagen draufhat.«

»Dann freu dich.« Sibylle lächelte säuerlich. »Dreimal leidenschaftlicher Verkehr pro Woche senkt das Schlaganfallrisiko. In einer langjährigen Ehe ist das kaum durchzuhalten.«

»Danke für diese optimistische Prognose – sonst noch schlechte Nachrichten?«, fragte Betty.

»Ja. Jedem zwanzigsten Mann ist beim Sex schon mal die Partnerin eingeschlafen.«

Alle brachen in lautes Gelächter aus, auch Carina, obwohl sie nicht im Geringsten an neuen Männern interessiert war. In die Pause hinein, die dem Lachen folgte, klatschte Leni in die Hände.

»So, Carina, jetzt rück mit deiner Geschichte raus. Und bitte sag nicht, dass du Jonas zurücknimmst.«

»Ich würde sagen, er kann seinen Facebook-Status ändern«, erwiderte sie lächelnd. »Eine Idee habe ich auch schon: Ich geh mit meiner Laterne.«

Kapitel 17

Nachdem wieder Ruhe eingekehrt war, begann Carina zu erzählen. Dass Jonas fast die Adventsfeier der Schule gesprengt hätte. Dass sie ihm nachgegangen war und das Gespräch mit Donatus-Maria von Magnis belauscht hatte. Danach schilderte sie, wie sie von der Kontosperrung erfahren musste und schließlich von ihrem Besuch bei Jonas' Steuerberater. Mit weit aufgerissenen Augen hörten ihre Freundinnen zu.

»Das Haus gehört dir? Dir ganz allein?«, fragte Leni ungläubig, als Carina ihre Geschichte beendet hatte.

»Ja, und das bleibt auch so, denn gleichzeitig wurde im Ehevertrag eine Gütertrennung festgelegt.«

»Heilige Scheiße, so ein Idiot«, entfuhr es Betty, die sich gleich darauf auf den Mund schlug. »O pardon.«

»Wenn Blödheit klingeln würde, bräuchte Jonas kein Handy«, lachte Wanda. »Glaubt der auch an Penisverlängerung durch Handauflegen?«

Der unverhohlene Spott ihrer Freundinnen ging Carina ein ganz klein wenig gegen den Strich. Wieder musste sie daran denken, dass es schließlich Jonas' Arbeit gewesen war, die ihr Zuhause möglich gemacht hatte.

»Ich möchte ihn nicht ausbooten«, sagte sie leise. »Auch wenn mir das Haus auf dem Papier gehört, fände ich es anständig, dass er die Hälfte bekommt.«

Ihre Worte lösten zwiespältige Reaktionen aus. Sibylle, die noch unter dem Eindruck der Adventsfeier stand, verdrehte die Augen zur Decke, Wanda tippte sich mit dem Finger an die Stirn, Betty schüttelte den Kopf. Nur Leni schien zu verstehen, was Carina bewegte. Sie nahm ihre Hände und drückte sie fest.

»Du willst großzügig sein? Gut, sei großzügig. Aber nur zu deinen Bedingungen. Das Haus ist dein Ticket in die Freiheit, doch das Beste daran ist: Ab jetzt frisst dir Jonas aus der Hand. Künftig sagst du ihm, wo's langgeht, nicht umgekehrt. Denk mal an deine Wunschliste. Wenn er die Hälfte des Hauses will – bitte schön. Vorher muss er dir allerdings deine Träume erfüllen. Den Freizeitpark, die Parisreise, den Tangokurs, whatever.«

»Und den Fallschirmsprung?«, flüsterte Carina.

»Den sowieso.« Leni ließ Carinas Hände los. Mit kreisenden Armen und blubbernden Lippen simulierte sie ein Flugzeug. »Du wirst springen – in ein neues Leben!«

War das nun hirnrissig oder begnadet? Während Betty, Wanda und Sibylle nach wie vor irritiert dreinschauten, spielte Carina zerstreut mit ihrem Herzanhänger. Die Vorstellung, überhaupt irgendetwas mit Jonas zu unternehmen, erzeugte spontanen Widerwillen in ihr. Ganz von der Hand zu weisen war Lenis Sicht der Dinge aber keineswegs. Zumindest die Kinder hatten einen Ausflug mit ihrem Papa verdient.

»Ich überleg's mir«, erwiderte sie diplomatisch.

»Als Erstes musst du morgen den Trennungsunterhalt klären«, fuhr Leni fort. »Die Höhe bemisst sich nach Jonas' Einkommen, alle Zahlen erfährt man in der sogenannten Düsseldorfer Tabelle. Schieb das nicht auf die lange Bank, sonst erlöschen deine Ansprüche. Auch die Besuchsregelung sollte so rasch wie möglich über die Bühne gehen.«

»Gut, gleich morgen früh«, versprach Carina.

»Darauf einen Espresso, würde ich sagen.« Betty schaute in die Runde. »Wie wär's?«

»Käffchen geht immer!«, kam prompt die vielstimmige Antwort.

In diesem Moment machte sich Carinas Handy bemerkbar. Unaufhörlich piepste es, so, als würde es kollabieren, wenn man es nicht sofort erlöste. Carina spürte, wie sich alles in ihr zusammenzog. Ob Jonas seinem Ärger Luft gemacht hatte? Oder wollte er weiter tricksen? Mit einem flauen Gefühl stand sie auf, holte das Handy hinter dem Küchentresen hervor und scrollte an den Nachrichten entlang. Nein, keine Message von Jonas. Dafür zehn entgangene Anrufe von Betty und fünf Sprachnachrichten von einer Nummer, die ihr vage bekannt vorkam. Unter den aufmerksamen Augen ihrer Freundinnen aktivierte sie die Mailbox.

Piep. Hier ist Chantal. Rufen Sie mich bitte zurück? Piep. Noch mal Chantal. Bitte, ich brauche Ihre Hilfe. Piep. Jonas ist krank, eine schwere Grippe, ich weiß nicht, was ich tun soll. Piep. Das ist nicht fair.

»Du siehst aus, als hättest du eine Stimme aus dem Jenseits gehört«, sagte Betty, die ihr zur Küchenzeile gefolgt war und die Espressomaschine anstellte. »War das Jonas?«

Einigermaßen entgeistert starrte Carina ihr Handy an.

»Nein, das war, hm, seine Geliebte, mit der er jetzt zusammenlebt – Chantal. Jonas hat Grippe.«

»Oooooooorr«, riefen alle im Chor. »Männergrippe!«

»Und nicht vergessen: Das T in Männergrippe steht für Tapferkeit«, grinste Wanda.

»Eine typische psychosomatische Reaktion«, befand Sibylle. »Kaum hast du ihn aus dem Nest geworfen, schon verkühlt er sich die Seele, weil Mami fehlt. Merke: Der Plural von Lebensgefahr lautet bei Männern Lebensgefährtin. Eine Chantal kann ihm niemals die Nestwärme seiner Ehefrau ersetzen.«

»Bestimmt will sie Tipps zur sachgerechten Krankenpflege«, mutmaßte Betty, während sie Espresso in kleine türkisfarbene Tässchen laufen ließ.

Leni, die sich bestens amüsierte, warf sich lachend in die Kissen.

»Kann sie haben! Also los. Wir brauchen alle Hausmittel, die euch einfallen, und natürlich solche, die Männer grässlich finden!«

»Echte Kerle jammern nicht über eine Grippe, sie legen sich ins Bett und sterben still und leise«, verkündete Wanda.

»Das war nicht hilfreich«, wurde sie von Betty kritisiert.

»Ja doch, Frau Personalabteilung.« Mit gesenktem Kopf betrachtete Wanda das grün-gelbe Muster ihres afrikanischen Gewands aus dem Dritte-Welt-Laden. »Okay, die Ökonummer: eine Zwiebel-Knoblauch-Kette. Stinkt bestialisch, wenn man sie um den Hals hängt, enthält aber heilende ätherische Öle und antibiotische Stoffe.«

»Jonas braucht keine Antibiotika, er braucht Anti-Idiotika«, kicherte Betty.

»Heißes Bier«, schlug Leni vor.

»Bei den Kindern mache ich immer Brustwickel mit warmem Kartoffelbrei«, meldete sich Carina zu Wort. »Das hilft wunderbar bei Husten. Und zu essen gibt es Bratkartoffeln, wenn die Familie erkältet ist.«

»Wieso das denn?«, wollte Betty wissen.

Vor Carinas innerem Auge erstand die heile häusliche Welt, die sie so mochte, eine Welt, in der sich alle Probleme mit bewährten Hausmittelchen lösen ließen.

»Das sind nicht einfach Bratkartoffeln, Betty, das ist die essbare Variante von: Ich liebe dich.«

Ihre Freundinnen seufzten verzückt. Alle, bis auf Wanda.

»Ja, und Pommes sind frittierte Sonnenstrahlen, deshalb darf man sich im Winter damit vollstopfen.«

»Papperlapapp, Carina ist einmalig, die beste aller Mamis.« Betty legte eine Hand auf ihre Herzgegend, dann stellte sie die gefüllten Espressotassen auf ein Tablett und brachte es zu den Couchen. »Mit so viel Mamiservice kann ich leider nicht dienen, nur mit Kaffee. Aber ich könnte Sushi bestellen. Wer möchte?«

Wie in einer Schulklasse flogen die Arme hoch.

»Für mich bitte vegetarisch, mit Avocado und Gurke«, bat Wanda.

»Sehr wohl, eine vegetarische Extrawurst. Wird erledigt. Und die Kinder bekommen gebratenen Eierreis mit Hühnchen.« Betty legte den Kopf schräg. »Bestellen ist doch auch irgendwie kochen, oder?«

»Solange du einen derart umwerfenden Espresso kochst, musst du dir über deine hausfraulichen Qualitäten keine Sorgen machen«, versicherte Leni, die ihre Tasse bereits ausgetrunken hatte. Während Betty mit dem Lieferdienst telefonierte, schnappte sie sich Carinas Handy. »Ich schicke Chantal eine Message. Wie war das noch mal? Zwiebel-Knoblauch-Kette, heißes Bier, Brustwickel mit warmem Kartoffelbrei?«

In rasender Geschwindigkeit tippte sie los.

»Ja, und Sprechverbot, sonst macht er rund um die Uhr mimimimimi …«, kicherte Wanda.

»Männer leiden tatsächlich stärker unter einer Grippe«, wandte Sibylle ein. »Wie Forscher der Universität von Baltimore herausgefunden haben, liegt das am quasi nicht vorhandenen Östrogenspiegel. Dafür testeten die Forscher im Labor den Virengehalt der entzündeten Nasenschleimhaut von …«

»Sibylle?« Betty warf ihr einen entnervten Blick zu. »Keine Details, ja? Ich bestelle gerade das Essen. – Nanu, wer ist das denn?«

Die Haustürklingel, ein zenbuddhistisch inspirierter sanfter Glöckchendreiklang, den Wanda aus Indien mitgebracht hatte, erklang mehrmals hintereinander.

»Ist ja ein rasanter Lieferdienst«, wunderte sich Leni.

»Nein, nein«, Betty stand auf, ihr Smartphone in der Hand, »ich hab noch nicht mal zu Ende bestellt. Also, wo waren wir? Genau. Nummer sechsunddreißig dreimal, Set sieben, Sashimi Lachs …«

Weiter leise ins Handy sprechend lief sie zur Tür und kehrte mit zwei Klassenkameradinnen von Antonie und Melina zurück, die von ihren Müttern begleitet wurden.

»Kann man hier die witzigen T-Shirts kaufen?«, fragte eines der Mädchen.

»Aber klar, hier seid ihr genau richtig«, versicherte Betty. »Folgt mir.« Zusammen verschwanden sie in Richtung Kinderzimmer.

»Welche T-Shirts denn?«, fragte Wanda neugierig.

»Tinker-T-Shirts.« Sibylle rückte ihre Brille zurecht. »Die neue

Dimension des Bastelns und das Topthema nach der Adventsfeier. Wie man sieht, findet individuell gestaltete Kleidung großen Anklang. Carina liegt voll im Trend. Wusstet ihr, dass etwa viereinhalb Millionen Deutsche basteln? Dabei sind die Kinder in der Statistik gar nicht einmal berücksichtigt.«

Leni, die nicht zugehört hatte, weil sie sich auf Carinas Handy konzentrierte, zeigte auf das Display.

»Hört mal zu, Chantal hat geantwortet: *Danke, Sie sind ein Schatz. Wenn Ihnen noch irgendwas einfällt, melden Sie sich bitte.* Was sagt ihr dazu?«

»Na super, Carina, jetzt nennt diese blöde Kuh dich auch noch Schatz!«, grollte Wanda. »Ganz schlechte Energie. Da muss man schon aus rein karmischen Gründen noch einen draufsetzen.«

»Was hasst Jonas denn am meisten?«, erkundigte sich Leni.

Gedankenverloren drehte Carina an ihrem Ehering, den sie immer noch am Finger trug. Bisher hatte sie sich nicht entschließen können, ihn abzusetzen.

»Am meisten hasst er seine Mutter. Wenn die anruft, vibriert sein Handy nicht, es zittert vor Angst.«

»Genial!« Leni geriet völlig aus dem Häuschen. »Dann bringen wir zusammen, was nicht zusammengehört! Aber wie?«

Fast tat Jonas Carina schon wieder leid. Alte Angewohnheit. Doch sie musste sich nur vergegenwärtigen, wie unverfroren er sie hintergangen hatte und wie rücksichtslos er es darauf ankommen ließ, dass sie mit den Kindern finanziell auf dem Trockenen saß, und schon wurde das Teufelchen in ihr aktiv.

»Chantal checkt sein Handy, was bedeutet, dass sie auch in seine Telefonliste reinkommt. Jonas hat seine Mutter unter ›Monster‹ gespeichert …«

Lenis Finger flogen über die Handytastatur.

»Phantastisch! Ich schreibe ihr, sie soll Monstermama anrufen und ans Bett des Todkranken holen, weil er seine monstermäßig liebe Mami braucht. Himmel, was für eine abartig gute Idee!«

»Welche Monstermama?«, fragte Betty, die mit ihren Besucherinnen am Küchentresen erschien. »Was habt ihr ausgeheckt?«

»Gleich.« Sibylle deutete mit den Augen auf die beiden Mädchen, die jeweils eine Tüte in der Hand hielten, dann auf die Mütter, die sehr interessiert schienen, ebenfalls etwas über Todkranke und ihre Monstermamas zu erfahren. »Vielleicht bringst du besser erst deine Gäste zur Tür, danach erzählen wir es dir.«

»Ja, bestimmt besser.«

Schelmisch lächelnd geleitete Betty die beiden Mädchen und die zwei sichtlich enttäuschten Mütter hinaus. Sibylle sah ihnen hinterher, dann rührte sie ausgiebig in ihrer Espressotasse herum.

»Interessant, dass Jonas seine Mutter als Monster bezeichnet. Insofern wäre plausibel, warum er Carina betrogen hat. Eine gestörte Mutter-Sohn-Beziehung kann sogar zu kriminellem Verhalten führen, sagen Entwicklungspsychologen, denn …«

»Sollen fiese Mütter etwa eine Entschuldigung für Betrug und Totschlag sein?«, fiel Wanda ihr empört ins Wort.

»Nein, nur eine Erklärung. Die Mutter ist die erste große Liebe im Leben eines Jungen. Normalerweise. Fühlt er sich aber zurückgewiesen …«

Der Rest ihres wie immer informativen Vortrags wurde von Bettys ekstatischen Juchzern übertönt. Die Arme wie eine Balletttänzerin graziös erhoben, tanzte sie ins Wohnzimmer, wobei sie ausgelassen mit einigen Geldscheinen herumwedelte.

»Zweihundert Mücken! Wow, wow, wow!« Nach einer gekonnten Drehung blieb sie vor Carina stehen und hielt ihr die Scheine vor die Nase. »Bitte sehr, das ist der Lohn der Kreativität.«

»Für mich?« Zweifelnd betrachtete Carina das Geld. »Das ist doch viel zu viel!«

»Ach was«, Betty steckte ihr die Scheine einfach in den Ausschnitt des roten Kleids, »ich habe vier T-Shirts für jeweils fünfzig Euro verkauft, und das ist letztlich noch viel zu wenig. Deine Sachen sind Unikate, haben also fast den Stellenwert von Kunstwerken. Wusstest du, dass es einen deutschen Graffitikünstler gibt, für dessen T-Shirts die Promis in Amerika Hunderte von Dollars blechen?«

»Du hast dir das Geld ehrlich verdient«, bekräftigte Wanda. »Von mir bekommst du noch dazu eine Ökoplakette für Nachhaltigkeit, weil du alte Klamotten recycelst. Das ist ein Megatrend, man nennt es Upcycling: aufhübschen statt wegschmeißen.«

»Na, ganz so alt waren die Sachen nun auch wieder nicht«, kicherte Leni, die noch immer mit Carinas Handy beschäftigt war. »Jonas vermisst einige schöne Stücke aus seinem Kleiderschrank.«

Mit einem hörbaren Plumps ließ sich Betty neben Leni auf die Couch fallen.

»Umso besser. Hauptsache, Carina recycelt nicht Jonas. Und damit das Business weiter läuft, organisieren wir eine Altkleidersammlung unter unseren Freundinnen. Ich zum Beispiel wollte sowieso mal wieder die Schränke ausmisten. Wenn das alle machen, kommt ganz schön was zusammen.«

Wanda drehte ihre Espressotasse in den Händen hin und her.

»Ich könnte ein Schild in Eddys Laden aufstellen: Ausrangierte Klamotten gesucht.«

»Und Eddy baut die Website für Carina«, ergänzte Betty. »Das hat er doch mit links drauf. Irgendeine Idee, wie man das Ganze nennen könnte?«

Alle dachten angestrengt nach. Etwas mit Basteln sollte es schon sein, überlegte Carina. Hm. Was hatte Melli noch gesagt, als sie an jenem denkwürdigen Samstagmorgen gemeinsam losgelegt hatten?

»Wir basteln uns die Welt, wie sie uns gefällt. Wie findet ihr das?«

»Doch, doch, ganz nett, aber nicht griffig genug«, meinte Betty skeptisch. »Das müsste cooler klingen, am besten englisch, damit es international funktioniert, so wie …«

»… tinker your life«, vollendete Carina den Satz.

Für einen kleinen Moment herrschte Stille, dann redeten alle durcheinander.

»Das ist es!« – »Hammer!« – »Genau, das fetzt!« – »Granate!« – »Läuft!«

»Ich denke, das ist einen Prosecco wert«, lachte Betty zufrieden. »Ich hole eine Flasche aus dem Kühlschrank.«

Leni stand auf und deutete ein paar Tanzschritte an, irgendetwas zwischen Freestyle und Cha-Cha-Cha.

»Genau, lasst uns feiern. Prosecco, Sushi – und danach gehen wir feiern! In den Havanna Club!«

Erwartungsvoll schaute sie in die Gesichter ihrer Freundinnen, doch deren Reaktionen fielen verhalten aus.

»Ich tanze so grottenschlecht, meine Lehrer in der Waldorfschule dachten immer, ich heiße Hans-Peter«, knurrte Wanda.

Betty, die zum Kühlschrank gegangen war und im Getränkefach herumkramte, wirkte ebenfalls wenig begeistert.

»Zehn Jahre Ballett, und was ist davon übriggeblieben? Als ich das letzte Mal in einem Club war, dachte ich, ich hätte nach zwei Cocktails zur Lockerung super getanzt. Aber mein über alles geliebter Mann sagte am nächsten Morgen nur: Getanzt? Du hast versucht zu stehen.«

Sibylle äußerte sich erst gar nicht, da sie bekanntermaßen nie in Clubs ging und selbst auf Partys zu den notorischen Tanzverweigerern gehörte. Ihr Mann, ein charmant verkopfter Ornithologe, der an der Universität lehrte, bewegte sich ohnehin nur, wenn es unbedingt sein musste.

»Was – bin ich hier in der Zombie-Zentrale gelandet?« Leni zog eine Schippe. »Jetzt tut mal nicht so erwachsen. Nach allem, was wir wissen, hat Carina mehr als einen Grund zum Feiern.«

»Du vergisst, dass ihre Kinder morgen früh in die Schule müssen und daher bald ins Bett gehen sollten«, sagte Sibylle streng.

Doch Leni ließ sich nicht von ihrer Idee abbringen.

»Können sie nicht bei dir schlafen, Betty? Wann kommt denn dein Au-pair-Mädchen zurück?«

»Also schön.« Betty gab sich geschlagen. »Unsere Britney hat bis neun Uhr Ausgang. Wir essen gleich erst einmal, ich richte das Gästezimmer her, und dann ziehen wir los. Auch du, liebe Sibylle.«

»Es gibt Charaktereigenschaften, die nicht tanzbar sind«, erwiderte Sibylle verschnupft. »Geht ihr nur, ich lege mich lieber zu Hause mit einem Buch ins Bett.«

»Dann tanz anschließend mal drüber nach«, lachte Leni.

Kapitel 18

Seit vielen, nein, seit viel zu vielen Jahren hatte Carina nicht mehr an etwas teilgenommen, das den Namen Nachtleben auch nur annähernd verdiente. Wie ein Galeerensklave, der nach endloser Gefangenschaft unter Deck seine Ketten abschüttelte, erkundete sie nun die ungewohnte Freiheit: tanzen, einfach tanzen, ohne Limits, ohne Blick zur Uhr und vor allem ohne Ehemann, der nörgelnd auf sie wartete.

Eine Stunde zuvor war sie mit Leni, Betty und Wanda in den Havanna Club gekommen, eine gemütliche, in warmen Brauntönen gehaltene Bar mit einer kleinen Tanzfläche im hinteren Bereich. Seither hatte sich der Club stetig gefüllt. Wie konnte es sein, dass sich so viele Leute mitten in der Woche vergnügten, als gebe es kein Morgen?

Während sie sich den mitreißenden Rhythmen eines Sambas hingab, überkam Carina das Gefühl, ein unbekanntes Universum zu entdecken. Aus dem Augenwinkel beobachtete sie ein Paar ihres Alters, das wild, aber gekonnt über die Tanzfläche fegte. Es war nicht nur die jüngere Generation, die hier feierte, dennoch – mit Jonas wäre das unmöglich gewesen. Immer wieder musste sich Carina einschärfen, dass sie keine Schuldgefühle zu haben brauchte, so tief hatte sie das Ausgehverbot verinnerlicht, das Jonas zwar nicht ausgesprochen, aber durch seine Prinzipien festgelegt hatte: Mami sollte die Abende gefälligst brav zu Hause verbringen.

»Noch was zu trinken?«, rief Leni, die neben ihr tanzte, die Jeans hochgekrempelt, das blonde Haar zerzaust.

»Ja, lass uns an die Bar gehen. Ich könnte ein Wasser gebrauchen.«

Mit wippenden Bewegungen schlängelten sie sich durch das Partyvolk bis zum Tresen, wo Wanda und Betty saßen und an Longdrinks nippten. Carina holte ihr Portemonnaie aus der Handtasche.

»Mädels, ich möchte euch gern einladen. Als Dank für eure Unterstützung.«

»Kommt überhaupt nicht in die Tüte«, protestierte Leni. »Von dem Geld kaufst du dir was Schönes oder erfüllst den Kindern einen Wunsch. Wanda, Betty und ich legen für die Zeche zusammen, das haben wir schon vorher so besprochen. Ich verschwinde mal kurz zur Toilette, bis gleich.«

»Danke, trotzdem wäre …«

Carina blieben die Worte im Halse stecken. Sie kannte den Mann, der sich zu ihnen stellte. Er war groß, breitschultrig, hatte eine rasierte Glatze und einen Dreitagebart. Gänsehautalarm. Komisch. Wieso eigentlich?

»Hi«, grinste Tom. »So schnell sieht man sich wieder.«

»Ja … äh … hi«, stammelte Carina und registrierte die neugierigen Blicke von Wanda und Betty. »Alles … äh … tanzklar?«

Mein Gott, wie dämlich. Du benimmst dich wie eine Vierzehnjährige, schalt sie sich. Ist doch nur Tom, der Muckimann. Aber ihre Haut prickelte und ihre Ohren glühten, als er sich Wanda und Betty vorstellte, die sichtlich angetan von seiner äußeren Erscheinung wirkten. Tom sah aber auch zugegebenermaßen gut aus in seinen hautengen Jeans und dem knappen weißen T-Shirt, das seine bestens ausgebildete Muskulatur zur Geltung brachte.

»Tanzen, Carina?«, fragte er und funkelte sie übermütig an.

»Wie? Mit mir?«

»Soweit ich es beurteilen kann, gibt es hier nur eine Carina.«

»Tanzen stärkt das Körpergefühl und die seelische Balance. Man könnte auch sagen: Tanzen ist Träumen mit dem Körper«, gab Wanda eine ihrer esoterischen Weisheiten zum Besten.

Tom hörte gar nicht mehr auf zu lächeln.

»Sehr schön gesagt. Und jetzt entführe ich euch diese tolle Frau.«

Er nahm Carina einfach bei der Hand und zog sie mitten auf die Tanzfläche. Dort wusste sie plötzlich nicht, was sie mit ihrem Körper anfangen sollte. Himmel noch mal! Das war ihr seit den klemmigen Schulpartys ihrer Jugendjahre nicht mehr passiert. Damals hatte sie sich immer in den Ecken rumgedrückt, weil sie sich schämte, beim Tanzen beobachtet zu werden. Jetzt war es wieder genauso. Befangen wiegte sie sich hin und her, mit angelegten Armen, unfähig, ihre Gliedmaßen zu koordinieren.

»Nicht so viel nachdenken«, raunte Tom ihr zu. »Loslassen.«

»Sorry, du weißt ja, ich bin Bewegungslegasthenikerin und habe zwei linke Füße«, entschuldigte sich Carina.

Geschmeidig umrundete er sie, wobei er eine bemerkenswerte Begabung für lässige Hüftschwünge offenbarte.

»Unsinn. Du hast nur Angst, Fehler zu machen. Lass locker, Carina, es gibt keine Fehler beim Tanzen.«

»Eigentlich bin ich ganz anders, aber ich komme so selten dazu«, murmelte sie mit einem schüchternen Lächeln, das er aufmunternd erwiderte.

»Genug analysiert. Spür die Musik, lass dich fallen.«

Haha. Kunststück. Doch bereits nach wenigen Minuten zeigte Toms Schnellcoaching Wirkung. Nach und nach fielen die Hemmungen, die Carina in seiner Gegenwart empfunden hatte, von ihr ab. Unwillkürlich ahmte sie seine Schritte nach, und wenn sie ihrerseits eine ausgefallene Bewegung vollführte, war Tom es, der sie imitierte. Bald tanzten sie derart synchron, als ob sich ihre Körper losgelöst vom Bewusstsein miteinander unterhielten. Anstrengungslos. Wie selbstverständlich. Eine völlig neue Erfahrung für Carina. Sie fühlte sich leicht, die Musik floss durch sie hindurch und pulsierte in jeder einzelnen Zelle, sie dachte an nichts und sah nichts außer dem Mann, der mit ihr tanzte, als hätten sie nie etwas anderes getan.

»Tolle Musik, oder?«, fragte er zwischen zwei Drehungen.

Sie nickte. »Ich liebe Samba!«

»Manchmal«, er musste schreien, um die prasselnden Rhythmen zu übertönen, »manchmal drückt Musik aus, was man nicht sagen kann, worüber zu schweigen aber schade wäre.«

Ein rätselhafter Satz, möglicherweise, doch Carina verstand sofort, was Tom meinte: pure Lebenslust, kombiniert mit einer schwebenden Sinnlichkeit, die weder forderte noch bedrängte, die nur einfach da war, um sie zu genießen. So wie die flirrenden Lichtreflexe, die fremden Gerüche, die zufälligen Berührungen eines Arms oder einer Schulter.

»Und seinen Körper nur zu mögen, wenn er perfekt ist, das wäre so, als ob man seine Kinder nur liebt, wenn sie brav sind«, rief Tom. »Jeder Körper ist schön, jeder auf seine Weise. Auch deiner.«

Sagte ausgerechnet ein Fitnesstrainer, dessen Körper mehr einer griechischen Statue als einem lebenden Wesen glich. Doch er schien es ernst zu meinen. Während sie umeinander herumtanzten, hob er immer wieder den Daumen und lächelte ihr zu. So hätte es noch stundenlang weitergehen können, wenn nicht auf einmal Leni neben ihr aufgetaucht wäre.

»Wir müssten dann mal los.« Sie tauschte einen fragenden Blick mit Tom, bevor sie sich wieder ihrer Freundin zuwandte. »Möchtest du noch bleiben?«

Alle drei traten an den Rand der Tanzfläche. Carina atmete schwer. Sie hatte jedes Zeitgefühl vergessen, alles in ihr drängte darauf, dass es noch nicht vorbei sein sollte.

»Ich könnte dich später nach Hause bringen«, bot Tom an.

Seine Stimme klang freundlich-sachlich, dennoch bekam Carina feuchte Hände und Schluckbeschwerden. Oha. Oha, oha. Pass bloß auf!

»Nein, ich – ich sollte besser gehen. Muss morgen früh raus, Schule und so«, nuschelte sie, obwohl sie so gut wie Leni wusste, dass die Kinder bei Betty schliefen.

»Wie du willst.« Tom deutete einen Wangenkuss an, ein Duft nach frisch gewaschener Wäsche und herb-würzigem Duschgel streifte Carina. »Hat Spaß gemacht. Und nicht vergessen: Donnerstag um sieben bekommst du deine zweite Trainerstunde.«

»Wie könnte sie das nur vergessen, nach dem grandiosen Start?«, feixte Leni.

Carina war heilfroh, dass die plötzlich aufflammende Röte in ihrem Gesicht bei dem schummrigen Licht nicht weiter auffiel.

»Was ich noch sagen wollte …«, er schaute sie so intensiv an, dass ihr immer heißer wurde, »… dein Kleid gefällt mir. Schöne Farbe, und passt auch zum Nagellack.«

Jetzt reicht's aber, dachte sie, obwohl der längst vergessene Teenager in ihr einen Freudenschrei ausstieß. Lauter widersprüchliche Gefühle wirbelten in ihr hoch, Ablehnung, Zuneigung, kühle Herablassung, wohlige Wärme. Was siegte, war die Erkenntnis: Tom nahm sie wahr, und er nahm sie wichtig, obwohl sie sich in den letzten Jahren immer unwichtiger gefühlt hatte, fast unsichtbar, wenn es um männliche Blicke ging. Verwirrt senkte sie den Kopf. Was war nur los mit ihr?

»Also dann, bis Donnerstag«, sagte sie schnell, schnappte sich ihre Jacke und folgte Leni nach draußen, ohne sich noch einmal nach Tom umzudrehen.

Eiskalte Nachtluft schlug ihnen entgegen. Wanda und Betty hatten vor dem Club gewartet und empfingen Carina mit aufgekratzten Kommentaren.

»Deine Hormone hatten aber echt das Partyhütchen auf! Hast dir ja auch was Schnuckeliges ausgesucht! Da geht doch was!«

»Hey, da geht gar nichts«, wehrte Carina ab. »Er ist mein Fitnesstrainer. Dem ging es nur darum, meine Muskeln zu lockern.«

Leni, die den Kragen ihres roten Kunstfellmantels hochschlug, kicherte in sich hinein.

»Männer achten nie auf Details. Fast nie. Wenn ein Typ mitbekommt, dass dein Nagellack zum Kleid passt, ist er entweder schwul oder verknallt. Tom ist Hetero. Also mindestens anverknallt.«

Carina lachte hysterisch auf. Nicht nur deshalb, weil sie für undenkbar hielt, Tom könne auch nur das leiseste erotische Interesse an ihr haben, sondern weil ihr in diesem Moment einfiel, dass auch Jonas ihr am Morgen Komplimente gemacht hatte. Sogar zwei, für ihr Kleid und für ihre Frisur.

»Den Eindruck hatte ich auch«, sagte Betty. »Ihr hättet gleich ins Bett tanzen können, so sexy sah das aus.«

Jetzt platzte Carina der Kragen.

»Habt ihr keine Augen im Kopf? Einer wie Tom kann jede Menge knackiger junger Mädchen abschleppen. Wieso sollte er sich ausgerechnet für eine übergewichtige Hausfrau interessieren, die mit Anlauf vom Laufband donnert, weil sie in etwa so fit ist wie ein Gugelhupf?«

»Weil du zufälligerweise ein wunderbarer Mensch und eine attraktive Frau bist?« Leni improvisierte ein paar Tanzschritte. »Du hast Musik im Blut! Und das ist noch nicht alles. Betty hat recht. Ich habe euch auch beobachtet – es ist absolut hinreißend, wie ihr harmoniert. Jede Bewegung saß, und wenn ihr euch angeschaut habt …«

Sie verstummte, als wolle sie Carinas Privatsphäre schützen.

»Seelischer Gleichklang, energetische Übereinstimmung, emotionaler Flow«, setzte Wanda die Analyse fort. »Volltreffer, würde ich sagen.«

»Ich weiß, ihr meint es gut«, erwiderte Carina, der das Ganze furchtbar peinlich war. »Aber erstens gefällt mir das Alleinleben, zweitens brauche ich Zeit, drittens kommt Tom nicht in Frage, so oder so.«

Betty zog ihre Handschuhe aus pinkfarbenem Leder an, dann fixierte sie Carina verschmitzt.

»Viertens: Wenn du jemals wieder Lust auf einen Mann haben solltest, backst du dir einen. Falls er nix wird, kannst du ihn ja immer noch aufessen.«

Alle lachten befreit. Vor ihren Gesichtern bildeten sich Dampfwolken. Es hatte begonnen zu schneien, die Kälte des gefrorenen Bodens kroch an ihren erhitzten Körpern hoch.

»Mädels, es ist Winter, und am kältesten ist es da, wo es am draußensten ist!« Leni hauchte in ihre kalten Hände. »Komm, Carina, ich fahre dich nach Hause. Bis bald, ihr Lieben!«

Nachdem sie sich von Wanda und Betty verabschiedet hatten, schlenderten Carina und Leni zum Parkplatz. Auf den Autos glitzerten Eisschichten, ein paar Schneeflocken tanzten im Licht der Straßenlaternen, als hätten sie noch was vor.

»Ich will dir ja nicht auf die Murmel gehen mit Tom«, nahm Leni den Gesprächsfaden wieder auf. »Aber glaub mir: Wenn jemand an der Datingfront unterwegs ist, dann ich. Deshalb kenne ich die Signale, sobald ein Mann Feuer gefangen hat. Und ich kenne Tom. Der ist kein Aufreißertyp, der hält sich zurück, auch im Fitnessstudio. Für seine Verhältnisse wirkte er heute nahezu entfesselt.«

»Hab nichts dergleichen bemerkt«, brummte Carina. Sie blieb stehen. »Und jetzt mal im Ernst: Was soll ich mit so einem Jungspund? Der ist doch mindestens zehn Jahre jünger als ich.«

Auch Leni blieb stehen. Schneeflocken klebten auf ihren blonden Haaren wie eine weiße Pelzmütze.

»Ja, und? Zehn Jahre bedeuten nichts. Meinst du etwa, du müsstest ihm abends das Sandmännchen einschalten und eine Gutenachtgeschichte vorlesen? Na, egal, denn eins ist so sicher wie die nächste Diät: Die Männer werden bei dir noch Schlange stehen, und dann kannst du dir aussuchen, welche Sahnehäubchen du von der Riesentorte schleckst.«

»Aber nur, wenn du mir bei der Torte hilfst.«

Sie lachten wie zwei Schulmädchen und kicherten immer noch, als Leni wenig später ihren uralten verbeulten VW Käfer vor Carinas Haus anhielt.

»Ciao, mein Schatz«, sagte sie. »War vielleicht ein bisschen heftig, wie wir dir Tom unter die Nase gerieben haben. Aber glaub mir, irgendwann musst du dich entscheiden: Willst du ein weiteres Kapitel im alten Buch aufschlagen, oder willst du das Buch zuklappen und ein neues lesen?«

Wieder musste Carina lachen.

»Weißt du eigentlich, dass Jonas und Chantal jetzt abends so tun, als ob sie unheimlich dringend Bücher verschlingen müssten? Ich habe Chantal nämlich beigebogen, dass Jonas total darauf steht! Der wiederum denkt, dass sie es so will.«

»Krass.« Giggelnd klopfte Leni ihr auf die Schulter. »Du machst dich. Schlaf gut, ja?«

»Was sonst? Ich gehe ja nicht mit einem Buch ins Bett, sondern gönne mir noch ein Stückchen Schokolade. Ich mag sie, und die Schokolade mag mich. Nicht alle Beziehungen müssen kompliziert sein.«

Sie umarmten einander, und Carina stieg aus. Während Lenis Auto durch das Schneetreiben hindurch die Straße runterzuckelte, betrachtete sie das Haus. Ihr Haus. Im Flur brannte Licht, wie immer, alle anderen Fenster waren dunkel. Kein schöner Anblick. Ohne Familienleben ist so ein Haus nur eine tote Hülle, überlegte sie. Wie hält es Frau Lahnstein bloß aus, ganz allein in der großen Hütte nebenan? Nachdenklich schloss sie die Tür auf und wurde von Bingo begrüßt, der vorwurfsvoll bellte.

»Leise, Frauchen ist ja wieder da«, redete sie ihm gut zu. »Ich habe getanzt, Bingo! Richtig getanzt!«

Er tappte mit ihr in die Küche, wo sie einen Riegel Schokolade für sich und eine Portion Leber für ihn aus dem Kühlschrank holte. Einige Minuten wartete Carina, während Bingo sein Nachtmahl vertilgte. Dann ging sie mit ihm Gassi. Sichtlich zufrieden sprang er hinter ihr die Treppe hoch, als sie anschließend mit der Schokolade in der Hand in den ersten Stock hochstieg.

Kurz kämpfte sie mit sich, ob sie duschen und die Zähne putzen sollte, doch der Anblick des Betts war zu verführerisch angesichts der bleiernen Müdigkeit, die sie auf einmal übermannte. Deshalb zog sie nur das Kleid über den Kopf und streifte die Stiefel von den Füßen, bevor sie unter die große Daunendecke schlüpfte.

»Wie war das?«, flüsterte sie in das Dunkel des Schlafzimmers hinein. »Manchmal drückt Musik aus, was man nicht sagen kann, worüber zu schweigen aber schade wäre?«

Bingo bellte zustimmend und rollte sich am Fußende zusammen.

Wie im Traum ließ Carina den Abend noch einmal an sich vorüberziehen, sah sich selbst auf der Tanzfläche, summte ein paar Melodiefetzen vor sich hin, versuchte, sich an Toms funkelnde Augen zu erinnern. Gar nicht so ein Flachmat wie gedacht, dieser Typ, war der letzte klare Gedanke, den ihr Kopf hergab. Danach sank sie ohne Übergang in einen traumlosen Schlaf.

Kapitel 19

Carinas Schlaf währte nicht lange. Gefühlt war es mitten in der Nacht, als ihr Handy klingelte. Gähnend sah sie zum Wecker. Halb sieben. Um drei war sie nach Hause gekommen, erhitzt, müde, glücklich. Jetzt brummte ihr Schädel, und in ihren Ohren dröhnte es von der lauten Musik. Benommen angelte sie ihr Handy vom Nachtschrank. Hoffentlich nichts mit den Kindern. Ob Melli und Benny gut geschlafen hatten?

Ich muss unbedingt dieses Grinsefoto loswerden, durchzuckte es sie, als sie aufs Display schaute. Dann fiel ihr die Männergrippe ein, und ihre Laune stieg schlagartig. Jonas' Abend war vermutlich bei weitem nicht so vergnüglich gewesen wie ihrer. Vorsichtshalber hielt sie das Handy mit einigem Abstand zum Ohr, bevor sie das Gespräch annahm.

»Jaaa?«

»Carina! Was hast du dir bloß dabei gedacht?« Jonas brüllte. »So ein verdammter Mist! Erst krieg ich diesen blöden Kartoffelbrei auf die Brust geschmiert, dann soll ich heißes Bier trinken, und gerade, als Chantal mir eine komplett bescheuerte Zwiebel-Knoblauch-Kette um den Hals hängen will, steht meine Mutter auf der Matte! Meine Mutter!« Seine Stimme überschlug sich. »Die wusste doch noch von gar nichts und ist total ausgerastet! Den ganzen Abend hat sie mich gelöchert, wieso, weshalb, warum, dann hat sie Chantal zur Schnecke gemacht und ist abgedampft.«

In Carinas Kopfkino ging es ausgesprochen unterhaltsam zu. Allein die Begegnung ihrer streitsüchtigen Schwiegermutter mit einem Herzchen wie Chantal musste der Gipfel unfreiwilliger Komik gewesen sein. Genüsslich schob sie sich ein Kissen unter den Nacken.

»Armer, armer Jonas.«

»Du Scheusal!«, schrie er.

»Tja, so kann's kommen, wenn man seiner Monstermami die Wahrheit vorenthält. Wann wolltest du es ihr denn erzählen? Wenn die Kinder groß sind?«

»Du bist das Letzte!«

»Danke, gleichfalls. Das war eine äußerst milde Strafe für einen Mann, der seiner Frau das Konto sperrt, finde ich.«

Es wurde still am anderen Ende.

»Jonas? Bist du noch dran?«

»Das kriegst du zurück!«, heulte er wie ein kleiner Junge, dem man das falsche Weihnachtsgeschenk angedreht hatte.

»Krieg dich erst mal ein, dann gib du mir gefälligst das Geld zurück.«

»Du träumst ja wohl. Ich mach dich fertig«, keuchte er und begann zu husten.

»Das würde ich mir an deiner Stelle gut überlegen.« Selten hatte sich Carina so unverwundbar gefühlt. Ihre Stimme zitterte nicht das kleinste bisschen. »Du weißt so gut wie ich, dass mir das Haus gehört. Also schön brav sein und Kraftausdrücke vermeiden.«

»Waaas?«

Seelenruhig kraulte Carina Bingo, der sich neben sie gelegt hatte und hechelnd das Gespräch verfolgte, als verstünde er jedes Wort.

»Und da heißt es immer, Männer seien keine Multitasker. Dabei können sie mehrere Probleme gleichzeitig ignorieren. Deine Probleme möchte ich jedenfalls nicht geschenkt haben.«

»Du … du …«, ein Hustenanfall erstickte seinen neuerlichen Wutausbruch.

»Vorsicht. Hör mir lieber gut zu. Ich bin bereit, dir die Hälfte des Hauses zu überlassen. Nenn es Fairness, nenn es Großmut oder Sentimentalität, ganz wie du willst. Dafür kann ich allerdings einiges verlangen.«

Wieder wurde es still. Nur hektisches Schniefen war hörbar, gefolgt von einem explosionsartigen Niesen. Jonas schnäuzte sich ausgiebig, bevor er wieder sprechen konnte.

»Was – was soll das werden? Ein Scherz? Je erdferner das Zeug ist, das du von dir gibst, desto besser fühlst du dich, oder was?«

»Wir haben diese Ehe gemeinsam begonnen, wir werden sie auch gemeinsam beenden«, machte Carina ihren Standpunkt klar. »Aus diesem Grund wirst du alles Unerledigte in die Tat umsetzen, vom Tangokurs bis zu unserem Fallschirmsprung. Am besten, wir fangen mit dem Familienausflug in den Freizeitpark an.«

»Das ist doch eine Schnapsidee! Völlig plemplem! Mach, was du willst, aber …«

»Du hast mich nicht verstanden, Jonas. Ich will nicht mit dir verhandeln, ich stelle die Bedingungen.«

Nun hatte sie ihn an die Grenze der Sprachlosigkeit gebracht. Aus dem Handy drang ein gequältes Stöhnen.

»Noch heute überweist du mir eine größere Summe auf das Haushaltskonto«, sagte Carina. »Außerdem den Trennungsunterhalt für mich und die Kinder. Die Höhe des Unterhalts erfährst du aus der Düsseldorfer Tabelle, wie mir Leni sagte.«

»Leni!«, fauchte er. »Immer diese Leni! Alles ging gut mit uns, bis diese Emanze sich von ihrem Mann getrennt hat. Jetzt will sie auch uns auseinanderbringen. So ein elender Spaltpilz!«

Entnervt betrachtete Carina ihre Zehen, die unter der hellen Strumpfhose wie kleine weiße Würmer aussahen. Ob sie mal zur Pediküre gehen sollte? Und sich die Fußnägel pink lackieren ließ? Warum redete sie überhaupt noch mit Jonas, wenn er doch nur wüste Spekulationen und unkontrollierte Beschimpfungen von sich gab?

»Spar dir den Atem, Jonas, das ist einfach lächerlich. Apropos Kinder: Hast du dir schon Gedanken über die Besuchsregelung gemacht?«

»Besuchs…, äh – was?«

»Nun, ich nehme an, du willst ab und zu deine Kinder sehen. Bei diesen winterlichen Temperaturen wird das ja wohl kaum draußen stattfinden, also lade die beiden in dein neues Domizil ein. Bei der Gelegenheit kannst du ihnen auch gleich Chantal vorstellen und ihnen die Trennung erklären.«

»Ich? Wieso ich?«

»Na, hör mal, ist sie meine Geliebte oder deine?«

Einige Sekunden lang schien es Carina, als würde er auflegen. Doch dann brachte er sich wieder ins Spiel.

»Wo sind die Kinder eigentlich? Ich höre gar nichts, alles so ruhig bei dir. Müssten sie nicht aufstehen und zur Schule?«

Lächelnd schmiegte Carina ihre Wange ans Kopfkissen.

»Sie haben bei Betty geschlafen. Ich war gestern Nacht im Havanna Club.«

»Wie bitte? Du – in einem Club? Geht's noch? Was hast du denn da gemacht?«

»Mir die letzten zehn Jahre zurückgeholt«, antwortete Carina und legte auf.

Zweimal klingelte das Handy noch, ohne dass sie ranging. Erst nach einer Stunde nahm sie wieder Gespräche an, denn jetzt hagelte es Anrufe von Eltern, die Tinker-Shirts haben wollten. Carina vertröstete sie mit dem Hinweis, demnächst gebe es eine Website, auf der man sie kaufen könne.

Den Rest des Vormittags verbrachte sie in hektischer Betriebsamkeit, mittags fand sie sich untätig in der Küche wieder. Ratlos ließ sie ihren Blick durch den Raum wandern. Es gab nichts zu tun, jedenfalls nichts Dringendes. Ihr Frühstücksgeschirr stand längst in der Spülmaschine, sie hatte das Bett gemacht, Bingo gefüttert und ausgeführt. Die Fenster waren geputzt, der Tisch blankgewienert, sämtliche Böden im Haus gestaubsaugt.

Das Geheimnis einer sauberen Wohnung – Männer und Kinder müssen draußen bleiben. Und jetzt?

Eine Weile lang konnte sie sich mit Basteln ablenken. In mühseliger Kleinarbeit durchbohrte sie angekochte Schmetterlingsnudeln und fädelte sie auf Schmuckdraht auf. Anschließend besprühte sie die Halsketten mit Goldlack. Als ihr das zu langweilig wurde, experimentierte sie mit den Korken der ausgetrunkenen Proseccoflaschen. Doch die Korken bröckelten und fielen auseinander. Experiment vorerst gescheitert.

Lustlos packte sie alle Bastelutensilien in den Tinkerlitzchen-Karton und verstaute ihn im Wohnzimmerschrank, wo auch die Fotoalben lagerten. Magisch angezogen, holte sie einige Bände heraus.

Die heikle Phase im Leben einer Frau beginnt, wenn sie lieber in alte Fotoalben als in den Spiegel schaut, hatte Leni mal gesagt. Jetzt verstand Carina diesen Satz. Seite um Seite blätterte sie in den Familienalben herum, die sie trotz der digitalen Bildspeicherung nach wie vor anlegte, und betrachtete gerührt die jugendlich wirkende Frau auf den leicht vergilbten Fotos. Rasch fand sie, was sie gesucht hatte: Bilder eines verliebten Paars, das sich an den Händen hielt und die Augen nicht voneinander abwenden konnte.

Wie ein Phantomschmerz kehrten die damaligen Gefühle zurück – Liebe ohne Ende, Vertrauen ohne Fragen, absolute Hingabe. Konnte das einfach so vorbei sein?

Sie blätterte weiter. Wie unfassbar jung sie ausgesehen hatte. Wie zufrieden und glücklich. Allerdings fiel ihr auf, dass dies in den aktuellen Alben nur für jene Fotos zutraf, auf denen sie mit den Kindern zu sehen war. Es gab auch ganz andere Fotos aus der jüngeren Vergangenheit. Jonas und sie auf einem Empfang seiner Anwaltskanzlei, gezwungen lächelnd. Jonas und sie bei einer Geburtstagsfeier seiner Mutter, missgelaunt und verspannt. Jonas und ihre Eltern bei einem seiner seltenen Besuche in ihrem Heimatdorf, die totale Katastrophe.

Sie schaute genauer hin. Selbst die wenigen Fotos, die sie zu zweit im Garten oder bei einem Spaziergang zeigten, strahlten etwas seltsam Unbehagliches aus. So als hätte man zwei wildfremde Menschen gegen ihren Willen vor die Kamera gezerrt.

Aufstöhnend schlug sie das Album zu. Wann war der Bruch passiert? Oder gab es gar keinen Bruch, nur das schleichende Gift von Gewöhnung, Desinteresse und leidlich überspielter Gleichgültigkeit? Wie hielt man eine Beziehung lebendig? Wie in aller Welt schafften es die Langstreckenläufer des Ehestands, jeden Tag aufs Neue in dasselbe Gesicht zu schauen, ohne Überdruss, ohne Mordgelüste? Oder waren all die Paare, die ihre goldene Hochzeit feierten und noch als Greise Händchen hielten, heimliche Masochisten?

Nachdenklich taute sie eine eingefrorene Ratatouille für das Mittagessen auf. Die Küchenuhr zeigte erst kurz vor eins. Plötzlich fiel ihr der Nudelauflauf ein, den sie am Vortag zubereitet hatte, der jedoch wegen der turbulenten Ereignisse immer noch unberührt im Kühlschrank stand. Es war eine Entscheidung binnen Sekunden. Sie zog ihre Daunenjacke über den alten Jogginganzug, in dem sie das Haus geputzt hatte, holte den Auflauf aus dem Kühlschrank und trug ihn über den vereisten Gehweg zum Nachbarhaus.

Es dauerte Minuten, bis Frau Lahnstein durch die weißen Spitzengardinen der Eingangstür lugte. Weitere Zeit verstrich, während sie mehrere Schlösser entriegelte und die Tür öffnete.

»Nanu, Frau Wedemeyer? Was gibt's? Wieder Ärger mit Ihrem Mann?«

»Nein. Ich wollte Ihnen etwas bringen. Hier, für Sie. Nudelauflauf mit Hackbällchen und Kirschtomaten.«

»Für mich?«

Mit einem Ausdruck größten Erstaunens musterte Carinas Nachbarin die Auflaufform.

»Ja, ich fand es sehr nett, dass Sie mich neulich zu einem Tee einladen wollten. Und da dachte ich …«

»So kommen Sie schon herein.« Frau Lahnstein trat einen Schritt beiseite. »Entschuldigen Sie bitte die Unordnung, ich hatte keinen Besuch erwartet. Hier entlang.«

Neugierig ging Carina durch einen Flur, der mit Antiquitäten jeder Größe und Form vollgestopft war. Geschnitzte Kommoden, wuchtige Schränke, altertümliche Lehnsessel und halbblinde goldgerahmte Spiegel überboten sich gegenseitig, um die Aufmerksamkeit des Betrachters zu fesseln. Hinzu kamen Unmengen von Nippesfiguren und Standuhren. Zu Carinas Überraschung roch es jedoch kein bisschen muffig, eher nach Veilchen und Lavendel. Unaufgeräumt war es auch nicht. Nur voll.

Frau Lahnstein führte sie in die Küche, wo es Carina die Sprache verschlug. Es war haargenau die gleiche Küche wie ihre eigene. Sogar die rot gepolsterte Sitzbank und der Tisch glichen ihren Möbeln wie ein Ei dem anderen.

»Wie Sie sehen, habe ich mich von Ihnen inspirieren lassen«, erklärte Frau Lahnstein ein wenig verlegen. »Wissen Sie noch? Damals bei Ihrer Einweihungsfeier haben Sie alle Nachbarn eingeladen.«

Und danach nie wieder, ergänzte Carina innerlich. Mit einem gewissen Schuldbewusstsein überkam es sie wie eine Erleuchtung: All die Jahre hatte sie in ihrer kleinen Nussschale gelebt, nicht rechts und nicht links geschaut, war immer nur besorgt um ihre Kinder und um Jonas gewesen. Vermutlich hatte Frau Lahnstein lange vergeblich auf ein Zeichen gewartet und schließlich den Umweg über die üblichen Nachbarschaftsstreitigkeiten gewählt, um wenigstens auf diese Weise in Kontakt zu kommen.

»Setzen Sie sich, Kindchen. Heute einen Lindenblütentee?«

»Ja, gern.«

Frau Lahnstein füllte einen altmodischen Kessel mit Wasser und stellte ihn auf den Herd.

»Tja, nun, ich verhehle nicht, dass ich die neuesten Entwicklungen drüben bei Ihnen beobachtet habe. Wenn ich offen sprechen darf: Männer lügen nicht. Sie erfinden nur die Wahrheit neu und rechnen nicht damit, dass die Frauen ihnen auf die Schliche kommen. Frauen haben eben einen sechsten Sinn für Schummeleien. Ich frage mich nur, warum sie dann andererseits jeder Frauenzeitschrift glauben, auf deren Titelbild steht: ganz leicht sieben Kilo in vier Tagen abnehmen.«

Wow. Carina konnte nur staunen.

»Hat Ihr Mann«, verschämt schaute sie aus dem Fenster, weil sie eine ziemlich indiskrete Frage auf dem Herzen hatte, »hat er auch die Wahrheit – äh, neu erfunden?«

»Den lieben langen Tag und abends mit Beleuchtung.« Frau Lahnstein lachte. »Was denken Sie denn? Vierzig Jahre Ehe! Wie soll das denn gehen ohne den einen oder anderen Kompromiss? Hauptsache, man weiß, wo man hingehört.«

Und genau das weiß ich nicht mehr, dachte Carina.

»Aber wie haben Sie das ausgehalten?«

Aus einer geblümten Blechdose ließ Frau Lahnstein getrocknete gelbliche Blüten in eine Porzellankanne rieseln.

»Diplomatie ist die Weisheit der Ehefrauen.«

»Ich bin keine Ehefrau, ich bin ein Trennungsopfer«, widersprach Carina.

Ihre Nachbarin lächelte schlau.

»Und der Ring an Ihrem Finger? Sie tragen ihn immer noch?«

»Er geht so schlecht ab«, antwortete Carina, wohl wissend, dass das eine faule Ausrede war. Sie wusste ja selbst nicht, warum sie das Ding nicht längst in den Müll geworfen hatte.

»In schlechten und in guten Tagen – das ist Ehe«, befand Frau Lahnstein. »Keine bequeme Angelegenheit, weiß Gott. Und wenn eine andere Frau ins Spiel kommt, ist das wahrlich keine Lappalie. Nun ja. Ich möchte Ihnen nicht zu nahe treten, aber ich habe Ihren Mann zweimal gesehen, wie er vor Ihrer Tür stand. Auf mich wirkte er so, als …«

Sie verstummte. Das Aufgießen des Tees erforderte ihre gesamte Konzentration. Danach brachte sie die Kanne zum Tisch und stellte zwei blau-weiß gemusterte Tassen dazu.

»Meißen, Mitte neunzehntes Jahrhundert. Ich spüle es immer mit der Hand. Möchten Sie Zucker? Oder lieber Honig?«

Unbeweglich saß Carina auf der Küchenbank.

»Frau Lahnstein, bitte sagen Sie mir: Wie hat er auf Sie gewirkt?«

Sie musste warten, bis ihre Nachbarin die beiden Tassen vollgegossen und die Zuckerdose, ebenfalls ein blau-weißes Schmuckstück, aus dem Küchenschrank geholt hatte.

»Wie jemand, der seine Frau liebt und der leidet wie ein Hund. Natürlich nicht wie Ihr Hund, der hat es ja ausgesprochen gut bei Ihnen.«

Carina starrte auf das gestickte Tischtuch. Jonas liebte sie? Und litt? Stimmte das etwa? Und wenn ja, was sollte sie mit dieser Information anfangen?

Frau Lahnstein ist eben eine – wenn auch bemerkenswert lebenskluge – ältere Dame, die gehört einer anderen Generation an, beruhigte sie sich. Einer Generation, die noch manches geschluckt und keine großen Ansprüche gestellt hat. Merkwürdig nur, dass Frau Lahnstein nicht gerade den Eindruck eines unterdrückten Weibchens erweckte. Ganz im Gegenteil. Aus ihren Worten sprach Stärke und Selbstbewusstsein.

»Grämen Sie sich nicht, Frau Wedemeyer«, sagte sie begütigend. »Doch überstürzen Sie auch nichts. Zeit ist der beste Ratgeber.«

Gemessen an dieser Einstellung, hatte Carina in den vergangenen Tagen eine Trennung im Schnelldurchlauf hingelegt. Verwirrt kostete sie den Tee, der köstlich schmeckte. Als ihr Handy piepste, schrak sie zusammen. Es war eine Nachricht von Jonas.

Habe mir den Nachmittag freigenommen. Hole die Kinder von der Schule ab. So viel zur Besuchsregelung. J

Ein eiskalter Schauer lief über ihren Rücken. Für Carina klang das wie eine Entführung mit Ansage. Voller Unruhe stand sie auf.

»Vielen Dank für den Tee. Ich muss leider sofort gehen.«

Falls Frau Lahnstein enttäuscht vom abrupten Ende des Besuchs war, glänzte sie durch schauspielerisches Talent. Verständnisvoll lächelnd erhob sie sich ebenfalls.

»Schön, dass Sie da waren, und vielen Dank für den Nudelauflauf. Ich begleite Sie hinaus.«

Schon auf dem Weg durch den verschneiten Vorgarten tippte Carina eine Antwort.

Abholen einfach so, ohne vorherige Absprache? Wie stellst du dir das vor? Lass uns das ruhig angehen. Nächste Woche vielleicht. C

Ihr war bewusst, wie inkonsequent das klang, schließlich hatte sie selbst das Thema Besuchsregelung angesprochen und als Schauplatz Chantals Wohnung vorgeschlagen. Aber jetzt, wo es ernst wurde, jagte ihr Jonas' forsches Vorgehen eine Heidenangst ein. Es ging alles zu schnell. Sie hatte Melli und Benny schonend auf die Begegnung mit Chantal vorbereiten wollen, mit einem gnädigen Weichzeichner über der harten Realität. Was bezweckte Jonas mit dieser Hauruckaktion?

Panisch schaute sie auf die Uhr. Halb zwei. Um zwei hatten die Kinder Schulschluss.

Wie getrieben rannte sie zur Garage und holte ihr Fahrrad heraus. Extra umziehen mochte sie sich nicht. Es galt, keine Zeit zu verlieren. Sie musste die Kinder abfangen, unbedingt. Außerdem hatten Melli und Benny bereits den vorherigen Tag und die Nacht außer Haus verbracht. Sie brauchten jetzt ihr gewohntes Umfeld, und ohne Waschzeug und Wechselwäsche würde sie die Kleinen ohnehin nicht in Jonas' Liebesnest lassen. Bei Betty gab es alles zweifach und dreifach – Zahnbürsten, Pyjamas, Unterwäsche. Aber bei Chantal?

O Gott, Chantal.

Alles in ihr sträubte sich auf einmal dagegen, ihre Kinder bei dieser Frau zu wissen, in einer unbekannten, bestimmt grauenvoll geschmacklosen Wohnung, wo es nach Chantals aufdringlichem Parfum roch und alles den abgefeimten Duft des Betrugs atmete. Am Ende fasste Chantal die Kinder sogar an? Nahm sie in den Arm? Überhäufte sie mit billigen Süßigkeiten, um sich einzuschmeicheln?

Mit zäher Entschlossenheit stieg Carina aufs Rad. Was auch immer Jonas und Chantal vorhatten, sie würde es zu verhindern wissen.

Kapitel 20

Trotz der vereisten Fahrbahn, die hier und da mit Schnee bedeckt war, raste Carina in Höchstgeschwindigkeit los. Zu spät stellte sie fest, dass sie für die Witterung denkbar ungünstig angezogen war. Nicht nur der Jogginganzug war viel zu dünn für die eisigen Temperaturen. Schon nach wenigen Minuten spürte sie ihre Füße nicht mehr, die in hellblauen Plastik-Clogs steckten. Ihre Hände, die den Lenker umklammerten, waren blaugefroren, weil sie keine Handschuhe mitgenommen hatte, und da sie wegen des hektischen Aufbruchs weder einen Fahrradhelm noch eine Mütze trug, fühlte sich ihr Kopf wie ein Gletscher an.

Sie konnte von Glück sagen, wenn sie nicht als Eisskulptur endete. Egal. Ihr war wichtiger, rechtzeitig anzukommen. Schlitternd legte sie sich in die Kurven, klingelte Fußgänger beiseite und erreichte nach zwanzig Minuten hochriskanter Fahrt das Schultor. Jonas' Geländewagen parkte bereits in zweiter Reihe neben den Autos anderer Eltern, die auf ihre Kinder warteten. Vereinzelt verließen schon kleine Schülergruppen das Gebäude.

Carina glitt fast aus, als sie vom Fahrrad sprang, fing sich jedoch im letzten Moment. Achtlos lehnte sie das Rad an den schmiedeeisernen Zaun des Schulgeländes und lief zum Geländewagen. Es hatte begonnen zu schneien, ihre dämlichen Clogs machten die wenigen Schritte auf dem verschneiten Untergrund zu einer Rutschpartie.

»Hey, Jonas!« Mit tauben Fingerknöcheln klopfte sie an die Scheibe der Fahrertür. »Was soll das? Du hast mir nicht mal auf meine Nachricht geantwortet!«

Provozierend langsam glitt die Scheibe herunter, ein Schwall warmer Luft quoll aus dem Wagen.

»Carina?«

Dick vermummt mit Schal und Mütze, schaute er sie ausdruckslos an. Seine Nasenflügel waren gerötet, seine Augen tränten. Männergrippe eben. So eine Memme. Mütter konnten sich so was nicht leisten.

»Was machst du hier?«, fragte er. »Ich hatte dir doch geschrieben, dass ich die Kinder mitnehme.«

Die eisige Luft brannte in ihren Lungen. Keuchend hielt sie sich an dem schmalen Streifen des heruntergelassenen Fensters fest.

»Du nimmst sie mit? Großartig. Das sind Kinder, Jonas, keine Besitztümer, die man einfach *mitnimmt!*«

Kopfschüttelnd lehnte er sich in seinem zweifellos gutgeheizten Sitz zurück.

»Nun stell dich nicht so an. Ich bin der Vater.«

Ihr Frust steigerte sich, befeuert von den Erfahrungen des letzten Jahrs, in dem er nur eins gewesen war, wie sie mittlerweile fand: eine komplette Fehlbesetzung für diese Rolle.

»Ja, ein Teilzeitvater, der immer kam und ging, wie es ihm gefiel!«, stieß sie bitter hervor. »Ohne Verlässlichkeit, ohne Verantwortungsgefühl. Einer, der lieber arbeitete oder heimlich Actionfilme schaute oder seine Geliebte besuchte, statt mit den Kindern zu spielen. Und jetzt das. Sieh dich doch an. Du bist eine Virenschleuder. Willst du etwa dein eigen Fleisch und Blut anstecken?«

Ein sarkastisches Lächeln umspielte seinen Mund.

»Dank deiner teuflisch guten Gesundheitstipps befinde ich mich bereits auf dem Wege der Besserung.« Er schnalzte mit der Zunge. »Schönen Gruß von Chantal – eigenartigerweise ist sie nicht sonderlich gut auf dich zu sprechen.«

Carina wollte ihm etwas entgegnen, doch die hellen Stimmen von Melli und Benny kamen ihr zuvor.

»Papa, Papi! Das ist ja super! Bringst du uns nach Hause? Es ist so kalt! Bitte!«

Bebend vor Zorn und Kälte warf sich Carina ihren Kindern entgegen und schloss sie in die Arme, als müssten sie vor einem feuerspeienden Drachen gerettet werden. Sie würde die Kleinen nicht hergeben. Niemals!

»Wir bestellen ein Taxi, wenn ihr möchtet«, japste sie, obwohl sie keinen müden Cent bei sich hatte. »Papa hat keine Zeit, er wollte nur mal guten Tag sagen. Das kennt ihr ja schon.«

»Oh, da liegt ein Missverständnis vor.« Unbeirrt lächelnd stieg Jonas aus und öffnete den hinteren Wagenschlag. »Immer nur rein mit euch. Wir haben was Besonderes vor.«

Was, konnte sich Carina nur zu gut denken.

»Au ja!«, jubelte Benny. »Gehen wir rodeln? Bauen wir einen Schneemann?«

»Besser. Wir werden eine sehr nette Freundin von mir besuchen. Es gibt Muffins und Cola.«

Melli schaltete als Erste.

»Eine Freundin?«, erkundigte sie sich misstrauisch. »Oder *deine* Freundin?«

Jonas kratzte sich am schlechtrasierten Kinn. Unbehaglich sah er erst Carina, dann Melli an.

»Wie gesagt, sie ist sehr, sehr nett. Und es gibt – tadaaa! – einen Kicker!«

»Ja!«, schrie Benny. »Jajaja, Papa hat mir einen Kicker gekauft!«

So eine miese Nummer. Benny konnte natürlich nicht ahnen, dass es sich um eine völlig durchschaubare Bestechungstaktik handelte, dafür war er mit seinen sechs Jahren noch zu jung. Melina hingegen ließ sich nicht so leicht einwickeln. Mit der Spitze ihres rechten Schuhs schob sie ein Häufchen Schnee zusammen und sagte nichts.

»Du bekommst natürlich auch was Tolles, Prinzessin«, beteuerte Jonas. »Lass dich überraschen.«

»Los, Melli, Papa hat eine Überraschung«, bettelte Benny und krabbelte auf den Rücksitz.

Als sie sich immer noch nicht bewegte, legte Jonas seine Hände auf ihre Schultern. Mit sanftem Druck bugsierte er Melina ebenfalls auf den Rücksitz. Hilflos musste Carina mit ansehen, wie er die beiden nach seinem Belieben herumdirigierte. Doch eine Auseinandersetzung in Gegenwart der Kinder kam für sie nicht in Frage.

»Dann – fahren wir mal«, sagte Jonas zögernd.

Er wollte gerade den Wagenschlag zuwerfen, als Carina ihr vereistes Knie auf die Rücksitzkante legte.

»Ich finde es ja so doll lieb, dass du dir diesen Besuch ausgedacht hast, Bärchen. Freu mich schon!«

Fassungslos starrte er sie an.

»Was?«

»Ich komme mit! Ist doch wohl Ehrensache!«

Da war sie wieder, die Zornesader auf seiner Stirn, aber genauso wenig wie Carina wagte er, in Gegenwart der Kinder einen Streit vom Zaun zu brechen.

»Musstest du nicht noch etwas Dringendes erledigen? Einkaufen? Den Klempner anrufen?«, fragte er kühl.

»Ach was, Familie geht vor«, säuselte sie. »Alles andere kann warten.«

Bevor er die hakelige Diskussion fortsetzen konnte, stieg sie einfach zu den Kindern auf die Rückbank und zog die Tür zu. Wer seinen eigenen Weg geht, kann nicht überholt werden, dachte sie zufrieden. Die Wiederbegegnung mit Chantal würde zwar erfreulich wie eine Hämorrhoidenverödung sein, aber wenigstens mussten sich alle zusammenreißen. Auch Jonas.

Während er den Wagen in Bewegung setzte, stellte er den Rückspiegel in eine Position, in der er Carina sehen konnte. Sie mied seinen Blick. Stattdessen plapperte sie drauflos, erzählte den Kindern vom Erfolg der Tinker-Shirts und tat so, als nehme sie seine mürrische Miene nicht wahr. Nur Melina schien etwas zu ahnen.

»Alles gut«, Carina streichelte ihre Wange, »das wird ein richtig schöner Nachmittag.«

»Ja, schöner geht's nicht«, kam es knurrend von vorn.

»Betty hat uns Orangensaft für die Schule mitgegeben«, teilte

Benny der unfreiwilligen Fahrgemeinschaft mit und förderte aus seinem Schulrucksack eine Flasche zutage. »Den trink ich jetzt.«

Jonas wandte sich halb um.

»Du kennst doch die Regel: keine Getränke in meinem Wagen.«

»Hab aber Durst«, quengelte Benny.

»Später, wenn wir aussteigen.«

Jonas und sein heiliges Auto. Auch so ein Punkt, über den Carina mit ihm sprechen musste. Sie brauchte keine Luxuskutsche, aber irgendein Gefährt, mit dem sie die Kinder bringen und abholen konnte. Fahrradfahren war viel zu gefährlich bei dem Wetter, und wenn sie den Bus verpassten, standen sie zu lange in der Kälte herum.

Was wohl Frau Lahnstein zu Jonas' Verhalten gesagt hätte? Hätte sie es gebilligt? Ihre Einschätzung von Jonas' Gefühlen hatte Carina kurzfristig schwankend werden lassen, doch der raue Ton, den er angeschlagen hatte, war danach wie eine kalte Dusche gewesen. Wahrscheinlich wünschte sich die alte Dame nur, dass nebenan wieder alles im Lot war, deshalb sah sie, was sie sehen wollte.

Es dauerte etwa zehn Minuten, bis Jonas vor einem mehrstöckigen Gebäudekomplex aus Sichtbeton parkte. Im Erdgeschoss reihten sich Geschäfte aneinander, eine Bäckerei, ein kleiner Supermarkt, eine Änderungsschneiderei, eine Boutique.

»Bou-ti-que É-lé-gan-ce«, las Melina halblaut den geschwungenen Schriftzug darüber vor.

»Die gehört Chantal«, erklärte Jonas mit einigem Stolz. »So heißt meine, also, *die* Freundin.«

Benny drückte sich die Nase an der Fensterscheibe platt.

»Und wo ist der Kicker?«

»Du wirst ihn gleich sehen.« Jonas schnallte sich so langsam ab, als hätte er Beruhigungsmittel genommen. Man merkte ihm an, dass er am liebsten im Wagen sitzen geblieben wäre – oder weitergefahren, egal wohin, nur weit weg. »Alles aussteigen, bitte.«

Instinktiv nahm Carina ihre Kinder bei der Hand, während sie auf das Gebäude zugingen. Doch schon nach wenigen Schritten riss Benny sich los, und Melina stürmte hinterher. Mit versteinerter Miene stapfte Jonas neben Carina durch den Schnee.

»Ist es nicht genial? Früher mussten wir noch selber lächeln, heute haben wir WhatsApp und Smileys«, flötete Carina.

»Chantal wird außer sich sein, wenn sie dich sieht«, zischte er wütend. »Gestern ist die Bombe geplatzt. Das mit meiner Mutter war eine Bodenlosigkeit, mal ganz abgesehen von dieser ekeligen Zwiebel-Knoblauch-Kette.«

Lachend warf Carina den Kopf in den Nacken und versuchte, mit der Zunge eine Schneeflocke zu fangen.

»Hat doch genützt, wie man sieht. Bist ja schon wieder mopsfidel.«

»Lach nicht! Sogar zum Putzen wollte Chantal mich verdonnern, weil du ihr dazu geraten hast. Aber da habe ich gestreikt.«

»Schade.« Sie drückte seinen Arm, als seien sie ein sehr vertrautes, sehr glückliches Paar. »Putzen reinigt die Seele. Das wär mal was für dich.«

Unwillig schüttelte er sie ab, woraufhin sie ihre kalten Hände in den Taschen der Daunenjacke verbarg.

»Und dann deine saublöde Leseaktion!«

»Sorry, Bärchen, ich vergaß, dass Lesen die Dummheit gefährdet. Du möchtest bestimmt keine Nobelpreisträgerin aus Chantal machen, wenn ich es richtig sehe. Wäre ja auch äußerst unbequem, wenn sie deinem brillanten Geist das Wasser reichen könnte.«

»Sie ist sehr intelligent und eine tüchtige Geschäftsfrau, im Gegensatz zu dir«, blaffte er und verstummte im selben Augenblick.

Auf dem Gehweg vor der Boutique stand Chantal, in einem metallisch glänzenden kurzen Kleid. Darüber hatte sie ein helles Pelzjäckchen geworfen. Ihr schwarzes Haar war zu einer voluminösen Bienenkorbfrisur aufgetürmt, und als sei es ein unverzichtbarer Running Gag, trug sie die lila Overknee-Stiefel, mit dem der ganze Schlamassel angefangen hatte.

»Sehr schick, deine Intelligenzbestie«, ätzte Carina. »Das Doofe an der Mode ist ja immer nur, dass oben der Kopf rausguckt.«

»Jooonas!«, rief Chantal freudig. Als sie Carina erkannte, entgleisten ihr die Gesichtszüge. »Sie? Was machen Sie denn hier?«

»Nach dem Rechten schauen«, erwiderte Carina. »Man will ja wissen, wo die Kinder landen, nicht wahr? Melli! Benny! Wo seid ihr?«

»Wir spielen Schneeballschlacht!«, kam es prompt zurück.

»Aber doch nicht vor meiner Schaufensterscheibe!«, kreischte Chantal leicht hysterisch. »Ihr macht ja alles schmutzig!«

Gerade mal ein winziger Schneeball klebte an der blöden Scheibe. Carina musste sich schwer beherrschen, um nicht dazwischenzugehen. Dann sah sie den kleinen Schneeberg, weiß mit gelben Sprenkeln. Frohgemut stopften sich Melli und Benny den Schnee in den Mund.

»Igitt, die essen Hundeurin!«, schrie eine elegant gekleidete Dame mittleren Alters, die vor der Boutique stehen geblieben war. »Was sind denn das für Gören?«

Chantal drehte fast durch. Mit beiden Armen fuchtelte sie in der Luft herum und kreischte »Oh my god! Oh my god!« wie ein Teenager.

Was für ein Auftakt – Familie Fürchterlich auf Tournee. Carinas Herzschlag beschleunigte sich. Es war ihr völlig unverständlich, warum ihre Kinder solch einen Unsinn verzapften, gleichzeitig ärgerte sie sich über Chantals schrilles Geschrei und das angewiderte Lamento der Dame.

»Melina! Benjamin!« Drohend marschierte Jonas auf die beiden zu. »Was ist hier los?«

»War nur Spaß«, antwortete Benny eingeschüchtert.

Schützend stellte sich Melli vor ihren kleinen Bruder.

»Wir haben den Orangensaft auf den Schnee gekippt und ihn dann gegessen. War nur 'n Test, wie die Leute reagieren.«

»Ein Test?« Jetzt gestikulierte auch Jonas wild herum. »Carina, was bringst du den Kindern eigentlich bei? Dass sie sich volle Kanne danebenbenehmen?«

Ganz gleich, was sie sagen würde, die Stimmung war im Eimer und Carina komplett bedient.

»Vorführeffekt«, sagt sie entschuldigend. »Eigentlich sind Melli und Benny zauberhaft, das weißt du doch, und das sagen sogar die Lehrer.«

Jonas' Kiefermuskeln spannten sich an, er kniff die Augenbrauen zusammen und sah Carina so wütend an, dass sie ihrerseits in Wut geriet.

»Seine Kinder nur zu lieben, wenn sie brav sind, das ist so, als ob man seinen Körper nur mag, wenn er perfekt ist«, variierte sie Toms Ausspruch aus dem Havanna Club. »Aber jeder Körper ist schön, jeder auf seine Weise, so wie auch jedes Kind liebenswert ist, ganz gleich, was es anstellt.«

»Was für ein merkwürdiger Vergleich«, mischte sich Chantal ein. »Nur mal so als Tipp, weil Sie ja eine Superexpertin für hilfreiche Tipps sind: Eine Topfigur muss man sich hart erkämpfen, Figurprobleme gibt es gratis.«

»Wo ist denn nun der Kicker?«, fragte Benny.

»Lasst uns alle reingehen«, stöhnte Jonas, dem offenbar schon schwante, dass die Dinge sich etwas anders entwickeln würden als gedacht.

»Wie – alle?«, fragte Chantal entsetzt.

»Meine … also, Carina will nur kurz die Wohnung in Augenschein nehmen, danach sind wir unter uns.«

Diese Programmänderung war sichtlich nicht nach Chantals Geschmack. Mit energischen kleinen Schrittchen stöckelte sie zu Jonas und wisperte ihm etwas ins Ohr. Carina konnte nicht alles hören, aber der Inhalt war schwerlich misszuverstehen: Sie war nicht erwünscht. Wie denn auch?

»Dauert wirklich nur eine Sekunde«, versicherte sie so freundlich, wie sie nur konnte. »Wie wäre es, wenn wir noch mal von vorn anfangen? Darf ich vorstellen: Das ist meine Tochter Melina, und das ist Benjamin. Kinder, das ist Chantal.«

»Schantallll«, wiederholte Benny versonnen.

»Also dann rein da jetzt, aber dalli«, kommandierte Jonas.

Chantal schloss die Boutique ab und die Haustür daneben auf. Auffallend still stiegen sie hintereinander eine Wendeltreppe hoch. Sogar Melli und Benny gaben keinen Piep von sich, obwohl sie sonst eher redselig waren. Schweigend betraten sie Chantals Wohnung und waren auch gleich mittendrin. Einen Flur gab es nicht, denn Chantal bewohnte ein Loft, das sämtliche Funktionen einer normalen Wohnung in einem riesigen Raum vereinigte: Couchecke und Esstisch, Bett und Schreibtisch. Was als Erstes ins Auge sprang, waren die rohen unverputzten Eisenträger, die die Decke stützten. Die Wände bestanden aus weißgestrichenen Backsteinen, die große Fensterfront verhüllten weiße, bodenlange Gardinen.

Sonderbares Gefühl, dachte Carina. Seit einem Jahr geht Jonas hier ein und aus, jetzt bringt er sogar seine Kinder hierher. Sehr gewöhnungsbedürftig, diese Erfahrung.

Melli war vor einem etwa zwei Meter breiten, deckenhohen Regal stehen geblieben, das ausnahmslos hochhackige Schuhe und Stiefel in allen erdenklichen Farben und Mustern beherbergte.

»Hast du viel Besuch?«, fragte sie arglos.

»Nee, das sind alles meine Schuhe«, antwortete Chantal. »Wenn du groß bist, kannst du dir mal ein Paar ausleihen.«

»Hm.« Stirnrunzelnd warf Melli einen Blick auf Carinas billige Plastik-Clogs, die in etwa so gut hierherpassten wie Würstchen an einen Hummerstand. »Mama, wieso hast du nicht solche Schuhe?«

»Weil ich sie nicht brauche, Schatz.«

Als Nächstes kamen die Kleiderstangen dran, die mindestens vier Meter maßen. Mäntel, Kleider, Blusen, Röcke, Hosen hingen nach Farben geordnet in Reih und Glied. Fast wirkte es wie der Fundus eines städtischen Theaters, so üppig war Chantal mit Klamotten ausgestattet. Als Boutiquenbesitzerin lag das vermutlich nahe.

»Auch alles deins, Chantal?«, staunte Melli. Sie berührte eine rot-gelb gepunktete Seidenbluse, dann ein silbernes Lurexkleid, das Carina unangenehm bekannt vorkam. »Das ist ja alles ganz bunt und glitzerig!«

»Das Leben ist zu kurz für langweilige Kleidung.« Chantal bedachte Carina mit einem mitleidigen Blick, der die abgetragene Daunenjacke, den Jogginganzug sowie die durchnässten Clogs mit einschloss. »Im Übrigen bin ich der Meinung: Wer Jogginghosen trägt, hat die Kontrolle über sein Leben verloren.«

Glücklicherweise war Melli schon zu Jonas und Benny weitergegangen, die sich über einen Kicker beugten und zu spielen begannen, so dass sie die letzte Bemerkung nicht mehr hörte.

»Dafür haben Sie sich wunderbar kindgerecht angezogen«, erwiderte Carina ironisch. »Das ideale Outfit, um mit Benny auf dem Boden rumzukriechen und später auf den Spielplatz zu gehen.«

»Nur kein Neid.« Geziert nestelte Chantal an ihrer Bienenkorbfrisur. »Ganz ehrlich? Wenn ich Sie wäre, dann wäre ich lieber ich. Allein schon wegen Jonas, verstehen Sie?«

»Ich verstehe Sie bestens.«

Chantal, die eindeutig ihren Heimvorteil ausnutzte, lehnte sich an einen Eisenträger und betrachtete ihre perfekt manikürten Fingernägel.

»Darf ich Ihnen etwas anbieten? Was trinken Exfrauen denn so? Likör?«

Carina hatte mehr als genug von diesem Zickenkrieg. Sie sah noch einmal zu ihren Kindern und fügte sich ins Unvermeidliche, dass sie den Nachmittag in diesem Loft verbringen würden.

»Oh, bitte keine Umstände. Darf ich Ihnen ein Tschüss anbieten?«

Kapitel 21

Draußen auf der Straße winkte Carina ein Taxi heran. Nichts wie weg, so schnell wie möglich und ohne eisige Komplikationen, war ihr einziger Gedanke. Das Rad würde sie später holen. Jetzt wollte sie nur noch nach Hause, ins Warme, den Kamin anzünden, einen heißen Tee trinken. *Home, sweet home.*

Nachdem Carina dem Fahrer ihre Adresse mitgeteilt hatte, lachte sie leise in sich hinein. Mellis abgefahrener Passantentest, was für eine megalustige Idee das gewesen war!

Bester Laune lehnte sie sich zurück und sah aus dem Fenster, an dem Schneeflocken zu waagerechten kleinen Rinnsalen schmolzen. Ihre Panik, was das Seelenheil der Kinder betraf, hatte sich längst verflüchtigt. Melli und Benny waren aufgeweckt, selbstbewusst und besaßen genügend Phantasie, selbst unter widrigsten Umständen ihren Spaß zu haben – das hatten sie eindeutig unter Beweis gestellt. Mit einer Chantal wurden sie spielend fertig, im wahrsten Sinne des Wortes. Noch saß Miss lila Stiefel auf dem hohen Ross. Aber das würde sich bald ändern. Kinder waren ein Belastungstest für eine Beziehung, niemand wusste das besser als Carina.

Ein neuerlicher Heiterkeitsausbruch schüttelte sie, während sie den nächsten Schritt plante: Sie würde Melli und Benny am Wochenende in Chantals Loft übernachten lassen. Samstagnachmittag stand ein Playdate mit Mellis Freundinnen an, genau dann, wenn Jonas in Ruhe Fußball schauen wollte. Und am Sonntagmorgen musste Benny schon in aller Herrgottsfrühe zu einem Hockeyturnier gefahren werden, was sechs Uhr aufstehen bedeutete. So viel zum Thema verkuscheltes Liebeswochenende zu zweit. Wie gemein, wie wunderbar. Nein, wunderbar gemein! Sie hingegen würde tanzen gehen. Vielleicht sogar mit Tom?

»Sie sind ja gut drauf«, wunderte sich der Taxifahrer, ein älterer Herr mit schlohweißem Haar. »Haben Sie im Lotto gewonnen? Oder sind Sie verliebt?«

Carina nieste, dann schnäuzte sie sich ausgiebig. Sie brauchte ein paar Sekunden, um von ihren verheißungsvollen Visionen in die Realität zurückzukehren.

»Weder noch. Um genau zu sein: Mein Mann hat mich betrogen, meine Kinder mussten heute seine Geliebte kennenlernen, ich bin viel zu dünn angezogen und habe mir wahrscheinlich eine dicke Erkältung eingefangen.«

»Alle Achtung.« Der Taxifahrer kratzte sich am Kopf. »Sie scheinen ja eine echte Optimistin zu sein. Ich sag immer: Pessimisten sprechen von Regen, Optimisten freuen sich, dass sie im Freien duschen können.«

»Ganz genauso fühle ich mich«, lächelte Carina. »Befreit.«

Als ihr Handy klingelte, fürchtete sie schon, Jonas könnte sich über weitere Kapriolen der Kleinen beschweren, doch es war Leni, die anrief.

»Heute habe ich meinen freien Nachmittag. Lust auf einen Kaffee bei Eddy?«

»Ich wollte eigentlich nach Hause …« Carina rang mit sich, fand das leere Haus jedoch bei weitem nicht so verlockend wie ein Treffen mit ihrer besten Freundin. »Gut, ein Bio-Espresso toppt natürlich alles. Hab nur kein Geld dabei, mein Portemonnaie liegt daheim in der Küche.«

»Keine Sorge. Zufällig weiß ich, dass du sage und schreibe zweihundert Euro besitzt. Das nenne ich solvent. Ich leih dir was.«

»Gebongt, bis gleich!«

Carina sagte dem Fahrer die neue Adresse, woraufhin er gutmütig schmunzelte.

»Das ist doch dieser Ökoladen, richtig? Mit diesem sympathischen Verrückten, wie heißt er noch?«

»Eddy. Er ist gerade Vater geworden.«

»Ein Veganer wird nicht Vater, der pflanzt sich fort«, grinste der Taxifahrer und gab Gas.

Fast fühlte es sich schon an wie die Heimkehr in ein zweites Zuhause, als Carina eine Viertelstunde später aus dem Taxi stieg. Eddy, der auf dem Gehweg Schnee schippte, begrüßte sie so überschwänglich, als sei Carina ein Familienmitglied.

»Carissima! Willkommen – *benvenuto*! Du siehst aus, als könntest du was zu essen gebrauchen. *Allora*, komm rein, Leni ist schon da, und Wanda soll dir gleich mal eine Rote-Linsen-Suppe mit Ingwer, Chili und Koriander bringen. Die heizt ein wie nix. Ich hab die Suppe schon intus, und mir ist so heiß, ich könnt mich nackt im Schnee wälzen.«

Schöne Vorstellung eigentlich. Die Kälte schien ihm tatsächlich nichts auszumachen. Obwohl er nur eine durchlöcherte schwarze Jeans, einen schwarzen Hoodie mit der neongelben Aufschrift *Ich glaub, mein Kaffee ist kaputt, bin immer noch müde* und natürlich seine obligatorische Sonnenbrille trug, wirkte er kein bisschen verfroren.

»Du, Eddy, mein Portemonnaie …«

In diesem Augenblick hupte es, und der Taxifahrer, der neben dem Bordstein wartete, kurbelte die Scheibe der Beifahrertür herunter.

»Hab's mir überlegt, junge Frau – die Fahrt war gratis, weil Sie mir richtig gute Laune beschert haben. Die reicht für ein paar Tage. Falls Sie sich meinen Namen merken wollen: Ich heiße Benno.«

»Danke schön«, rief Carina verdutzt.

Mit einem Kavalierstart preschte das Taxi davon.

»Dein Fanclub wird aber auch immer größer, was?« Eddy musterte sie amüsiert über den Rand seiner dunklen Brille hinweg. »Erst der Fitnesstrainer, jetzt der Taxifahrer, und ich bin schließlich auch noch da.«

»Im nächsten Leben, lieber Eddy, im nächsten Leben.«

Carina hatte ihn immer schon anziehend gefunden, wenn auch ohne Hintergedanken. Seine männliche Statur, seine dunklen Locken, vor allem aber sein umwerfender Humor machten ihn zu einem Womanizer. Jonas lachte nur noch selten, fiel ihr plötzlich ein. Ob es an ihr lag? Bei Chantal hatte er allerdings auch nicht viel zu lachen.

Während sie in den Laden gingen, stellte Carina einmal mehr fest, wie sehr sie dieses Öko-Biotop mochte. Eine warme, gemütliche Höhle in stürmischen Zeiten. Ihr Blick streifte die Regale mit Teetüten, veganen Aufstrichen und Biocremes, den urigen Holztresen mit der weißen Marmorplatte, die einladenden Barhocker und die beiden Stehtische. Tief sog sie den süßlichen Duft von Gewürzen und Kräutern ein. Am besten gefiel ihr jedoch die ungezwungene Atmosphäre, irgendetwas zwischen Klassenfahrt und Selbsterfahrungsgruppe.

Wanda thronte auf einem Barhocker am Tresen, in einem grobgewebten, farbenfrohen Gewand mit indianischen Motiven. Daneben stand Leni, in Jeans und weißem Blazer, und begrüßte Carina mit einem übermütigen »Yipppiiee!«. Nur Eddy schien etwas erschöpft zu sein. Passend zu seinem Sweatshirt-Spruch gähnte er verstohlen.

»Wie geht's dir denn so als junger Vater? Sind die Nächte kurz?«, erkundigte sich Carina.

»Welche Nächte?« Er rieb sich über die Stirn. »Mein Schlaf und ich führen momentan eine Fernbeziehung – würde gern mehr Zeit mit ihm verbringen, komme aber leider nicht dazu.«

»Der ist nur müde, weil so viele unentdeckte Talente in ihm schlummern«, kicherte Wanda. Sie zeigte auf Eddys Laptop, der vor ihr auf dem Tresen stand. »Und was für Talente. Er ist der König der Nerds.«

Eddy stemmte die Hände in die Seiten.

»Echte Nerds sind viel verpeilter als ich. Die haben so einen Hunger, dass sie vor lauter Durst gar nicht wissen, was sie rauchen sollen. Also, Mädels, was wollt ihr trinken?«

Wanda, Leni und Carina sahen einander an und holten synchron Luft.

»Käffchen geht immer!«

Lächelnd schob Eddy seine Sonnenbrille von der Nase auf die Stirn.

»Ihr seid ja so was von überhaupt nicht kaffeesüchtig.«

»Nee, nur chronisch dekoffeiniert«, erwiderte Leni. Mit verschwörerischer Miene winkte sie Carina zum Tresen. »Komm her, meine Süße. Über den gruseligen Jogginganzug reden wir später. Stell dir vor, Eddy hat Jonas' Facebook-Account gehackt. Wir sind schon fleißig dabei, alberne Posts zu dichten.«

»Posts, aha.« Carina linste auf den Monitor. »Was denn genau?«

»Eine Art Kontaktanzeige zum Beispiel.« Mit erotisch vibrierendem Timbre las Wanda den Text vor: »Weihnachtsmann sucht Weihnachtsengel mit großen Christbaumkugeln für nicht ganz so stille Nächte. Christbaumständer vorhanden. Anfragen nur per Messenger.«

»Ihr wisst aber schon, dass ihr vor ein paar Jahrhunderten auf dem Scheiterhaufen gelandet wärt«, grinste Eddy.

»Was ist denn das – Mässenscher?«, wollte Carina wissen.

»Ein persönlicher Nachrichtendienst auf Facebook«, klärte Leni sie auf. »Die Anfragen kann nur Jonas sehen. Und die Person, die sein Handy checkt. Wie hieß sie noch? Chantal?«

»Oooooha«, stöhnte Carina verzückt. »Das gibt Ärger ohne Ende.«

Mit federnden Schritten umrundete Eddy den Tresen und holte drei Espressotassen aus dem altertümlichen Geschirrschrank dahinter, einem Monstrum aus Kirschbaumholz mit Glastüren und rot-weiß karierten Scheibengardinen. Bevor er eine Tasse unter das silberne Rohr der Espressomaschine stellte, zwinkerte er Carina verschwörerisch zu.

»Die drei hübschen Teufelchen haben auch den Beziehungsstatus deines Exmanns geändert.«

»O ja«, giggelte Leni. »Willst du ihn wissen?«

Carina nickte, und Leni warf sich in Positur wie eine Opernsängerin.

»Beziehungsstatus: Ich stehe mit beiden Beinen fest auf dem Schlauch.«

Alle lachten ausgelassen. Carina lachte mit, jedoch ein wenig verhalten. Sicher, Jonas hatte sich selbst in eine Situation laviert, die ihn zur perfekten Zielscheibe machte. Doch sonderlich glücklich hatte er heute keineswegs gewirkt. Chantal war Granate – für Männer, die den affektierten Barbie-Style bevorzugten. Herzenswärme strahlte sie nicht aus. Und konnte sie überhaupt kochen? Auf einmal ertappte sich Carina bei der absurden Überlegung, ob Jonas etwas Anständiges zu essen bekam bei einer Frau, die den Kindern statt eines warmen Mittagessens ein paar schlappe Muffins vorsetzte.

Herrjemine, dachte sie, ist das noch normal, wie ich von einem Extrem ins andere falle? Mal der Racheengel, dann wieder die besorgte Ehefrau? Könnten sich meine Gefühle bitte mal entscheiden, wo's langgeht?

»Du bist so still«, sagte Leni, die Carinas Stimmungsumschwung bemerkt hatte.

»Ach, die Kinder sind bei Jonas und Chantal, da geht einem so einiges durch den Kopf.«

»Die Kinder. Bei Chantal.« Bedenklich wiegte Leni den Kopf hin und her. »Wie geht's dir damit?«

»Ist ein bisschen seltsam. Bin gespannt, was Melli und Benny heute Abend erzählen. Auf jeden Fall werde ich Jonas und Chantal ein stressiges Wochenende bescheren – mit dem vollen Kinderservice, inklusive Playdate und Hockeyturnier.«

Leni klopfte ihr anerkennend auf die Schulter.

»Dann mach gleich weiter so. Übernächstes Wochenende kommt der Freizeitpark dran. Da muss Papi zeigen, was er draufhat, und Chantal kann sich schön zu Hause langweilen. Du solltest dir übrigens einen Facebook-Account zulegen und lauter herzige Familienfotos posten, das wird sie so richtig auf die Palme bringen.«

»*Prego, tre espressi* für die verehrten Signorinas.« Eddy stellte drei Tassen nebeneinander auf den Tresen und eine weitere Tasse unter das Auslaufrohr. »Ich genehmige mir auch noch einen. Kaffee ist ein multioptionaler Problemlöser, findet ihr nicht? Ich trinke Kaffee, wenn ich müde bin, ich trinke Kaffee, wenn ich ein Motivationstief habe, und wenn mir einer komisch kommt, werfe ich ihm einfach die Tasse an den Kopf.«

Lachend schlürften die drei Freundinnen ihren Espresso. In diesem Moment klirrte das Windspiel aus Metall, das an der Eingangstür hing. Ein junges Paar betrat den Laden. Flüsternd blieb es vor einem Regal mit veganen Kondomen stehen, bevor es zu Wanda an den Tresen trat.

»Einmal bitte Quinoasalat, zwei Rote-Linsen-Suppen, ein Ciabatta mit Oliven, alles zum Mitnehmen«, bestellte der junge Mann.

»Und, äh, das«, fügte seine Freundin etwas verlegen hinzu und legte eine Packung Kondome auf den Tresen.

»Ebenfalls zum Mitnehmen, nehme ich an«, witzelte Wanda.

»Besser isses«, bestätigte Eddy verschmitzt. »Es gibt Dinge, die man zu Hause ausprobieren sollte. *Per favore*, Wanda, wenn du in die Küche gehst, bring gleich noch eine Suppe für Carina mit.«

»Wird erledigt, Chef.«

Wanda verschwand in den hinteren Räumen des Ladens, und Carina nutzte die Gelegenheit, um das Thema Jonas endgültig beiseitezuschieben.

»Eddy, was ich dich fragen wollte, kannst du mir eventuell eine Website bauen? Sie soll *Tinker your life* heißen.«

»Wow, klingt so richtig schön unanständig.« Er rollte mit den Augen. »Steigst du etwa ins Erotikbusiness ein?«

»Auch keine schlechte Idee«, gluckste Leni. »Frauen in unserem Alter sind nämlich äußerst begehrt, vor allem bei jüngeren Männern.« Mit den Lippen formte sie das Wort TOM in Carinas Richtung, bevor sie weitersprach. »Kleine Englischlektion gefällig? Tinkern heißt so viel wie basteln. Carina macht sensationelle Shirts, bemalt, beklebt, bestickt und mit frechen Graffitisprüchen. Die Leute rennen ihr schon die Bude ein.«

»Ist ja Wahnsinn«, entfuhr es Eddy.

»Morgen will ich ein paar Shirts in der Schule verkaufen«, erklärte Carina. »Dauernd melden sich Eltern von Mitschülern bei mir, da finde ich es praktischer, alles in einem Abwasch zu erledigen.«

»In der Schule? *Ma no* – wenn schon analog, dann bitte hier im Laden«, widersprach Eddy. »Aber eine Website brauchst du natürlich langfristig. Ich bau dir ein Megaportal.«

»Vergiss nicht, Carina ist Mutter«, warf Leni ein. »Die hat nur Geduld, wenn's schnell geht.«

Ein volles Tablett transportierend, kehrte Wanda aus der Küche zurück. Sie reichte dem jungen Paar eine braune Papiertüte mit den bestellten Speisen und stellte Carina einen dampfenden Teller Suppe auf den Tresen, direkt neben die Kondompackung. Während sie kassierte, deutete sie mit dem Kopf erst auf die Kondome, dann auf die Espressomaschine.

»Darf ich Sie vielleicht zu einem Bio-Espresso verführen? Ich vermute, Sie haben heute noch was Nettes vor, da ist Koffein nicht der schlechteste Beschleuniger. Geht aufs Haus, der Kaffee.«

»Wie aufmerksam, danke«, erwiderte die junge Frau errötend.

Wanda lächelte schelmisch.

»Trinkgeld bitte nur in Scheinen.«

Sie nahm zwei frische Tassen aus dem Schrank und widmete sich der Espressomaschine, als ein weiterer Kunde den Laden betrat. Seine Felljacke sah aus, als habe er einen alten Flokatiteppich recycelt, auf dem Kopf trug er eine bunte Strickmütze. Suchend sah er sich um, dann entschied er sich für das Teeregal und studierte die bunten Aufkleber der Tütchen.

»Sagen Sie mal«, der junge Begleiter der Frau hatte dem Gespräch aufmerksam zugehört und wandte sich an Carina, »kann ich mal so ein – wie heißt das? – Tinker-Shirt sehen?«

Zwischen zwei Löffeln Suppe, die köstlich schmeckte, hob sie bedauernd die Achseln.

»Leider habe ich keins dabei.«

Leni zückte ihr Handy.

»Ich hab einige Shirts fotografiert, als die Kiddies bei mir waren. Hier, schauen Sie.«

Der junge Mann und seine Freundin beugten sich über das Display. Langsam scrollte Leni durch die Fotodateien, während die junge Frau immer mehr auftaute und begeisterte Seufzer von sich gab.

»Haben-wollen-Schluckreflex! Das da«, sie zeigte auf Jonas' graues Lieblings-T-Shirt mit dem Spruch *Was nicht guttut, kann weg,* »das möchte ich für meine Schwester, weil sie immer noch an ihrem Nichtsnutz von Mann hängt. Und das schwarze Shirt mit den Löchern«, glühend sah sie ihren Freund an, »das schenke ich meinem Liebsten.«

»Gibt es ab morgen auf der Website *Tinker your life*«, verkündete Eddy. »Freu mich, wenn Sie wiederkommen.«

»Ganz bestimmt!«, sagten beide wie aus einem Mund.

Nachdem sie ihren Espresso ausgetrunken und sich verabschiedet hatten, wartete Wanda ab, bis sie die Tür hinter sich schlossen. Dann klapperte sie theatralisch mit den Wimpern.

»So jung, so verliebt, so easy. Allmählich werde ich echt nervös. Klar, ich bin immer noch die Nummer eins – aber nur in den Single-Charts.«

»Hattest du denn schon dein Date mit diesem Tantrameister?«, fragte Carina.

»Fing schlecht an, ließ in der Mitte ein bisschen nach, über das Ende reden wir besser nicht.« Wanda machte eine wegwerfende Handbewegung. »Wo bleibt der Mann mit Langzeitperspektive? Wenn ich mal alt bin und mich jemand nach meiner großen Liebe fragt, will ich nicht in Erinnerungen kramen, sondern mich umdrehen und sagen: Schau, da sitzt er.«

Ihre Worte trafen Carina mitten ins Herz. Wenn ich mal alt bin – wird es dann einen Mann geben, mit dem ich einschlafe und aufwache? Der mir so nahe ist und mich so gut kennt, dass ich mich ohne

Worte mit ihm unterhalten kann? Auf einmal kam ihr Tom in den Sinn. Obwohl sie das Bild zu verdrängen versuchte, stellte sie sich vor, wie er wohl beim Zähneputzen aussah.

»Tja, ihr Lieben, wie ihr seht, ist mein Leben ziemlich betrinkenswert«, jammerte Wanda. Sie holte unter dem Tresen eine Flasche Wein hervor, die sie mit geübten Bewegungen entkorkte. »Wein ist in Wasser aufgelöstes Sonnenlicht, wusstet ihr das? Also das ideale Getränk für eine Frau, die nur noch an das Licht im Kühlschrank glaubt.«

»Verstehe ich nicht«, sagte Carina. »Du bist eine gestandene Frau, nicht auf den Mund gefallen, ein feiner Kerl, kannst zuhören …«

»Mit einem Wort: überqualifiziert«, seufzte Leni.

Wanda goss sich ein Glas Wein ein und prostete Carina zu.

»Auf dich, Schatz. Sei froh: Du hast wenigstens einen Exmann, zwei Kinder und einen sexy Fitnesstrainer, ich habe nur ein paar Likes auf Facebook und gelegentlich einen Gestörten am Start. Manchmal weiß ich selber nicht, warum ich überhaupt noch an diesen Tantrameister denke. Zu blöd aber auch, dass das Herz langsamer ist als der Verstand.«

Das war in der Tat eine niederschmetternde Bilanz. Carina griff über den Tresen hinweg nach Wandas Hand.

»Ich dachte, Meditation könnte dir helfen, klarzusehen.«

Nachdem sie einen Schluck Wein getrunken hatte, drehte Wanda ihr Glas in den Händen hin und her.

»Sehe ich etwa aus wie jemand, der klarsieht? Andere Frauen machen Fehler, ich date sie.«

»Beim Kampf Kopf gegen Herz verliert im Zweifelsfall immer die Leber«, erklärte Eddy, der hinter den Tresen gegangen war und die Flasche Wein zurückstellte. »Nur ein Glas, Wanda, okay? Du bist nicht nur Hammer, du bist der ganze Werkzeugkasten. Eines Tages wird das dem Richtigen auffallen.«

»Auch der Falsche kann der Richtige sein«, raunte Leni Carina zu. »Manchmal muss man vergessen, was man wollte, und sich daran erinnern, was man verdient. Ich finde, du hast einen Mann wie Tom verdient.«

»Blödsinn. Der wäre was für dich«, raunte Carina zurück.

»Wenn du dich da mal nicht täuschst.«

Inzwischen hatte der Flokatimann zwei Teetüten ausgesucht, trat an den Tresen und musterte die Schiefertafel neben dem Geschirrschrank, auf der Speisen und Getränke verzeichnet waren. Sein gebräuntes Gesicht erzählte von Reisen in sonnige Länder, sein offener Blick von einem wachen Geist.

»Gibt's hier auch koffeinfreien Kaffee?«, fragte er.

Wanda, die ihn jetzt erst richtig wahrnahm, hob die Augenbrauen.

»Nee, nur Kirschkuchen ohne Kirschen und Mohnbrötchen ohne Mohn. Guter Mann, wissen Sie denn nicht, dass entkoffeinierter Kaffee voll der Chemiecocktail ist? Das sollte man sich auf keinen Fall antun.« Sie zeigte auf eine dickbauchige Porzellankanne, die über einem Gestell mit brennenden Teelichtern thronte. »Dann lieber einen Tee.«

»Rund und prall wie der Bauch des sitzenden Buddhas sei die Kanne, nur so kann das zarte Pflänzchen sein kostbares Aroma entfalten«, rezitierte der Mann so beiläufig, als lese er aus der Zeitung vor.

»Hä?« Wanda lächelte ungläubig. »Sie kennen sich in chinesischer Teephilosophie aus?«

»Der erste Schluck netzt Lippen und Kehle, der zweite verscheucht die Einsamkeit, der dritte durchdringt dein ganzes Inneres, beim vierten Schluck bist du geläutert.« Er verneigte sich gemessen. »Beim fünften wird Glückseligkeit dir zuteil.«

Mit offenem Mund hatte Wanda zugehört.

»Und beim sechsten geht's mit Anlauf ins Nirwana, oder was? Sind Sie so was wie 'n Glückskeks?«

Wieder verneigte sich der Mann, aber deutlich weniger feierlich. Der Schalk blitzte aus seinen Augen, als er Wanda zuzwinkerte.

»Außen knusprig, innen weise. Kann man so stehenlassen. Und mit wem habe ich die Ehre?«

Eddy, der wie bei einem Tennismatch vom einen zum anderen und wieder zurück schaute, reagierte geistesgegenwärtig.

»Carina, Leni, wir ziehen uns zur Besprechung in die Küche zurück. Ihr wisst schon, die Website. Hopphopp.«

»Manno, wieso denn«, beschwerte sich Leni, die der Unterhaltung fasziniert gelauscht hatte.

Geheimnisvoll legte Eddy einen Finger an die Lippen. Dann kam er hinter dem Tresen hervor und schob Leni und Carina in den Gang, der in die hinteren Räume führte. Zu dritt zwängten sie sich an Stapeln aus Getränkekisten vorbei, wichen einem großen Fass mit veganem Bier aus und gelangten schließlich zur Küche, einem winzigen, aber blitzblank geschrubbten Raum, der von einem imposanten Profiherd aus poliertem Metall dominiert wurde. In einem großen Topf schmurgelte die Rote-Linsen-Suppe, daneben stand ein Wok mit Gemüse und Nudeln, auf der Fensterbank reihten sich kleine Tontöpfe mit frischen Kräutern aneinander.

»*Madonna mia!*«, lachte Eddy, nachdem er die Tür hinter sich zugezogen hatte. »Der Typ quatscht ihr echt den Rost vom Mofa. Passt! Wanda ist nichts für schwache Nerven, hundert Prozent frei laufende Emotion. Da braucht sie schon einen, der sie mit seinen Teezeremonien ruhigstellt.«

»Rund und prall wie der Bauch eines sitzenden Buddhas?« Leni tippte sich an die Schläfe. »Der Mützenmann hat sich ja wohl im Kreisverkehr verirrt.«

Eddy trat an den Herd, griff zu einem Holzlöffel und rührte in dem Wok herum.

»Genau deshalb ist er die perfekte Software für ihr Betriebssystem. Wollt ihr buntes Gemüse mit Cashews und Glasnudeln? Vor einer Stunde frisch gemacht.«

Im Handumdrehen füllte er drei Teller, ohne weiter zu fragen. Im Stehen gabelten sie den unwiderstehlichen Mix aus Nudeln, Möhren, Zucchini, Lauch, Cashewkernen und viel Knoblauch in sich hinein.

»Jetzt zur Website, Carina«, sagte Eddy kauend. »Da ich nachts sowieso nicht mehr schlafe, baue ich sie dir bis morgen früh. Leni, du schickst mir alle Fotos. Dann kann's losgehen.«

Carina drehte mit ihrer Gabel eine mundgerechte Portion Glasnudeln auf.

»Danke, Eddy, dafür bekommst du ein extra schönes Tinker-Shirt. Aber meinst du, ich schnalle das Ganze? Es reicht ja nicht, wenn ich die Website habe, ich muss ja auch die Bestellungen aufnehmen können.«

»Komm einfach morgen vorbei, ich verpasse dir einen Crashkurs.« Er riss ein Stück Küchenrolle ab und betupfte sich den Mund. »Wollen wir mal nachsehen, wie Wanda sich macht? Es ist so still geworden.«

Wie neugierige Kinder, die ihren Eltern hinterherspionierten, schlichen sie durch den Gang und spähten um die Ecke. Der Flokatimann war verschwunden. Wanda saß auf dem Tresen, ließ die Beine baumeln und lächelte selbstvergessen vor sich hin.

»Wanda?« Eddy winkte ihr zu. »Alles in Ordnung?«

»Irre«, stöhnte sie. »Ich bin geschafft. Der Veganismus in allen Ehren – ich glaube, heute ist ein Tag, an dem ich unbedingt was mit Käse überbacken muss.«

»Wie praktisch, Kalorien werden ja bekanntlich von geschmolzenem Käse abgetötet«, frotzelte Carina. »Komm schon, wie war es? Wer ist der Typ?«

Verträumt zupfte Wanda einen Faden aus ihrem bunten Gewand.

»Er heißt Martin, lebt drei Monate im Jahr in einem tibetischen Kloster und hat mich zu einem Schweige-Workshop eingeladen.«

»Sehr originell«, befand Leni. »Dann hat er ja schon mal die wichtigste Regel begriffen: Man sollte nie eine Frau beim Schweigen unterbrechen, das geht immer nach hinten los.«

»Ich finde ja, die schönste Art, eine Frau zum Schweigen zu bringen, ist, sie zu küssen«, lächelte Eddy.

Das nahm ihm hier jeder ab. Für Carina hatte das Thema allerdings noch einen weiteren Aspekt, denn ihr wurde immer stärker bewusst, dass sie selbst viel zu lange geschwiegen hatte, was Jonas betraf. Warum war sie nicht viel früher aktiv geworden? Warum hatte sie ihm nie gesagt, dass sie unter seinen Abwesenheiten und seiner kurz angebundenen Art litt? Wie oft hatten sie stumm nebeneinander vor dem Fernseher gesessen oder nur knappe Worte über Belangloses geredet, statt sich ernsthaft zu unterhalten.

»Manchmal ist reden besser.« Sie senkte den Blick. »Wer meint, schweigen löst alle Probleme, erinnert mich an ein Kind, das sich die Augen zuhält und denkt, es sei unsichtbar.«

»Unsichtbar. Ein gutes Stichwort.« Leni holte ihre Geldbörse heraus. »Ich möchte gern zahlen. Lass uns rüber in meine Wohnung gehen, Carina, ich habe dir einige Klamotten zurechtgelegt.«

»Ihr wollt schon los?«, fragte Eddy.

Wortlos zeigte Leni auf Carinas verwaschenen weinroten Jogginganzug.

»Hm«, druckste Carina herum, »ich bekomme offensichtlich ein Mach-das-Beste-aus-deinem-Typ-Coaching. Damit man die inneren Werte auch von außen sieht.«

Mit bemerkenswerter Behändigkeit hüpfte Wanda vom Tresen und umarmte ihre beiden Freundinnen.

»Stimmt, Klamotten verraten so einiges. Ich sag immer: Vorsicht, wenn der BH zum Schlüpper passt. Dann hat eine Frau was vor.«

Kapitel 22

Vorsichtig setzte Carina in die enge Parklücke zurück und stellte den Motor aus. Leni hatte ihr den VW Käfer geliehen, denn sie bestand darauf, dass Carina bei dem Winterwetter nicht noch einmal Rad fuhr. Außerdem hatte sie Carina erneut eine Standpauke wegen des Jogginganzugs gehalten und ihr neben einer ganzen Tasche voller abgelegter Klamotten einen lässig-eleganten Hosenanzug in Olivgrün geradezu aufgedrängt. Dazu trug sie einen wärmenden Rollkragenpullover in hellem Rosé, der Leni ebenfalls zu groß geworden war. Jogginganzüge, so ihre Freundin, kämen ab jetzt wirklich nur noch zum Joggen in Frage.

Carina wollte gerade aussteigen, als ihr Handy piepste. Sie sah aufs Display. Wieder eine Nachricht von einer Mutter, die unbedingt ein Tinker-Shirt ergattern wollte und durchblicken ließ, der Preis spiele keine Rolle. Mittlerweile hatte Carina den Überblick verloren, so viele Anfragen gab es. Sie schrieb eine kurze Antwort, in der sie auf die künftige Website verwies, dann überflog sie noch einmal die Nachricht, die Jonas ihr geschickt hatte.

Kinder um vier abholen. Pünktlich!

Gerade mal knapp zwei Stunden hatten die Kleinen in Chantals Loft zugebracht, und schon war die Luft raus? Auch ohne prophetische Fähigkeiten konnte man davon ausgehen, dass die Aktion Ich-bin-der-tolle-Papa-mit-der-total-netten-Freundin nicht ganz unfallfrei verlaufen war.

Als Carina an der Haustür klingelte, dauerte es verdächtig kurz, bis der Summer ertönte. Oben wartete Jonas mit den fertig angezogenen Kindern an der Tür. Sein Hals war immer noch in einen dicken Wollschal gewickelt, damit auch ja niemand seinen angegriffenen Gesundheitszustand übersah. Chantal lag teilnahmslos auf einem roten Sofa, die Augen mit einer schwarzseidenen Schlafmaske bedeckt. Womöglich gefiel ihr nicht, wie sich ein Raum veränderte, wenn phantasievolle Kinder darin spielten. Über drei Drahtstühlen mit orangefarbenen Kissen hing die Bettdecke, darunter standen Teller mit Kuchenkrümeln und zwei halbvolle Gläser. Auf dem Boden verstreut lagen Stücke eines Riesenpuzzles, das Jonas offenbar eigens für die Kinder angeschafft hatte. Der Esstisch, ein futuristisches Gebilde aus Glas, das auf einem filigranen Drahtgestell ruhte, war mit Papierbogen und Stiften übersät. Eine ausgequetschte Klebstofftube, zwei Scheren und Millionen kleiner Papierschnipsel, die sich gleichmäßig im gesamten Loft verteilten, zeugten von dynamisch ausgelebter kreativer Energie.

»Sieht aus, als hätten die Kinder den Raum etwas umgestaltet«, sagte Carina mit einem Lächeln, in das sich eine Spur Schadenfreude mischte.

Hysterisch kichernd hob Chantal eine Hand und ließ sie kraftlos wieder auf die Sofalehne fallen, Jonas verzog den Mund, als hätte er in eine Zitrone gebissen. So kann's kommen, wenn man den Papi spielt, aber keinen Schimmer hat, wie das geht, dachte Carina. Es war unübersehbar, dass die Anwesenheit der Kinder das junge Glück gefährdete, wie sie mit grimmiger Genugtuung registrierte. Warum sollte es Chantal besser ergehen als ihr? Auch ihr Eheleben war nicht gerade einfacher geworden mit zwei Kindern, die Liebe, Kraft und Zeit erforderten.

»Na, wenigstens ist die Stimmung bombig.« Ihr Lächeln wurde breiter. »Und? Wie war's sonst so?«

»Ich hab sooo 'n Hunger«, maulte Benny.

Melina blies sich eine ihrer honigfarbenen Locken aus der Stirn.

»Es gab Muffins. Die haben, na ja, gar nicht mal so lecker geschmeckt.«

»Seid nicht undankbar, Chantal gibt sich sehr viel Mühe«, brummte Jonas gereizt.

»Ist ja auch ziemlich anstrengend, Muffins und Cola im Supermarkt zu kaufen«, grinste Melli. »Mum, können wir gleich was Richtiges zu essen haben?«

Die Anspannung wurde immer stärker spürbar. Carina hatte vorhergesehen, dass Chantal mit dem Kinderbesuch überfordert sein würde, doch auch Jonas wirkte extrem gestresst.

»Schicker Anzug«, murmelte er, ohne Carina anzusehen.

»Danke. Scheint ja ein Knaller gewesen zu sein, der Antrittsbesuch. Ihr könnt euch freuen, ich habe gute Nachrichten: Da ich am Wochenende tanzen gehe, dürfen die Kinder von Samstag auf Sonntag hier schlafen.«

»Hier? *Oh my god*«, stöhnte Chantal leise, aber laut genug, dass alle es hören konnten.

Jonas fing an zu husten, seine Augen quollen hervor.

»Sternschnuppe, wir sollten es ruhig angehen lassen, hast du gesagt, und …«

Wie ein Klappmesser schoss Chantal vom Sofa hoch und riss sich die Schlafmaske vom Gesicht.

»Du nennst sie – Sternschnuppe?«

»Und ich nenne ihn Bärchen«, erwiderte Carina vergnügt. »Also, Bärchen, wie du weißt, haben wir eine Vereinbarung. Du erinnerst dich? Das Haus? Unser Deal? Daher bitte ich dich, meine Zeitvorstellungen zu respektieren.«

»Du träumst ja wohl«, presste er zwischen den Zähnen hervor.

»Ich träume nicht, ich plane. So, und nun müssen wir wirklich los, Bärchen.«

»Warum verdreht Chantal eigentlich immer die Augen?«, erkundigte sich Benny.

»Die sucht ihr Gehirn«, flüsterte Melina.

Chantals Gesicht verfärbte sich rötlich. Ärgerlich stöckelte sie quer durch das Loft und baute sich vor Melina auf.

»Frechheit! Das habe ich gehört! Geht sofort vor die Tür, die Erwachsenen müssen reden.«

»Gute Idee«, pflichtete Carina ihr bei, »geht ruhig, Kinder, ich komme gleich nach. Aber bleibt auf dem Bürgersteig, ja?«

»Machen wir«, nickte Melli.

Benny, der sich an seinen Vater lehnte, schielte sehnsüchtig in die hintere Ecke.

»Dürfen wir den Kicker mit nach Hause nehmen, Papi? Du hast ihn mir doch geschenkt, oder?«

»Äh, na jaaaa ...«

»Papi, Papi«, flehte Benny.

Jonas wechselte einen gequälten Blick mit Chantal, die erst ihn und dann entnervt die Decke anstarrte, und Carina begriff, dass es sich keineswegs um ein Präsent für Benny, sondern um das Inventar des Lofts handelte. Sie lächelte zuckersüß.

»Was sagen wir noch immer über Geschenke, Kinder?«

»Geschenkt ist geschenkt, wiederholen ist gestohlen«, leierten Melli und Benny den Klassiker herunter.

Voller Begeisterung warf sich Benny in Jonas' Arme.

»Danke, danke, du bist der beste Papi der Welt!«

In seiner Haut möchte ich nicht stecken, der wird später ein Donnerwetter erleben, dachte Carina. Sie konnte sich diese Szene bildhaft vorstellen. Das Modepüppchen Chantal schien ganz schön Haare auf den Zähnen zu haben.

»Und weil er so ein lieber Papi ist, hilft er uns, den Kicker ins Auto zu tragen«, flötete sie. »Ich bin nämlich mit Lenis Käfer da, Bärchen.«

»Ach so. Jetzt sofort. Hm.« Jonas, der am Rande der Selbstbeherrschung balancierte, gab Benny einen kleinen Klaps. »Also los, geht schön draußen spielen.«

Nachdem die beiden Kinder abgezogen waren, breitete sich aggressives Schweigen aus. Chantal überprüfte wutschnaubend ihr Make-up im Spiegel einer Puderdose, Jonas begann mit finsterer Miene, die Puzzlestücke aufzusammeln.

»Jonas? Hast du mir nichts zu sagen?« Mit einem Knall klappte

Chantal ihre Puderdose zu. »Wir wollten am Wochenende gemütlich abhängen! Zu zweit! Das hast du mir versprochen!«

»Tja«, er zuckte mit den Schultern, »gemütlich abhängen mit Kindern, das ist so, als wolltest du dir mit vollem Mund die Zähne putzen.«

»Dann kauf ihnen wenigstens Handys, damit wir auch mal unsere Ruhe haben.«

»Kinder gehören nach draußen, nicht ans Handy«, erwiderte Carina resolut. »Das Wochenende wird bestimmt phantastisch. Wenn der Schnee liegen bleibt, könnt ihr rausgehen, in den Wald oder auf einen schönen Spielplatz.«

»Rausgehen«, hauchte Chantal konsterniert, als spreche Carina von einer Expedition in die Wildnis.

»Ja, ist wie Fenster aufmachen, nur krasser. Die Kinder sind doch kein Problem, nur der schwererziehbare Vater. Dann einen schönen Tag noch, und bis Samstag.« Sie hielt inne. »Ach, Jonas, ehe ich's vergesse: Am übernächsten Wochenende fahren wir gemeinsam in den Freizeitpark. Die Kinder freuen sich sehr darauf.«

Zwei Augenpaare starrten Carina an. Die Luft brannte. Dann stampfte Chantal mit dem Fuß auf, wobei sie wegen ihrer hohen lila Hacken vorübergehend das Gleichgewicht verlor.

»Wer – ist – wir?«

»Mama, Papa und zwei Kinder«, antwortete Carina, als sei es das Natürlichste der Welt, mit dem Ex zu verreisen.

»Sag, dass das nicht wahr ist, Jonas!« Chantals Stimme wechselte in nervenzerfetzend hohe Tonlagen. »Wie kommt diese Hexe dazu, unsere Wochenenden zu crashen? Kannst du mir das bitte mal verraten? Ich dachte, du hättest dich für mich entschieden, aber diese, diese …«

»Ich glaube, so langsam fängt Chantal an, mich zu mögen.« Carina tat so, als müsse sie Jonas den Schal fester zubinden, eine Geste, die er genauso hasste wie ihre Angewohnheit, seine Krawatte geradezurücken oder ein Stäubchen von seinem Jackett zu schnippen.

»So, Bärchen, so kannst du wieder loslaufen. Wie gesagt, die Kinder freuen sich auf den Ausflug. Genauer gesagt, freuen sie sich schon seit einem Jahr darauf. Aber offenbar«, sie warf Chantal einen mörderischen Blick zu, »ist was dazwischengekommen.«

Blanker Hass stand in Chantals mit schwarzem Kajal umrandeten Augen.

»Sie frustriertes Biest! Wir können nichts dafür, dass Sie ein trostloses Leben führen, ganz allein, so ohne Mann. Suchen Sie sich doch was Neues. Langsam sollten Sie auch mal aufhören, Jonas die Schuld an allem zu geben. Wenn eine Beziehung scheitert, gehören immer zwei dazu.«

»Hm, Mathematik ist Glücksache, in unserem Fall sind es nämlich drei, die dazugehören, Sie eingerechnet. Oder, lassen Sie mich überlegen, strenggenommen sind es sogar vier, weil auch Monstermama mitzählt.«

Während des letzten Schlagabtauschs hatte Jonas betreten geschwiegen, die Erwähnung seiner Mutter rief ihn wieder auf den Plan. Ärgerlich zerrte er sich den Schal vom Hals und schleuderte ihn zu Boden.

»Das werde ich dir nie verzeihen, dass du mir so in den Rücken gefallen bist! Wie konntest du nur meine Mutter hierherbestellen!«

Lässig hakte Carina ihre Daumen in den Bund der olivfarbenen Hose und wippte auf ihren neuen Stiefeletten, ebenfalls eine freundliche Gabe von Leni.

»Wenn ich mich recht besinne, hat doch Chantal sie angerufen, richtig? So, nun hilf mir bitte mit dem Kicker. Was eine nette Aufmerksamkeit für Benny.«

Unter Chantals vernichtenden Blicken schleppten sie das Teil zur Tür. Dort drehte sich Carina noch einmal um.

»Auf Wiedersehen! Keine Sorge, Sie wachsen da noch rein. Und falls Sie Rezepte brauchen, für Spaghetti bolognese oder Hackbällchenauflauf, stehe ich Ihnen jederzeit zur Verfügung.«

»Raus!«, kreischte Chantal.

Es war ein hartes Stück Arbeit, den Kicker die Wendeltreppe hinunterzuwuchten. Währenddessen blieb Jonas stumm, nur ab und zu murmelte er irgendwelche Kraftausdrücke vor sich hin. Das blieb auch so, als sie versuchten, den Kicker mit Ach und Krach in den Käfer zu zwängen.

»Morgen hat Melli ihre Reitstunde«, erklärte Carina, während Jonas die Beine des Kickers abschraubte. »Da ich Lenis Auto morgen früh wieder abgeben muss, schlage ich vor, dass du Melli fährst. Mit dem Rad ist das unmöglich bei dem Schnee, und der Bus hält fast einen Kilometer vom Reiterhof entfernt.«

Mit verschlossener Miene sah er auf.

»Keine Chance, ich habe Klienten.«

»Große Chance, du hast Kinder.« Carina nahm ihm eins der Kickerbeine ab und legte es hinten auf die Hutablage. »Gewöhn dich schon mal an den Gedanken, dass du ab jetzt mehr Verantwortung übernimmst.«

»Ich bin doch kein verdammter Fahrdienst«, knurrte er.

»Aber ich, oder wie? Nun gut, akzeptiert. Dann bist du sicherlich froh zu erfahren, dass wir den Geländewagen abgeben werden und dafür zwei Kleinwagen leasen.«

Sein Kopf ruckte hoch, er stieß sich an der Windschutzscheibe, panisch riss er die Augen auf und stöhnte, als hätte er zusätzlich einen Tritt in die Magengrube bekommen.

»Nein. Bitte nicht. Alles, nur nicht den Wagen.«

»Ein Auto für die Kinder und mich ist schon lange überfällig. Vereinbare bitte für Montagmorgen einen Termin beim Autohaus. Das ist mein letztes Wort.«

»Sternschnuppe!«

Sein schmerzverzerrtes Gesicht konnte Carina nicht erweichen. Viel zu lange hatte sie hingenommen, dass die sogenannte Familienkutsche nur morgens und abends bewegt wurde, während sie mit den Kindern bei jeder Witterung auf dem Rad unterwegs sein musste.

»Denk an unsere Vereinbarung, Jonas. *Deal or no deal?*«

»Okay«, gab er klein bei. »Wie du willst.«

Alle Beine waren mittlerweile abgeschraubt. Jonas richtete sich auf, seine Haut war fahl, ein harter Zug lag um seinen Mund. Offensichtlich wollte er noch irgendetwas loswerden, besann sich dann aber eines Besseren und klopfte nur zweimal auf das Autodach. Das war alles. Carina hatte mit wesentlich mehr Trara gerechnet. Kaum hatte er sich mit einem kargen »man sieht sich« verabschiedet, als die Kinder auch schon angelaufen kamen und zu gackern und zu giggeln anfingen.

»Die Schantallll sagt zu Papa, wenn der böse guckt: Chill mal dein Gesicht«, rief Benny.

»Und wenn er mit ihr schimpft, sagt sie: *Yo, peace man*«, kicherte Melli. »Müsli hat die auch nicht, nur total gezuckerte Cornflakes ohne Milch, voll eklig. Und kein Obst, nur Eiweißpulver für ihre Diät. Mum, stell dir vor, sie wollte mir einen Pullover schenken. Weil Benny doch auch was bekommen hat.«

»Ach tatsächlich?«

»Der hat aber total gekratzt, deshalb wollte ich ihn nicht. Ich glaube, Chantal war stinksauer.«

Benny, der auf dem Eis des Bürgersteigs herumschlitterte, hob die Arme hoch.

»Schantallll hat ›Scheiße‹ gesagt, Mama! Wie alt muss ich werden, damit ich auch mal Scheiße sagen darf?«

Tja, neue Umgebung, neuer Wortschatz. So war das nun mal. Vorsichtig drückte Carina die Beifahrertür zu, froh darüber, dass der Kicker in Schräglage und mit abgeschraubten Beinen tatsächlich in den Wagen passte.

»Für dieses Wort wirst du nie alt genug sein, Benny. Man sollte sich auf das Schöne im Leben konzentrieren.«

»Darf ich dann wenigstens schöne Scheiße sagen?«

»Auf gar keinen Fall. Und jetzt bitte einsteigen, es geht nach Hause. Ich mache euch etwas zu essen, und dann tinkern wir, wenn ihr möchtet.«

»Ja, tinkern!«, riefen beide Kinder.

Als alle saßen und angeschnallt waren, zuckelte Carina im Schritttempo los. Sie traute der vereisten Fahrbahn nicht, viel sehen konnte man auch nicht, der Scheibenwischer kam kaum nach, so heftig schneite es jetzt. Auf der Rückbank wurde es merkwürdig still. Melina sah aus dem Fenster, Benny rüttelte ein paarmal an dem Kicker, der schräg auf dem Vordersitz lag, als wolle er sich vergewissern, dass das ersehnte Ding tatsächlich ihm gehörte.

»Mama«, seine Hand drehte an den Knäufen, »warum kommt Papa nicht mit?«

Ach du Elend. War jetzt die Stunde der Wahrheit gekommen?

»Er bleibt«, Carina hielt die Luft an und atmete stoßweise wieder aus, »also, er bleibt erst mal bei Chantal.«

»Aber du bist doch viel, viel lieber.«

O Gott, wie rührend. Nicht weinen, Carina. Dabei stand ihr das Wasser bis Unterkante Oberlippe.

»Weißt du, Benny, Chantal ist ein bisschen …«

»Krank?«

Puh. Erleichtert nickte Carina. Ja, warum nicht?

»Das hast du sehr gut beobachtet, mein Schatz. Papa kümmert sich jetzt um sie. Das ist gewissermaßen eine Pflicht bei guten Freunden.«

»Ach so.« Mit seiner kleinen Faust hämmerte Benny leise auf die Seitenflächen des Kickers. »Die liegt ja auch immer nur auf dem Sofa und macht: Huuuuaaah, huuuuah.«

»Nein, sie macht: Öööööhhhh«, lachte Melli.

»Nein: Arrrrrrrggg …«

Den Rest der Fahrt vergnügten sich die Kinder damit, jede erdenkliche Unmutsbekundung nachzuahmen, die Chantal von sich gegeben hatte. Eine halbe Stunde später bog Carina in die Auffahrt des Hauses und bremste abrupt. Sie kannte die dunkle Limousine, die mit laufendem Motor wartete. Schlimmer noch: Sie kannte die Frau, die darin saß. Du liebe Güte. Blieb ihr denn gar nichts erspart?

»Melli, Benny, keine Panik. Wir sind freundlich und gelassen. Hört ihr? Freundlich und gelassen.«

Mit einem klammen Gefühl stieg Carina aus und ließ sich viel Zeit, die Lehne des Fahrersitzes nach vorn zu klappen und den Kindern aus dem Wagen zu helfen.

»Carina! Ich bin außer mir! Was hat das alles zu bedeuten?«

Sie drehte sich um und prallte förmlich am Gesicht ihrer Schwiegermutter ab, die mit ihrer versteinerten Miene und ihrem nachtschwarzen Pelzmantel den Frohsinn eines Leichenbestatters verströmte. Taumelnd hielt sich Carina am Autodach fest.

»Hallo, Inge.«

»Oma, du lebst ja immer noch!«, rief Benny erstaunt.

»Ist das eine Begrüßung?«, polterte Jonas' Mutter los. »Man gibt die Hand und sagt artig guten Tag! Aber eure Mutter hält es offenbar nicht für nötig, euch anständig zu erziehen.«

Jetzt bloß nicht ausflippen, nicht in Anwesenheit der Kinder. Carina zwang sich zu Besonnenheit. Sie schloss das Auto ab und gab Melina den Hausschlüssel.

»Mein Liebling, geht doch bitte schon mal rein, ja?«

Heilfroh, ihrem Drachen von Großmutter entrinnen zu können, rannten Melli und Benny zur Haustür.

»Was willst du, Inge?«, fragte Carina, nachdem die beiden im Haus verschwunden waren. »Nur, damit das klar ist: Ich verbitte mir Ratschläge zur Kindererziehung. Immerhin habe ich dein Kind geheiratet und kann aus meinen eigenen Erfahrungen schließen, dass du als Mutter total versagt hast.«

»Wie bitte?«

»Ach, es lohnt sich nicht, dir Genaueres zu erläutern. Fakt ist: Jonas hat eine Freundin, wie du ja inzwischen wissen dürftest. Seit einem Jahr betrügt er mich, mehr gibt es darüber nicht zu sagen.«

Erbost stach ihre Schwiegermutter einen schwarz behandschuhten Finger in ihre Richtung.

»Du tolerierst das also auch noch? Du willst nichts gegen dieses billige Flittchen unternehmen?«

»Was sollte ich denn tun? Jonas am Schlafittchen packen, ihn aus Chantals Bett reißen und nach Hause schleifen?«

Inge Wedemeyer liebte Streit, doch gegen Carinas Argument konnte sie schwerlich etwas einwenden. Verdrießlich betrachtete sie die Spitzen ihrer schwarzen Lackstiefel.

»Trotzdem«, sie biss sich auf die Unterlippe. »Man gibt eine Ehe nicht kampflos auf. Wie stellst du dir das Leben ohne Jonas überhaupt vor? Du hast nichts, und du bist nichts, außerdem …«

»Lustig, dass du mir die gleichen dämlichen Sätze vor den Kopf knallst wie Jonas. Da weiß man doch gleich, wo's herkommt. Bevor du dich hier weiter aufspulst, nimm bitte zur Kenntnis: Das Haus gehört mir. Mir allein. Deshalb entscheide ich ganz allein, wer hier erwünscht ist.« Carina, die anfangs sogar überlegt hatte, ihre Schwiegermutter kurz hineinzubitten, redete sich immer mehr in Rage. »Und wenn dein charmanter Herr Sohn mich weiterhin respektlos behandelt, was dank deiner nachhaltig wirksamen Erziehung äußerst wahrscheinlich ist, wird er im Falle einer Scheidung nichts weiter haben als ein warmes Plätzchen bei Chantal.«

»Das Haus …« Carinas Schwiegermutter wurde weiß wie die Wand. »… dieses Haus hier? Ist deins?«

»Jepp.«

»Aber warum? Wie hast du das gemacht?«, fragte Inge Wedemeyer mit brüchiger Stimme.

»Frag Jonas, den Helden der Saison. Ihm ging es nur um seine superraffinierten Steuertricks, jetzt hat er sich selbst abgeschossen. Aber falls es mit Chantal nicht klappt, kann er ja immer noch in die Arme seiner über alles geliebten Mutter zurückkehren.«

Fröstelnd schlang Carina ihre Finger ineinander. Was für eine unmögliche Situation. Aber hatte sie das Recht, diese alte Frau derart hart anzugehen? In ihrem Kopf spielten die Gedanken Pingpong, genauso wie beim Thema Jonas: Abwehr und Groll wechselten mit Besorgnis und Mitleid ab. Niemand, der sich immerzu garstig verhielt, konnte jemals glücklich sein, nicht mal eine Monstermama, so weit war Carina mittlerweile mit ihrem Gedankenspiel gekommen.

»Und? Was sagst du dazu?«, hakte sie ein wenig freundlicher nach.

Ihre Schwiegermutter betrachtete zur Abwechslung ihre Handschuhe, wobei sie mehrmals pfeifend Atem holte, bevor sie sich eher widerwillig zu einer Antwort herabließ.

»Du hast recht. Es ist einiges schiefgelaufen. Eigentlich alles.«

Mit dem Warum ließ sie Carina allein. Ohne ein Wort des Abschieds wandte sie sich hastig um, bestieg ihre Limousine und ließ den Motor aufjaulen. Carina blieb nichts anderes übrig, als den Käfer rückwärts auf die Straße zu fahren, um ihrer Schwiegermutter freie Fahrt zu gewähren. Schneematsch spritzte in hohem Bogen auf, als Inge Wedemeyer zurücksetzte und anschließend schleudernd davonraste.

Sonderlich stolz war Carina keineswegs, dass sie das übellaunige Monster vertrieben hatte. Was lebte sie den Kindern vor? Dass manche zwischenmenschlichen Kontakte aus Holpern und Stolpern bestanden? Dass man einander nicht irgendwann die Hand reichte, sondern alle Fehden erbittert weiter ausfocht?

»Ist sie weg?«, fragte Melli, als Carina wie zu Eis erstarrt ins Haus trat.

»Ja, sie ist weggefahren.«

»Ich meine – für immer?«

»Was ist schon für immer.« Carina drückte ihre Tochter an sich. »Manchen Menschen schaut man in die Augen und denkt: Das Licht ist an, aber niemand ist zu Hause. Aber auch in Oma steckt ein guter Kern, ganz bestimmt.«

Benny, der auf dem Boden hockte und seine Winterstiefel auszog, eine langwierige Aktion, weil er sich nicht allzu geschickt dabei anstellte, sah zu ihr hoch.

»Mama, Schantallll ist viel dünner als du.«

Na, guten Morgen. Kinder und Betrunkene sprachen eben die Wahrheit aus, ohne Filter, unangenehme Wahrheiten inbegriffen. Melli drehte eine ihrer goldblonden Locken um den Zeigefinger, während sie auf ihren kleinen Bruder hinabschaute.

»Nicht dünner, Benny, dümmer! Es heißt dümmer!«

Kapitel 23

Der nächste Morgen begann wiederum mit Anrufen von Eltern, die sich brennend für Tinker-Shirts interessierten. Es wurde wirklich Zeit, dass die Website online ging. Schon früh um sieben meldeten sich die ersten Interessenten, und als Carina um halb zehn ihren dritten Espresso trank, dachte sie ernsthaft über eine neue Mailboxansage nach. Erneut klingelte ihr Handy, gefühlt das zwanzigste Mal. Sie holte schon Luft für ihren Standardspruch »Danke für Ihren Anruf, Sie können die Shirts demnächst über www.tinkeryourlife.de beziehen«, doch es war die sonore Stimme von Donatus-Maria von Magnis, die aus dem Handy drang.

»Spreche ich mit Carina? Ich bin tief bestürzt, meine Liebe. Ist es wahr, was Ihr Mann mir mitgeteilt hat? Dass Sie sich getrennt haben?«

»Ja, das entspricht den Tatsachen.«

»Aber die Ehe, Carina, die Ehe! Diese altehrwürdige Institution! Die Keimzelle der Gesellschaft, die gelebte Utopie solidarischer Zweisamkeit, ein Nukleus sozialer …«

Leere Worte. So was musste man schon wollen, und Jonas hatte es nur mit einer zweiten Frau als Kirsche obendrauf gewollt. Ungeduldig rührte Carina in einem Rest Kaffeeschaum, der sich auf dem Boden der Tasse abgesetzt hatte.

»Entschuldigung, dass ich Sie unterbreche, lieber Donatus. Möglicherweise wissen Sie nicht, dass Jonas zu seiner Geliebten gezogen ist.«

»Eine Geliebte.« Das schwere Atmen am anderen Ende wirkte geradezu beängstigend. Der Steuerberater mit dem Faible für traditionelle Werte stand unter Schock. »Unglaublich«, keuchte er. »Sie Arme! So geht das doch nicht!«

Auch Carina hatte zu diesem Punkt eine Meinung, behielt sie jedoch für sich.

»Sagen Sie, was mich interessieren würde«, eine Gänsehaut überlief ihren Rücken, weil sie auf einmal merkte, dass es hier um ihre Zukunft ging, »was ist das Haus eigentlich wert? Mein Haus?«

Wieder folgten einige schwere Atemzüge, und es bedurfte noch einiger Räusperer, bis sich der Hüter der Familie und des dynastischen Denkens auf das neue Thema einstellen konnte. Stockend legte er los und kam immer mehr in Fahrt.

»Nun, das Haus, ich habe es vor kurzem schätzen lassen.« Ein schlürfendes Geräusch deutete darauf hin, dass er sich einen Schluck Tee genehmigte. »Allein das Grundstück ist ja erheblich im Wert gestiegen, weil die Gegend, in der Sie wohnen, in den letzten Jahren generell eine rapide Wertsteigerung verzeichnet hat. Überdies erlauben die ungewöhnliche Größe des Grundstücks sowie das prinzipielle Go seitens des städtischen Bebauungsplans eine Teilung und Veräußerung zwecks der Errichtung eines zweiten Hauses. Da sind ideale Rahmenbedingungen für ...«

Carina rührte jetzt so heftig in der Tasse, dass sie sich auflösen würde, wenn das so langatmig weiterging.

»Verzeihung, dass ich Sie schon wieder unterbreche. Wie viel? So ungefähr?«

»Eins Komma zwei Millionen«, erwiderte Donatus-Maria von Magnis wie aus der Pistole geschossen.

Eins. Komma. Zwei. Carina hatte das Gefühl, in einer Achterbahn herumgeschleudert zu werden, nach oben, nach unten, zur Seite, nach vorn. Ihr Magen sank in die Kniekehlen. Das konnte doch nicht sein. So viel Geld?

»Ist das ein – ein Scherz?«, flüsterte sie.

»Nein, eine sehr realistische Schätzung, da es einen potenziellen Interessenten gibt, der dieses Gebot abgegeben hat. Jonas hatte eine Veräußerung immer kategorisch ausgeschlossen, aber ich könnte diesen Klienten durchaus noch einmal ansprechen. Selbstverständlich wäre ich Ihnen beim Verkauf behilflich, liebe Carina. Solche Dinge erfordern eine längere Zeitspanne, jedoch liegt es im Bereich des Möglichen, dass Sie in etwa einem Vierteljahr …«

»Danke, d-danke«, stotterte Carina. »Ich melde mich dann wieder.«

Sie legte auf, in einem Zustand, der an die Unwirklichkeit eines Traums grenzte. Die schwindelerregende Summe war es nicht allein, die sie völlig neben der Spur schlingern ließ. Jetzt erst wurde ihr die ganze Tragweite der Trennung bewusst: dass sie dieses Zuhause im Falle einer Scheidung verlassen musste. Jonas würde Bargeld sehen wollen, wenn sie ihm eine Hälfte des Hauses überschrieb. Sie würde quasi ihre Heimat verlieren, das vertraute Umfeld, den Garten, die Nachbarn – ja, auch die Nachbarn.

Diese Erkenntnis haute Carina schlicht um. Und doch empfand sie es nach wie vor als eine Frage der Anständigkeit, ihrem Noch-Ehemann die Hälfte zu überlassen. War ein Umzug vielleicht sogar die Chance auf einen konsequenten Neuanfang?

Wie in Trance ließ sie einen vierten Espresso in die Tasse laufen, obwohl ihr Herz bereits einen Trommelwirbel nach dem anderen schlug. Den Wert des Hauses durch zwei zu teilen erforderte kein Mathematikstudium. Was Jonas zurzeit auf sich nahm – die Kröten, die er schluckte, die Bedingungen, die er erfüllte –, all das tat er für über mehr als eine halbe Million Euro. Dafür hätten andere ihren kleinen Finger gegeben.

Mit ihrer Espressotasse in der Hand wanderte Carina in der Küche auf und ab. Seltsam, dachte sie, ich weiß gar nicht, was ich mit so viel Geld anfangen sollte. Sie hatte nie von den üblichen Dingen geträumt, von teurem Schmuck, edler Kleidung, schicken Designerhandtaschen und dergleichen. Alles, was sie sich wünschte, war, dass ihre Kinder gesund aufwuchsen und sich gut entwickelten.

Ihr Handy piepste. Eine Nachricht von Leni war eingetroffen.

Vormittag: Eddy! Abend: Sport!! Dazwischen: Ohren steifhalten!!! PS: Den Wagen brauche ich nicht, behalt ihn ruhig bis heute Abend. Kuss!

Wie lieb. So etwas konnte nur von der besten Freundin kommen, die Vertraute, Coach und Trennungsbegleiterin in einer Person vereinigte. Dennoch beschloss Carina, niemandem von dem künftigen Geldsegen zu erzählen, nicht einmal Leni. So innig sie ihren Freundinnen auch vertraute, Carina kannte die goldene Verschwiegenheitsklausel: Frauen fiel es kinderleicht, ein Geheimnis zu behalten – vorausgesetzt, dass man es ihnen nicht erzählte.

Als sie Lenis Nachricht ein zweites Mal las, wurde ihr flau. Schon die bloße Erwähnung des Sporttermins sorgte für seltsame Aktivitäten ihres Körpers. In ihren Ohren summte es, ein Kribbeln im Sonnengeflecht setzte ein, ihre Füße wurden kalt. Sehr seltsam. Ja, es hatte mit Tom zu tun. Und nein, sie war nicht in ihn verschossen. Nicht mal anverliebt. Nur – irgendwie angezogen?

Oben im Schlafzimmer wühlte sie lange in Lenis abgelegten Sachen, bevor sie sich für einen Overall aus rotem Nickystoff entschied. Nachdem sie ihren Spiegel konsultiert hatte, schlang sie sich ein buntes Tuch um die Hüften, das ein wenig von ihren ausladenden Formen ablenkte.

»Hallo«, lächelte sie ihrem Spiegelbild zu, »bereit für den Tag?«

Zehn Minuten später schleppte sie ganz allein den Kicker in die Garage und fuhr nach einem kurzen Gassigang mit Bingo los. Über Nacht war der Schnee in Regen übergegangen. Unansehnliche graue Matschhaufen türmten sich auf Straßen und Gehwegen, von den Dächern tropfte es, und wer nicht dringend aus dem Haus musste, ließ es tunlichst bleiben. Carina konnte die ungemütliche Witterung nicht aufhalten. Sie sang sogar mit, als im Autoradio ihr Lieblingsstück von Whitney Houston lief – *I Will Always Love You.* Zu diesem Song hatte sie auf ihrer Hochzeit getanzt, aber heute dachte sie dabei nicht an Jonas, sondern an einen gewissen durchtrainierten Herrn, der viel zu jung für sie war.

Auf rätselhafte Weise beflügelt, schwebte sie nur so durch den Tag. Der Computer-Crashkurs bei Eddy erwies sich als anstrengend, aber erfolgreich. Am Nachmittag verkaufte Carina das erste Tinker-Shirt online und feierte dieses Ereignis mit ihren Kindern bei einer Kanne Kakao und selbstgebackenem Apfelkuchen. Um Punkt neunzehn Uhr stand sie vor dem Fitnessstudio. Ein Blick auf die Uhr sagte ihr, dass Melli jetzt bei ihrer Reitstunde war, begleitet von Benny, der die Ponys in den Boxen striegeln durfte. Jonas hatte Wort gehalten und beide zum Reiterhof gebracht. Tja, was tat man nicht alles für eine halbe Million?

»Hi, Süße, warum gehst du nicht rein?« Im Laufschritt kam Leni angesegelt, mit nassen blonden Strähnen auf der Stirn, die unter der Kapuze ihrer Regenjacke hervorlugten. »Kannst doch auch drinnen warten. Oder hast du Angst vor Tom?«

»Quatsch. Wieso denn?«

»Weil er dich nervös macht, vielleicht?«

Nein, Carina war nicht nervös, abgesehen von den Millionen Ameisen, die über ihr Sonnengeflecht krabbelten. Doch, ja, sie war nervös, auf eine äußerst beunruhigende Art. Schon seit Stunden redete sie sich vergeblich ein, sie sei eine reife Frau, die sich durch einen Youngster wie Tom nicht aus der Ruhe bringen ließ. Bleib cool, Carina! Als sie mit Leni vor dem Metalltresen stand, hinter dem er auf seinem Smartphone herumtippte, schaute sie erst einmal lange einem Gewichtheber zu, bevor sie ihn anblickte.

»Hallo, Leni, hallo, Carina«, begrüßte Tom die beiden Freundinnen. »Und? Wer erinnert sich an die erste Regel?«

»Ausreden verbrennen keine Kalorien.« Zu spät bemerkte Carina, dass sie wie eine peinliche Musterschülerin wirkte. »Den Spruch kannte ich schon. Deshalb.«

»Okeydokey.« Er lächelte breit. »Ab in die Umkleide, und schon legen wir los.«

Der Umkleideraum hatte nichts von seinem Schrecken verloren. Fast schien es, als sei das grelle Licht darin noch gnadenloser als zuvor. Jede Falte ein tiefes Tal, jede Speckrolle ein Gebirgsmassiv. Welche Sadisten dachten sich solche Lampen aus? Nachdem Carina die Leggins und das Tinker-Shirt angezogen hatte, begutachtete sie sich vor dem wandfüllenden Spiegel. Leni, in einem hübschen Ensemble aus grauer Leggins und pinkfarbenem Top mit grauen Querstreifen, trat neben sie.

»Geht das so?«, fragte sie. »Ich meine, Querstreifen machen doch dick.«

»Ja, aber wer isst schon Querstreifen?« Carina seufzte tief. »Und jeden Tag dieselbe Frage vor dem Spiegel: Restaurieren? Oder so lassen und unter Denkmalschutz stellen?«

»Lass die Stimme der Vernunft sprechen«, erwiderte Leni voller Überzeugung. »In unserem Alter sollten wir bewusste Entscheidungen treffen.«

»In unserem Alter? Es ist so ungerecht – kaum hast du deinen Verstand sortiert, fällt dein Körper auseinander«, schmollte Carina.

Leni streckte ihr lachend die Zunge raus.

»Das wird Tom schon verhindern. Heute klappt es, vertrau ihm. Mich hat er schließlich auch wieder hingebogen, als ich in der Trennungsphase zugelegt hatte. Ich arbeite mein Programm ab, du begibst dich in seine Hände, okay?«

Carina nickte tapfer. Dann marschierte sie mitten hinein in die Fitnesshölle. Laute Musik dröhnte aus den Boxen, an den Geräten strampelten sich Leidensgenossen ab, der Geruch nach Deos aller Art erfüllte die Luft. Mit einem Klemmbrett in der Hand hatte Tom auf sie gewartet. Sein ärmelloses Tanktop gewährte großzügige Ausblicke auf seine schwellende Muskulatur, seine lächelnden Augen aktivierten die Ameisen in Carinas Sonnengeflecht. Blieb nur zu hoffen, dass sie diesmal eine bessere Figur machte als beim Erstversuch.

»Heute kein Laufband«, sagte er, als könne er ihre Gedanken lesen. »Wir beginnen mit Spinning.«

Eine Minute später saß Carina auf einem Gerät, das man früher

Hometrainer genannt hatte. Hier war sie in ihrem Element. Fahrradfahren gehörte nachweislich zu ihren raren sportlichen Kompetenzen, und sie freute sich wie ein Kind, als Tom sie ausführlich lobte.

»Gute Beinmuskulatur, Carina, auch deine Haltung ist perfekt, sehr gerade, ja, hol die Kraft aus dem Becken und aus dem unteren Rücken.«

Um seine Worte zu unterstreichen, legte er eine Hand auf ihr Kreuz. Prompt zog das Ameisenvolk, das sich bis jetzt in Carinas Sonnengeflecht getummelt hatte, in ihre Rückenpartie um. Junge, Junge, durchzuckte es sie, er könnte die Hand ruhig noch ein bisschen liegen lassen. Ganz von selbst bewegten sich ihre Beine schneller. Ob es wohl so etwas wie Energie-Übertragung gab?

»Zehn Minuten«, befahl er knapp, »danach machen wir mit dem Thera-Band weiter.«

Carina gab alles. Im Liegen zog sie ein elastisches Band mit den Füßen auseinander, bäuchlings hob sie anschließend Arme und Beine im Rhythmus seiner Kommandos an, auf einer niedrigen Bank absolvierte sie Sit-ups, als hätte sie nie etwas anderes getan. Stets blieb Tom an ihrer Seite, zählte die Bewegungen, trieb sie zu Höchstleistungen an, unterstützte sie durch kleine Komplimente und achtete darauf, dass sie sich nicht überanstrengte. Anfangs hatte sie noch mehrfach zur Uhr gesehen, irgendwann vergaß sie die Zeit. Deshalb war sie vollkommen überrascht, als Tom ihr die Hand reichte und die Trainerstunde für beendet erklärte.

»Herzlichen Glückwunsch, Carina. Ich bin stolz auf dich.«

»Danke. Hat Spaß gemacht.« Mit den Augen suchte sie Leni, die weiter entfernt auf einem Rudergerät saß. »Also dann – bis nächste Woche.«

»Halt, halt.« Noch immer hielt er ihre Hand fest. Die Hand mit dem Ehering, wie sie verwirrt feststellte, als sähe sie den schmalen Goldreif nach langer Zeit zum ersten Mal. »Vermutlich hast du was Besseres vor, aber …«

Ihr Herz puckerte. Die Art und Weise, wie er das kleine Wörtchen Aber ausschwingen ließ, mit einem zugleich fragenden und verheißungsvoll vibrierenden Klang, schaffte sie.

»Äh, ja?«

»Meine Schicht ist jetzt zu Ende. Falls du Lust hast, noch etwas trinken zu gehen ...«

Carina meinte, von fern eine Sambatrommel zu hören, und plötzlich war alles wieder da, die aufpeitschende Musik und das flirrende Licht der Havanna Bar, zwei Körper, die sich ohne Worte verstanden, ein schwereloses Umschmeicheln und Auseinanderstreben und Wiederfinden, als sei alles ganz einfach und federleicht.

»Vielleicht eine Cola«, hörte sie sich sagen und erschrak.

Carina Wedemeyer, du bist fast vierzig, hast zwei Kinder und musst eine Trennung wuppen – hallo? Wohin soll das hier führen? Wie wird das enden?

»Ich«, sie zog die Hand weg, als hätte sie eine heiße Herdplatte berührt, »ich habe ganz vergessen, dass ich ja nach Hause muss.«

Enttäuscht sah er auf seinen Klemmblock.

»Kein Problem. Kann ich dich wenigstens fahren? Leni braucht noch zwanzig Minuten, und da du ja so in Eile bist ...«

Es war ein kurzer Kampf, den ihre beiden inneren Stimmen miteinander austrugen. Die eine lehnte vehement ab, die andere tanzte ein Ja und siegte.

»Sehr nett. Gern.«

So, und jetzt rasselst du in eine Riesendummheit rein, meckerte die unterlegene innere Stimme.

Auf dem Weg in die Umkleide machte Carina Halt am Rudergerät, wo Leni mit verbissenem Eifer vor- und zurückschnellte. Es sah überaus geschmeidig aus. Bis sie selbst eine derartige Topform erreichte, würden noch Jahre vergehen.

»Das Auto steht vor deiner Tür, ich muss leider los«, sagte sie und betete, dass Leni keine weiteren Fragen stellte. Warum bloß hatte sie das Gefühl, etwas Verbotenes zu tun?

»Alles lässig.« Leni spannte ihre Muskeln an, ihre Knie rutschten zum Kinn. »Meld dich morgen, ja?«

»Mach ich.«

In der Umkleide mied Carina den Blick in den Spiegel. Während sie duschte und sich anzog, war sie aufgeregt wie ein Backfisch, der sich nach der Tanzstunde nach Hause bringen ließ und die Intimität eines Autos halb fürchtete, halb ersehnte. Eigenartig. Reif war was anderes.

Als sie auf die Straße vor dem Fitnessstudio trat, vollführte Tom, der schon auf sie gewartete hatte, eine ironische Verbeugung.

»Die Kutsche steht bereit, ist mir eine Ehre, die Prinzessin zu ihrem Schloss zu fahren«, beteuerte er lächelnd.

Er deutete einen Handkuss an, der in komischem Kontrast zu seinem Anorak mit Fellkapuze stand. Dann zeigte er auf einen kleinen betagten Sportwagen, der im Halteverbot neben dem Bordstein parkte. Ein Aston Martin, wie Carina aus alten James-Bond-Filmen wusste. Kein Angeberauto, vielmehr eine liebevoll gepflegte Rarität, die Tom noch sympathischer machte. Galant hielt er ihr den Wagenschlag auf. Oha. Der Sitz lag so tief, dass man schon ein Akrobat sein musste, um formvollendet darin Platz zu nehmen. So gut sie eben konnte, achtete Carina darauf, bloß nicht wie ein Sack Mehl hineinzufallen, als sie einstieg.

Das Klappern der Wagentür ließ sie erbeben. Du kennst ihn doch gar nicht, der könnte doch wer weiß wohin mit dir fahren, zeterte ihre innere Stimme, diejenige, die wenig vom Tanzen hielt. Befangen starrte Carina die Windschutzscheibe an, obwohl es nichts zu sehen gab außer Wasserschlieren. Tom hingegen schien sich äußerst wohl zu fühlen. Schwungvoll stieg er ein, ließ den Motor an und drehte die Musik auf. Whitney Houston. *I Wanna Dance With Somebody.* Und da sage noch einer, es gebe Zufälle.

Im Gegensatz zu Jonas' Geländewagen erwies sich der Aston Martin als bretthart Angelegenheit. Carina spürte jedes Schlagloch, jede kleine Unebenheit im Asphalt, während Tom die Straße hinunterfuhr. Und nun? Ihre Befangenheit wuchs. Linkisch verbarg sie ihre Hände zwischen den Knien, weil sie nicht wusste, wohin damit.

»Wo wohnst du?«, erkundigte er sich. »Ist es weit?«

Sie nannte ihre Adresse, und er lachte, auf eine jungenhafte, unbekümmerte Art.

»Schön. Dann haben wir ja ein bisschen Zeit, uns zu unterhalten.«

Was das hieß, wusste Carina schon: Die meisten Männer – allen voran Jonas – definierten eine Unterhaltung als endlosen Monolog, den sie zur hemmungslosen Selbstdarstellung nutzten. Aus diesem Grund war sie ziemlich perplex, als Tom begann, ihr nicht nur Fragen zu stellen, sondern anschließend auch zuhörte. Ganz so, als wolle er sie wirklich kennenlernen, statt sich selbst in den Mittelpunkt zu stellen. Nach und nach entspannte sie sich. Ja, sie genoss diese Fahrt.

»Und das mit deinem Mann?«, fragte er schließlich. »Leni spricht ja nicht gerade enthusiastisch über ihn.«

In kurzen Zügen berichtete Carina von den Ereignissen der vergangenen Tage. Dann schwieg sie, in Erwartung seines Kommentars. Doch Tom bremste und hielt den Wagen an, leider direkt vor ihrem Haus.

»Schade«, seine Augen leuchteten im Halbdunkel des Wageninneren, »ich hätte gern noch mehr über dich erfahren. Weißt du eigentlich, dass du eine faszinierende Frau bist?«

»Eine übergewichtige Hausfrau und Mutter, deren Mann sich lieber mit einer anderen vergnügt«, verbesserte sie ihn. »Aber ich habe faszinierende Kochrezepte zu bieten.«

Entrüstet blitzte er sie an, dann hellte sich seine Miene auf, und er brach in Lachen aus.

»Willkommen im Märchenland weiblicher Logik. Stimmt, Frauen wie du gehören in die Küche – die Füße hochgelegt, mit einem Glas Champagner in der Hand, während sie ihrem Kerl beim Kochen zusehen. Stelle mich gern zur Verfügung. Meine Spiegeleier sind Legende!«

Auch Carina musste nun lachen.

»Warum machst du dich so klein?« Unvermittelt war Tom wieder ernst geworden. »Wer hat dir eingeredet, dass du nichts wert bist?«

Ihr Lachen verebbte. Das war es. Genau das. Tom hatte ihren wunden Punkt getroffen. Seine Stimme klang sanft, während er weitersprach.

»Darf ich ganz offen zu dir sein?«

Die Lippen aufeinandergepresst, nickte sie.

»Ich würde dir gern helfen, dich wiederzufinden. Keine Ahnung, wie du dir selbst verlorengegangen bist, aber das spielt keine Rolle. Ich mag dich, Carina. Und ich habe nicht vor, dir irgendwie zu nahe zu treten. Aber es macht mich verrückt, dass du so wenig von dir hältst.«

Sie erschauerte. So ähnlich hatte sich auch Leni ausgedrückt. Betroffen suchte sie seinen Blick. Dies war kein Geplänkel, kein Small Talk und schon gar keine Anmache. Er schaute in ihr Herz, weil es ihm wichtig war, dieses verzagte, verwundete Herz.

»Danke«, flüsterte sie. Ganz leicht neigte sie ihren Kopf zu ihm und hauchte ihm einen Kuss auf die Wange. »Danke, Tom.«

Mit geschlossenen Augen inhalierte sie seinen unverwechselbaren Duft nach frisch gewaschener Wäsche und herb-würzigem Duschgel, als die Beifahrertür aufgerissen wurde.

»Carina!«, brüllte eine wohlbekannte Stimme. »Was machst du da? Steig sofort aus, verdammt!«

Kapitel 24

Es gab Momente, in denen man entweder aufwachen wollte, in der Hoffnung, einfach nur schlecht zu träumen, oder man verspürte den dringenden Wunsch, sich unsichtbar zu machen. Genauso erging es Carina gerade, wobei sie die Strategie mit der Tarnkappe bevorzugte. Deshalb zog sie den Kopf ein und legte die Arme eng an den Körper, in der instinktiven, wenn auch irrwitzigen Annahme, irgendetwas an dieser verfänglichen Situation könne dadurch harmloser wirken. In ihren Sitz geduckt, erwartete sie sekündlich den ganz großen Knall.

»Also?« Jonas hatte seine Lautstärke ein wenig gedämpft, dafür lag jetzt eisige Verachtung in seinem Tonfall. »Was ist hier los?«

»Jetzt reg dich bitte nicht auf«, verteidigte sie sich schwach. »Ich war beim Sport, und dann …«

»Stopp.«

Vollkommen ruhig beugte sich Tom über sie hinweg und schaute dem Mann ins Gesicht, der zornentbrannt ins Auto starrte.

»Dein Ex, nehme ich an«, sagte er mit ausdrucksloser Stimme.

»Wie kommen Sie dazu, hier mit meiner Frau …«, brauste Jonas auf, doch Tom schnitt ihm das Wort ab.

»Exfrau.« Mit kontrollierten, präzisen Bewegungen schnallte er sich ab, stieg aus, umrundete den Wagen und stellte sich mit verschränkten Armen vor Jonas hin. »Tom. Und Sie sind?«

»Dr. Jonas Wedemeyer!«

»Hautarzt? Nein, warten Sie, ich hab's – Urologe? Oder Gynäkologe?«

Es folgte ein Blickduell, das sich über Sekunden hinzog. Im matten Schein der Außenbeleuchtung standen die beiden Männer einander feindselig gegenüber. Jonas war größer als Tom, aber eher schlaksig, während Tom mit seiner schieren Muskelmasse auftrumpfte, die selbst unter dem Anorak imposant wirkte.

»Alles in Ordnung mit Ihnen?«, fragte er schließlich.

»Verschwinden Sie«, zischte Jonas zwischen den Zähnen.

Langsam löste sich Carina aus ihrer Duldungsstarre. Wieso machte sie hier eigentlich den sterbenden Schwan? Es war doch nichts Gravierendes passiert, überhaupt nichts, also gab es keinen Grund für dramatische Auftritte. Ächzend stemmte sie sich aus dem niedrigen Sitz hoch, kletterte aus dem Wagen und berührte Tom an der Schulter.

»Danke, dass du mich nach Hause gebracht hast. Kümmer dich gar nicht um den Choleriker, das sind nur noch die alten Beschützerreflexe. Das gibt sich mit der Zeit.« Betont freundlich wandte sie sich an Jonas. »Wie war's beim Reiten? Wo sind die Kinder?«

Mit dem Kinn deutete er zum Geländewagen, der am Straßenrand parkte.

»Die haben diese unwürdige Szene zum Glück verschlafen. Kannst sie holen, du – du Rabenmutter!«

»Hey!« Tom hob einen Arm. Nicht drohend, sondern wie ein Hundetrainer, der einen verspielten jungen Rüden in Schach halten musste und sich auf seine natürliche Autorität verließ. »Etwas mehr Respekt für die Lady, ja?«

Nervös klapperte Jonas mit seinen Autoschlüsseln. Es war offensichtlich, dass er das Duell Mann gegen Mann verloren hatte. Auch weil sonnenklar war, dass er nur als Gast hereinschneite, während sich Tom wie der Platzhirsch im eigenen Revier verhielt. Allmählich fragte sich Carina, von welchem Stern dieser Mann gefallen war. Tom hatte das Wesentliche betont: Sie verdiente Respekt.

Ohne die beiden Streithähne weiter zu beachten, ging sie zum Geländewagen. Die Kinder schliefen friedlich auf der Rückbank, eng aneinandergekuschelt. Melina trug noch ihre Reitkappe und umklammerte eine Gerte. Sacht rüttelte Carina an ihrer Schulter. Sie schlug die Augen auf.

»Sind wir schon da?«

In diesem Moment fuhr hupend ein Auto heran, so dass auch Benny erwachte. Es war ein VW Käfer. Mit einer Vollbremsung blieb er auf der Straße vor dem Haus stehen.

»Das ist Tante Leni!«, rief Melli.

In ihren hohen Reitstiefeln, die Gerte schwingend, rannte sie los. Carina runzelte die Stirn. Nanu? Leni? Sie nahm den schlaftrunkenen Benny huckepack und ging ihrer Freundin entgegen. Eingehüllt in ihre Regenjacke, schwenkte Leni eine Tüte.

»Du hast deine Sachen in der Umkleide vergessen!« Dann stutzte sie. Schaute den Aston Martin an, erkannte Jonas und Tom, ließ die Tüte sinken. »Was ist das hier? Eine Chillout-Winter-Party?«

Jonas, der schon in seinen Wagen steigen wollte, drehte sich um. Carina kannte ihn gut genug, um seine erbitterte Abneigung gegen Leni einschätzen zu können. Wenn diese beiden aufeinandertrafen, durfte man froh sein, wenn es hinterher keine Toten zu beklagen gab. Doch bevor sie eingreifen konnte, lagen sie auch schon im verbalen Clinch.

»Du Schlange«, brauste er auf. »Du bist an allem schuld!«

Leni wich einen Schritt zurück, wie ein Schutzschild hielt sie die Tüte vor ihren Körper.

»Auf der Skala von eins bis bescheuert – wie zehn bist du? Wer hat denn …«

»Auszeit.« Carina schnappte sich Melli, die mit offenem Mund danebenstand. »Unterhaltet euch im Wagen weiter, seid so gut. Aus Rücksicht auf die Lautstärke. Wir gehen schon mal rein.«

Mit Benny auf dem Rücken und Melina an der Hand marschierte sie zu dem Aston Martin. Tom lehnte an der Kühlerhaube, halb amüsiert, halb verwundert, als hätte er einen Logenplatz in einem Open-Air-Theater erwischt, dessen Schauspieler Kisuaheli sprachen.

»Interessant«, sagte er nur.

»Ja, da bekommt man Lust auf Langeweile.« Carina konnte schon wieder lächeln. »Ich bin Mutter, mich kann wenig erschüttern. Kinder, das ist Tom. Tom, darf ich vorstellen: Melina und Benjamin.«

»Sehr angenehm«, er nickte den Kindern zu. »Hallo, Melina, hallo, Benjamin.«

Wie ein kleiner Koalabär hing Benny auf Carinas Rücken und wagte einen Blick auf den Unbekannten. Melli betrachtete ihn so eingehend, als müsse sie seine Vertrauenswürdigkeit prüfen. Sie scannte ihn geradezu.

»Mum, ist das *ein* Freund oder *dein* Freund?«

Ihre Direktheit machte Carina verlegen, aber Tom reagierte ganz unbefangen. Lachend ging er in die Hocke und streckte Melli eine Hand entgegen, die sie zögernd ergriff.

»Ich würde mich glücklich schätzen, wenn ich erst mal *ein* Freund deiner Mutter sein dürfte.«

»Du bist so stark, kannst du auch gegen Monster kämpfen?«, fragte Benny, sichtlich beeindruckt von Toms kräftiger Statur. »Gegen die ganz großen?«

»Monster? Klar, wenn du dabei bist, immer. Die Gurkentruppe hauen wir doch in Badeschlappen weg.«

Aus dem Augenwinkel beobachtete Carina, dass Jonas und Leni im Geländewagen saßen und sich erregt unterhielten. Schon von Anfang an waren zwischen ihnen die Fetzen geflogen. Ob sie jetzt ihren Dauerstreit beilegten? Auch Tom warf einen Blick zum Geländewagen. Dann richtete er sich auf.

»War ein langer Tag, schätze mal, deine beiden Großen müssen jetzt ins Bett.« Er erntete einen dankbaren Blick von Benny. »Bis bald, Carina. Das Leben ist kurz, also lass dir Zeit. Wir beide haben sowieso alle Zeit der Welt.«

Die Wärme in seiner Stimme tat ihr gut. So wie das Taktgefühl, mit dem er darauf verzichtete, sie in Gegenwart ihrer Kinder zu umarmen, obwohl sie spürte, dass er das gern getan hätte. Stattdessen gab er Melli und Benny einen High Five, stieg ins Auto und setzte auf die Straße zurück. Er ließ die Scheibe herunter und winkte ihnen zu, bevor er wegfuhr.

»Tom ist toll«, sagte Benny hingerissen.

»Hmja.« Carina schloss die Haustür auf. »So, ihr zwei, ihr bekommt noch einen Tee und eine heiße Nudelsuppe, danach geht's ab ins Bett.«

»Ich bin noch gar nicht müde!«, protestierte Benny.

Melli half ihm, von Carinas Rücken hinunterzuklettern.

»Aber Mama ist müde.«

Ja, so war Melli – eine äußerst kluge junge Dame, der nichts entging. Mit schlurfenden Schritten schleppte sich Carina in die Küche, um Wasser für den Tee aufzusetzen. Bingo umtänzelte sie jaulend und bellte markerschütternd, als sie ihm einen Napf mit frischer Leber hinstellte. Ächzend richtete sie sich wieder auf. Nach dem ungewohnte Fitnesstraining bestanden ihre Muskeln nur noch aus Pudding, und Jonas' Eifersuchtsausbruch hatte ihr zusätzliche Energie geraubt.

Wie absurd, ging es ihr durch den Kopf. Er hat eine Freundin, spielt sich aber wie ein betrogener Ehemann auf? Was ließ ihn glauben, dass er das Recht dazu hätte? Was trieb ihn an – Restgefühle oder doch nur altes Besitzdenken? Bisher war Jonas nie misstrauisch oder gar eifersüchtig gewesen. Aber Carina hatte in seinem Gesicht mehr gelesen als Zorn: echte Verzweiflung. Er hatte ausgesehen wie ein Mann, dem schlagartig bewusst wurde, was ihm gerade verlorenging. Wenigstens hatte Tom großartig reagiert. Ganz ruhig, ganz souverän. Der Gedanke an Tom weckte Carinas Lebensgeister. Ich werde ein T-Shirt für ihn tinkern. Irgendwas Cooles, Originelles.

Von der Straße hörte sie das Aufheulen eines Motors, unverkennbar Jonas, der das Gaspedal immer ganz durchtrat. Eine Sekunde später klingelte es an der Tür.

»Ich wollte mich nur verabschieden«, sagte Leni, die seltsam gehetzt wirkte. »Hab noch was vor.«

Ein Anflug von Enttäuschung wehte Carina an. Sie hatte fest damit gerechnet, dass ihre beste Freundin die aufwühlenden Ereignisse noch einmal mit ihr durchgehen würde. So machten sie es immer, mit dem schönen Nebeneffekt, dass sie am Ende über manches lachen konnten, was vorher ungereimt und irritierend gewesen war.

»Ich koche gerade Tee«, versuchte sie, Leni umzustimmen. »Willst du nicht kurz reinkommen?«

Lenis Wangen röteten sich, sie fuhr sich mit der Zunge über die Lippen.

»Wirklich schrecklich nett von dir, aber ich muss los. Übrigens hat Wanda Klamotten für dich gesammelt. Ist alles sauber und gebügelt, ich hab's mit in die Tüte gepackt. Du glaubst gar nicht, was die Leute alles im Kleiderschrank horten, obwohl sie es nicht mehr anziehen.« Sie drückte Carina die Tüte in die Hand, warf ihr einen Luftkuss zu und wandte sich ab. »Also, mach's gut, Süße.«

Was für ein merkwürdiger Tag. Die Kinder lagen längst im Bett, als Carina den Karton mit den Tinkerlitzchen aus dem Wohnzimmerschrank holte und auf den Küchentisch stellte. Wandas Altkleidersammlung war äußerst ergiebig gewesen. Hemden, Blusen, T-Shirts in Hülle und Fülle lagen in Lenis Tüte, bereit, kreativ bearbeitet zu werden. Warum nur war Leni so abweisend gewesen? Konnte auch bei ihr Eifersucht im Spiel sein? Etwa Eifersucht auf Tom?

Nachdenklich fischte Carina ein weißes Herren-Unterhemd aus der Tüte. Die Größe stimmte, eine XL. Sie wählte Textilfarbe in Pink und schwarze Pailletten. Dann setzte sie mit fetzigen, aber sicheren Pinselstrichen Toms paradox weisen Spruch auf den Stoff – Das Leben ist kurz, lass dir Zeit, diesmal auf Englisch: *Life is short, take your time* – und umrahmte ihn mit schwarzen Paillettenhänden. Es lag viel Wahrheit darin. Nur nichts überstürzen, das hatte auch Frau Lahnstein gesagt. Das Leben war zu kurz, um überhastet zu reagieren und Fehler zu machen.

Es war wie ein Reflex. Carina legte Nadel und Faden beiseite, mit denen sie die Pailletten befestigt hatte, und griff zu ihrem Handy. Als Erstes schrieb sie Tom.

Danke für alles, auch für deine Geduld mit mir. Kuss, Carina

Dann, nach längerem Überlegen, tippte sie eine weitere Nachricht.

Lieber Jonas. Lass uns nicht mehr streiten. Wir hatten viele glückliche Jahre, und ich habe sie nicht vergessen. Trotz allem: Du wirst immer in meinem Herzen bleiben. Kuss, Carina

Sie las das Geschriebene noch einmal durch. Dann drückte sie auf die Löschtaste. Einmal, zweimal, dreimal, immer wieder. Buchstabe für Buchstabe verschwand vom Display, bis es völlig leer war. Wer hatte noch gesagt, die ehrlichsten Nachrichten seien immer die, die man kurz vor dem Abschicken löschte?

Kapitel 25

Im Schlafzimmer sah es aus wie nach einem Hurrikan. Überall lagen Klamotten herum, auf der Bettdecke häuften sich Wäscheberge, einzelne Socken fristeten ein Single-Dasein auf dem Teppich. Ratlos schaute Carina in ihren leeren Koffer. Was sollte sie einpacken? Was zum Teufel brauchte man für einen Wochenendausflug mit Exmann und zwei Kindern?

Lustlos hielt sie einen hautfarbenen BH hoch, der auch schon bessere Tage gesehen hatte. Mehr als eine Woche war vergangen seit Jonas' Eifersuchtsszene, seither hatte sich das Klima zwischen ihnen stetig verschlechtert. Im Grunde kommunizierten sie nur noch per Handy, Chantal lehnte jeden Kontakt ab. Die Übernachtung der Kinder im Loft hatte erwartungsgemäß eine Beziehungskrise der beiden Turteltauben ausgelöst, und da Chantal Jonas' Handy ausspionierte, führten die vielen Anfragen wegen der unsäglichen Facebook-Aktion »Christbaumständer« zu größeren emotionalen Turbulenzen.

Alles lief also nach Plan. Doch Carinas Überzeugung, es sei ein guter, weil teuflischer Plan, schwand dahin. Sie wollte nur noch Frieden, allein schon wegen der Kinder. Für Melli und Benny waren die andauernden Reibereien wenig zuträglich, sie hatten konfliktfreie Verhältnisse verdient. Nun ja, und schließlich hatte auch Tom ihr vor Augen geführt, wie kindisch sie sich mit ihren Rachenummern verhielt. Er lehnte die listig inszenierten Höllentrips rundheraus ab. Nach vorn schauen, fand er, sei angemessener. Womit er natürlich auch sich selbst meinte, denn wo er war, genau da war vorn. Ging's noch komplizierter?

»Mum, Benny will drei Teddys mitnehmen, aber die passen nicht in den Rucksack!« Atemlos stürzte Melli ins Schlafzimmer, Benny folgte ihr auf den Fersen. »Der Kurze peilt mal wieder gar nichts!«

»Du bist voll gemein!«, heulte Benny. »Ohne meine Teddys kommen nachts die ganzen Monster!«

»Es gibt keine Monster«, sagte Carina etwa zum hundertsten Mal an diesem Morgen.

Beruhigend strich sie ihm über den Kopf. Sie wusste genau, wann Bennys Monsterphobie angefangen hatte: seit es mit Jonas kriselte. Küchenpsychologie, zugegeben, aber auch ohne Therapeutenwissen eine ziemlich eindeutige Sache. Leider beharrte Benny darauf, man könne die Existenz grässlicher Geisterwesen nicht durch bloßes Leugnen neutralisieren. Eng schmiegte er sich an seine Mutter und schaute treuherzig zu ihr auf.

»Kann Tom nicht mitkommen? Der kämpft mit den Monstern, und dann hauen die ab. Das hat er selber gesagt.«

Seit Tagen sprach Benny über ihn, und nicht nur er. Beide Kinder mochten Tom. Einmal war er zum Abendessen erschienen, danach hatten sie zu viert Kicker gespielt. Eine nette kleine Patchworkfamilie. So tickten Kinder eben, Gott sei Dank: Sie sahen alles ganz pragmatisch. Tom war nett, er vertrieb Monster, also gehörte er dazu. Auch Carina hatte einen ausgeprägten Sinn für Pragmatik. Es gab Dinge, für die ein Streit nicht lohnte.

»Die Teddys kommen in eine Extratasche, ihr packt eure Rucksäcke zu Ende, in zehn Minuten gibt's Frühstück, Diskussion beendet, danke schön.«

Nachdem die beiden zurück ins Kinderzimmer gelaufen waren, ließ sie den BH aufs Bett fallen und hielt den neuen schwarzen Spitzenbody gegen das Licht, ein Geschenk von Tom. Ach, Tom. Lächelnd dachte Carina an den Spaziergang im Regen, bei dem sie patschnass durch die Pfützen gerannt waren, ans Tanzen, an den Spaß, den sie miteinander hatten, auch an die zunehmende Vertrautheit.

Die zarte Spitze des Bodys kitzelte auf ihrer Haut. Einmal hatten sie sich schon geküsst, sehr leidenschaftlich sogar, aber Tom hatte akzeptiert, dass Carina noch nicht aufs Ganze gehen wollte. Was sie ihm verschwieg: Von Liebe zu sprechen, dafür war es noch viel zu früh, andererseits konnte sie nicht mit einem Mann ins Bett gehen, den sie nicht ohne Wenn und Aber liebte. Das mochte man altmodisch nennen, spießig oder verklemmt – in Carinas Welt war es halt so.

Wieder einmal fragte sie sich, wann sie so weit sein würde. Für Tom. Für Zärtlichkeiten. Für alles. Carina sehnte sich danach. Doch abgesehen von der Gefühlsfrage war es eben ein großer Unterschied, ob man gemeinsam alterte, seit Ewigkeiten das Bett teilte und eingeübte erotische Rituale genoss – oder ob man einem knapp Dreißigjährigen die körperlichen Verfallserscheinungen von knapp vier Jahrzehnten präsentierte. Selbst bei kosmetischer Beleuchtung. Da half auch kein Kerzenlicht.

Sie seufzte. Dann packte sie den Body in die Nachtschrankschublade und sank aufs Bett. Das bevorstehende Wochenende mit Jonas – wollte sie das eigentlich noch? Tom, die Gelassenheit in Person, hielt es für eine gute Idee, um den Familienfrieden wiederherzustellen. Leni hingegen äußerte sich zunehmend skeptisch, obwohl sie es doch gewesen war, die anfangs dazu geraten hatte. Carina solle sich endlich von Jonas lösen, argumentierte Leni, sonst sei sie nie frei für etwas Neues.

Nur dieses eine Wochenende noch, beschloss Carina, dann lasse ich Jonas in Ruhe. Auch für meinen eigenen Seelenfrieden. Heißt es nicht: Wenn man jemanden gehen lässt, bekommt man sich selbst dafür zurück?

Wahllos angelte sie ein T-Shirt, den roten Nicky-Overall und einen Schlafanzug aus dem Klamottenhaufen. Dann stopfte sie ein Paar Schuhe, ihren Kosmetikbeutel sowie etwas Wäsche in die Zwischenräume und schloss den Koffer. War doch nicht so wichtig, was sie mitnahm. Für ein Wochenende mit Tom hätte sie natürlich ganz anders gepackt. Vor allem hätte sie den schwarzen Spitzenbody mitgenommen.

»Mum! Wir sind fast fertig!«, rief Melli aus dem Kinderzimmer.

Carina straffte ihre Schultern. Auf in den Kampf für den Frieden! Sie würde sich zusammennehmen, schärfte sie sich ein, während sie die Treppe ins Erdgeschoss hinunterstieg, sie würde Jonas mit Samthandschuhen anfassen und den Kindern eine tolle Zeit bescheren. Unten im Flur blieb sie stehen und schnupperte. Ah, frischer Kaffeeduft. Immer der Nase nach, befahl ihr Geruchssinn.

»Das ist ja ein geniales Programm«, murmelte Sibylle, die am Küchentisch saß, vor Carinas neuem Laptop. »Eddy hat's echt drauf.«

»Du offensichtlich auch.« Carina nahm die Tasse mit frischem Espresso von der Maschine und kostete. »Sehr gut, dein Kaffee. Kommst du wirklich klar?«

Unverwandt schaute Sibylle auf den Monitor des Laptops. Ihre Hände schwebten einen Moment lang über der Tastatur, dann betätigte sie die Entertaste.

»Und wieder ein Piraten-Shirt verkauft! Sag mal, war das eben eine ernstgemeinte Frage? Wenn ich mich schon bereit erkläre, zwei Tage lang die Kundenbetreuung für deinen florierenden Handel mit Tinker-Shirts zu übernehmen, dann bereite ich mich angemessen vor. Wusstest du übrigens, dass nur ein Drittel der Frauen privat einen Computer nutzt, aber fast die Hälfte der Männer?«

Carina nahm einen Schluck Espresso.

»Weil die Kerle im Unterschied zu Frauen lauter Unsinn damit anstellen – Actionfilme, Actionspiele, Actionwasweißich. Na ja, wenigstens machen sie nichts dreckig, wenn sie am Computer sitzen.« Mit der freien Hand fegte Carina ein paar Krümel von der Tischplatte. »Männer müllen ja sonst immer die ganze Wohnung zu.«

»Frauen tun das auch, aber sie nennen es Dekoration«, erwiderte Sibylle lächelnd. »Mal was anderes: Du bist sicher, dass du diesen Familienausflug mit Jonas willst?«

Was heißt hier wollen? Carina sah aus dem Fenster, hinter dem die Nebelschwaden eines trüben Wintermorgens waberten.

»Nein, liebe Sibylle, mir graut davor. Aber vielleicht hilft's für einen Waffenstillstand. Der Krieg ist vorbei. Ich bin jetzt abgeklärt genug, um Jonas zu verzeihen, aber nicht dumm genug, ihm noch mal zu vertrauen. Falls du also denkst, ich werde schwach – mach dir keine Sorgen.«

Ihren Blick auf Carina gerichtet, stützte Sibylle die Ellenbogen auf den Tisch und legte ihr Kinn in die Hände. Aus ihrer Beobachterposition heraus musterte sie ihre Freundin so genau, als suche sie nach Anzeichen eines Sinneswandels.

»Schönes Outfit. Viel zu schön. Du könntest dir Liebestöterleggins anziehen, damit auch Jonas nicht schwach wird. Fünfundvierzig Prozent der Männer mögen keine Leggins.«

Carina schaute an sich hinunter. Sie trug den olivfarbenen Anzug von Leni, und im selben Augenblick fiel ihr ein, dass Jonas ihr ein Kompliment dafür gemacht hatte.

»Nein, nein, das Ding mit Jonas ist gelaufen«, erklärte sie mit fester Stimme. »Wenn ich für jemanden eine Schwäche habe, dann für Tom.«

»Fein. Ich wollte dich nur vorwarnen. Sex mit dem Ex ist nämlich gar nicht mal so selten – ein Fünftel aller Geschiedenen tun es.«

Geschäftig holte Carina Eier und Butter aus dem Kühlschrank, innerlich kochte sie.

»Halleluja, ich war noch nicht mal mit Tom im Bett, und jetzt reden wir schon über Sex mit dem Ex? Sibylle, ehrlich, ich finde deine Zahlenspiele total interessant, aber bitte verschone mich mit diesen komischen Tipps.«

»Das sind harte Fakten, keine Zahlenspiele«, korrigierte Sibylle sie leicht beleidigt. »Und ich gebe dir auch keine Tipps, ich weise dich lediglich auf gewisse Risiken hin.«

Risiken? Welche denn? Mit einem scharfen Obstmesser zerteilte Carina Äpfel und schichtete sie in eine Schüssel, während sie die letzten Treffen mit Jonas Revue passieren ließ. Es waren allesamt frostige Begegnungen gewesen. Von nostalgischen Gefühlen keine Spur. Und Sex? Welcher Sex?

»Geh mal in dich«, legte Sibylle nach.

»Ich mag nicht in mich gehen, da muss ich so viel aufräumen«, grummelte Carina. »Den Schutt von zehn Ehejahren entsorgst du nicht mit dem Bulldozer. Das braucht Zeit.«

Ihren beherzten Schnitten fielen nun zwei Bananen zum Opfer, dann halbierte sie Weintrauben, die sie mit Hilfe der Messerspitze von den Kernen befreite. Anschließend deckte sie den Tisch, bereitete Müslischalen vor, kochte Kakao, stellte Brot und Butter hin, briet Eier. Jeden Morgen machte sie es so, dreihundertfünfundsechzig Tage im Jahr. Obwohl die Vorzeichen für dieses Wochenende denkbar ungünstig ausfielen, freute sie sich auf das Frühstücksbuffet des Hotels, das zu dem Freizeitpark gehörte. Einmal nichts tun, nur zugreifen. Herrlich. Wie sie die zwei Stunden Autofahrt überstehen sollte, war ihr allerdings ein Rätsel. Zwei Stunden auf engstem Raum mit Jonas, unter den wachsamen Augen der Kinder? Am besten, sie stellte sich schlafend. Oder tot.

»Wann bekommst du eigentlich deinen eigenen Wagen?«, fragte Sibylle. »Sollte das nicht längst über die Bühne gegangen sein?«

»Wir haben beschlossen, den Geländewagen erst nach diesem Wochenende abzugeben. Für eine mehrstündige Fahrt mit den Kindern ist er halt bequemer.« Carina formte mit den Händen einen Trichter vor dem Mund. »Kinder, Frühstück! Beeilt euch, in zwanzig Minuten kommt Papa!«

»Mit Schantallll?«, fragte Benny, der als Erster auf die Küchenbank kletterte.

»Ohne«, antwortete Carina knapp. »Guten Appetit.«

»Aber Chantal ist nicht dabei, oder, Mum?«, fragte Melina, die nun auch um die Ecke wuselte und sich auf der Küchenbank niederließ.

»Nein. Guten Appetit.«

»Sie kommt ganz bestimmt nicht mit?«, vergewisserte sich Benny.

Erschöpft rieb sich Carina über die Augen. Wer hätte gedacht, wie anstrengend so ein Patchworkpuzzle mit sechs Puzzleteilen werden würde?

»Noch mal von vorn. Chantal bleibt zu Hause, und falls es weitere Fragen gibt, wiederhole ich es gern: Wir fahren zu viert in den Freizeitpark, Mama, Papa, Melli, Benny, ohne Tom, ohne Chantal.«

»Gefühlt reden Mütter doppelt so viel wie ihre Kinder, weil sie alles zweimal sagen müssen«, lachte Sibylle. »Dieses Schicksal teilen sie mit uns Lehrern. Guten Appetit allerseits.« Sie aß jedoch nichts, sondern verschwand wieder hinter dem Laptop. »So. Die Paillettenhemden sind schon seit Tagen alle weg, wie ich gerade sehe. Jetzt habe ich auch das Smokinghemd mit den Herzen verkauft. Für hundertzwanzig Euro!«

»Die Post verdient ein Vermögen an mir«, stöhnte Carina, obwohl sie der rasende Absatz natürlich freute.

»Wenig verwunderlich. Es gibt sogar schon eine Fanpage.«

Sibylle drehte den Laptop so, dass Carina auf den Monitor schauen konnte. Ach du großer Gott! Ein Foto von ihr und den Kindern füllte den gesamten Bildschirm aus, bedeckt mit Herzen, in denen die User Nachrichten hinterlassen konnten. *Tinkern forever! – Carina ist die Tinkerqueen! – Bist 'ne coole Socke. – We love you, Carina.* Es war durchaus schmeichelhaft, aber auch ein wenig unheimlich.

»Du bist berühmt«, schmunzelte Sibylle.

»Das sieht mir ganz nach Eddy aus, ich hatte keine Ahnung.« Carina klappte den Laptop zu. »Und jetzt wird gegessen.«

Die Haustürklingel schrillte. Auf der Stelle spannte sie sich an und wechselte einen Blick mit Sibylle, die nervös ihre Brille geraderückte. Jonas. Warum musste er gerade heute überpünktlich sein? Klirrend landete Bennys Löffel auf dem Tisch, und er sauste in den Flur. Seit zwei Wochen hat Jonas das Haus nicht mehr betreten, rechnete Carina nach, und schon habe ich das Gefühl, er sei ein Eindringling. Er gehört nicht mehr hierher.

Jonas schien das Gleiche zu empfinden. Als er mit Benny an der Hand die Küche betrat, schaute er sich um, als sähe er diesen Raum zum ersten Mal. Hätte Benny ihn nicht zum Tisch gezogen, vermutlich wäre er an der Tür stehen geblieben.

»Hallo, Jonas. Kaffee?«, fragte Sibylle, um einen freundlichen Ton bemüht.

Er schüttelte den Kopf und setzte sich neben Benny auf die Bank. Früher hatte er immer auf dem Stuhl am Tischende Platz genommen. Eine eigenartige Vibration lag in der Luft. Niemand sagte etwas, alle schienen angestrengt nach einem unverfänglichen Thema zu suchen. Carina meinte, unter dem Berg ungesagter Worte fast zu ersticken. Wenn das so weiterging, würde das Wochenende eine einzige Katastrophe werden. Los, sag was.

»Du bist früh dran.« Sie zeigte auf die Küchenuhr. »Fünfzehn Minuten zu früh.«

»Ich weiß.« Zerstreut zupfte er einen Fussel von dem dunkelblauen Pullover, den er zu Jeans und Sneakers trug. Nachdem er eine Weile Benny zugesehen hatte, der schweigend sein Müsli in sich hineinschaufelte, wagte er einen Blick zu Melli, die sich auf ihr Spiegelei konzentrierte. »Wie war die Mathearbeit? Hast du es hinbekommen mit den Klammern und der Punkt-vor-Strich-Rechnung?«

Wie bitte? Seit wann wusste Jonas, worüber Melina Klassenarbeiten schrieb? Bislang hatte er sich nur für die Zensuren interessiert, alles andere war Carinas Job gewesen.

»Lief super.« Melli schob ein Stück Spiegelei auf ihrem Teller hin und her. »Danke, dass du mit mir geübt hast.«

Carinas Verblüffung steigerte sich. Er hatte mit Melli – geübt? Das konnte nur an dem vorherigen Chaos-Wochenende gewesen sein. Oder vor der Reitstunde? Am Donnerstag hatte Jonas die Kinder direkt nach der Schule abgeholt.

»Sehr löblich von dir, Jonas«, merkte Sibylle an. »Es motiviert die Kinder, wenn Väter Engagement in Sachen Schule zeigen. Was leider viel zu selten vorkommt. Eine international vergleichende Studie hat unlängst …«

»Melli ist ein absolutes Mathe-Ass«, schnitt er ihr das Wort ab.

Dankbar strahlte Melina ihn an, und er legte einen Arm um sie. In Carina tobten widersprüchliche Gefühle. War das alles nur ein

Trick, die Kinder für sich einzunehmen? Oder hatte er tatsächlich entdeckt, dass sie bemerkenswerte Wesen mit eigenen spannenden Themen waren? Ihr war dieser Vorzeige-Daddy nicht ganz geheuer. Man konnte nie wissen. Vielleicht bezweckte er damit, ihr die Kinder zu entfremden. Alarmiert versuchte sie, in seinem Gesicht zu lesen, ob das alles echt war.

»Bin ich auch ein Aas?«, fragte Benny, was Sibylle zu einem als Husten getarnten Kichern veranlasste. »Ich mag nicht, dass ich immer die doofen Mandalas ausmalen muss.«

Lächelnd stupste Jonas ihn an.

»Hey, Großer, dafür kannst du schon super lesen. Ich bin richtig stolz auf dich. Auf euch beide.«

Puh. Carina musste aufstehen, um etwas gegen die aufsteigende Hitze zu unternehmen, die bis zu ihren Wangen emporkroch. Sie fühlte sich wie im falschen Film. Minutenlang tat sie so, als suche sie etwas Bestimmtes im Gefrierschrank, um ihr heißes Gesicht abzukühlen. Zu spät, dachte sie. Viel zu spät. Warum mussten sie sich erst trennen, bevor Jonas seine Kinder wahrnahm?

»Bist du etwa am Spinat festgefroren? Oder was machst du da?«, erkundigte sich Sibylle.

»Ich«, Carina richtete sich halb auf, »ich … wollte nur Eis …«

»Eis zum Frühstück, Eis zum Frühstück!«, freute sich Benny.

Aus der Nummer kam Carina nicht wieder raus. Während sie mit stoischer Miene Vanilleeis in kleine Glasschälchen füllte, schickte sie ein Stoßgebet zum Himmel: Lieber Gott, bitte schmeiß den Zeitraffer an und lass dieses Wochenende so schnell wie möglich vorübergehen!

Kapitel 26

Es gab Formen organisierten Wahnsinns, die an die Grenzen der psychischen Belastbarkeit führten, so viel stand mal fest. Völlig fertig mit der Welt saß Carina in dem überfüllten Kinderrestaurant, wo Clowns hinter dem Buffet jonglierten und als Mäuse verkleidete Kellnerinnen die Getränke brachten. Auf Rollschuhen. Trauben von Luftballons hingen an der Decke des weitläufigen Raums. An mindestens fünfzig Tischen lärmten Kinder jeden Alters – Babys weinten, hyperaktive Kleinkinder flitzten schreiend umher, ältere Kinder stritten sich, irgendwo fiel krachend ein Stuhl um. Und über alldem lag das Gedudel blecherner Stimmungsmusik.

»Noch einen Nachtisch?«, fragte Jonas. »Ich bin pappsatt, aber ich habe gesehen, dass die das Tiramisù mit Smarties dekorieren.«

»Ich hole was«, erklärte sich Melli bereit. »Wie viele Teller?«

»Für mich nichts mehr«, winkte Carina ab.

»Ich komme mit!«, rief Benny.

Bevor Carina ihn stoppen konnte, lief er hinter Melina her, die mit der Geschicklichkeit einer Bauchtänzerin die Menge durchpflügte. Ach du je. Jetzt war sie allein mit Jonas. Den ganzen Tag hatte sie genau das verhindert. Sie waren Karussell gefahren, Achterbahn und Geisterbahn. Sie hatten in einem Spukschloss aus Pappmaché zu Mittag gegessen, eine Seelöwenshow beklatscht, putzige Häschen gestreichelt, eine Kinderdisco besucht und sich lustige Gesichter schminken lassen. Zumindest ein Kind war immer dabei gewesen. Jetzt saß Carina ganz allein zu zweit an dem mit Essensresten übersäten Tisch und wusste nicht weiter.

»Ich glaube, den Kleinen gefällt es.« Jonas starrte in seinen Pappbecher. »Und dir?«

»Alles super«, behauptete Carina, obwohl ihre Füße bleischwer waren und ihr vor lauter Lärm fast die Ohren abfielen. »Der totale Bringer, dieser Freizeitpark. Übrigens: Die Kinder wollen nach dem Essen noch in die Karaokeshow. Weil sie doch so gern singen.«

Falsches Stichwort. Sie wusste, dass Jonas jetzt an die Adventsfeier dachte, an die Tinker-Shirts, an das Gespräch, mit dem sie ihre Ehe für beendet erklärt hatte. Sie wusste es einfach. Nach zehn Jahren Ehe konnte man mühelos in den Kopf des anderen schauen.

Ein kleiner Junge rannte dicht an ihrem Tisch vorbei. Mit seinem Ellenbogen streifte er Jonas' Pappbecher, der kippelte und umfiel. Ein Schwall Limonade ergoss sich auf den Tisch. Sofort nahm Carina eine bunte Papierserviette und wischte die Flüssigkeit auf. Mutterreflex. Jonas sah ihr versonnen zu.

»Wenn ich diese ganzen wildgewordenen Kiddies sehe«, sagte er nach einer Weile, »dann muss ich zugeben, dass unsere Kinder doch bemerkenswert gut erzogen sind.«

Ach nee. Fiel ihm das auch schon auf? Carina hörte auf zu wischen.

»Hinter jedem großartigen Kind steht eine Mutter, die sicher ist, so ziemlich alles falsch zu machen. Na ja. Vielleicht nicht alles.«

»Carina«, er legte eine Hand auf den Tisch, und sie entdeckte, dass auch er immer noch seinen Ehering trug. »Ich …«

»Smarties, Smarties, Smarties!«, jubelte Benny.

Mit Schwung stellte er seinen Teller ab, den ein braungelber Haufen mit bunten Schokolinsen bedeckte.

»Der Kurze hat mal wieder übertrieben«, ätzte Melli, deren Portion deutlich appetitlicher arrangiert war.

Ein kleiner Disput entstand, und Carina stellte erleichtert fest, dass sie sich um die weitere Konversation keine Sorgen machen musste. Wenn die Kinder das nächste Mal entwischten, würde sie eben zur Toilette gehen.

So geschah es. Carina ging an diesem Abend sehr häufig zur Toilette, denn die Kinder bewegten sich in dem Hotel wie Fische im Wasser. Mal spielten sie Fangen mit anderen Kindern oder sahen den Clowns beim Jonglieren zu, dann wieder ließen sie sich von Animateuren in Tigerkostümen zu einer Schnitzeljagd überreden. Erst als die Karaokeshow begann, saß die Familie wieder vereint beieinander auf den Stufen eines kleinen Amphitheaters. Es war bis auf den letzten Platz gefüllt. Fanfarenmusik ertönte, ein Glitzervorhang öffnete sich. Mit ausgebreiteten Armen betrat ein junger Mann im weißen Smoking und mit passendem Zylinder die Bühne, der vollmundig einen Weltklasseabend ankündigte.

Die Aufregung war riesengroß. Zappelig rutschten Melli und Benny auf ihren Plätzen hin und her, während Kleinkinder Schlager sangen und ältere Jungs im Stimmbruch coolen Gangsterrap zum Besten gaben. Alle, die mitmachten, hatten große rote Sticker mit Nummern bekommen, die vorn auf ihren T-Shirts klebten. Als Melinas und Bennys Nummern aufgerufen wurden, drückte Melli einen Kuss auf Carinas Wange.

»Wir singen für dich, Mum. Und für Papa.«

»Und für Papa«, bekräftigte Benny.

Wie vor jedem Auftritt, ertönte wieder eine Fanfare, und die Zuschauer begannen, im Takt zu klatschen. Carina überlief eine Gänsehaut. Schon oft hatten ihre Kinder auf einer Bühne gesungen, aber die Schulaula war nichts gegen diese kochende Arena.

»Hier kommen Melina und Benjamin!«, kündigte der Moderator die beiden an. »Sie haben sich etwas ganz Besonderes ausgesucht. Lasst euch überraschen!«

Applaus brandete auf, als Melli und Benny die Bühne erreichten und zum Moderator hochkletterten. Der zeigte noch einmal mit großer Geste auf die Geschwister, lüpfte seinen Operettenzylinder und trat beiseite. Carina hielt den Atem an. Dann überrollten sie die ersten Takte der Musik. Ja, überrollten sie, überwältigten sie, hauten sie um. Es waren die ersten Takte von Whitney Houstons *I Will Always Love You.* Ihr Lieblingslied, ihr Schicksalslied. Tränen liefen über ihre Wangen, sie zitterte am ganzen Körper und war so abgelenkt, dass sie erst Jonas' Hand auf ihrer Hand spürte, als es zu spät war, auszuweichen. Starr blickte sie geradeaus. Nicht bewegen, nichts sagen, bloß nicht den Moment zerstören, in dem Melli und Benny anfangen zu singen.

Die glockenhellen Stimmen der Kinder. Eine weitere Gänsehaut überlief sie. Reiner Engelsgesang. Carina kannte den englischen Text auswendig, doch hier, in dieser Arena, neben dem Mann, der ihr einmal alles bedeutet hatte, erfasste sie die tiefe Melancholie der Zeilen auf nie gekannte Weise. *Wenn ich bleiben würde, stände ich dir nur im Wege. Deshalb gehe ich, aber ich weiß: Bei jedem Schritt auf meinem Weg werde ich an dich denken.* Es war ein Abschiedslied.

Sie ließ die Tränen einfach laufen, ohne sie abzuwischen. Leise schluchzend gab sie sich ihrer Trauer darüber hin, dass es endgültig vorbei war mit der großen Illusion, sie könne zusammen mit Jonas alt werden, könne gemeinsam mit ihm die Kinder aufwachsen sehen, mit den Enkelkindern spielen und dereinst einträchtig schweigend auf einer Parkbank sitzen, wie sie es manchmal bei betagten Paaren beobachtet hatte. Nie in den vergangenen vierzehn Tagen hatte der Schmerz sie so aufgewühlt, nie waren ihre Tränen so bitter gewesen.

Viel zu schnell ging das Lied vorüber. Carina fand die Kraft, ihre Hand wegzuziehen. In ihrer Hosentasche fahndete sie nach einem Papiertaschentuch, während ringsum frenetisch geklatscht wurde. Einige Zuschauer schrien »Bravo« und pfiffen auf zwei Fingern – was vermutlich selten vorkam, da sich Eltern bekanntlich am meisten für die eigenen Kinder begeisterten.

Nachdem sie sich geschnäuzt hatte, fing auch Carina an zu klatschen. Noch immer sah sie Jonas nicht an, registrierte aber, dass er ohne eine Regung dasaß, wie betäubt. Ob ihm wohl bewusst war, dass die Kinder ausgerechnet das Lied gesungen hatten, das bei ihrem Hochzeitstanz gespielt worden war? Jonas, der von sich behauptete, er sei kein sentimentaler Softie? In diesem Augenblick drängelte sich Benny durch die Reihe zu ihnen durch, mit leuchtenden Augen und roten Wangen.

»Mami, Mami, das hat so Spaß gemacht! Melli hat ganz oft mit mir geübt, obwohl ich noch gar kein Englisch in der Schule habe!«

»Du hast wunderbar gesungen, mein Liebling«, schniefte Carina und schloss ihn in die Arme. »Ganz wunderbar.«

»Ich etwa nicht?«, lachte Melli.

Sie hatte es ebenfalls durch die vollen Reihen geschafft, die Hände seitlich ausgestreckt wie eine Popdiva, die die Ovationen ihrer Fans entgegennahm. Jonas wühlte linkisch in ihren Locken und gab Benny einen kleinen Klaps.

»Ihr wart die Besten. Mit Abstand.«

Wow. Ein Lob von höchster Instanz. Carina, die ihre Fassung einigermaßen wiedergefunden hatte, stand auf. Sie war so mitgenommen, körperlich wie seelisch, dass sie nur noch ins Bett wollte.

»Es war ein langer, schöner Tag. Wir gehen hoch ins Zimmer.«

»Aber Mum, nein, wieso denn?«, widersprach Melli. »Die Show ist doch noch gar nicht zu Ende!«

»Und ich bin noch gar nicht müde!«, versicherte Benny.

Mit den Fingerkuppen massierte Carina ihre Schläfen.

»Für mich wart ihr der Höhepunkt, was soll denn jetzt noch kommen?«

Auf der Bühne wurde die nächste Gesangsdarbietung angekündigt. Ein bassbetonter Rap ließ die Luft erzittern, und das Publikum beklatschte einen etwa Zehnjährigen in einem ärmellosen weißen Hemd, auf dem in Schwarz und Pink der Spruch *Bitte drücken, nicht ziehen* stand. Mit einem undurchdringlichen Gesichtsausdruck erhob sich nun auch Jonas.

»Lass nur«, murmelte er in Carinas Richtung, »ich bleibe bei den Kindern, du gehst ins Bett. Wir sehen uns dann morgen beim Frühstück.«

Aber Carina achtete gar nicht auf ihn. Sie schaute nur zur Bühne, ungläubig erst, dann immer freudiger. Melli zupfte sie am Ärmel.

»Mum, das ist ein Tinker-Shirt!«

»Ja. Eins von unserer Website!«

Hinter ihnen beschwerten sich einige Eltern, weil sie standen und den Blick auf die Bühne versperrten. Alle vier setzten sich wieder hin.

»Kann mir mal jemand erklären, worüber ihr sprecht?«, brummte Jonas halblaut. »Was ist das für eine komische Website?«

»Mama ist berühmt!«, rief Benny, wurde aber sogleich von den hinteren Plätzen zu gedämpfter Lautstärke ermahnt und lehnte sich schmollend in seinem Sitz zurück.

»Mama hat jetzt ein eigenes Business«, flüsterte Melli ein wenig altklug. »Und eine Fanpage.«

Sonderlich aufschlussreich wirkte das offenbar nicht für Jonas, aber er ließ diese Erläuterung auf sich beruhen und beugte sich zu Carina hinüber.

»Wie gesagt – du kannst dich gern schon hinlegen. Ich bringe dir die Kinder, wenn die Show zu Ende ist. Melli hat ja eine eigene Schlüsselkarte für euer Zimmer, du kannst also unbesorgt schlafen. Gute Nacht.«

Seine Augen schauten an ihr vorbei, seine Stimme klang mürbe. Der magische Moment war längst vorbei, so wie das Lied. So wie ihre Ehe.

Geduckt schlängelte sich Carina durch die Reihe, stieg über ausgestreckte Beine und Rucksäcke hinweg und war froh, als sie den Ausgang erreichte. Im Fahrstuhl, der sie ins oberste Geschoss des Hotels brachte, schloss sie die Augen. Leise summte sie die Melodie von *I Will Always Love You.* Doch der Zauber war gebrochen. *Always*, was hieß das schon? Liebe währte nicht für immer, und Carina fand das auch gar nicht mehr erstrebenswert. Loslassen, ermahnte sie sich, loslassen, und dann rein ins neue Glück.

Die Lifttüren glitten auseinander. Auf ihren Bleifüßen wankte sie zu dem Doppelzimmer mit Zusatzbett, das Jonas für sie und die Kinder gebucht hatte. Sein Einzelzimmer lag weit weg, am Ende des Gangs. Es konnte kein besseres Symbol für den Zustand dieser Familie geben. Darüber konnte auch dieser Wochenendausflug nicht hinwegtäuschen.

Nachdem Carina die Waschsachen der Kinder ins Badezimmer und ihre Schlafanzüge aufs Doppelbett gelegt hatte, ließ sie sich auf das schmale Zustellbett fallen. Es war eher eine Pritsche, mit niedrigen Beinen und einer harten Matratze, doch sie hätte auch auf dem Boden genächtigt, so müde war sie.

Ein, zwei Stunden, vielleicht auch länger, mochte Carina geschlafen haben, als ein Geräusch sie weckte. Sie schreckte hoch. Nachdem sie eine Lampe sowie den dazugehörigen Schalter gefunden hatte, schaute sie zu dem breiten Doppelbett. Alles ruhig. Natürlich hatten die Kinder nicht ihre Schlafanzüge angezogen. In vollen Klamotten lagen sie quer auf dem Bett und schnarchten leise. Wieder ein Geräusch. Jemand kratzte an der Tür. Carina öffnete sie einen Spalt und blinzelte in die grelle Flurbeleuchtung. Ja, gab's denn so was?

»Jonas? Was willst du hier?«

Schief lächelnd hielt er sich am Türrahmen fest.

»Noch was trinken? Um der alten Zeiten willen?«

Entnervt huschte Carina auf den Flur und zog die Tür halb hinter sich zu, um die Kinder nicht zu wecken. Der Typ hatte wirklich Nerven. Stand mitten in der Nacht vor ihrer Tür und faselte von alten Zeiten.

»Herrgott, Jonas – ich frage noch mal: Was willst du hier?«

»Reg dich nicht auf.« Er atmete tief durch. »Wir sind getrennt, aber deshalb müssen wir ja nicht so tun, als seien wir Wildfremde. Nur ein Drink, Carina. Vielleicht unten in der Bar?«

In seinem Gesicht lag nichts Lauerndes, nichts Aggressives, nichts, was auf Ärger schließen ließ. Eigentlich hat er recht, dachte sie. Möglicherweise können wir das Kriegsbeil bei einem Glas Wein endgültig begraben. Sie lugte ins Zimmer. Melli und Benny schliefen tief und fest, aber was, wenn sie aufwachten? Auch Jonas konnte in ihren Kopf schauen.

»Die sind so erledigt, die würden nicht mal aufwachen, wenn ein Silvesterböller neben ihnen explodiert. Komm schon. In die Bar?«

Sie schaute an sich hinunter. Der Anzug hatte einiges abbekommen im Laufe dieses Tages, Limonadenspritzer, Schokoeis, Ketchup, und weil sie auch in ihm geschlafen hatte, war der Stoff hoffnungslos verknittert.

»Muss man in der Bar nicht schicker sein? Ich hab gar nichts Elegantes zum Anziehen dabei, zurechtgemacht bin ich auch nicht.«

»Egal.« Er betrachtete den Türrahmen, obwohl der wenig spannend sein konnte. »Ich habe eine Freundin, die sich viermal am Tag umzieht. Ihr Badezimmer ist eine Kosmetikorgie – mit dem Make-up, das da rumsteht, könntest du ganze Schulklassen schminken. Chantal ist immer vorzeigbar, aber …«

»Ja?«

Statt den Satz zu beenden, fuhr er sich mehrmals durchs Haar. Er trug es neuerdings kürzer, modischer. Sicherlich ein Zugeständnis an den Geschmack seiner jungen Freundin. Mit schräg gelegtem Kopf lächelte er Carina an.

»Ich habe ein Zimmer mit Balkon. Wir könnten die Minibar plündern und draußen eine rauchen. So wie früher.«

»Du rauchst wieder?«

»Ja. Chantal raucht, deshalb habe ich es mir wieder angewöhnt. Und du weißt ja, das Schönste am Sex ist die Zigarette danach.«

O Mann. Carina verschränkte die Arme.

»Was habt ihr denn für popeligen Sex, wenn ihr danach noch eine Zigarette halten könnt?«

»Hey, Frollein, nicht so frech, ja?«

Er reichte ihr eine Hand, ganz so, als wolle er sie auf ein Schloss entführen, und sah sie auffordernd an.

»Also gut«, lenkte sie ein, »ein Glas Wein, eine Zigarette, auch wenn mir davon schlecht wird.«

Ein Glas Wein, keine Zigarette, und dann mach bloß den Abgang, warnte ihre innere Stimme. Die, die nicht tanzte. Ohne Jonas' ausgestreckte Hand zu beachten, horchte Carina auf die geräuschvollen Atemzüge ihrer Kinder und schloss die Tür.

Jonas ging voran. Während sie ihm den hell beleuchteten Gang entlang folgte, fiel ihr auf, dass er sich nicht ganz so gerade wie früher hielt. Auch mit seinen Haaren war etwas passiert, und das lag nicht etwa an seiner neuen Frisur. Am Hinterkopf lichtete es sich, ein wenig nur, aber doch deutlich sichtbar. Seltsam daran war, dass es ihm irgendwie stand.

Als er seine Zimmertür mit der Schlüsselkarte entriegelte, wandte er sich zu ihr um.

»Was ich sagen wollte«, er druckste ein bisschen herum, »wir sollten es nicht den Kindern auf die Nase binden, dass wir hier noch spätnachts …«

»Den Kindern? Du meinst doch wohl Chantal. Okay. Von mir erfährt sie nichts. Großes Ehrenwort.«

»Ich nehme an, dass auch dieser, dieser Tom nicht …«

»Nein.«

»Okay.«

So schnell hatten sie sich noch nie auf etwas geeinigt. Krass, durchfuhr es Carina, ich besuche meinen Exmann, der genau genommen noch mein Mann ist, in seinem Hotelzimmer, und wir führen uns auf, als ob wir etwas Verbotenes tun. Noch vor zwei Wochen wäre es das Normalste der Welt gewesen, abgesehen davon, dass sie niemals mit Jonas etwas trinken gegangen wäre, weder in einem Hotelzimmer noch in einer Bar. Es konnte einem schwindelig davon werden, wie rasch sich die Dinge änderten.

Jonas durchquerte schon den abgedunkelten Raum, schlug die Gardine zurück und trat durch die offene Glastür auf den Balkon. Ein Feuerzeug flammte auf im Dunkel der Nacht, dann sah Carina einen glühenden orangeroten Punkt. Langsam ging sie darauf zu. Es war eiskalt draußen. Mit den Unterarmen auf das Balkongitter gelehnt, rauchte Jonas schweigend. Vermutlich bewegten ihn die gleichen Gedanken wie sie: dass sie Komplizen waren, wie ein heimliches Liebespaar.

»Ich hab vor kurzem was über Kinder gelesen«, begann er unvermittelt zu sprechen.

»Du liest. Und dann auch noch Bücher?«

Mit dem Zeigefinger schnippte er etwas Zigarettenasche vom Balkon und warf ihr einen ganz leicht enervierten Seitenblick zu.

»Chantal hat mich in diesen Buchladen gezwungen. Na ja, letztlich warst du das, du übles Biest.« Sein kurz aufflackerndes Lächeln strafte diesen Ausdruck Lügen. »Es gab da so ein Buch über das Glück mit Kindern. Ich habe den Titel erst gar nicht verstanden. Glück? Klar, fast jeder will Kinder. Aber wenn sie dann erst mal da sind ...«

»... kommt dieser ganze Alltagstrubel, dauernd Familien-Halligalli, keine ruhige Minute mehr, Melli hier, Benny da, überall tritt man auf Spielzeug«, zitierte Carina seine Worte.

Er zuckte zusammen, als hätte man ihm eine Nadel in die Haut gejagt.

»Bitte – erinnere mich nicht an das Gespräch auf der Terrasse. Ich war schlecht drauf. Betrunken.«

»Und Betrunkene sprechen die Wahrheit.«

Abrupt wandte er den Kopf ab. Seinem flachen Atem merkte Carina an, dass er mit sich kämpfte.

»Ich geb's ja zu, sie haben mich manchmal einfach gestört. Nach zehn bis zwölf Stunden mit den Klienten kannst du nicht immer der Gute-Laune-Bär sein. Trotzdem – es war ein Riesenfehler, dass ich sie irgendwie«, wieder inhalierte er einen Zug, »ausgeblendet habe.«

Lange sahen sie in die Schwärze der Nacht, obwohl es nichts zu sehen gab. Nicht einmal Sterne.

»In der Minibar steht bestimmt Wein«, sagte Carina nach einer Ewigkeit. »Außerdem friere ich mir langsam den Popo ab.«

In hohem Bogen warf Jonas seine Kippe vom Balkon, dann lief er ins Zimmer und kam mit der Bettdecke wieder heraus. Fürsorglich legte er ihr die Decke um.

»Besser? Wäre nämlich schade um deinen Popo. Warte, ich hole noch den Wein.«

Carina war völlig überrumpelt. So ritterlich kannte sie Jonas nicht. Nicht mehr, genauer gesagt. Diese Nacht auf einem eiskalten Balkon fühlte sich an wie eine Zeitreise in die Anfänge ihrer Liebe. Wie oft hatten sie sich bei jedem Wetter draußen rumgedrückt, viel zu viel geraucht und Wein direkt aus der Flasche getrunken. Wie oft hatte er ihr dann seine Jacke um die Schultern gelegt und …

Als er mit einer offenen Flasche Wein und zwei Gläsern zurückkehrte, schüttelte sie den Kopf.

»Keine Gläser. Wir trinken aus der Flasche.«

»Wie früher«, sagten sie wie aus einem Mund und lachten verlegen.

»Aber nur, wenn ich mit unter die Decke darf«, fügte Jonas übermütig hinzu.

Nach der Limonade, die sie an diesem Tag literweise in sich hineingeschüttet hatten, schmeckte der Wein großartig. Carina setzte die Flasche gleich zweimal an und gab sie Jonas, als er bibbernd zu ihr unter die Decke schlüpfte.

»Die haben viel zu kleine Bettdecken in diesem Hotel, finde ich«, lächelte sie.

Jonas, der die Anspielung auf die überdimensionale Decke daheim verstand, nickte. Eine Weile war es still. Sie standen einfach nur in der Kälte, eingewickelt in eine Hotelbettdecke, und tranken abwechselnd Wein aus der Flasche. So, als habe es nie erbitterte Auseinandersetzungen gegeben, ja, als seien sie beste Freunde. Oder ein Liebespaar.

»Weißt du, was komisch ist?«, begann er wieder zu sprechen. »Durch die Trennung lerne ich meine, also – unsere Kinder erst richtig kennen. Irre, oder? Chantal ist großartig, ich bin sehr glücklich mit ihr, aber die kann überhaupt nicht mit Kindern. Deshalb habe eben ich mich mit ihnen hingesetzt. Schulaufgaben gemacht, Spiele gespielt, sogar«, er drehte ihr den Kopf zu und grinste, »sogar gebastelt haben wir.«

»Was du nicht sagst.«

»Getinkert. Stimmt das eigentlich, dass du die Sachen im Internet verkaufst?«

Er zündete sich eine neue Zigarette an, zwei kleine Rauchwolken verließen den Balkon. Der Wein hatte Carina gelockert. Sie lachte leise.

»Neben dir sitzt die Gründerin eines erfolgreichen Start-up-Unternehmens.«

»Ach, komm.«

»Doch! Traust du mir das etwa nicht zu?«

Ohne zu antworten, hielt er ihr die Zigarette hin. Sie zog einmal daran und gab sie ihm hustend zurück. Nicht ihr Ding, wirklich nicht.

»Ich traue dir so einiges zu«, sagte er süffisant. »Darf ich dich was fragen? Okay, ich frag einfach. Wer ist dieser Tom? Wie eng ist das mit euch beiden?«

Aha. Es ließ ihm also keine Ruhe. Mit der Zungenspitze fuhr sie sich über die Lippen.

»Eifersüchtig?«

»Ich? Hahaha. Ja. Nein, natürlich nicht. Wieso auch.«

»Bis jetzt sind wir nur gute Freunde. Ich will nichts überstürzen, aber ich mag ihn sehr. Er ist mein Fitnesstrainer und …«

»Das weiß ich.« Jonas warf die Zigarette auf den Boden und trat sie aus. Danach bewegte sich seine Schuhspitze weiter, obwohl die Kippe längst gelöscht war. »Sag mal, warum bist du nicht ehrlich zu mir?«

Der kleine Schwips, den Carina so genossen hatte, verflog mit einem Schlag.

»Ich? Nicht ehrlich?«

»Man hört, dass du ihn schon länger kennst, fast ein Jahr. Dass er jetzt quasi bei dir im Haus wohnt und die Kinder schon Papa zu ihm sagen.«

Carina wurde kalt, trotz der Bettdecke. Was war das für eine abstruse Geschichte? Wer erzählte so etwas?

»Man. Hört.« Sie schnaubte empört. »Kam das als Meldung im Radio, oder wie soll ich mir das vorstellen?«

»Entschuldige, Sternschnuppe. War eine blöde Frage, und ich sollte auch nicht jeden Unsinn glauben.«

Millimeterweise rückte er näher zu ihr heran, doch Carina war viel zu aufgebracht, dass er irgendwelche dummen Gerüchte zur Sprache brachte, um wieder in die friedlich vertraute Stimmung zurückzuschalten. Warum hatte sie sich bloß auf diese Balkonsause eingelassen? Es endete ja doch immer nur wieder in Missverständnissen. Aber sie wollte nicht im Streit gehen. Wofür tat sie sich dieses Wochenende an, wenn nicht in friedlicher Mission?

»Schon gut«, murmelte sie.

Jonas' Finger trommelten auf das Balkongitter.

»Ich kenne dich. Schon gut, das bedeutet Alarm. Ist wirklich nichts – Doppelalarm. Wir reden später, das heißt für mich: Nichts wie weg.«

Vergeblich versuchte Carina, den aufwallenden Ärger zu zügeln, dass er auch noch Witze über ihre Streitereien riss.

»Dann geh doch!«, rief sie erbittert.

»Kann nicht, ist mein Zimmer.«

Damit nahm er ihr im Bruchteil einer Sekunde den Wind aus den Segeln. Sie musste lachen, obwohl sie nichts weniger wollte als lachen, und plötzlich zog er sie an sich, wild, impulsiv, und küsste sie. Es war ein langer, leidenschaftlicher Kuss, der nach Wein und Tabak schmeckte, vor allem aber nach Begehren. Wie von selbst schmiegten sich ihre Körper aneinander, etwas Süßes, Unwiderstehliches regte sich in Carina.

Als sie voneinander abließen, erstarrten sie synchron. Atemlos wischte sich Carina mit dem Handrücken über die feuchten Lippen.

»Mach das nie, nie wieder.«

Kapitel 27

Das Erstaunliche am Leben war, dass sich die Welt einfach weiterdrehte, ganz gleich, was nachts passierte, dass es morgens hell wurde und sogar die Sonne scheinen konnte, als wäre nichts gewesen. Zähne putzend stand Carina vor dem Badezimmerspiegel und fragte sich zum tausendsten Mal, wie sie dem Mann gegenübertreten sollte, von dem sie sich trotz der von ihr ausgesprochenen Trennung hatte küssen lassen. Den sie sogar zurückgeküsst hatte. Und zwar mit Vergnügen, was das Ganze noch peinlicher machte.

Kleines schwaches Weibchen knickt vor starkem Mann ein? Würde Jonas das so interpretieren? Und seinen Triumph weidlich auskosten?

Sorgfältig spülte sie ihren Mund aus, als könne sie dadurch den Kuss ungeschehen machen. Was war nur in sie gefahren? Welcher Teufel hatte sie geritten? Hinzu kam, dass sie Tom gewissermaßen betrogen hatte. Ein Kuss war zwar keine Staatsaffäre, dennoch plagte sie das schlechte Gewissen. Unwillkürlich wurde sie rot, als Melina ins Badezimmer kam.

»Mum, dürfen wir runter zum Frühstück? Papa ist da. Er sagt, er hat Hunger und nimmt uns mit.«

»Kein Problem, ich komme nach.«

»Alles in Ordnung, Mum?« Melinas Hand lag auf der Klinke der Badezimmertür, sie drückte sie herunter und ließ sie wieder hochschnappen, was sie einige Male wiederholte. »Von Zigaretten wird einem total schlecht, oder?«

Boooiiing. In Carinas Kopf dröhnte ein großer Gong. Melina war mindestens eine so gute Privatdetektivin wie Frau Lahnstein. Sich schlafend zu stellen, gehörte offensichtlich zu ihren leichtesten Übungen.

»Ich rauche nicht, Melli.«

»Hm. Ach so. Na dann …«

Ein letztes Mal ließ sie die Klinke hochschnappen, dann sprang sie davon. Carina schaute um die Ecke. Mitten im Hotelzimmer wartete Jonas, ein schräg durchs Fenster hereinfallender Sonnenstrahl streifte seinen gelben Pullover, der ihm ausgezeichnet stand. Während er mit Benny herumalberte, hob er lässig eine Hand und zwinkerte ihr zu. Großer Gott. Reflexartig warf Carina die Badezimmertür ins Schloss.

Lass dich nicht einwickeln! Jonas ist ein Schuft, ein elender Betrüger! Doch der Mann, den sie gerade gesehen hatte, war nicht Jonas, der Schuft. Auch nicht der Haustyrann, der Geizhals, der missgelaunte Familienmuffel. Wer war er wirklich? Das Balkongespräch fiel ihr ein. Hatte Jonas die Wahrheit gesagt – dass er seine Kinder zu schätzen begann? Und was sollte dieser verdammte Kuss?

Hastig zog Carina den roten Nicky-Overall von Leni an, wickelte das passende bunte Tuch um ihre Hüften und föhnte ihre Haare trocken. Irgendwie musste sie diesen Tag über die Bühne bringen, ohne Verstimmungen, ohne Trara. Am frühen Nachmittag würden sie zurückfahren, und nur, wenn am Ende friedliche Verhältnisse herrschten, hatte sich dieser Höllentrip gelohnt.

Bevor sie zum Frühstück ging, lenkte sie ihre Schritte in die Hotelhalle, zum Souvenirshop, der sich neben dem Empfangstresen befand. Eine typische Tourifalle, in der man den Gästen überteuerten Krimskrams andrehte. Suchend stöberte sie in den Regalen. Mist. Die Sonnenbrillen für Erwachsene waren unerschwinglich. Nach längerem Herumprobieren erstand Carina eine relativ preiswerte Kindersonnenbrille mit rotem Rand. Sie hatte das Bedürfnis, sich hinter etwas zu verstecken. Auf keinen Fall durfte Jonas mitbekommen, wie durcheinander sie war. Diese Blöße würde sie sich nicht geben. Mit ihrer Kindersonnenbrille auf der Nase sah sie zwar nicht gerade stylish aus, aber das war ihr egal.

Hocherhobenen Kopfes marschierte sie los. Sie musste sich nur am Lärm orientieren. Das Kinderrestaurant war auch am frühen Morgen schon wieder überfüllt. Hell schien die Sonne durch die Panoramafenster. Es roch nach gebratenen Würstchen, nach Spiegeleiern und unerträglich guter Laune. Jedenfalls für Carina, deren Laune stetig sank. Wenigstens gab es einen leidlich guten Kaffee am Buffet. Mit der Tasse in der Hand zwängte sie sich zwischen den vollbesetzten Tischen hindurch.

»Schicke Brille«, grinste Jonas, als sie den Tisch gefunden hatte, an dem er mit Melli und Benny saß.

»Meine Augen sind neuerdings etwas lichtempfindlich. Die Sonne blendet mich.«

»Kein Wunder bei nachtaktiven Lebewesen.« Er zeigte auf seinen Kaffeebecher. »Kleiner Tipp: Kaffee fragt nicht, wo du letzte Nacht gewesen bist, Kaffee versteht dich.«

»Käffchen geht immer«, sagte Melina.

Sie legte den Löffel neben ihre Müslischüssel und musterte ihre Eltern, wie man seltene Tiere beobachtete. Neugierig, abwartend, auch ein wenig verwundert. Viel gab es nicht zu sehen. Carina versteckte sich hinter ihrer Sonnenbrille und trank Kaffee, Jonas säbelte ein Stück von den Rostbratwürstchen ab, die neben einer Portion Rührei und einer Grilltomate auf seinem Teller lagen. Verblüfft zeigte Carina darauf.

»Seit wann isst du denn Rostbratwürstchen? Ich denke, du kannst die Dinger nicht ausstehen, weil sie die Cholesterinwerte hochtreiben?«

»Ach, das weißt du noch?«, fragte er, als sei das Ende ihrer Ehe Jahrzehnte her. Dann lächelte er spitzbübisch. »Frauen ärgern sich ja immer darüber, was Männer so alles vergessen, Männer staunen, woran sich Frauen so alles erinnern.«

»Wenn du dich da mal nicht täuschst. Ich bin super im Vergessen. Kann mich zum Beispiel gar nicht mehr an gestern Nacht erinnern.«

»Aber ich«, entgegnete Melina.

Jonas runzelte die Stirn.

»Wie jetzt?«

»Melli hat gepetzt!«, rief Benny.

Nachdem sie ihn kichernd in die Seite geboxt hatte, schlug Melina die Beine übereinander, sehr ladylike für ihre neun Jahre.

»Ich konnte nicht einschlafen. Deshalb hab ich Schäfchen gezählt, so wie Mum es mir beigebracht hat – ganz viele Schäfchen, die über einen Zaun springen. Aber die Schäfchen waren furchtbar dick und schafften es nicht über den Zaun, da musste ich lachen und konnte erst recht nicht einschlafen.«

»Und«, Jonas zögerte, »woran erinnerst du dich so?«

»Na ja, du hast geklopft, und dann hast du Mum mitgenommen. In dein Zimmer. Weil ihr Zigaretten rauchen wolltet. Und Wein trinken. Und schmusen.«

Jonas schluckte. Sein Teint färbte sich grünlich, sein Besteck quietschte auf dem Teller. Melli hatte ihre Geschichte mit allergrößter Arglosigkeit erzählt, doch für Jonas wie auch für Carina waren diese Offenbarungen alles andere als harmlos.

»Prinzessin«, er bekam ein relativ glaubwürdiges Lächeln hin, »wir haben uns nur unterhalten, Mum und ich. Schmusen wäre ja auch völlig verkehrt. Ich lebe jetzt mit Chantal zusammen, wir sind sehr glücklich. Deshalb möchte ich auch nicht, dass Chantal irgendetwas in den falschen Hals bekommt. Also red besser nicht darüber.«

»Ist Chantal immer noch krank?«, fragte Benny.

Jonas fuhr zu ihm herum.

»Wieso das denn? Sie ist topfit!«

»Weil Mama gesagt hat, Chantal ist krank, und du musst bei ihr wohnen, bis sie wieder gesund wird. Warum hat sie denn einen falschen Hals? Muss sie ins Krankenhaus?«

Vorwurfsvoll funkelte Jonas Carina an. Wie konntest du nur?, fragte er stumm. Selbst schuld, warum hast du's nicht den Kindern gesagt?, antwortete sie, ebenfalls ohne Worte.

Auf Rollschuhen näherte sich eine Kellnerin und erkundigte sich, ob sie schon etwas abräumen dürfe. Jonas schob ihr den Teller mit den Rostbratwürstchen hin. Er wirkte komplett bedient, in jeder Hinsicht. In diesem Augenblick klingelte Carinas Handy.

»Hi, Süße, Leni hier. Wie läuft's bei euch?«

Überrascht stand Carina auf und stellte sich etwas abseits neben einen Geschirrwagen. Komisch. Es war acht Uhr morgens. Leni rief nie um diese Zeit an.

»So lala. Aber den Kindern gefällt es.«

»Also keine tränentreibende Familienzusammenführung? Kein Revival mit Jonas, dem gestörten Hirni?«

Irgendetwas an Lenis Ton gefiel Carina nicht. Sicher, als beste Freundin fühlte sich Leni verantwortlich, sie kümmerte sich, sie beriet, sie coachte. Aber ihre verbale Attacke auf Jonas ging entschieden zu weit. Von Anfang an hatte Leni ihr zu einer Trennung geraten, fiel ihr ein. Weil sie selbst geschieden war, wie Jonas mutmaßte? Oder weil sie Carina ganz für sich wollte? All das schoss ihr durch den Kopf, während ringsumher das pralle Leben tobte.

»Carina? Süße? Benimmt er sich anständig? Keine Annäherungsversuche, keine krummen Dinger? Denk dran, manchmal frisst der Wolf Kreide. Falls Jonas plötzlich den tollen Ehemann und Familienvater spielt, darfst du nicht darauf reinfallen, hörst du?«

Als hätte Leni es geahnt. Prophezeit hatte sie es ohnehin und Carina deshalb beschworen, das Familienwochenende abzublasen. Aber woher konnte man wissen, ob Jonas nur eine Show ablieferte oder tatsächlich über seine Vaterrolle nachgedacht hatte?

»Alles im grünen Bereich«, erwiderte Carina. »Wir fahren nach dem Mittagessen zurück, gegen sechs bin ich zu Hause. Dann telefonieren wir.«

»Unbedingt.« Noch immer klang Lenis Stimme angespannt. »Bis später.«

Ein seltsamer Anruf. Carina fühlte sich unangenehm kontrolliert. Seufzend setzte sie sich wieder an den Tisch.

»Ich hab so einen Hunger auf Kuchen, ich kann es gar nicht in Torte fassen.«

»Worte«, grinste Melli.

Jonas brach in Lachen aus.

»Das wird deinen kleinen Fitnesstrainer freuen«, prustete er los. »Da muss der doch glatt mal Überstunden schieben, was?«

Kleiner Fitnesstrainer? Dachte er etwa, Tom sei nur ein Zeitvertreib, über den man sich lustig machen durfte? Überhaupt wirkte Jonas schon den ganzen Morgen verdächtig obenauf. Zeit für eine klare Ansage. Carina deutete auf den leeren Tisch vor sich.

»Kinder, seid ihr so lieb und holt mir bitte leckeren Kuchen vom Buffet? Von allem etwas, wenn's geht.«

Eifrig nickten die beiden und stoben los. Carina setzte die Sonnenbrille ab. Ihre Miene war eisig.

»So, Mister Casanova. Ich gebe zu, es war schön, gestern Nacht ein bisschen auf dem Balkon zu quatschen. Aber falls du nach wie vor denkst, du kannst alles haben, Frau, Kinder, Geliebte, hast du dich geschnitten. Klar so weit?«

Auf dem Boden seines Kaffeebechers schienen sich hochinteressante Dinge abzuspielen, so gebannt schaute er hinein. Er hielt den Blick auf den Becher gerichtet, während er Carina leise, fast flüsternd antwortete.

»Weißt du, als wir gestern … du bist eine ganz andere Frau, wenn man dich in einer anderen Umgebung erlebt. Du bist sowieso irgendwie anders geworden. Seit wir uns getrennt haben, sehe ich dich mit neuen Augen.« Er räusperte sich. »Hm, jedenfalls kam es mir so vor, als wäre Chantal meine Frau und du meine Geliebte.«

Ein Satz wie ein Paukenschlag. Carina fiel aus allen Wolken. So etwas Abseitiges und Verrücktes hatte sie noch nie gehört. Sie holte Luft, hielt dann aber inne, weil ihr jeder Kommentar überflüssig erschien, und beschränkte sich darauf, mit der flachen Hand vor ihre Stirn zu hämmern.

»Warte, warte«, beschwichtigte er sie, »ich meine das gar nicht frivol. Ich habe etwas begriffen – der Alltag ist ein Killer. Ich wohne jetzt erst zwei Wochen mit Chantal zusammen, also, richtig zusammen, und, ehrlich, ich will, dass es so bleibt. Trotzdem schleicht sich auch bei uns schon der Alltag ein. Sie meckert, wenn ich die *Sportschau* gucke. Ich rege mich auf, weil immer lange schwarze Haare im Waschbecken liegen. Sie will, dass ich den Müll runterbringe, ich hasse es, wenn sie mit Lockenwicklern ins Bett geht. Verstehst du?«

Er wagte einen Blick zu Carina, die ihn ansah, ohne eine Miene zu verziehen.

»Nur mal so zwischendurch und spaßeshalber, worauf läuft deine kranke Theorie eigentlich hinaus?«

Ein vorsichtiges Lächeln erschien auf seinem Gesicht. Wachsam schaute er sich um, dann beugte er sich weit über den Tisch und senkte seine Stimme zu einem konspirativen Raunen.

»Du hast doch diese Liste, richtig? Die Wunschliste.«

»Jonas, ich warne dich«, zischte Carina. »Überspann den Bogen nicht.«

Seine Finger umschlossen den Kaffeebecher. Seine Nasenflügel bebten, als müsse er ein Lachen unterdrücken.

»Was machst du denn am nächsten Wochenende?«

Die Frage kam derart unerwartet, dass Carina irritiert die Augenbrauen hob.

»Ich? Das Übliche. Putzen, backen, kochen, mit den Kindern rausgehen, was weiß ich. Wieso? Woran hattest du denn gedacht?«

Er grinste durchtrieben. »Paris?«

Das durfte doch wohl nicht wahr sein. Carina wurde abwechselnd heiß und kalt.

»Sag mal, hast du noch alle Zwetschgen am Baum?«

»Sie hatten Himbeertorte, Apfelkuchen, Käsekuchen und Schwarzwälder Kirsch«, verkündete Melli, die scheppernd eine große Kuchenplatte vor Carina auf den Tisch stellte. »Zwetschgen hatten sie nicht.«

»Aber Brownies.« Strahlend stellte Benny einen weiteren Teller daneben. »Die magst du doch, Mama.«

Noch hatte Carina nicht den Schock verkraftet, dass ihr eigener Mann sie heimlich daten wollte. Mit zitternden Händen setzte sie die dämliche Kindersonnenbrille wieder auf und griff zur Kuchengabel, die Melli ihr hinhielt.

»Genieß es.« Jonas stand auf. »Lass dir Zeit. Ich gehe schon mal zur Rezeption und zahle. In eine halben Stunde treffen wir uns alle in der Lobby.«

Benny hängte sich an ihn, mit beiden Händen verkrallte er sich in Jonas' gelben Pullover.

»Dürfen wir dann auf die Rodelbahn? Bitte, Papi!«

»Sicher, kleiner Kumpel, wir haben doch noch den ganzen Vormittag. Und bevor wir losfahren, gehen wir in die Ritterburg und essen halbe Hähnchen mit den Händen. Das ist hier die Spezialität, tafeln wie im Mittelalter.«

»Hähnchen mit den Händen«, wiederholte Benny andächtig.

»Genau das Richtige für Kleinkinder, die nicht wissen, wie sie Messer und Gabel halten sollen«, stichelte Melli.

Wortlos stocherte Carina in dem Kuchenberg herum. Paris? Wollte Jonas sie verladen? Was war das für ein hirnverbrannter Schwachsinn? Auf einmal bekam sie Sehnsucht nach Tom. Der spielte nicht, der taktierte nicht, bei ihm wusste sie immer, woran sie war. Er nahm sie ernst. Was Jonas in ihr sah, wollte Carina erst gar nicht ergründen, obwohl sie ihm zugestehen musste, dass seine Theorie ein Fünkchen Wahrheit enthielt: Alltag und Gewöhnung waren Killer für die Liebe. Auch sie nahm ihn anders wahr, auch er hatte sich seit der Trennung verändert. Sie waren einander fremd geworden, und genau darin lag ein gewisser Reiz.

Geistesabwesend ließ Carina einen Bissen Schwarzwälder Kirsch auf der Zunge zergehen. Trotzdem: Sein Vorschlag war geschmacklos, taktlos, einfach unmöglich. Wie sollte sie es jetzt nur noch eine Minute mit ihm aushalten?

Der einzige Lichtblick nach dem Frühstück bestand darin, dass sich der Tag zur größten Zufriedenheit der Kinder gestalten würde.

Wie versprochen, präsentierte sich Jonas als Super-Daddy, der alles mitmachte, unermüdlich mit Melli und Benny die Rodelbahn runterraste, ohne das leiseste Zögern ein weiteres Mal Karussell mit ihnen fuhr und beim Mittagessen noch mehr über die Stränge schlug als seine Kinder. Mit bloßen Händen klaubte er Bratkartoffeln aus den eisernen Schüsseln, knabberte albern an seinem halben Hähnchen herum und kaufte hinterher ein Plastikschwert für Benny und ein Prinzessinnen-Diadem für Melli. Als Erinnerung an einen unvergesslichen Tag, wie er beteuerte.

Als sie alle endlich in den Wagen stiegen, machte Carina innerlich drei Kreuze. Um jedes Gespräch zu unterbinden, stellte sie sofort das Radio an. Der Sender war ihr gleichgültig, Hauptsache, sie musste nicht reden. Teilnahmslos sah sie aus dem Fenster, während irgendeine Plastikmusik den Wagen überschwemmte. Melli und Benny, die erschöpft, aber glücklich auf dem Rücksitz hockten, schliefen schon nach zehn Minuten ein. Carina stellte sich schlafend. Kein Wort mehr, nahm sie sich vor.

Als Jonas zwei Stunden später den Wagen anhielt, atmete sie auf. Es war kurz vor sechs. Sie hatte dieses anstrengende Wochenende tatsächlich überstanden.

»Endstation!«, rief Jonas betont munter. »Wir sind da.«

»So schnell?« Gespielt verschlafen rieb sich Carina die Augen. »Oh, was ist das denn?«

Vor dem Haus parkten zwei Autos, ein Käfer und ein Aston Martin, über der Haustür hing ein Schild mit der Aufschrift *Herzlich willkommen.* Carina stieg aus. Was ging hier vor? Zunächst war niemand zu sehen, dann öffnete sich die Tür des Nachbarhauses, und Frau Lahnstein kam heraus, mit Leni und Tom im Schlepptau. Bingo, der die beiden Tage bei ihr verbracht hatte, flitzte bellend hinterher. Oder war das eine Halluzination?

»Was wollen die denn hier?«, knurrte Jonas.

Er hatte den Kindern aus dem Wagen geholfen und wirkte stinksauer. Auch Carina wusste nicht so recht, was sie von diesem Empfangskomitee halten sollte. Zweifellos war das nett gemeint, aber auch ein bisschen zu viel des Guten. Fast ein Überfall. Tom erreichte sie als Erster.

»Hi, Sonnenschein, hab dich vermisst.« Er küsste sie auf die Wange. »Freust du dich?«

»Ja, sicher. Klar.«

Carina war froh, dass Bingo bellend herumwuselte und alles ansprang, was Beine hatte. Sie ging in die Hocke, um ihn zu kraulen – aber in Wahrheit, um ihre Befangenheit zu kaschieren. Was erwartete Tom? Dass sie sich ihm an den Hals warf?

Nun begrüßte er die Kinder, die so vertraut mit ihm umgingen, als sei er ein langjähriger Freund der Familie. Jonas, der am Kotflügel des Geländewagens lehnte, stöhnte demonstrativ auf. Mit leuchtenden Augen erzählten Melli und Benny, was sie erlebt hatten. Ihr Mitteilungsbedürfnis war immens, für Jonas ganz offensichtlich ein Ärgernis. Plötzlich stand er nicht mehr im Mittelpunkt. Genauso plötzlich war er auch nicht mehr der King im Ring.

»Süße!« Leni flog geradezu auf Carina zu. »Willkommen zu Hause! Bin so froh, dass du wieder da bist.« Lächelnd wandte sie sich an Jonas. »Und du natürlich auch.«

Einigermaßen konsterniert stand Carina daneben. Wie konnte Leni derart freundlich zu einem Mann sein, den sie noch am Morgen als gestörten Hirni tituliert hatte? Sonst war sie doch auch nicht zimperlich gewesen, wenn sie ihn traf. Während Carina noch darüber nachdachte, vervollständigte Frau Lahnstein die kleine Willkommensparty.

»Meine liebe Frau Wedemeyer, ich hoffe, Sie hatten eine schöne Reise.« Sie schüttelte Carina die Hand. »Ohne Sie und Ihre Kinder ist es viel zu still in dieser Straße. Und Bingo können Sie mir ruhig öfter ausleihen. Für meine alten Knochen ist es gut, wenn ich mit ihm Gassi gehe. Ich habe mir erlaubt, Ihre Gäste zu mir hereinzubitten, bis Sie wieder da sind.«

»Tja, also dann …«, Carina schaute vom einen zum anderen,

»wer will, kann jetzt gern mit zu uns kommen. Ich habe noch eine Flasche Prosecco im Kühlschrank. Lust auf ein Glas?«

»Da sage ich nicht nein«, antwortete Frau Lahnstein beglückt.

Leni, die sonst immer als Erstes mit von der Partie war, zeigte auf ihre Armbanduhr.

»Sorry, das wird knapp, Süße.«

»Ich muss auch los«, behauptete Jonas. »Chantal wartet auf mich.«

»Übrigens, was ich dir noch sagen wollte …« Leni nahm ihn beiseite und redete leise auf ihn ein.

Las sie ihm die Leviten? Unauffällig versuchte Carina, das eine oder andere aufzuschnappen, doch ihre Freundin führte ihn immer weiter weg vom Haus, bis sie auf der anderen Straßenseite standen. Stumm hörte er zu, dann nickte er und schaute in Carinas Richtung. Als habe Tom das Bedürfnis, sie zu beschützen, legte er einen Arm um sie.

»Hey, Carina, was ist nun mit dem Prosecco? Oder bin ich etwa nicht eingeladen?«

»Und wie du eingeladen bist.«

Sie spürte seinen Arm auf ihrer Schulter, seinen muskulösen Körper, sie schnupperte seinen Duft. Doch, es war gut, dass er gekommen war. Wie lange wollte sie noch an Jonas' Leine hängen? War heute nicht der perfekte Tag, um loszulassen und etwas Neues zu wagen?

Ja, heute war der Tag gekommen. Deshalb fühlte sie sich innerlich gefestigt, als Jonas die Straße überquerte und auf sie zutrat. Sein Gesicht war zu einer Maske erstarrt, nur seine Kiefermuskeln zuckten. Mit einer verächtlichen Geste warf er ihr sein Schlüsselbund zu. Es war Tom, der es auffing, Carina war gar nicht in der Lage, so schnell zu reagieren.

»Solange du kein eigenes Auto hast, kannst du den Geländewagen fahren«, blaffte Jonas. »Leni bringt mich nach Hause. Zu Chantal.«

Auch Leni tauchte nun auf. Ein hastiger Wangenkuss, dann

stapfte sie mit einem knappen »Ciao, Süße« zu ihrem Käfer. Komisch. Carina schluckte schwer. Warum geht es mir gegen den Strich, dass sie zusammen mit Jonas fährt?

»Super, dann sind wir jetzt ja ganz unter uns«, sagte Tom.

Zehn Minuten später saßen sie in der Küche, mit Frau Lahnstein und den Kindern. Melli und Benny tranken Kakao, Carina und Tom prosteten Frau Lahnstein zu.

»Auf Ihr Wohl. Ich werde nicht lange bleiben.« Sie lächelte gütig. »Könnte mir denken, dass die Kinder früh ins Bett müssen und dass Sie beide einander eine Menge zu erzählen haben.«

Tatsächlich trank sie ihr Glas in einem Zug aus und erhob sich. Überrascht von dem schnellen Aufbruch, stand auch Carina auf, um sie zur Tür zu bringen. Dort blieb Frau Lahnstein stehen. Sie atmete tief ein und aus.

»Kindchen, ich mache mir Sorgen. Ernsthafte Sorgen.«

»Wieso denn?«, fragte Carina alarmiert. »Stimmt was nicht mit Tom?«

»Nein, nein, der hat ein goldenes Herz. Er wird immer ein guter Freund bleiben.« Sie legte eine Hand auf ihre Brustgegend. »Aber auf diese Leni sollten Sie aufpassen.«

Der Prosecco gluckerte in Carinas Magen. Ein leichtes Unwohlsein ergriff sie.

»Geht das … genauer?«

Frau Lahnstein wirkte jetzt ehrlich bedrückt.

»Ich will es mal so sagen: Wenn Sie einer Freundin vertrauen, geben Sie ihr ein Messer in die Hand. Ist es eine echte Freundin, wird sie das Messer benutzen, um Sie zu verteidigen. Ist es eine falsche, sticht sie Ihnen das Messer in den Rücken.«

Kapitel 28

Bingo stand am Schlafzimmerfenster und knurrte leise. Wahrscheinlich wegen der Kaninchen, die nachts über den Rasen hinter dem Haus hoppelten. Dann fiepte er in den höchsten Tönen, trottete zum Bett und legte sich auf den Teppich, neben Carina. Sie streckte ihren linken Arm aus, beruhigend kraulte sie seinen Nacken. Frauchen trug den schwarzen Spitzenbody, sonst nichts. Und neben ihr, sie konnte es selbst kaum glauben, schlief Tom.

Es hatte sich richtig angefühlt. Nachdem die Kinder ins Bett gegangen waren, hatten sie sich geküsst, auf der Küchenbank. Diesmal hatte sich Carina seinen Zärtlichkeiten nicht verweigert. Nur geduscht, den Spitzenbody angezogen und Tom ins Schlafzimmer geführt. Wahnsinn. Wunderbarer Wahnsinn. Alle ihre Befürchtungen, er könne sie womöglich nicht attraktiv genug finden, hatten sich in Luft aufgelöst, als sie begannen, einander mit Händen und Lippen zu entdecken, zaghaft erst, schließlich ungestüm, am Ende hemmungslos.

Wohlig seufzte Carina auf. Im Schein des Nachtlichts zeichneten sich die Umrisse seines Körpers unter der Bettdecke ab. Was für ein Mann. Was für ein Liebhaber. Und ohne Frage die schönste Art und Weise, endgültig über Jonas hinwegzukommen. Dafür hatte sie sogar ihre Prinzipien über Bord geworfen – kein Sex ohne Liebe. Aber wer sagte denn, dass die Liebe nicht noch entstehen würde, nach der ersten vagen Verliebtheit und dieser rauschenden Liebesnacht?

Der einzige Wermutstropfen, der Carinas Stimmung trübte, war Frau Lahnsteins Warnung. Die alte Dame meinte es gut. Niemals hätte sie einen haltlosen Verdacht ausgesprochen, das wusste Carina. Aber welche Rolle spielte Leni? Was führte sie im Schilde?

»Du bist wach?«, murmelte Tom. Schlaftrunken tastete er nach ihr. »Mmh, du hast so weiche Haut.«

Sie rückte näher zu ihm, die Daunendecke glitt zurück. Im Handumdrehen flog der Spitzenbody aus dem Bett. Ein unwiderstehlicher Taumel erfasste Carina, während sie ihre Fingerspitzen über seinen Rücken gleiten ließ und er sich an sie drängte, noch nicht ganz wach, aber körperlich voll da, wie sie unmissverständlich spürte. Toms Dreitagebart kitzelte, als er ihren Bauchnabel küsste. Ihre Fingernägel gruben sich in seinen Rücken, und er, er ließ seine Lippen nach Süden wandern, liebkoste sie, schmeckte sie, bis sie es nicht mehr aushielt. Feuerwerkskörper explodierten, Sterne, Galaxien, doch er hörte nicht auf. Sanft rollte er sie auf sich, drang in sie ein, die Hände an ihren Hüften. Wie von selbst fanden sie den gemeinsamen Rhythmus, ein berauschender Einklang, und selbst im Halbdunkel des Nachtlichts sah sie seine Augen, in denen sie lustvoll abstürzte, bis sie ganz dahinschmolz.

Danach lagen sie keuchend ineinandergeschlungen auf dem feuchten Laken. Glückselig spürte Carina Toms raschen Herzschlag, den sie von ihrem nicht unterscheiden konnte. Seine Finger spielten in ihrem Haar.

»Süße, du bist unglaublich. Ich würde gern bis morgen früh bleiben, aber, Hand aufs Herz, sollte ich nicht besser gehen, wegen der Kinder?«

Ach ja, es gab noch so etwas wie eine reale Welt mit realen Herausforderungen. Zum Beispiel, pünktlich aufzustehen und den Kindern die volle Aufmerksamkeit einer liebenden Mutter zu schenken.

»Wie viel Uhr ist es denn?«, gähnte sie.

Auf der anderen Seite des Betts leuchtete ein Handydisplay auf.

»Kurz nach fünf.«

Er drehte sich wieder zu ihr, seine Lippen streiften ihre Wange. Dann stand er auf und tappte zum Badezimmer. Carina hörte die Toilettenspülung, den Wasserhahn und musste daran denken, wie oft sie die gleichen Geräusche gehört hatte, als Jonas noch der Mann in ihrem Bett gewesen war. Jonas? Was hatte der jetzt in ihrem Kopf zu suchen?

Vollständig angezogen, in Jeans und T-Shirt, kam Tom zurück. Er duftete nach Liebe, als er ihre Stirn küsste.

»Bleib liegen, Süße, schlaf noch ein bisschen, ich mach mich vom Acker.«

»Fahr vorsichtig, ja? Schick mir eine Nachricht, wenn du zu Hause angekommen bist.«

»Mach ich, Süße.«

Damit verschwand er, und Carina war allein, abgesehen von Bingo, der in respektvoller Entfernung auf dem Teppich saß und sie so eindringlich anschaute, als habe er ein paar ernsthafte Fragen auf Lager. Jetzt erst ging Carina auf, was sie gerade erlebt hatte. Du hast es getan. Du hast mit ihm geschlafen. Und er nennt dich Süße.

Wundervoll ermattet legte sie ihren Kopf auf das Kissen. Süße. So nannte Leni sie immer. Plötzlich wurde es ganz still in Carina. Still wie in einer Gruft. Doch in ihrem Hirn brach hektische Betriebsamkeit aus.

So panisch, als müsse sie vor sich selbst fliehen, warf sie ihren Bademantel über und lief mit nackten Füßen ins Erdgeschoss. Im Wohnzimmer riss sie die Schranktüren auf und holte die Fotoalben heraus. Hektisch blätterte sie durch die Seiten. Da. Die Grillparty im letzten Sommer. Natürlich war Leni dabei gewesen, und so gab es auch eine Menge Fotos, auf denen sie zu sehen war. Am Grill, am Gartentisch, auf dem Rasen. Mit den Kindern, mit Freunden. Und mit Jonas.

Donnerwetter. Nie war Carina aufgefallen, wie Leni ihn anschaute, wenn sie sich unbeobachtet fühlte. Sehnsüchtig. Nahezu glühend.

Längst vergessene Erinnerungen stiegen in ihr hoch. Normale Unterhaltungen hatte Leni selten mit Jonas geführt, sondern mehr oder weniger heftig mit ihm gestritten. Man konnte sagen, dass zwischen ihnen die Fetzen flogen. Man konnte es aber auch anders formulieren: dass zwischen ihnen Funken sprühten. Wobei der Funkenregen ganz eindeutig von Leni ausging.

Carina schlug sich an den Kopf. Fassungslos. War sie blind gewesen? Ja, blind wie ein Maulwurf. Ich muss mit jemandem reden. Ich muss diesen Schlamassel aufdröseln. Ich brauche jetzt eine gute, eine wirklich gute Freundin.

Viertel nach fünf. Es gab nur eine Freundin, die schräg genug drauf war, um zu dieser Uhrzeit überhaupt ans Handy zu gehen. Todesmutig ging Carina in die Küche, nahm ihr Handy aus der Obstschale und wählte die entsprechende Nummer in der gespeicherten Liste an.

»Hallo? Was'n los?«, meldete sich eine schläfrige Stimme.

»Wanda? Ich bin's. Carina. Ich weiß, ich bin unmöglich, aber ...«

»Unmöglich? Unmenschlich! Denkst du etwa, ich turne mitten in der Nacht den Sonnengruß, oder was?«

»Hör mir zu«, flehte Carina. »Es geht um Leni. Ich glaube, sie will Jonas.«

»... was denn – verhauen, abknallen, im Wald verscharren?«

»Für sich. Wanda, ich glaube, sie ist in ihn verliebt.«

Was diese Offenbarung bei Wanda auslöste, ließ sich nicht mit Sicherheit feststellen, da man am anderen Ende lediglich Gepolter und Getöse hörte.

»Herr im Himmel, bist du noch dran?«

»Moment, ich hab aus Versehen meinen Kandelaber aus dem Ashram von Goa zu Klump gehauen. Okay. Wecker geputzt, Zähne gekämmt, Klamotten auf acht Uhr gestellt. Guten Morgen und noch mal von vorn: Leni verliebt in Jonas? Wie kommst du auf diesen merkwürdigen Klimbim?«

Es war kalt in der Küche. Carina nahm das Handy wieder mit ins Wohnzimmer, wo sie auf einen Sessel neben dem Kamin sank. Dann fing sie an zu erzählen, alles, was sie wusste, alles, was sie vermutete. Mit der ihr eigenen Geistesgegenwart stieg Wanda sofort in die Geschichte ein. Mosaiksteinchen für Mosaiksteinchen rekonstruierten sie gemeinsam die jüngsten Ereignisse, bis sich ein katastrophales Gesamtbild formte.

»Okay, fassen wir mal rein hypothetisch zusammen«, befand Wanda schließlich. »Leni trennt sich von ihrem Mann, ist komplett am Ende, und weil sie unbedingt einen Nachschlag in Sachen Pleiten, Pech und Pannen braucht, verliebt sie sich in den Mann ihrer besten Freundin: Jonas.«

»So in etwa.«

Wanda lachte grollend.

»Da hat Leni wohl innerlich nackt auf 'm Tisch getanzt, als Jonas' Affäre mit Chantal aufflog. So ein Luderchen. Ist dir aufgefallen, dass sie gleich am Mädelsabend von Scheidung gesprochen hat? Noch bevor Jonas seinen Seitensprung überhaupt zugeben konnte?«

»Ja, sie war besessen von dem Gedanken, dass aus Jonas ein Single werden muss.«

»Doch er war ein Single mit einer Geliebten«, warf Wanda ein.

In Carinas Kopf überstürzten sich die Gedanken.

»Selbst für dieses Problem hatte sie eine Lösung: Sämtliche Racheaktionen, die auf ihr Konto gehen, angefangen von den falschen Tipps für Chantal bis zu den Facebook-Aktionen, zielten doch letztlich darauf ab, dass sich Jonas und Chantal zerstreiten.«

»Wenn ich's mir genau überlege – stimmt«, bestätigte Wanda. »Jetzt muss sie nur noch abwarten, bis Chantal aus dem Rennen ist, und – voilà, hat sie freie Bahn. Denkt sie jedenfalls.«

»Hundertpro. Warte bitte eine Sekunde. Nicht auflegen!«

Carina war so aufgewühlt, dass sie aufsprang und in die Küche lief. Mit einem extra starken Espresso setzte sie sich auf den Küchentisch. Ein letztes Mosaiksteinchen fehlte noch: Tom. Herrschaftszeiten! Wenn Leni schlief, saß vermutlich der Teufel an ihrem Bett und bewunderte sein Werk. Ein großer Schluck Espresso war nötig, bevor Carina auch diese Story rekonstruieren konnte.

»Entschuldige, ich brauchte meine Denkdosis Koffein. Jetzt kommt das Thema Tom. Leni hat mich zum Sport überredet, mit ihm bekannt gemacht und ihm gleich beim allerersten Training reingedrückt, dass ich in Trennung lebe.«

Ein paar Wanda-typische Schnaufer kamen aus dem Handy.

»Todsicher hat Leni ihn auch am Samstag darauf in die Havanna Bar bestellt. Damit ihr euch näherkommt.«

»Und damit ich Jonas endgültig in den Wind schieße, hat Leni immer wieder über ihn hergezogen.«

Auf einmal verstand Carina auch den frühmorgendlichen Kontrollanruf im Hotel. Ängstlich war Leni darauf bedacht gewesen, dass Jonas und sie bloß nicht wieder zusammenkamen. Kein Revival!, hatte sie Carina eingetrichtert.

»Dass er mit mir durch ist, davon ist sie ausgegangen. Deshalb hat sie am Anfang noch dafür plädiert, dass ich meine Wunschliste durchziehe. Doch vor drei Tagen hat sie einen Rückzieher gemacht und mich mit Engelszungen beschworen, ich soll bloß nicht mit Jonas in diesen Freizeitpark fahren.«

Wandas Heiterkeitsausbruch sprengte fast die technischen Kapazitäten des Handys.

»Er mit dir durch? Hahaha! Da hat sie aber die Rechnung ohne Jonas gemacht. Der hängt nämlich an dir wie die Klöten am Mann.«

»Hübsch gesagt.«

»Bin schon als Kind aus dem Töpferkurs geflogen, weil ich mich im Ton vergriffen habe«, witzelte Wanda. »Ist ja eine Megageschichte, das Ganze. Und was ist jetzt der Plan?«

»Kein Plan. Ist sowieso alles zu spät. Ich will Jonas nicht zurück, und Tom …«

»Ja? Das Schnuckelchen?«

»… hat letzte Nacht hier übernachtet. Fast jedenfalls. Er ist vor einer halben Stunde gegangen.«

»Halt, halt, nicht so schwammig. Ich will Details! Fast? Übernachtet? Heißt das, der Sex musste draußen bleiben wie der Hund beim Metzger?«

»Nee«, Carina kicherte ein bisschen, »volles Programm.«

Wanda schien Gebetsglöckchen hochzuhalten, denn ein zartes Glöckchenklingeln in mehreren Tonhöhen war zu hören. Sie nannte es Energien harmonisieren.

»Ich glaube, das wird was Festes«, fügte Carina hinzu.

»Wow. Zwei Männer, Gratulation. Nur mal so am Rande: Könntest du dir das vorstellen? Eine Nacht mit zwei Männern?«

»Warum nicht?« Carina konnte schon wieder lachen. »Der eine putzt, der andere kocht, wo ist das Problem?«

Kapitel 29

Auch ein Freitag konnte ein Sonntag sein, wenn das Herz voll und das Organisationstalent involviert war. Carina zündete zwei rote Kerzen an und lächelte Tom zu, der es sich auf der Küchenbank bequem gemacht hatte. Es war eine Premiere – die erste Nacht, der ein gemeinsames Frühstück folgte.

Am Donnerstagabend, nach dem Training, hatte Tom seine neue Elevin nach Hause gefahren, sie hatten ein Glas Wein vor dem brennenden Kamin getrunken, eins kam zum anderen, die Kinder übernachteten bei Jonas und Chantal, die Leidenschaft kochte über – und nun servierte Carina ein Supersonntagsfrühstück, wie sie es noch nie fabriziert hatte. Der Tisch bog sich unter Schokocroissants, Körnerbrötchen, frischem Obst und Parmaschinken. Daneben standen Räucherlachs mit einer selbstgemachten Meerrettichsahne, diverse Marmeladen, Rühreier mit Grilltomaten und eine französische Käseplatte. Gleich nach dem Aufstehen war Carina zu einem Feinkostgeschäft geradelt, mit dem waghalsigen Vorsatz, an nichts zu sparen. Das Ergebnis konnte sich sehen lassen.

Überwältigt nahm Tom das Angebot in Augenschein.

»Alles für uns? Oder erwartest du Gäste?«

»Scherzkeks. Ich fand es angemessen, heute Morgen aufzutischen, was das Herz begehrt.« Sie füllte Orangensaft in Kristallgläser. »Lass es dir schmecken.«

»Vielen Dank. Du bist, was mein Herz begehrt.«

Er warf ihr eine Kusshand zu. Gott, sah dieser Mann hinreißend aus. Obwohl sie nachts nur im Stundentakt geschlafen hatten, unersättlich und völlig dem Rausch der Sinne hingegeben, kribbelte es schon wieder bei Carina. Der Appetit kommt beim Essen, dachte sie, und Sex macht eben Lust auf Sex. Das waren sie, die Grundgesetze der Existenz.

Mit einem silbernen Käsemesser schnitt Tom hauchdünne Scheiben von einem Stück Gruyère ab. Dazu packte er sich Rührei und eine Scheibe Lachs auf den Teller.

»Eiweiß für deine tollen Muskeln, verstehe«, himmelte Carina ihn an.

Mit einem Gefühl fraglosen Glücks setzte sie sich neben ihn. Sie trug den olivfarbenen Anzug, den Jonas so mochte und der zwischenzeitlich in der Reinigung gewesen war. Auch beim Friseur war sie gewesen. Nicht ein einziges graues Haar verunstaltete den neuen fransigen Stufenschnitt, der locker ihr Gesicht umspielte.

»Hast du heute Termine?«, fragte er kauend.

»Ja, im Autohaus, um dreizehn Uhr. Jonas gibt den Geländewagen ab, wir leasen stattdessen zwei kleinere Autos.«

»Schade. Wenn du ein Auto hast, kann ich dich gar nicht mehr nach Hause bringen.« Er grinste jungenhaft, bevor er sich eine Scheibe Käse in den Mund steckte. »Heute siehst du also deinen Ex. Bestimmt nicht leicht für dich. Hat sich das mit Leni wenigstens eingerenkt?«

»Eingerenkt?« Carina stellte das Glas Orangensaft ab, aus dem sie hatte trinken wollen. »Ich habe die Freundschaft beendet! Ein für alle Mal. Sie hatte ihre Chance. Ich bin extra zu ihr gefahren, um mit ihr zu sprechen, aber sie hat alles abgestritten. So eine miese Intrigantin. Von Jonas wusste ich ja, wie sie über mich geredet hat.«

Tom hörte auf zu kauen.

»Wann hast du Jonas gesehen?«

»Nur telefoniert. Stell dir vor, hinter meinem Rücken hat sich Leni zweimal mit ihm getroffen und lauter Schauergeschichten über mich erzählt. Auch über uns.«

»Ach.« Er fuhr sich mit der Zunge über die Zähne. »Was denn?«

»Dass du quasi hier eingezogen bist und lauter anderes dummes Zeug.«

Einen Augenblick lang starrte er sein Rührei an.

»Wäre es dir denn so unangenehm, wenn ich hier wohnen würde?«

Jetzt war Carina baff. Komplett. In den vorhergehenden Tagen hatte sie sich mit Beziehungsratgebern eingedeckt und fleißig darin geschmökert, weil sie wissen wollte, wie die jüngere Generation so tickte. Beziehungstechnisch. Mit einem roten Stift hatte sie Begriffe wie *Freiraum*, *Loslassen* und *gesunde Distanz* unterstrichen. Sie wollte nicht dieselben Fehler wie bei Jonas machen, den sie – zumindest empfand sie es im Nachhinein so – immer mit Erwartungen und Forderungen bedrängt hatte, wenn auch vergeblich. Und nun dieser Klopfer. Gerade mal zweieinhalb Wochen kannten sie sich. Das Thema Zusammenziehen stand definitiv nicht auf ihrer Agenda. Von Melli und Benny ganz zu schweigen, die man ja auch auf dem Schirm haben musste.

»Wir könnten es ausprobieren«, schlug sie vor und merkte selbst, dass ihre Stimme dabei zitterte.

»Hey, Süße«, liebevoll zog er sie an sich. »Alles easy. Kein Grund zur Eile, ich habe mein eigenes Leben. Am Wochenende zum Beispiel fliege ich zu einer Radtour nach Mallorca.«

Dass er sie Süße nannte, stieß Carina unangenehm auf nach dem Leni-Desaster, aber Mallorca, das Wort elektrisierte sie. Erwartungsvoll schaute sie ihn an. Ich will mit, sagten ihre Augen, nimm uns alle drei mit, bitte. Ich muss hier mal raus, nach allem, was geschehen ist.

Leider funktionierte die wortlose Kommunikation nicht. Völlig unbeteiligt vertilgte Tom eine Scheibe Räucherlachs, die er dick mit Meerrettichsahne bestrichen hatte.

»Was ist denn das für eine Radtour?«, startete sie einen Versuchsballon.

»Sind Kunden von mir. Wir fahren zu siebt über die Insel. Mit etwas Glück haben wir Sonne, aber das Pensum ist enorm. Nicht unter sechzig Kilometer am Tag. Viel durch die Berge.«

Was er nicht sagte, aber sicherlich dachte: Du gehörst nicht in die

Liga erlauchter Sportler, die mal eben Berge hochstrampeln. Freiraum, Loslassen, Distanz, hämmerte es in Carinas Kopf.

»Abends feiern wir meist noch«, fuhr er unbekümmert fort. »Du weißt ja: Betrunken ist man erst, wenn man vom Fahrrad fällt, obwohl man schiebt.«

»Toll, echt toll«, nuschelte sie.

Dabei wäre sie so gern mit ihm verreist. Wieder ein Mann, der nichts mit dir unternimmt, kam es ihr in den Sinn. Spürte er, dass sie enttäuscht war? Wenn ja, hatte er eine simple, aber effiziente Methode, damit umzugehen. Seine linke Hand legte sich auf ihren Schenkel, mit dem Zeigefinger malte er kleine Kreise auf den Stoff ihrer Hose. Sie stöhnte leicht. Sex ist die Lösung – warum stand das in keinem Ratgeber? Carina bog schon ihren Hals zurück und schloss die Augen in Erwartung seiner Küsse, als es an der Tür schellte. Wie angepikst rückte er von ihr ab.

»Wer ist das? Dein Ex?«

»Wohl kaum. Den lasse ich schon seit drei Wochen nicht mehr ins Haus.«

Sie stand auf, erhitzt und mit Bedauern. Im Flur spähte sie durch den Spion. Nee. O nee, o nee.

»Carina, ich weiß, dass ihr da seid. Ich habe eure Fahrräder vor dem Haus gesehen«, rief Inge Wedemeyer.

Lieber Jonas, ab jetzt stelle ich die Fahrräder immer in die Garage, damit die Monster fernbleiben. Doch Carina besaß dummerweise nicht die Unverfrorenheit, seine Monstermama draußen stehenzulassen. Nachdem sie ihre Bluse geradegezogen hatte, öffnete sie die Tür. Sogleich wurde sie von einer Dampfwalze überrollt.

»Guten Tag, Kind. Sag nichts, ich muss mit dir reden, und einen Kaffee würde ich auch gern trinken. In der Küche, nehme ich an. Du lebst ja gewissermaßen in der Küche.«

Sprachlos stolperte Carina dem schwarzen Pelzmantel hinterher, der sich zielstrebig zur Küche bewegte.

»Huch!« Inge Wedemeyer blieb an der Türschwelle stehen. »Du hast Besuch?«

»Das ist Tom«, sagte Carina.

»Ich bin Carinas Freund«, sagte er, und das geschah genau gleichzeitig.

Ein äußerst pikiertes »Aha« entschlüpfte dem Pelzmantel. Aber Inge Wedemeyer war weitgehend schmerzfrei. Ohne zu fragen, setzte sie sich an den Tisch und fixierte Tom, der sich mit seinem Rührei beschäftigte.

»Inge«, Carina knetete ihre Hände, »es passt grad nicht so gut.«

»Was passt denn schon in dieser Welt, in der Familien zerbrechen, weil das Ehegelöbnis nicht einmal mehr das Papier wert ist, auf dem es steht? Du hast dich ja schnell getröstet, wie man sieht.«

Rauswerfen oder in der Kühltruhe versenken? Carina entschied sich für Diplomatie, obwohl Tom ärgerlich seine Serviette zerknüllte. Sie wollte Frieden, auf der ganzen Linie, keine neuen Baustellen.

»Ich geh dann mal.« Die zusammengeknüllte Serviette landete auf dem Lachs, wodurch sich eine unerwartete neue Baustelle manifestierte. »Ciao, Süße. Wir können ja später schreiben.«

Er nickte Carinas Schwiegermutter knapp zu, rang sich zu einem flüchtigen Kuss für Carina durch und verließ die Küche. Das Zufallen der Haustür besiegelte seinen Abgang.

»Also, ein Kaffee wäre wirklich schön«, sagte Inge Wedemeyer ungerührt.

»Kriegst du«, grummelte Carina. »Darf man auch den Grund deines liebenswürdigen Besuchs erfahren?«

Langsam zog ihre Schwiegermutter den Mantel aus. Carina erschrak darüber, wie dünn sie geworden war. Das einstige Monster wirkte wie ein Schmetterling, der sich verflogen hatte.

»Unsere Familie, sie war nie eine Familie«, erklärte die alte Dame. »Mein Mann starb früh, mit Jonas gab es nur Scherereien.« Sie seufzte. »Und jetzt eure Trennung.«

Ganz neue Töne waren das. Abwartend stand Carina an der Espressomaschine und sah zu, wie sich die Tasse füllte. Inge Wedemeyer hob das Kinn. Ihr Haar war schütter geworden, ihre Dauerwellen sahen kläglich aus.

»Ich möchte wenigstens noch etwas von meinen Enkelkindern haben, Carina. Wo sind die beiden überhaupt?«

»Bei Jonas und Chantal.«

Um die Lippen der alten Dame zuckte es.

»Traurig. Einfach nur traurig.«

Allmählich hatte Carina genug. Ja, ein Funken Mitleid regte sich durchaus bei ihr, aber was erwartete dieser gealterte Drachen denn nach all den Streitigkeiten? Eine heile Familie? Sie stellte die Tasse auf den Tisch.

»Inge, du hast gerade das erste Frühstück mit meinem Freund zerstört. Er ist nun einmal mein Freund, ob es dir passt oder nicht. Merkst du denn gar nicht, dass du selbst ein Teil der Misere bist, die du hier beklagst?«

»Doch. Durchaus.« Inge Wedemeyer betrachtete den Kaffee, ohne ihn zu trinken. »Deshalb bin ich hier. Ich möchte gern die Kinder am Wochenende zu mir nehmen. Bevor du ablehnst: Ich habe ein junges Mädchen engagiert, das mit ihnen spielt, wenn es mir zu anstrengend wird, und ich würde einige ihrer Schulkameraden einladen. Groß genug ist mein Haus schließlich. Melina und Benjamin werden«, sie schluckte würgend, »Spaß haben.«

Spaß. Ein exotisches Wort, wenn diese Frau es aussprach. Carina knabberte an ihrer Unterlippe. Ein Besuch der Kinder bei dieser grantelnden Oma war die Schnapsidee des Monats. Indiskutabel.

»Ich weiß nicht, sie kennen dich ja so gut wie gar nicht.«

Auf einmal kam Leben in die dürre Gestalt am Tisch. Inge Wedemeyer hob die Hände, ein energischer Zug trat in ihr Gesicht.

»Ich möchte sie kennenlernen, bitte. Ich habe mich extra erkundigt, bei Jonas, wie ihre Freunde heißen. Sie können dich ja auch jederzeit anrufen, wenn es ihnen nicht gefällt.«

Mit verschränkten Armen lehnte Carina an der Küchenzeile. Die Welt stand kopf. Jonas kannte die Freunde seiner Kinder, seine Mutter redete mit ihm. Und er mit ihr. Wanda hätte es vermutlich mit linksdrehenden kosmischen Strömungen erklärt.

»Ich spreche mit Melli und Benny. Wenn sie es wollen, aber nur dann, bringe ich sie dir morgen.«

Blinkte da eine Träne in den Augen dieser herrischen alten Dame? Während sich Inge Wedemeyer umständlich erhob, umarmte Carina den zerbrechlichen Schmetterling. Es kam völlig spontan.

»Du warst immer eine gute Ehefrau und Mutter«, wisperte ihre Schwiegermutter. »Leider habe ich es dir nie gesagt. Kann ich irgendetwas für dich tun?«

Carina schaute zur Küchenuhr.

»Du kannst mich zum Autohaus fahren.«

Während sie die Köstlichkeiten einpackte und in den Kühlschrank stellte, trank Jonas' Mutter ihren Kaffee aus. Dann fuhren sie los, in der großen dunklen Limousine, die wie ein Sarg über die verschneiten Straßen glitt. Vor dem Autohaus hielt der Wagen.

»Viel Glück«, flüsterte Inge Wedemeyer, als Carina ausstieg. »Und viele Grüße an Jonas.«

In gewohnt temperamentvoller Manier rauschte sie davon. Unglaublich. Sollte wenigstens an dieser Front Ruhe und Frieden einkehren? Bei Jonas war sich Carina keineswegs sicher. Ihr Telefonat war kühl und knapp gewesen, ansonsten herrschte weitgehend Funkstille. Eine kurze Nachricht, bevor er am Vortag die Kinder von der Schule abgeholt hatte, das war alles.

»Mum, hierher!«, klang eine glockenhelle Stimme in ihrem Ohr. »Wir haben ein Superauto gefunden!«

Aus der Reihe der Leasingwagen, die draußen nebeneinander geparkt worden waren, löste sich Mellis zarte Gestalt und rannte zu Carina. Sie läuft genauso schlaksig wie Jonas, stellte Carina verblüfft fest. Aufgefallen war es ihr bisher nie. Auch Benny kam jetzt hinter den Wagen hervor, an der Hand von Jonas. Typisch Freizeitvater. Da übernachteten die Kinder in der Woche bei ihm, und schon verpassten sie den Unterricht.

»Es ist Freitag, es ist dreizehn Uhr. Wieso sind die Kinder nicht in der Schule?«, fragte Carina streng.

»Wir hatten einen Ausflug ins Museum, aber das Museum war zu«, strahlte Benny. »Bei Papa ist es sowieso viel schöner als in der Schule.«

»Aber bei dir ist es auch ganz doll schön«, fügte Melina schnell hinzu, deren Sinn für Gerechtigkeit unter den neuen familiären Bedingungen offenbar gewachsen war.

Jonas lächelte. »Ist ja kein Wettbewerb. Schau mal, was die Kinder für dich ausgesucht haben.«

Benny lief zu einem Familien-Van in Dunkelgrün. Begeistert wischte er ein wenig Schnee vom Kühlergrill.

»Unser!«, krähte er.

»Benny, das ist er garantiert nicht«, widersprach Carina. »Wir nehmen zwei kleine, eins für uns, eins für Papa.«

Mit ausgebreiteten Armen deutete Jonas auf den Van.

»Irrtum. Der ist für euch. Ich nehme ein kleines, ihr bekommt ein großes. Du machst doch immer die Einkäufe, außerdem kannst du dann auch mal Freunde von Melli und Benny mitnehmen. Für mich reicht ein Mini. Und falls ich mal was Sperriges zu transportieren habe, leihst du mir ja vielleicht den schicken grünen Schlitten.«

Verkehrte Welt, verkehrte Welt, summten Carinas innere Stimmen im Chor.

»Ist das so eine Art Test? Ob ich noch schnalle, wenn du sarkastisch wirst?«, fragte sie misstrauisch.

»Wenn wir die Papiere unterschrieben haben und du im Wagen sitzt, wirst du's wissen«, schmunzelte Jonas. »Hier«, er fingerte ein Kuvert aus seinem dunkelblauen Blazermantel, »Post für dich. Mach's bitte erst auf, wenn du zu Hause bist.«

Ihre Knie wurden weich. Sie ahnte, um was für einen Brief es sich handelte. So ein Blödmann! Überreichte ihr den Scheidungsantrag und versüßte ihn mit einem Van. Als sei sie ein Kind, dem man die bittere Medizin mit einem Löffel Zucker schmackhaft machen musste. Stoisch nahm sie ihm das Kuvert ab. Ja, die Trennung war vollzogen, die Scheidung war die einzig sinnvolle Konsequenz, aber so was besprach man doch in Ruhe. Er hingegen knallte ihr die juristischen Tatsachen einfach so vor den Latz.

»Ich habe noch was zu erledigen«, presste sie hervor.

»Du kommst nicht mit rein? Du willst nicht den neuen Wagen fahren?«, fragte Melli mit großen Augen.

»Es ist echt wichtig«, insistierte Carina. »Ich erledige meinen Kram und fahre dann mit dem Bus nach Hause.«

Sie hatte Glück. Ein Taxi hielt vor dem Autohaus. Der orangefarbene Blinker flackerte in ihren Augen, die feucht geworden waren. Verflixt. Warum wurde sie bloß so sentimental? Diese Frage beschäftigte sie noch den gesamten Nachmittag und auch am Abend, als die Kinder schliefen und sie allein vor dem Kamin saß. Tom hatte sich per WhatsApp mit einem überaus romantischen *Bis nächste Woche, dicker Knutscher* ins Wochenende verabschiedet. Jonas hatte sich gar nicht mehr gemeldet, ihr nur den neuen Familien-Van vor die Tür gestellt.

Sei kein Feigling, Carina. Träge erhob sie sich von der Couch. Es wäre kindisch gewesen, das Kuvert länger ungeöffnet herumliegen zu lassen, aber sie brauchte vorher einen Espresso. Unbedingt. Eine rein medizinische Maßnahme für den Fall, dass ihr Kreislauf versagte, wenn sie das Ende von zehn Jahren Ehe schwarz auf weiß lesen musste. Ein kräftiger Schluck. Und los.

Mit eiskalten Fingern öffnete sie den Umschlag. Es war kein offizielles Schriftstück darin. Entgeistert hielt sie ein längliches Stück fester Pappe in den Händen. Es war ein Flugticket, ausgestellt auf ihren Namen.

Zielflughafen: Paris.

Kapitel 30

Seltsam unruhig stieg Carina in den dunkelgrünen Van, der nagelneu roch und dessen jungfräuliche Ledersitze noch nicht wussten, welche Prüfungen ihnen bevorstanden. Eiskleckse, Kekskrümel, Gummibärchen. Getränke aller Art. Stöcke und Steine, die Benny bei Spaziergängen im Wald sammelte, weil es immer den einen Stock gab, der so ganz anders gewachsen war als die anderen, ehrlich, Mami, und weil Steine sowieso absolut einzigartige Weltwunder waren, weshalb man sie unbedingt mit nach Hause nehmen musste.

Für Carina war ein Auto kein Tempel, es war ein Gebrauchsgegenstand. Eine ihrer vielen Überzeugungen, die Jonas nicht teilte.

Prüfend schaute sie noch einmal in den Rückspiegel. Auf den Treppenstufen der von hohen Eichen umgebenen Klinkervilla standen Melli und Benny und winkten ihr hinterher, daneben hob Oma Wedemeyer gravitätisch eine Hand. So ganz traute Carina dem Braten nicht. Verdächtig rasch hatten sich die Kinder für diesen Besuch erwärmt, ohne zu wissen, was genau ihnen blühte. Aber es gab ja noch das Handy.

Sie beschleunigte den Wagen. Ein Wochenende ganz für mich allein! Sie würde es schlauer anstellen als beim ersten Mal. Nicht kochen, nicht putzen, nur dem Lustprinzip gehorchen. Zu Hause in der Küche lagen Speisekarten mehrerer Lieferservices, sie hatte Schokolade gegen mögliche Deprianfälle besorgt und den Inhalt des Tinkerlitzchen-Kartons aufgestockt, um neue Shirts zu kreieren.

Ein dezentes Piepsen kündigte den Eingang einer neuen Nachricht an. Carina schaute gar nicht erst zum Beifahrersitz, auf dem ihr Handy lag. Seit dem frühen Morgen bombardierte Jonas sie mit Nachrichten.

Kommst du mit? Sternschnuppe, du wirst es genießen! Carina, bitte. Lass mich nicht hängen!! CARINA!!!

Vergebliche Liebesmüh. Selbst lachhafte Großbuchstaben und noch so viele Ausrufezeichen würden nichts daran ändern, dass sie das Flugticket gleich in der Nacht zerrissen und die Schnipsel im Kamin verbrannt hatte. Carina Wedemeyer war nicht käuflich. Weder durch einen Wagen noch durch eine Reise nach Paris. Sollte Jonas doch allein auf dem Eiffelturm rumklettern und von oben runterspucken, wenn er Lust darauf hatte. Sein Flieger war um zwölf Uhr mittags gestartet. Jetzt war es drei. Bestimmt saß er ganz allein in irgendeinem scheußlichen Touristencafé, trank schlechten Kaffee und bezahlte ein Vermögen für ein lausiges Baguette. Geschah ihm recht.

An der nächsten roten Ampel klingelte das Handy. Aufstöhnend lugte Carina aufs Display. Doch der Anruf kam nicht von Jonas, er kam von Tom. Hatte er ihr doch noch etwas Liebes zu sagen? Obwohl Carina wusste, dass die Handybenutzung während der Fahrt verboten war, nahm sie das Gespräch an.

»Hi, Süße, du, mein alter Aston sprang nicht an, wahrscheinlich die Batterie, ich bin zwar schon am Flughafen, aber total spät dran, und jetzt fehlt mir auch noch mein Pass, der muss bei dir in der Handtasche sein, ich hab ihn gestern reingelegt, damit ich ihn nicht verliere, und es dann total vergessen.«

Eine Lawine von Wörtern, eine klare Message: Hier war Mami, der freundliche Bring- und Abholservice gefragt. Sogar Tom fing nun schon damit an. Wie oft hatte sie Benny den Turnbeutel in die Schule nachgetragen oder Melli ein vergessenes Heft ins proppenvolle Klassenzimmer gereicht. Sie brauchte kein drittes Kind, das Pässe vergaß.

»Entschuldige, ich hatte vor, ein entspanntes Wochenende zu verbringen, und …«

»Hör zu, Süße, ich würde mir das Ding ja selbst holen, aber dann verpasse ich den Flieger nach Mallorca! Und die Kunden!«

Ein Lastwagen raste hupend an ihr vorbei, ihm folgte eine langsamere Limousine. Der Beifahrer ließ die Scheibe herunter.

»Ist schon geil, dass es immer noch Leute ohne Smartphone gibt!«, brüllte er sie an. »Wer würde denn sonst hupen, wenn die Ampel auf Grün springt?«

Carina grüßte ihn freundlich und beschloss, Tom zu helfen. Immerhin hatte sie etwas gutzumachen, denn die Vertreibung vom gedeckten Tisch musste arg frustrierend für ihn gewesen sein. Danke, Monstermama.

»Wo soll ich genau hinkommen?«

»Schreib ich dir! Beeil dich!«

Allerliebst. Den Weg zum Flughafen kannte Carina, weil sie Jonas manchmal hingefahren hatte. Sie selbst war genau ein Mal geflogen, mit Anfang zwanzig, zur Hochzeitsfeier einer Tante in Bayern. Das war's. Sie stellte das Radio an und drückte das Gaspedal ganz durch. Dieses eine Mal, Tom. Und nur, weil du meine Schokocroissants verpasst hast.

Auf dem Flughafenareal war es gar nicht so einfach, sich im Gewirr der vielen Straßen und Brücken zu orientieren. Mit dem Navi des neuen Schlittens konnte Carina natürlich nicht umgehen, aber ein freundlicher Taxifahrer half ihr weiter. Nachdem sie den Wagen im Parkverbot abgestellt hatte, hastete sie durch den Terminal, der zu den Auslandsflügen führte. Puh. Wie sollte sie Tom hier finden? Die ganze Welt hatte sich verschworen, ausgerechnet heute abzuheben. Überall Warteschlangen, Gepäckwagen, bummelige Gruppen. Geschäftsleute in gutgeschnittenen Anzügen rannten mit Aktenkoffern in der Hand querbeet, Putzfrauen schoben gleichmütig ihre Wagen mit Eimern und Schrubbern vor sich her, Rucksacktouristen lehnten sitzend an Papierkörben und aßen ihre Butterbrote.

»Carina, hier!«, schrie jemand in der Menge.

Sie reckte den Kopf. Gottlob, das war Tom.

»Hier bin ich!«, schrie eine zweite Stimme.

Mit den Armen rudernd, lief sie Tom entgegen. Er trug schon

seine Fahrradmontur, ein hautenges Neoprenteil in Schwarzgelb, das nicht nur seine Muskeln, sondern auch die edelsten Teile betonte. Die Übergabe dauerte kürzer als ein Quickie. Er riss ihr den Pass aus der Hand, umarmte sie hastig und spurtete los zu den Gates. Hatte sie da ein Danke gehört? Nein? Na ja, nur sehr wohlerzogene Kinder bedankten sich bei Mami. Und am wichtigsten war ja, dass er losfliegen konnte. Amen.

»Du bist gekommen«, hauchte jemand in ihren Nacken.

Eine Hand umfasste ihren Arm. Instinktiv krümmte sie sich zusammen, bevor sie sich umdrehte, um dem möglichen Taschendieb auszuweichen. Dann schnappte sie nach Luft. Nein, kein Taschendieb.

»Ich bin ja so froh«, japste Jonas.

Seine kobaltblaue Daunenjacke leuchtete auf, als er die Arme in die Luft warf wie ein Hundertmeterläufer, der als Erster durchs Ziel gegangen war.

Carina schüttelte den Kopf.

»Reiner Zufall. Wieso bist du nicht in Paris?«

Er strahlte, und auf einmal ähnelte er Benny wie einem jüngeren Zwillingsbruder. Es war ein unschuldiges Strahlen, ohne Falsch, einfach nur kindliche Freude.

»Der Zufall geht Wege, da kommt die Absicht gar nicht hin!«, rief er enthusiastisch. »Unser Flug hat mehrere Stunden Verspätung! Mensch, Carina, ist ja irre! Seit wann bist du denn hier?«

»Seit fünf Minuten, und ich fliege nicht mit.«

Binnen Nanosekunden erschlafften seine Gesichtszüge, seine Schultern sanken herab.

»Nicht? Wieso?«

Sie zuckte mit den Achseln.

»Wieso, weshalb, warum? Weil wir kein Paar mehr sind, Jonas. Nicht mal Freunde. Also macht es doch keinen Sinn, dass wir zusammen losfliegen, nach Paris, nach Timbuktu, Karatschi, irgendwohin.«

Jetzt schien er es endlich begriffen zu haben. Doch statt wie erwartet etwas Bissiges zu sagen, um bloß das letzte Wort zu behalten und gepflegt einen draufzusetzen, ließ er den Kopf hängen. Er sprach so leise, dass Carina näher kommen musste, um ihn in dem Trubel zu verstehen.

»In welchem Alter fing das eigentlich an, Carina, dass wir immer allem einen Sinn geben mussten?«

Geschenkt, es interessierte sie nicht. Mist. Es interessierte sie doch. Neugierig forschte sie in seinen Augen, was er gemeint haben könnte. Alles, was sie entdeckte, war ein Kranz von Knitterfältchen rund um die Augen. Waren die schon länger da?

»Sehr philosophisch.« Sie drehte an einem Knopf ihrer Daunenjacke. »Du willst sinnloses Zeug machen? Das ist dein Masterplan?«

»Nicht völlig sinnlos. Verrückt. Die Langweiler fragen immer: warum? Ich sage: warum nicht?«

Das wurde ja immer abgefahrener. Ob er doch in der berühmten Midlife-Crisis steckte, in der Männer zum Veganismus fanden oder plötzlich Joints rauchten und in Kanada Bäume umarmten? Jedenfalls ließ sich Carina nur ungern in die Schublade der Langweiler einsortieren.

»Ich geh dann mal, weil ich so staubtrockenpupslangweilig bin. Ciao, Jonas. Der Letzte knipst die Hoffnung aus.«

»Nein!«

Er hatte so laut geschrien, dass Leute stehen blieben und ihn begafften. Zwei Security-Leute in blauen Uniformen näherten sich. Jonas ignorierte, was um ihn her passierte. Den Blick unverwandt auf Carina geheftet, umfasste er mit beiden Händen ihre Schultern.

»Ein Vogel im Käfig träumt davon, einmal auf den Schrank zu fliegen, den er den ganzen Tag sieht. Er weiß gar nicht, was Freiheit ist. Verstehst du? Wir beide waren so lange im Käfig. Jeden Tag der gleiche Trott, Gewöhnung, Langeweile. Ich habe dich nicht mehr gesehen, und du hast mich nicht mehr gesehen. Dabei sind wir mal schräge Vögel gewesen, die nicht nur vom Fliegen träumten, sondern von echter Freiheit. Das meine ich mit Verrücktheit. Wir wollten nach Paris. Warst du schon in Paris, Carina?«

»Du weißt so gut wie ich, dass ich alle Jubeljahre mal über die Stadtgrenzen hinauskomme.«

»Dann mach's jetzt! Ich will nichts von dir, glaub mir, ich will das alte Leben nicht mal geschenkt. Ich will nur ein paar verrückte Momente mit dir auskosten. Mit dir, nicht mit Chantal. Weil irgendwo da drin«, er zeigte auf ihre Brust, »noch das verrückte, wilde Mädchen steckt, das ich einst kennengelernt habe. Und das ich auf einem Balkon wiedergefunden habe, in eine absolut bescheuerte Bettdecke gewickelt, mit einer Flasche Wein in der Hand.«

In Carinas Kopf herrschte ein heilloses Durcheinander. Jonas hatte so viel hervorgesprudelt, über jeden einzelnen Satz hätte sie gern länger nachgedacht, doch auch so, ohne Details, verstand sie auf einmal seine Botschaft.

»Du willst mit mir – ausbüxen? Zwei Tage durchdrehen, und keiner weiß es, und danach müssen wir kein Paar sein und können jeder tun und lassen, was wir wollen?«

Fast hatte sie Angst, er könnte auf die Knie fallen, mitten im Terminal, im Gewühl all der Flugpassagiere, so dankbar strahlte er sie an. Allerdings gab es da noch ein, zwei kleine Probleme. Schuldbewusst schaute sie zu Boden.

»Ich, äh, hab das Ticket zerrissen. Ich habe kein Gepäck dabei. Der Wagen steht im Parkverbot.«

»Ja, und?«, entgegnete der Mann, der einmal der Erbsenzähler vom Dienst gewesen war. »Wir fliegen sowieso ticketlos, eine Zahnbürste gibt's im Hotel, der Wagen wird im Parkverbot nicht abgeschleppt, und Gepäck, Sternschnuppe, Gepäck können wir absolut gar nicht gebrauchen.«

Mit einem kleinen Schwips entstiegen sie am späten Abend in Paris dem Flugzeug. Die Stewardess hatte sie für Honeymooner gehalten und ihnen Champagner spendiert, den es eigentlich nur in der ersten Klasse gab. Nachdem Carina ihr Handy aktiviert hatte, hörte sie die Mailbox ab. Tom hatte sich bedankt und ihr tausend Küsse angekündigt. Alles im Lot. Die zweite Nachricht stammte von Inge Wedemeyer.

Guten Abend, Carina. Ich weiß, dass du dir Sorgen machst, und sie sind vollkommen unbegründet. Die Kinder amüsieren sich prächtig. Ich gebe sie dir.

Ein knackendes Geräusch, dann abwechselnd die Stimmen von Melli und Benny.

Hi, Mum. – Hallo, Mama! Ist cool bei Oma. – Coooool! – Danke, dass wir hier schlafen dürfen. Antonie ist auch da. – Und mein Freund Lars! Es gibt Schnitzel mit Kartoffelbrei! – Hab dich lieb! – Hab dich auch lieb!

Offenbar hatte eine höhere Macht beschlossen, dass ein guter Stern über der Parisreise stehen sollte. Carina verstaute ihr Handy in der Hosentasche und sah Jonas an, der eine feierliche Miene aufsetzte.

»Bereit für das große Abenteuer?«, fragte er.

»Ich hoffe, dass das keine Frage ist.«

Ein Taxi brachte sie zu einem Lokal, von dem Jonas gehört hatte, der ehemaligen Bahnhofsgaststätte in der Gare de Lyon. Carina gingen die Augen über. Die Decke der weitläufigen Halle zierten verschwenderische Gemälde, Kugellampen aus der Belle Époque tauchten die vielen weißgedeckten Tische in milchiges Licht, livrierte ältere Kellner mit den würdigen Gesichtern russischer Großfürsten schlurften umher.

Als sie gefragt wurden, was sie essen wollten, schlug Jonas die Karte auf und befahl Carina, die Augen zu schließen. Ohne etwas zu sehen, sollte sie aufs Geratewohl mehrmals irgendwohin tippen. So wurde jeder Gang zu einer Überraschung. Manches war gar nicht näher zu identifizieren, weil es sich um Pasteten und Saucen handelte, deren Namen Carina und Jonas nicht einmal aussprechen konnten. Während sie aßen, wanderten ihre Gespräche kreuz und quer. Sie erzählten einander, was ihnen gerade im Kopf umhergondelte – Selbsterlebtes, Witze, irgendeinen Blödsinn aus dem Fernsehen. Letztlich war es auch gleichgültig, worüber sie sprachen, denn sie genossen einfach, dass ein Wort das andere gab und dass sie sich über die kleinsten Nichtigkeiten vor Lachen ausschütten konnten.

»Alter Verwalter«, stöhnte Jonas, »mit dir ist es perfekt. Ich streite sogar lieber mit dir als mit irgendjemand anderem.«

Lächelnd malte Carina mit ihrer Gabel Muster in die Sauce. Ihren Teller schmückten Herzen, Kreise, Blüten.

»Danke, das war jetzt eine große Hilfe. Los, dann streiten wir. Sag was.«

»Mir fällt nichts ein. Worüber haben wir uns früher noch mal gestritten?«

»Vergessen.« Sie trank einen Schluck von dem Rotwein, den der Kellner empfohlen hatte, ein weicher, schwerer Wein mit feinen Brombeernoten. »Hach, das Leben kann schon verdammt hart sein.«

Nach nicht weniger als drei Desserts – einer Vanillecreme mit Himbeeren, einer mächtigen Schokoladentorte und einem Zitronensorbet, über das der Kellner stoisch Wodka kippte – ging es weiter durch die Nacht. Sie fuhren nach St. Germain, streunten zu Fuß durch die Gassen, entdeckten ein schummriges kleines Lokal, halb Bar, halb Restaurant. Der Barpianist klimperte ihnen den Wein direkt in die Kehle, ein sehr zugewandter Ober brachte eine Gratisportion Austern. Sie schmeckten verblüffend gut, nach Meer und Strand, obwohl sie so glibbrig auf der Zunge lagen wie Dinge, die man besser nicht aß.

Die Zeit verging anstrengungslos. Carina und Jonas flachsten herum, dann wieder summten sie die Lieder des Barpianisten mit, und zum Schluss schlürften sie die übriggebliebene Flüssigkeit direkt aus den rauen Austernschalen. Es gab kein Gestern und kein Morgen. Nur die Gegenwart, in einer nie gekannten Intensität.

Das grandiose Finale blieb dem Hotelzimmer vorbehalten. Es war winzig und lag an einer belebten Straße, kein Luxuszimmer, nur ein Zimmerchen, mit charmant betagtem Mobiliar. Doch dann öffnete Jonas die Balkontür. Unter dem kalten besternten Dezemberhimmel stand ein kleiner Whirlpool auf dem Balkon. Geschickt rollte Jonas das Verdeck ab, und eine Dunstwolke entstieg dem heißen Wasser.

»Da rein? Nicht dein Ernst!«, kicherte Carina.

»Genau da rein. Ich bin Erster!«

Jonas zog sich schon aus, Jeans und Hemd landeten auf dem Bett, seine Schuhe flogen hinterher, schließlich auch die Boxershorts. Vorsichtig stakste er in den Pool, ging hüftwackelnd in die Knie, tauchte unter. Einen schamhaften kleinen Moment zögerte Carina. Sie dachte daran, dass Jonas sie schon seit Ewigkeiten nicht mehr vollständig nackt gesehen hatte, aber selbst das war ihr auf einmal egal. Es ging um nichts, nur um Spaß, um das Sich-fallen-Lassen. Sie planschten, sie lachten, sie drückten sich gegenseitig ins Wasser. Unter dem Balkon toste der Verkehr vorbei, und kein Mensch beschwerte sich über ihr Lachen oder über das Gluckern und Glucksen des Whirlpools.

Irgendwann in dieser Nacht fielen sie ins Bett, nackt, nass, glücklich und ein bisschen, nun ja, doch deutlich beschwipster als bei ihrer Ankunft am Flughafen. Sie schliefen nicht miteinander. Eine vage Erotik mochte mitschwingen, als sie sich in der Löffelchenstellung aneinanderschmiegten, doch es ging nicht um Sex. Nur um Vertrautheit und das Glück, etwas teilen zu können, was kein Dritter verstanden hätte.

Als Carina am nächsten Morgen erwachte, wusste sie nicht, wo sie sich befand. Ihr Schädel dröhnte, ihr Magen rebellierte, während sie sich, irritiert zuerst, dann mit zunehmender Panik im Zimmer umschaute. Der goldgerahmte Spiegel gegenüber dem Bett? Nie gesehen. Die schweren roten Samtgardinen? Fehlanzeige. Der wuchtige Schrank, etwas abgestoßen schon, dunkelbraun und mit hellen Blumenranken-Intarsien verziert? Sie hatte keinen blassen Schimmer. In was für einem irren Traum war sie unterwegs?

Heftig schrak sie zusammen, als sich neben ihr etwas im Bett bewegte. Im Gegensatz zum Zimmer kannte sie das Gesicht. Die etwas hager gewordenen Züge, den Schwung der Augenbrauen, den Kranz aus Fältchen rund um die geschlossenen Augen, das verstrubbelte Haar.

»Großer Gott – Jonas?«

Er schlug die Augen auf, murmelte etwas Unverständliches und drehte sich auf die andere Seite. Eine halbe Sekunde später schoss er hoch. Halb erstaunt, halb erschrocken starrte er die Frau an, die neben ihm lag.

»Sternschnuppe? Wie kommst du denn hierher?«

Im selben Moment wurde Carina bewusst, dass sie nackt war. Entsetzt riss sie die Bettdecke an sich und hoch bis ans Kinn, was zur Folge hatte, dass nun Jonas im Freien lag. Auch er versuchte instinktiv, sich zu bedecken. Ein erbittertes Gerangel entstand, das absurder nicht hätte sein können: zwei erwachsene Menschen, die übernächtigt und verkatert um eine Bettdecke kämpften, wobei Jonas im Nachteil war, weil er mit seinen fast zwei Metern wesentlich mehr Stoff brauchte, während Carinas Handicap darin bestand, dass er kräftiger war.

»Mistdecke! Viel zu klein!« Er begann zu lachen. Wieder versuchte er, zumindest einen Zipfel zurückzuerobern, was sie mit einem hartnäckigen Ziehen am anderen Ende der Decke beantwortete. »Carina! Hör auf!«

»Du hast angefangen!« Auch sie fing an zu lachen. »Typisch!«

»Gar nicht wahr, du hast angefangen! Wir müssen näher zusammenrücken«, keuchte er.

»Wie kommst du denn auf die wahnsinnige Idee, dass ich die Decke mit dir teile? Such dir doch selbst eine!«

Statt weiterzudiskutieren, robbte er zu ihr heran, schlang einen Arm um sie und zuppelte so lange an der Bettdecke herum, bis sie beide darunter lagen. Automatisch nahmen ihre Körper eine Stellung ein, in der sie wie zwei Puzzleteile ineinander passten. Stille.

Ein Jahr hat dreihundertfünfundsechzig Tage, rechnete Carina stumm, mal zehn macht dreitausendsechshundertfünfzig Nächte. So oft hatten sie schon das Bett geteilt, und doch erschien es ihr wie das erste Mal.

»Äh, Jonas«, sie starrte nach oben und fixierte einen Riss in der Stuckgirlande, »ist eigentlich irgendwas … passiert?«

Sofort verstand er ihre Frage. Er räusperte sich.

»Nicht, dass ich wüsste.«

»Und jetzt?« Sie wagte einen Blick auf sein kantiges Gesicht, dessen Mund nicht mehr lachte, aber lächelte. »Was machen wir denn jetzt?«

»Wie heißt noch euer Mädelsspruch?«, brummte er.

»Käffchen geht immer.« Carina presste ihre Handflächen auf die Stirn. »Aber das meine ich nicht.«

Ächzend verlagerte er sein Gewicht und legte ein Bein über Carinas Beine, etwas, was er schon ungefähr dreitausendsechshundertfünfzig Mal getan hatte.

»Schätze, nach einem Frühstück mit viel zu viel Kaffee stolpern wir noch ein bisschen durch die Stadt und fliegen zurück.«

Männer konnten so nüchtern sein. Immer praktisch orientiert, immer mit starrem Blick auf die Fakten, ohne das Wesentliche anzusprechen. Carina widmete ihre Aufmerksamkeit wieder dem Riss an der Decke. Konnte man die Risse in einer Beziehung kitten? Würde nicht immer ein Makel bleiben, ein Schatten, ein Verdacht? Aber wollte sie diese Beziehung überhaupt noch? Hätte man sie am Tag zuvor gefragt, sie hätte mit einem klaren Nein geantwortet.

»Ich stehe auf und geh duschen«, sagte er gähnend. »Nicht gucken, ja?«

»Wie geht es weiter, Jonas?«

Er hatte sich schon halb aufgerichtet, sein schlaksiger Körper fiel ins Bett zurück.

»Weißt du denn, was du willst?«

»Offen gestanden – nein. Ich weiß nur, dass ich auf keinen Fall irgendwie weiterwurschteln will wie früher, mit dir, mit unserem alten Leben.«

»Dann sind wir uns ja darüber schon mal einig.«

Nachdenklich ruhte ihr Blick auf dem Riss. Es gab zwei Namen, die sie nicht erwähnten: Tom und Chantal. Als ob sie gar nicht existierten. Musste man überhaupt immer Entscheidungen treffen? Nur nichts überstürzen, hatte Frau Lahnstein gesagt.

»Ich finde es eigentlich ganz angenehm, von dir getrennt zu leben«, bekannte sie. »Was hältst du davon, wenn wir versuchen, uns anzufreunden? Im Laufe der Zeit sehen wir ja, ob uns etwas verbindet oder nicht.«

»Anfreunden.« Er atmete tief durch. »Ist das etwa eine Freundschaftsanfrage?«

»Zumindest keine Feindschaftserklärung.«

»Dann haben wir einen Deal. Und jetzt muss ich wirklich ins Badezimmer.«

Nachdem er aufgestanden war, checkte Carina ihr Handy. Keine Nachrichten. Die Kinder schienen wohlauf zu sein, Tom radelte vermutlich irgendwelche Berge hoch. Eine Weile horchte Carina auf das blubbernde Geräusch vom Balkon, auf das Hupen des Verkehrs, auf das Rauschen der Dusche. Alles war offen, und genau das gefiel ihr merkwürdigerweise.

Nach mehreren Tassen Kaffee im Frühstücksraum des Hotels tauchten sie ein in die Stadt, ließen sich treiben, naschten hier ein paar Macarons, nippten dort an einem Café crème, bestaunten die Auslagen der großen Geschäfte an den Champs-Élysées. Arc de Triomphe? Louvre, Tuilerien, Eiffelturm? Gut möglich, dass sie überall dort gewesen waren. Sie machten keine Handyfotos, posteten keine Videos auf Facebook, bewahrten keine Eintrittskarten auf, kauften keine Ansichtskarten. Was sie sich wünschten, war die Erfahrung des Augenblicks, keine Erinnerungen.

Als sie abends nebeneinander im Flugzeug saßen, fußmüde, leicht mitgenommen, erfüllt, fühlte sich Carina unendlich befreit. Paris war eine Lektion in Leichtigkeit gewesen, in Genuss, Übermut, innerer Freiheit. Sie hatte wieder gelernt, dass man ohne angezogene Handbremse leben konnte. Und sie hatte einen außergewöhnlichen Mann kennengelernt – Jonas.

Epilog

Der Frühling, bevorzugt der Mai, galt unter Fallschirmspringern als ideale Jahreszeit. Es grünte und blühte, es war nicht zu kalt, nicht zu warm, diesiges Wetter kam nur selten vor. Die Sichtbedingungen konnten ideal genannt werden, eine wichtige Voraussetzung für den gelungenen Sprung, zumal, wenn sich Anfänger in dieser extravaganten Sportdisziplin versuchten.

Carina zog vorsichtshalber eine Leggins unter ihre Jeans. In Höhen von mehreren Kilometern pfiff einem auch im Mai ein eisiger Wind um den Popo. Zweifelnd betrachtete sie sich im Spiegel des Schlafzimmerschranks: War sie fit genug? Hatten sich die schweißtreibenden Übungen mit Tom gelohnt, die wochenlangen Vorbereitungen?

Sie versuchte, ihr Magengrummeln zu ignorieren. Der Sprung selbst stellte kein Problem dar. Sie würde an einen Profi geschnallt werden, den Tandemmaster. Nur bei der Landung konnte es zu Komplikationen kommen. Man musste flexibel sein, schnell reagieren, mit einer guten Körperspannung. Noch immer war sie weit von ihrer Wunschfigur entfernt, aber der regelmäßige Sport hatte ihren Körper gestrafft und geschmeidiger gemacht. Ja, sie fühlte sich bereit.

»Mama, bist du schon aufgeregt?«, fragte Benny, der mindestens zehnmal so flatterig wie Carina herumzappelte.

»Was denn sonst, Kurzer?« Melina lachte. »Würdest du etwa cool bleiben?«

Carina war nicht nur aufgeregt, weil sie aus einem Flugzeug springen würde, im freien Fall zunächst, der ihren Körper mit einer Geschwindigkeit von zweihundert Stundenkilometern der Erde entgegenstürzen ließ. Es gab einen weiteren Grund. Jonas hatte ihr am Morgen die Schachtel mit dem Miniaturflugzeug gebracht. Und einen neuen Brief.

Meine Sternschnuppe,
damals, als wir geheiratet haben, war dein großer Wunsch ein gemeinsamer Tandemsprung. Heute wird er in Erfüllung gehen. Es ist ein Wagnis, so wie unsere Freundschaft. Lass uns zusammen springen, wohin auch immer. Ich bin sehr gespannt, wo wir landen.
In Liebe, Jonas

In Liebe? Welche Liebe denn? Nach wie vor lebten sie getrennt, Carina mit den Kindern im Haus, Jonas bei Chantal. Aber durch die Parisreise hatte sich viel geändert, sehr viel. Sie gingen respektvoller miteinander um, achtsamer. Einmal in der Woche trafen sie sich zum Essen, redeten, tauschten sich aus. Zum Erstaunen ihres gesamten Umfelds waren sie in den vergangenen fünf Monaten Freunde geworden. Ziemlich gute Freunde.

Was niemand wusste: Vor einem Monat hatten sie einen Tangokurs begonnen. Heimlich. So schräg es auch war, sie erfanden Ausreden, Jonas für Chantal, Carina für Tom, und trafen sich in einer Tanzschule. Es machte nicht nur Spaß, es war auch seltsam erregend, wenn sich ihre Körper berührten, getrieben von der rhythmischen Musik. Möglicherweise war es so erregend, weil sie eine subtile Erotik spürten, aber nicht miteinander schliefen. Eigenartig. Und wunderschön.

»Kinder, wir müssen allmählich los. Sagt ihr bitte Frau Lahnstein Bescheid?«

»Die sitzt schon in der Küche, ich habe ihr einen Espresso gemacht«, erklärte Melli.

»Wunderbar. Also bitte anziehen. In zehn Minuten sehen wir uns draußen.«

Als Carina vor die Haustür trat, stutzte sie. Hinter dem Familien-Van parkte der grüne Aston Martin in der Einfahrt. Tom, der im Vorgarten gewartet hatte, drehte sich zu ihr um, mit seinem gewinnendsten Lächeln. Etwas überrumpelt ließ sie sich von ihm umarmen.

»Hi«, plötzlich klemmte ein dicker Frosch in ihrem Hals, »ich hatte gar nicht mit dir gerechnet.«

»Mit mir kann man jederzeit rechnen«, grinste er selbstbewusst.

So war Tom, immer direkt, immer geradeaus. Genau das schätzte sie an ihm. Sie waren ein perfektes Team. Beim Sport, im Bett, wenn sie etwas unternahmen, und auch die Kinder mochten ihn sehr. Obwohl sie nicht zusammenlebten, gehörte Tom gewissermaßen zur Familie. Nur heute empfand Carina seine Anwesenheit irgendwie unpassend. Fieberhaft suchte sie nach den richtigen Worten, um ihn nicht zu verletzen.

»Tom, der Sprung, das ist sozusagen ein Projekt, verstehst du? Ein Projekt von Jonas und mir. Ich danke dir, dass du es sportlich begleitet hast, aber den Rest muss ich wohl allein schaffen.«

»Wie könnte ich dich allein lassen, heute, an deinem großen Tag? Du brauchst einen Coach.« Sein Lächeln verspannte sich ein wenig. »Lass uns nicht um den heißen Brei rumreden. Wir sind jetzt ein halbes Jahr zusammen. Ich will dich, Carina, und zwar richtig, nicht nur als Zwischenmann.«

»Du bist kein – Zwischenmann«, entgegnete sie. »Du bist der Mann, mit dem ich mich wohl fühle, bei dem ich aufgehoben bin, mit dem ich Spaß habe. Aber ich möchte ganz aufrichtig sein: Momentan kann ich mir nicht mehr vorstellen. Sei mir bitte nicht böse. Ich bin einfach noch nicht so weit, eine endgültige Entscheidung zu treffen.«

»Wegen Jonas?«, fragte Tom lapidar.

Carina wusste nicht, was sie sagen sollte. Für Tom war die Freundschaft mit ihrem Ex ein Ärgernis. Vergeblich hatte sie versucht, ihm zu erklären, dass Jonas sich verändert hatte und dass sie Wert auf diese Freundschaft legte.

»Süße«, er trat einen Schritt zurück, »ich habe lange gewartet. Darauf, dass sich etwas weiterentwickelt zwischen uns, dass wir die nächste Stufe erreichen. Wann lässt du dich endlich scheiden?«

Scheidung. Ein Wort wie ein niedersausendes Schwert, das nicht nur Ehepaare trennte. Seit Wochen stellte Tom ihr diese Frage, was zu einigen Verstimmungen geführt hatte.

»Ich will fair zu dir sein.« Hinter ihrem Rücken hörte Carina die Stimmen der Kinder, Bingos aufgeregtes Bellen und Frau Lahnsteins dünnen Greisinnensopran. »Du verdienst ein hundertprozentiges Ja, aber ich kann es dir nicht geben.«

Missmutig vergrub er die Hände in den Hosentaschen seiner Jeans.

»Denk nicht zu lange nach, Süße.«

Denk nicht zu lange nach, dieser Satz hallte in Carina noch wie ein unendliches Echo nach, als sie eine halbe Stunde später den winzigen Flugplatz erreichten. Er lag außerhalb der Stadt, inmitten von Wiesen und Feldern. Kleine Sportmaschinen und Segelflieger standen in den Hangars, im Sommer starteten Hubschrauber zu Rundflügen über die Stadt und die weitere Umgebung. Es gab nur zwei Start- und Landebahnen und sehr viel Gegend drum herum.

Eine kleine verschworene Community von Flugbegeisterten traf sich regelmäßig im *Roten Baron*, einem rustikalen Lokal zwischen zwei Hangars. An den Wänden hingen Fotos von Flugzeugen, von der Decke baumelten Miniaturhubschrauber, auf dem Tresen drängten sich die Pokale der Kunstflieger. Die schlichten Tische und Stühle gaben dem Ganzen die Anmutung einer Kantine, einer sehr gemütlichen Kantine.

Heute mischten sich neue Gesichter unter die Stammgäste. Eddy und Louisa waren mit ihrem Baby gekommen. Wanda traf in Begleitung ihres Flokatimanns ein, der wie ein verirrter Yeti durch das Lokal stapfte. Betty hatte Antonie mitgebracht und Sibylle einen Verbandskasten, weil sie Carinas Fallschirmsprung vor allem unter dem Aspekt möglicher Risiken betrachtete. Im Grunde fanden alle, dass der Sprung zwar mutig, aber auch eine ziemlich durchgeknallte Idee sei. Nur Frau Lahnstein hatte einfach gelacht und angemerkt, für sorgfältig geplanten Unsinn sei man nie zu alt.

»Cara, Königin der Lüfte!« Eddy begrüßte Carina mit einem aufmunternden Schulterklopfen. »Du bist echt die Coolste. Ich werde dich anfeuern – aber spring mir bloß nicht auf den Kopf. Toi, toi, toi!«

Louisa hielt ihr Baby hoch, das in den vergangenen Monaten sichtlich gewachsen war und Carina aus klugen Augen musterte.

»Du machst das schon. Ich glaub an dich.«

»Ich würde sagen, Carina hat einen gehörigen Schatten«, knurrte Wanda. Trotz der frühlinghaften Wärme trug sie eine Lammfellweste über ihrem bunten indischen Gewand, offenbar ein Zugeständnis an den Kleidungsstil ihres neuen Lovers. »Was soll das werden? Wenn demnächst jeder Depp fliegt, ist der Himmel so voll, dass die Vögel laufen müssen.«

»Einfach mal zu weit gehen und sich ein bisschen umsehen hat noch keinem geschadet«, schmunzelte Jonas, der gerade zur Tür hereingekommen war. »Ich glaube, die größten Fehler bestehen darin, dass wir sie nicht machen.«

»Sagt der Mann, der einen weiblichen Fehler auf Highheels mit sich rumschleppt«, stichelte Betty.

»Nicht mehr.« Jonas hüstelte nervös. »Chantal und ich, wir haben uns gestern getrennt.«

Schlagartig wurde es still. Jonas hatte einen schweren Stand in dieser Runde. Sonderlich viel Sympathie wurde ihm nicht entgegengebracht, weil Carinas Freunde natürlich auf ihrer Seite standen. Umso verblüffter reagierten sie jetzt auf die unerwartete Neuigkeit. Sibylle und Betty tauschten beredte Blicke, Eddy und Louisa sahen mit einer gewissen Besorgnis zu Carina. Was sollte sie dazu sagen? Sollte sie sich etwa freuen?

»Chantal war ja auch so blöd, die hat bestimmt Brotkrümel ins Klo geworfen, für die WC-Enten«, raunzte Wanda.

Jonas verzog ärgerlich den Mund. Carina wusste, dass es ihm nicht leichtgefallen war, sich in dieses Haifischbecken zu begeben, nur ihr zuliebe tat er es. Demonstrativ stellte sie sich neben ihn. Beide trugen sie schon ihre Sprungkombi, Anzüge aus dünnem, reißfestem Stoff in Beige mit roten Streifen.

»Noch eine halbe Stunde, dann gehen Jonas und ich in die Luft«, erklärte sie. »Es war immer mein großer Traum, warum, kann ich euch nicht sagen. Vielleicht, weil ich einen gewissen Freiheitsdrang habe. Aber eins sollt ihr wissen: Durch Jonas habe ich bereits jetzt eine neue Form von Freiheit kennengelernt.«

»Klar, nach zehn Jahren Gefangenschaft im Ehekerker fühlt sich schon ein bisschen frische Luft wie Freiheit an«, unkte Wanda.

Carina überging die Bemerkung.

»Wünscht uns einfach Glück, okay?«

»Bei über dreihunderttausend Fallschirmsprüngen in Deutschland pro Jahr, wobei gut vierzigtausend auf Tandemsprünge entfallen, ist nur eine geringe letale Quote zu verzeichnen«, sagte Sibylle. »Dennoch solltest du …«

Betty hielt ihr einfach den Mund zu.

»Wenn man vom Himmel fällt, muss man wenigstens keine zeitraubenden Umwege befürchten. Der Schwerkraft sei Dank.«

»Dann gehen wir jetzt rüber.« Carina spürte ein Kribbeln auf der Haut. »Wir bekommen einen Helm, Nierengurt …«

Sie geriet ins Stocken. Unbemerkt von den anderen hatte sich ein weiterer Gast eingefunden. War das wirklich Leni, die sich in einer Ecke neben dem Tresen herumdrückte? Sie wirkte verändert. Das blonde Haar kürzer, das Gesicht runder. Was wollte sie hier?

Obwohl die Zeit drängte und Leni die letzte Person war, die sie sehen wollte, gab sich Carina einen Ruck. Vielleicht war heute ein Tag, an dem man reinen Tisch machen sollte. Mit einer gemurmelten Entschuldigung löste sie sich aus der Gruppe ihrer Freunde.

»Leni?«

»Carina.« Unendlicher Kummer lag auf Lenis Gesicht. Im selben Augenblick begriff Carina, dass sie schwanger war. Unter ihrer grünen Seidenbluse wölbte sich ein Bäuchlein. »Carina, es tut mir so leid.«

»Als wir uns das letzte Mal getroffen haben, klang das etwas anders. Das Baby«, sie deutete mit den Augen auf Lenis Bäuchlein, »es ist doch nicht …«

Ihr wurde schwindelig. Leni hatte ein falsches Spiel gespielt, blindlings verliebt in den Mann ihrer besten Freundin. Wie weit war sie gegangen? Womöglich hatten die beiden miteinander geschlafen? War das Jonas' Kind? Ihre Knie sackten ein, sie taumelte rückwärts. Blitzschnell sprang Leni an ihre Seite und stützte sie. Ihr Atem ging stoßweise.

»Es ist von einem verheirateten Kollegen, Carina. Die Weihnachtsfeier, du weißt ja, da kann viel passieren. Ich werde es allein großziehen müssen.« Sie biss sich auf die Lippen. »Ich möchte mich bei dir entschuldigen, obwohl es unverzeihlich ist, was ich getan habe. Du fehlst mir, Süße, du fehlst mir so sehr.«

Tausend Gedanken wirbelten durch Carinas Kopf. Als sie sich zu einem erkennbaren Muster formten, erschien alles plötzlich ganz einfach. Es gehörte zum Leben, Fehler zu machen, ganz so, wie Jonas es gesagt hatte. Niemand war davor gefeit. Und jeder hatte das Recht auf eine zweite Chance. Sie gab Leni einen Kuss auf die runde Wange.

»Du hast mir auch gefehlt, sehr sogar. Mein Gott, wir kennen uns seit der Schule! Ich habe auch nicht vergessen, wie du mir geholfen hast, als die Sache mit Chantal rauskam. Na ja, zunächst jedenfalls. Deine Karte habe ich immer noch.«

»Die Gedanken und Taten, für die wir uns entscheiden, sind die Werkzeuge, mit denen wir die Leinwand unseres Lebens bemalen«, rezitierte Leni. »Ich fürchte, ich hab einen ziemlichen Quark auf die Leinwand geschmiert.«

»Sternschnuppe!«, rief Jonas. »Der Flieger hebt gleich ab.«

»Eine Sekunde!« Carina senkte ihre Stimme. »Erstens verzeihe ich dir, zweitens wirst du dein Kind nicht allein großziehen. Ich bin für dich da. Okay? Wenn du möchtest, kannst du auch in meine Firma einsteigen. *Tinker your life* ist ein Riesenerfolg, wir expandieren gerade und recherchieren neue Nähereien. Ich biete dir flexible, muttergerechte Arbeitszeiten, darauf lege ich nämlich großen Wert.«

Leni wischte sich über die Augen, ihre Unterlippe zitterte.

»Danke, aber das habe ich nicht verdient.«

»Blödsinn.«

»Doch.« Auf einmal sah Leni aus wie das personifizierte schlechte Gewissen. »Ich war so ein Miststück. Ich hab wirklich alles versucht, um Jonas rumzukriegen. Hab alle verdammten Register gezogen. Aber er – keine Reaktion. Komplett unempfänglich. Geschwärmt hat er von dir, nur von dir, obwohl er mit dieser Chantal rummachte, kannst du dir das vorstellen? Er liebt dich. Das wollte ich dir sagen. Als ich hörte, dass ihr heute zusammen springt, dachte ich, dass du das wissen solltest.«

»Carina!« Mit langen Schritten kam Jonas angelaufen. »Wo bleibst du d…« Er hatte Leni entdeckt, in seine Miene trat erbitterte Ablehnung. »Diese Frau möchte ich hier nicht sehen.«

»Du meinst die Frau, die sie vor einem halben Jahr gewesen ist«, sagte Carina sehr bestimmt, obwohl ihr in Wahrheit ganz schön schwummrig war nach Lenis Geständnis. »Darf ich dich daran erinnern, dass du auch mal ein anderer warst? Und? Wo stehst du heute?«

»Mit beiden Beinen fest auf dem Schlauch.«

Eine Schrecksekunde verging, dann lachten alle drei angespannt.

»Los jetzt, Sternschnuppe, ab in die Wolken«, brummte Jonas. »Oder hast du es dir anders überlegt? Entschuldige, aber du siehst aus wie ein Schluck Wasser in der Kurve.«

»Nein, nein, alles schön«, hauchte Carina, die immer noch Watte in den Knien und vor allem im Kopf hatte.

Resolut nahm er sie an der Hand und bahnte ihnen einen Weg durch die Gästeschar, doch erneut wurden sie aufgehalten. Niemand Geringerer als Donatus-Maria von Magnis vertrat ihnen den Weg, in einem braunen Tweedanzug und einem violetten Oberhemd. Doch damit nicht genug – an seinem Arm hing Inge Wedemeyer.

»Inge?«, staunte Carina. »Und Donatus?«

»Zwei Kämpfer für die Institutionen der Ehe und Familie«, lächelte der Steuerberater.

»Wir haben uns zusammengetan«, ergänzte Carinas Ex-Schwiegermutter. »Für höhere Ziele.«

Verständnislos schaute Carina Jonas an.

»Was meint deine Mutter?«

Er sah verlegen zur Seite, woraufhin Inge Wedemeyer wieder das Wort ergriff.

»Erinnerst du dich an das Wochenende, als ihr in Paris wart? Jonas ist über seinen Schatten gesprungen, hat angerufen und mich beschworen, die Kinder zu nehmen, damit …«

»Wie bitte?«

Schlagartig begriff Carina, was sich abgespielt hatte. Für die fast aussichtslose Chance, mit ihr nach Paris zu fliegen, hatte sich Jonas mit seiner Mutter ausgesöhnt und gemeinsam mit ihr ein Komplott geschmiedet. Sie wusste nicht, ob sie sich darüber ärgern oder es als rührende Geste betrachten sollte. Aber immerhin war er bereit gewesen, eine erbitterte Fehde zu beenden – ganz allein für die vage Option, zu zweit zu verreisen.

»Jonas hat es für Sie getan«, hüstelte Donatus-Maria von Magnis.

»Müsst ihr denn immer alles breittreten?«, entgegnete Jonas unwirsch. »Komm, Carina, wir sollten jetzt wirklich rausgehen.«

»Ja, sollten wir«, wiederholte sie langsam, vergeblich bemüht, das Gefühlsdurcheinander in ihrem Herzen zu entwirren.

Wenn es jemanden gab, den Jonas abgrundtief gehasst hatte, dann seine Mutter. Wie viel Überwindung musste es ihn gekostet haben, den ersten Schritt zu tun. Verwirrt ließ sie sich von ihm Richtung Ausgang ziehen, wo sie ihre Kinder umarmte, die vor Aufregung rote Wangen hatten. Bevor sie es endgültig zur Tür schafften, zupfte Frau Lahnstein Carina am Ärmel.

»Sie sind großartig. Ich wünsche Ihnen, dass Sie ins Glück springen.«

Tränen schossen in Carinas Augen, sie wusste selbst nicht, warum. Schniefend trat sie nach draußen.

Zwei Tandemmaster standen mit der Ausrüstung bereit. Zuerst

legten sie Carina und Jonas Nierengurte an, danach das Passagiergurtzeug, das sie festzogen, bis es stramm saß. Vier Haken befanden sich daran, wie sie erläuterten, mit denen sie vor dem Sprung an ihren jeweiligen Tandemmaster festgehakt werden würden.

»Nur ganze vier Haken entscheiden über Leben oder Tod?«, fragte Carina beklommen.

»Jeder Haken hält zwei Tonnen«, versicherte einer der Springer, ein Hüne mit stoppelkurzem Haar, als er ihren leicht glasigen Blick bemerkte.

»Gut, dass du abgenommen hast, Sternschnuppe«, lachte Jonas daraufhin. »Zwei Tonnen, das ist ja nix.«

Jetzt bekamen sie Sprungbrillen und Helme, die sie sich gegenseitig aufsetzten. Es wurde ernst, unverkennbar. Carina bekam feuchte Hände. Das Kribbeln auf ihrer Haut meldete sich wieder, die Aufregung, in die sich Angst, aber auch Vorfreude mischten, nahm ihr den Atem. Und dann waren da noch Lenis Worte. *Ich hab wirklich alles versucht. Er liebt dich.*

»Kurz nachdem wir abspringen, setze ich den Drop, einen kleinen Fallschirm, der den freien Fall abbremst«, erklärte der Hüne. »Der zieht dann den Container raus, aber der Slider verhindert, dass sich der große Fallschirm sofort öffnet.«

»Drop, Container, Slider, alles klar«, stöhnte Carina.

»Nur keine Bange, ich kenne den Weg zwischen Flugzeug und Boden, ist auch alles ausgeschildert, und zur Not schalte ich das Navi an«, scherzte der Hüne. »Sie werden einen Riesenspaß haben!«

Carina war überhaupt nicht nach Scherzen zumute, und der Fun-Faktor hielt sich absolut in Grenzen. Träume hatten es an sich, dass sie wunderschöne Bilder produzierten, aber das hier war erschreckend real. Ihr laut pochendes Herz trieb das Blut inzwischen mit Lichtgeschwindigkeit durch ihre Adern, auf ihrem Rücken prickelte es.

»Sternschnuppe?« Jonas legte ihr eine Hand auf die Schulter. »Wir rocken das Ding, klar?«

»Ähem, ja, klar. Super.«

»Da drüben steht die Absetzmaschine«, sagte der Hüne. »Da gehen wir jetzt hin.«

Carina hatte erwartet, dass sie mit einer Gruppe hochfliegen würden. Doch als sie in das Flugzeug kletterte, waren die Sitze leer. Nur ein Pilot saß mit Kopfhörern und Sonnenbrille in der gläsernen Kanzel und hob lächelnd einen Daumen.

»Wo sind die anderen?«, fragte sie Jonas.

»Ich hatte den Eindruck, dass es schon genug *andere* in unserem Leben gibt. Viel zu viel *andere*.« Auch durch die Flugbrille hindurch konnte sie das Funkeln seiner Augen erkennen. »Wir sind ganz unter uns – du, ich und unsere Tandemmaster.«

Was sollte man davon halten? Andere? Tom? Chantal? Der Hüne und sein Kollege setzten sich ein wenig abseits. Alle schnallten sich an, der Flugzeugmotor begann zu lärmen.

»Wir gehen im Steigflug auf eine Absetzhöhe von dreitausend Metern!«, rief der Pilot über Lautsprecher. »Das dauert etwa fünfzehn Minuten. Genießen Sie die Aussicht!«

Der Motorenlärm verstärkte sich, das Flugzeug rollte an, beschleunigte rasant und hob mit einem leichten Hüpfer ab. Carina sah noch kurz ihre Freunde neben dem *Roten Baron* stehen, mit winkenden Armen, dann wurde es blau vor den Fenstern, himmelblau. Hui. Ging das megaschnell! So musste sich eine Silvesterrakete fühlen, wenn sie abgefeuert wurde. Carina meinte zu spüren, dass ihr Hirn von innen an den Hinterkopf gepresst wurde, ihre Hände umklammerten die Sitzkante, die Maschine stand jetzt fast senkrecht, während sie höher, immer höher rasten. Für Sekunden meinte Carina, sie müsste sich übergeben, doch wie durch ein Wunder begann sie plötzlich, diese irrwitzige Geschwindigkeit zu genießen, sie stemmte sich nicht mehr dagegen, sondern entspannte sich, gab sich diesem unglaublichen Gefühl hin.

Sie sah zu Jonas. Offenbar hatte er sie die ganze Zeit beobachtet.

»Paris!«, schrie er gegen den Lärm an.

»Jaaa!«, schrie sie zurück.

Oh, sie wusste, was er meinte, es war der Rausch des Augenblicks – nichts denken, sich einfach nur hingeben und darauf vertrauen, dass es immer noch besser kam.

»Noch zehn Minuten!«, kam die nächste Ansage aus den Lautsprecherboxen.

Carina hatte jedes Zeitgefühl verloren. Wackelige Bilder zogen vor ihrem inneren Auge vorbei, Melli, Benny, Jonas, ein Whirlpool in Paris, und so wie im blubbernden Wasser damals auf dem Balkon, wurde ihr Körper völlig schwerelos. Gleichzeitig baute sich Minute für Minute eine größere Spannung auf. Sie schaute zur Luke, durch die sie hineingekommen waren und die sich bald öffnen würde, und langsam fragte sie sich, ob sie wirklich springen würde.

»Fünf Minuten!«

Zitterig zog sie die Handschuhe an, die man ihr mit der Springerkombi gegeben hatte. Auch Jonas streifte seine über. Dann drückte er fest ihre Hand.

»Carina!« Sein Gebrüll klang heiser, so sehr musste er schreien. »Ich möchte dich was fragen!«

»Ob ich springe?« Sie atmete dreimal durch. »Jaaa! Ich kneife nicht!«

»Carina!«, brüllte er. »Ich möchte dich noch einmal heiraten!«

»Waaas?«

»Hei! Ra! Ten!«

Mittlerweile war ihr Körper im Nirwana verschwunden, oder er gehörte jemand anderem, nur das Rauschen in ihren Ohren war ein Indiz dafür, dass sie noch leibhaftig anwesend war, und ihr Hirn versuchte, die drei Silben zu decodieren wie einen Geheimcode. Heiraten? Hatte er *Heiraten* gesagt?

»Ich möchte!« Jonas holte Luft. »Um deine Hand anhalten!«

»Zwei Minuten!«, ertönte die Ansage des Piloten.

Die Tandemmaster rutschten zu ihnen heran. Klickend schnappten die Haken bei Jonas ein-, zwei-, drei-, viermal, Carina zählte mit, obwohl das vermutlich vollkommen überflüssig war bei Profis. Sie hatte den Hünen mit dem Stoppelhaar erwischt, der sie feixend angrinste, bevor er sie auf seinen Schoß setzte und die Haken an ihrem Rückengurt klicken ließ. Mensch, Carina, was ist mit dir los? Jonas hält um deine Hand an! Er will dich heiraten! Und wir reden hier nicht über den Hallodri vom Dezember, wir reden von Jonas, der mittlerweile ein verantwortungsbewusster Vater ist, von Jonas, mit dem du phantastische Gespräche hast und Tango tanzt, von Jonas, mit dem du ausbüxen kannst, nach Paris oder Timbuktu oder Karatschi, weil er die Leichtigkeit wiedergefunden hat.

»Exit!«, rief der Pilot.

»Ich wünsche mir eine Antwort, wenn wir unten angekommen sind!«, schrie Jonas. »Dann …«

Die letzten Worte wurden ihm vom Mund weggerissen, so gewaltig drang eine Böe in das Flugzeug, als die Luke sich öffnete. Jonas hob die Hand, zusammen mit seinem Tandemmaster robbte er zum Trittbrett, und sie ließen sich rausfallen.

»Jetzt sind Sie dran, junge Dame!«, schrie der Hüne, der sie vor seinen Bauch geschnallt hatte. »Loooos!«

O Gott. Ogottogottogottogott. Der berühmte freie Fall knockte Carina aus. Sie schrie und strampelte aus Leibeskräften, sie wusste nicht, wo oben und unten war, spürte nur eine gigantische Kraft, die an ihr zog und gegen die sie nichts, aber auch gar nichts unternehmen konnte. Der Stoff ihres Anzugs knatterte im Wind. Tränen sammelten sich unter ihrer Flugbrille. Und wieder erlebte sie den Kipppunkt, an dem sich Todesangst und Panik in einen Rausch verwandelten. Jetzt sah sie Jonas und seinen Tandemmaster weiter unten, menschliche Kanonenkugeln über einem gekrümmten Horizont.

Ein kleiner Stoß in ihrem Rücken. Mit einem flappenden Geräusch wand sich der Fallschirm aus dem Container, wenige Sekunden danach setzte ein sanftes Schweben und Gleiten ein. Schön, war alles, was Carina denken konnte. Schön. Weiter unten hatte sich auch der andere Fallschirm geöffnet, wie eine riesige giftgrüne Qualle schwebte er über Jonas.

Er hat dich was gefragt. Du hast nur noch wenig Bedenkzeit, eine Minute vielleicht noch, also beeil dich! Carina Wedemeyer, willst du Jonas Wedemeyer heiraten, den schlaksigen Mann, der große Bettdecken mag, manchmal Wein aus der Flasche trinkt und Zigaretten vom Balkon schmeißt, dessen Haar sich lichtet, der der Vater deiner Kinder ist? Der dich liebt? Möchtest du mit ihm in der Löffelchenstellung einschlafen, auch wenn ihr nicht dauernd sensationellen Sex habt, möchtest du morgens beim Zähneputzen mit ihm Grimassen vor dem Spiegel schneiden und akzeptieren, dass er nicht jeden Laternenumzug mitmacht? Liebst du ihn? Nicht noch, sondern neu? Willst du ihn heiraten?

Die Wiese vor den Hangars kam in Sicht. Es ging alles so schnell! Unten bauschte sich schon der giftgrüne Fallschirm über vier Armen und Beinen.

»Achtung!«, schrie der Hüne, »Beine anziehen!«

Wie in einer Sänfte landeten sie im weichen Gras, federten noch ein wenig nach und standen wieder mit beiden Beinen auf der Erde. So wie Jonas, der Carina anschaute, nur anschaute und keinen Ton sagte. Himmel, wie sie diesen Kerl liebte.

Sie riss die Arme hoch. »Jaaaaa!«

LESEPROBE

KRISTIN HANNAH
Die Nachtigall
Zwei Schwestern. Die eine kämpft für die Freiheit.
Die andere für die Liebe.
ROMAN
RL

EINS

9. April 1995

An der Küste von Oregon

Wenn ich in meinem langen Leben eines gelernt habe, dann ist es Folgendes: In der Liebe finden wir heraus, wer wir sein wollen; im Krieg finden wir heraus, wer wir sind. Heutzutage wollen die jungen Leute alles über jeden wissen. Sie denken, über ein Problem zu reden wäre schon die Lösung. Ich stamme aus einer schweigsameren Generation. Wir haben verstanden, welchen Wert das Vergessen hat, wie verlockend es ist, sich neu zu erfinden.

In letzter Zeit allerdings ertappe ich mich dabei, wie ich an den Krieg denke und an meine Vergangenheit, an die Menschen, die ich verloren habe.

Verloren.

Das klingt, als hätte ich meine Liebsten irgendwo verlegt; sie vielleicht an einem Ort zurückgelassen, an den sie nicht gehören, und mich dann abgewendet, zu verwirrt, um wieder zu ihnen zurückzufinden.

Aber sie sind nicht verloren. Und auch nicht an einem besseren Ort. Sie sind tot. Heute, wo ich das Ende meines Lebens vor mir sehe, weiß ich, dass sich Trauer ebenso wie Reue tief in uns verankert und für immer ein Teil von uns bleibt.

Ich bin in den Monaten seit dem Tod meines Mannes und meiner Diagnose sehr gealtert. Meine Haut erinnert an knittriges Wachspapier, das jemand zum Wiedergebrauch glattstreichen wollte. Meine Augen lassen mich häufig im Stich – bei Dunkelheit, im Licht von Autoscheinwerfern oder wenn es regnet. Diese neue Unzuverlässigkeit meiner Sehkraft ist nervtötend. Vielleicht schaue ich deshalb in die Vergangenheit zurück. Die Vergangenheit besitzt eine Klarheit, die ich in der Gegenwart nicht mehr erkennen kann.

Ich stelle mir gern vor, dass ich Frieden finde, wenn ich gestorben bin, dass ich all die Menschen wiedersehe, die ich geliebt und verloren habe. Dass mir zumindest verziehen wird.

Aber ich weiß es besser.

Mein Haus, das von dem Holzbaron, der es vor mehr als hundert Jahren erbaute, *The Peaks* getauft wurde, steht zum Verkauf, und ich bereite meinen Umzug vor, wie mein Sohn es für richtig hält.

Er versucht, sich um mich zu kümmern, mir zu zeigen, wie sehr er mich liebt in dieser schweren Zeit, und deshalb lasse ich mir seine übertriebene Fürsorge gefallen. Was kümmert es mich, wo ich sterbe? Denn darum geht es im Grunde. Es spielt keine Rolle mehr, wo ich wohne. Ich packe das Strandleben von Oregon, zu dem ich mich vor beinahe fünfzig Jahren hier niedergelassen habe, in Kartons. Es gibt nicht viel, was ich mitnehmen will. Doch eine Sache unbedingt.

Ich greife nach dem von der Decke hängenden Griff, mit dem die Speichertreppe heruntergezogen wird. Die Stufen falten sich von der Decke wie der Arm eines Gentlemans, der die Hand ausstreckt.

Die leichte Treppe schwankt unter meinen Füßen, als ich in den Speicher hinaufsteige, in dem es nach Staub und Schimmel riecht. Über mir hängt eine einsame Glühbirne. Ich ziehe an der Schnur.

Es sieht aus wie im Frachtraum eines alten Dampfers. Die Wände sind mit breiten Holzplanken verkleidet, Spinnweben schimmern silbrig in den Winkeln und hängen in Strähnen von den Fugen zwischen den Planken herunter. Das Dach ist so steil, dass ich nur in der Mitte des Raums aufrecht stehen kann.

Ich sehe den Schaukelstuhl, in dem ich saß, als meine Enkel klein waren, dann ein altes Kinderbettchen und ein zerschlissenes Schaukelpferd auf rostigen Federn und den Stuhl, den meine Tochter gerade neu lackierte, als sie von ihrer Krankheit erfuhr. An der Wand stehen mit *Weihnachten*, *Thanksgiving*, *Ostern*, *Halloween*, *Geschirr* oder *Sportsachen* beschriftete Kartons. Darin sind Dinge, die ich nicht mehr oft benutze, von denen ich mich aber dennoch nicht trennen kann. Mir einzugestehen, dass ich zu Weihnachten keinen Baum schmücken werde, ist für mich wie aufzugeben, und im Loslassen war ich noch nie gut. Hinten in der Ecke steht, was ich suche: ein alter, mit Aufklebern gespickter Überseekoffer.

Mit einiger Anstrengung zerre ich den schweren Koffer in die Mitte des Speichers, direkt unter die Glühbirne. Ich hocke mich daneben, habe jedoch prompt solche Schmerzen in den Knien, dass ich mich auf den Hintern gleiten lasse.

Zum ersten Mal seit dreißig Jahren hebe ich den Deckel des Koffers. Der obere Einsatz ist voller Andenken an die Zeit, in der meine Kinder klein waren. Winzige Schuhe, Handabdrücke auf Tonscheiben, Buntstiftzeichnungen, die von Strichmännchen und lächelnden Sonnen bevölkert werden, Schulzeugnisse, Fotos von Tanzvorführungen.

Ich hebe den Einsatz aus dem Koffer und stelle ihn neben mir ab.

Die Erinnerungsstücke auf dem Boden des Koffers liegen wild durcheinander: mehrere abgegriffene ledergebundene Tagebücher; ein Stapel alter Postkarten, der mit einem blauen Satinband zusammengebunden ist; ein Karton mit einer eingedrückten Ecke; eine Reihe schmaler Gedichtbändchen von Julien Rossignol und ein Schuhkarton mit Hunderten Schwarzweißfotos.

Ganz oben liegt ein vergilbtes Stück Papier.

Meine Finger zittern, als ich es in die Hand nehme. Es ist eine *carte d'identité*, ein Ausweis aus dem Krieg. Das Bild im Passfotoformat. Eine junge Frau. *Juliette Gervaise.*

»Mom?«

Ich höre meinen Sohn auf der knarrenden Holztreppe, Schritte, die mit meinem Herzschlag übereinstimmen. Hat er schon vorher nach mir gerufen?

»Mom? Du solltest nicht hier oben sein. Mist. Die Stufen sind wacklig.« Er kommt zu mir. »Ein Sturz und …«

Ich berühre sein Hosenbein, schüttle langsam den Kopf. Ich kann den Blick nicht heben. »Nicht«, ist alles, was ich sagen kann.

Er geht in die Hocke, setzt sich zu mir. Ich rieche sein Aftershave, dezent und würzig, und auch eine Spur Rauch. Er hat heimlich draußen eine Zigarette geraucht, eine Gewohnheit, die er vor Jahrzehnten aufgegeben und nach meiner Diagnose vor kurzem wieder angenommen hat. Es besteht kein Grund, meine Missbilligung zu äußern. Er ist Arzt. Er weiß es selbst.

Instinktiv will ich den Ausweis in den Koffer zurückwerfen und den Deckel zuklappen, ihn wieder verstecken. Wie ich es mein Leben lang getan habe.

Doch jetzt sterbe ich. Vielleicht nicht schnell, aber auch nicht gerade langsam, und ich sehe mich gezwungen, auf mein Leben zurückzuschauen.

»Mom, du weinst ja.«

»Wirklich?«

Ich will ihm die Wahrheit sagen, aber ich kann es nicht. Es macht mich verlegen, und es beschämt mich, dieses Versagen. In meinem Alter sollte ich mich vor nichts mehr fürchten – und ganz bestimmt nicht vor meiner eigenen Vergangenheit.

Ich sage nur: »Ich will diesen Koffer mitnehmen.«

»Der ist zu groß. Ich packe die Sachen, die du haben willst, in eine kleinere Schachtel.«

Ich lächle bei seinem Versuch, mich zu kontrollieren. »Ich liebe dich, und ich bin wieder krank. Aus diesen Gründen habe ich mich von dir bevormunden lassen, aber noch bin ich nicht tot. Ich will diesen Koffer mitnehmen.«

»Wozu sollen dir denn die Sachen nützen, die da drin sind? Das sind doch nur unsere Zeichnungen und solches Zeug.«

Wenn ich ihm die Wahrheit längst erzählt oder wenigstens mehr getanzt, getrunken und gesungen hätte, wäre er vielleicht imstande gewesen, *mich* zu sehen statt einer verlässlichen, normalen Mutter. Er liebt eine Version von mir, die nicht vollständig ist. Ich dachte immer, das wäre es, was ich wollte: geliebt und bewundert zu werden. Doch jetzt denke ich, dass ich in Wahrheit richtig gekannt werden will.

»Betrachte es als meinen letzten Willen.«

Ich sehe ihm an, dass er sagen will, ich solle nicht so reden, aber er befürchtet, seine Stimme könnte schwanken. Er räuspert sich. »Du hast es schon zweimal geschafft. Du schaffst es wieder.«

Wir wissen beide, dass das nicht stimmt. Ich bin zittrig und schwach. Ohne medizinische Hilfe kann ich weder essen noch schlafen. »Natürlich schaffe ich es.«

»Ich will doch nur, dass du gut aufgehoben bist.«

Ich lächle. Amerikaner können dermaßen naiv sein.

Früher habe ich seinen Optimismus geteilt. Ich habe gedacht, die Welt sei ein sicherer Ort. Aber das ist schon sehr lange her.

»Wer ist Juliette Gervaise?«, fragt Julien, und es versetzt mir einen kleinen Schock, ihn diesen Namen aussprechen zu hören.

Ich schließe die Augen, und in der Dunkelheit, die nach Schimmel und längst vergangenem Leben riecht, schweifen meine Gedanken zurück in einem weiten Bogen, der über Jahre und Kontinente hinwegreicht. Gegen meinen Willen – oder vielleicht ihm zufolge, wer kann das wissen? – erinnere ich mich.

ZWEI

In ganz Europa gehen die Lichter aus,
wir alle werden sie zu unseren Lebzeiten
nie wieder leuchten sehen.
SIR EDWARD GREY ZUM ERSTEN WELTKRIEG

August 1939
FRANKREICH

Vianne Mauriac trat aus ihrer kühlen Küche in den Vorgarten. An diesem schönen Sommermorgen im Loiretal stand alles in Blüte. Weiße Bettlaken flatterten in der Brise, und üppig blühende Kletterrosen entlang der Steinmauer, die ihr Grundstück vor Blicken von der Straße verbarg, boten einen fröhlichen Anblick. Geschäftige Bienen summten zwischen den Blüten, und von weit her hörte Vianne das pochende Stampfen eines Zuges und dann das bezaubernde Lachen eines kleinen Mädchens.

Sophie.

Vianne lächelte. Ihre achtjährige Tochter rannte vermutlich durchs Haus und scheuchte ihren Vater herum, während sie sich für das Samstagspicknick fertig machten.

»Deine Tochter ist ein Tyrann«, sagte Antoine, der an der Tür aufgetaucht war.

Er kam zu ihr, sein pomadisiertes Haar glänzte schwarz in der Sonne. Am Morgen hatte er an seinen Möbeln gearbeitet – einen Stuhl abgeschmirgelt, dessen Oberfläche schon so glatt war wie Satin –, und eine zarte Schicht Holzstaub lag auf seinem Gesicht und seinen Schultern. Er war ein großer Mann, hochgewachsen und breitschultrig, mit kräftigen Gesichtszügen und so starkem Bartwuchs, dass er sich zweimal am Tag rasieren musste.

Er legte seinen Arm um sie und zog sie an sich. »Ich liebe dich, Vianne.«

»Ich liebe dich auch.«

Das war das Fundament ihres Daseins. Sie liebte alles an diesem Mann. Sein Lächeln, die Art, wie er im Schlaf murmelte, nach einem Niesen lachte oder unter der Dusche Opernarien sang.

Sie hatte sich fünfzehn Jahre zuvor in ihn verliebt, auf dem Schulhof, noch bevor sie überhaupt wusste, was Liebe war. Das erste Mal hatte sie in jeder Hinsicht mit ihm erlebt: den ersten Kuss, die erste Liebe, die erste Liebesnacht. Vor ihm war sie ein mageres, linkisches, unsicheres Mädchen gewesen, das zum Stottern neigte, wenn es eingeschüchtert war, was sehr oft vorkam.

Ein mutterloses Mädchen.

Du bist jetzt erwachsen, hatte der Vater zu Vianne gesagt, als er nach dem Tod ihrer Mutter mit ihr auf dieses Haus zugegangen war. Sie war vierzehn Jahre alt gewesen, die Augen vom Weinen verquollen, ihre Trauer unermesslich. Unversehens hatte sich dieses Haus vom Sommerhaus der Familie in eine Art Gefängnis verwandelt. Maman war weniger als zwei Wochen tot, als Papa seine Rolle als Vater aufgab. Bei ihrer Ankunft hier hatte er nicht ihre Hand gehalten oder ihr seine Hand auf die Schulter gelegt, er hatte ihr nicht einmal ein Taschentuch gegeben, mit dem sie sich die Tränen von den Wangen wischen konnte.

Aber ich bin doch noch ein Mädchen, hatte sie gesagt.

Jetzt nicht mehr.

Sie hatte zu ihrer jüngeren Schwester hinuntergesehen, Isabelle, die mit vier Jahren immer noch am Daumen lutschte und nichts von dem ganzen Geschehen begriff. Isabelle fragte in einem fort, wann Maman nach Hause käme.

Als die Tür geöffnet wurde, hatten sie eine große, dürre Frau vor sich, mit einer Nase wie ein Zapfhahn und Augen, die so klein und dunkel waren wie Rosinen.

Sind das die Mädchen?, hatte die Frau gefragt.

Ihr Vater nickte.

Sie werden keine Schwierigkeiten machen.

Es war so schnell gegangen. Vianne hatte es gar nicht richtig verstanden. Ihr Vater gab die Töchter ab wie einen Beutel Schmutzwäsche und ließ sie mit einer Fremden zurück. Der Altersunterschied zwischen den Schwestern war so groß, als kämen sie aus unterschiedlichen Familien. Vianne hatte Isabelle trösten wollen – jedenfalls hatte sie das vorgehabt –, aber ihre Trauer war so übermächtig, dass sie sich um niemand anders sorgen konnte, erst recht nicht um ein so eigensinniges und ungeduldiges und lautes Kind wie Isabelle. Vianne erinnerte sich noch gut an die ersten Tage damals in diesem Haus. Isabelle schrie immerzu, und Madame versohlte ihr den Hintern. Vianne hatte ihre Schwester angefleht, immer wieder gesagt: *Mon Dieu, Isabelle, hör auf zu kreischen. Tu einfach, was sie sagt.* Doch selbst mit vier Jahren war Isabelle nicht zu bändigen.

All das hatte Vianne ans Ende ihrer Kräfte gebracht – die Trauer um ihre Mutter, der Schmerz, von ihrem Vater verlassen worden zu sein, der plötzliche Wechsel ihrer Lebensumstände und Isabelles gefühlsbeladene, hilfsbedürftige Einsamkeit.

Es war Antoine, der Vianne rettete. In diesem ersten Sommer nach dem Tod ihrer Mutter wurden die beiden unzertrennlich. Mit ihm fand Vianne einen Ausweg.